KB070590

달의 습격

나남
nanam

나남창작선 144

달의 습격

2018년 4월 25일 발행
2018년 4월 25일 1쇄

지은이   송은일
발행자   趙相浩
발행처   ㈜ 나남
주소   10881 경기도 파주시 회동길 193
전화   (031) 955-4601 (代)
FAX   (031) 955-4555
등록   제 1-71호 (1979.5.12)
홈페이지   http://www.nanam.net
전자우편   post@nanam.net

ISBN 978-89-300-0644-6
ISBN 978-89-300-0572-2 (세트)

나남창작선 144

〈반야〉의 작가

송은일 장편소설

달의 습격

나남
nanam

작가의 말

이 책, 《달의 습격》은 2014년 4월에 시작됐다. 세월호가 진도 앞바다로 들어간 며칠 후였다.

당시 나는 조선 영·정조 시대를 배경으로 한 대하소설 《반야》를 쓰던 중이었다. 세월호가 기울어져 있던 장면을 집에서 점심 먹던 중에 텔레비전으로 보게 됐다. 텔레비전을 보며, 수저를 휘두르며 안타까워하면서도 그 밥을 다 먹었다. 텔레비전이 중계할 정도이니 금세 해군 함정이라도 나타나서 배를 쑥 들어 올리거나 승객들을 다 건져내리라고 믿었기 때문이다.

세월호는 태반의 승객을 담은 채 가라앉았다. 나는 낮밤 모르게 쓰고 있던 《반야》를 멈췄다.

《반야》는 삶의 원형, 인간 삶의 당위에 관한 이야기였다. 내 나름 온갖 장치를 동원하여 최대한 문학적으로, 살을 에는 아픈 이야기조차 아름답게 쓰려고 정성들이면서 그런 나를 즐기고도 있었다.

세월호가 가라앉는 걸 목격하고 나니 《반야》를 그렇게 쓰고 있는 내가 부끄러웠다. 이 건은 문학적으로, 에둘러서 될 일이 아니라

'스크럼'을 짜고 '짱돌'과 '화염병'을 들고 나서야 할 일이라고 느꼈다. 당장 새 소설을 구상하고 쓰기 시작했다. 가제를 '4 · 16'으로 잡고 반(反)인류, 반(反)인권, 반(反)평화의 '적대' 세력을 향해 화염병을 투척하듯 결연하게, 눈이 벌게지게 썼다.

'4 · 16'을 한 달쯤 쓰고 나니 천 매쯤 됐다. 200매쯤 더 써서 마무리하면 될 성싶은 단계였다. 동시에 어떻게 끝내야 할지 몰라 난감한 상태라는 것도 깨닫게 됐다. 거대한 권력 · 금력을 가진 '적'을 향해 나설 때는 알맞은 무기로 최적의 공격 각도를 찾아야 하는데 어긋난 것 같았다.

나의 무기는 소설이고 소설은 결국 문학인데, 내가 써 놓은 건 날것의 구호였다. 실력이 모자라 끝까지 부를 수 없는 노래 같기도 했다. 이렇게는 도저히 안 되겠다 싶었다. 안 되는 것에 매달려 죽도 밥도 아닌 것을 만들어 내느니 접기로 했다. 그 '어떤' 때가 오면 다시 쓰기로 결정했다. 그때가 영 오지 않는다면 내 능력 밖이니 하는 수 없다고. '4 · 16'으로 하려던 말은 우회적일지라도 《반야》에다 계속하기로 했다.

원고지로 1만 5천 장이 넘는 10권짜리 《반야》를 5년 만에 출간했다. 《반야》를 탈고하고 6개월 후쯤이었다. 그 탈고와 출간 사이에 나는 오래 묵혀 놨던 '4 · 16'을 성급하게 불러냈다. 5년 동안 죽자 하고 매달렸던 일을 놔 버렸을 때 찾아들 공허함과 막막함! 그 상태를 견디기 어려우리라 여겨 지레 불러낸 것이었다. 실상 내 소설 쓰기가 그러했다. 일단 언젠가 '잡아 뒀던' 글감을 쓰는 척하면서 구상을 병행하는 식이다. 내면이 허약한 인간의 증세랄까. 한 소설이 끝났을 때 이어 쓸 소설을 정해 놓지 못하면 불안한 것이다.

불러내기는 했으나 몇 달을 갈등했다. 내 소설로서의 '4·16'은 이미 물 건너간 듯했다. 몇 해 사이에 많은 작가들이 다양한 방식으로 '4·16'을 써 냈거니와 시절이 바뀌었다고도 여겼다. 바뀐 시절 속에서 내가 몇 년 전에 써 놓은 이야기는 벌써 낡았다는 평계도 생겼다. 실상 그 아픈 이야기를 다시 펼칠 일이 두려웠던 것이다. 새 소설을 시작할 때마다 맞닥뜨리는 고비이기도 했다. 넘지 않으면 아무것도 것도 할 수 없는 경계!

제목부터 정했다. 《달의 습격》.❖ 틀을 바꾸고 줄거리를 새로 만들었다. 그 세상 속으로 뛰어들었다. 결국 이 세상인 그 세상에서 치열하게 사랑하고, 뜨겁게 연대하면서, 아닌 것들에 맞서 죽을 둥 살 둥 싸웠다. 겨울이 지나가는 것을 의식하지 못했다.

앗, 봄이다.

나한테 봄은 그렇게 훅 닥치는 것 같다. 겨울과 봄 사이에 문득 봄을 느끼는데, 그건 소설 감이 다가오는 것과 비슷한 양상이다.

봄이 왔다고 느끼면 즉각, 지난 해 11월 하순부터 작업실 안에 들여놨던 화분식물들을 돌아본다. 실내에서 서너 달 지낸 식물들은 햇빛에 목말라 빈사 직전이다. 당장 광합성을 시켜 주지 않으면 이대로 고사하고 말겠노라 시위하는 것 같다.

조금만 기다려.

❖ 이 소설의 제목 《달의 습격》은 이태관 시인의 시집 《나라는 타자》 중에 실린 시 제목을 빌렸다.

방 안의 놈들한테 대답하곤 모처럼 작업실 옥상으로 올라가 본다. 소설 쓸 때 수시로 발생하는 긴장을 화분식물 만지면서 풀어 오는 동안 화분이 옥상 가녘을 죽 둘러설 정도로 늘었다. 누군가 내다 버린 식물을 주워 와 심고 새끼 친 식물들을 분식하다 보니, 친구들 말에 따르면 무식하게 많아졌다. 내 키보다 큰 식물이 다수다.

겨우내 얼며 지낸 갖가지 크기의 옥상 화분식물은 거의 죽은 척하고 있다. 실제 죽은 놈도 여럿이다. 똑같이 바싹 말라붙어 있는 것 같아도 산 놈과 죽은 놈은 금세 구별할 수 있다. 대궁을 건드려 보면 된다. 산 놈은 뿌리가 화분 바닥까지 꽉 틀어쥐고 있다. 대궁까지 죽고도 뿌리는 완강히 살아 있는 놈도 있다. 날이 따뜻해지면 새 줄기와 잎을 피워 올릴 놈이다. 완전히 죽은 놈은 대궁이가 지조 없이 쉽게 흔들린다. 대궁을 잡아 치켜 보면 근본 없는 놈답게 쑥 빠지기 십상이다.

미안하다. 미안해.

연신 사과하면서 뿌리까지 죽은 화분들을 자빠뜨리거나 뒤집는다. 분갈이를 위한 예비 작업이다. 흙을 부수고 거름을 섞으면서 햇빛과 구름과 바람의 눈치를 본다. 꽃샘추위가 언제 온다고 했더라. 일기예보도 떠올려 본다.

한번 시작된 나의 봄맞이 노동은 몇 날이고 계속된다. 온 삭신이 삐거덕거리고 아파, 아파! 연신 신음이 난다. 한의원 가서 침도 맞는다. 그래도 일단 끝났다 싶을 때까지는 멈추지 못한다. 화분식물들만을 위한 게 아니기 때문이다.

분갈이하고 작년에 너무 자란 나뭇가지들을 잘라낼 때마다 생각한다. 부리를 깨뜨려 새 부리를 만들고 날개깃을 뽑아 새 깃을 돋게 한다는 어떤 독수리들! 어떤 독수리를 생각하는 봄철 어느 한때, 나도 자못 비장하다. 이 봄, 내 분갈이는 아직 진행 중이다.

　붙이는 말 :

　출간을 준비하는 와중에 우리나라에서도 #MeToo 운동이 본격화됐다. 생활반경이 워낙 협소한 나는 #MeToo 할 만한 기억이 없고 그런 장면을 직접 본 기억도 없다. 그렇지만 대한민국에서 50여 년을 살아오는 동안 그런 일들이 세상 곳곳에서 태연히 벌어진다는 사실을 모르지는 않았다. 뉴스를 통해 아우 같고 딸 같은 피해자들을 접할 때마다 가슴이 아프고 미안한 까닭이다. 하여 이 작은 지면으로나마 당신들을 위로하고 당신들의 용기를 응원한다는 말을 하고 싶다. 나도 당신들 편이다. #WithYou.

2018년 봄, 광주에서

송은일

차례

송은일 장편소설
달의 습격

✤ 오래전 아이들

기차 화장실의 옹색한 거울 속에서 몸을 구부정하게 접은 채 이를 닦는 사내. 이발한 지 석 달쯤 된 머리털은 산만하고 사흘째 면도하지 않은 얼굴은 스산하다. 술이 깨어 가느라 부스스한 얼굴을 찡그린 채 애써 웃어 보이는 사내는 흑백 사진으로만 본 그 남자 같다. 자신의 스물일곱 살에 증발된 내 아버지, 윤중.

어제가 5·18이었다. 아버지는 그해 5월 20일 이후 실종됐다. 아버지가 어디엔가 살아 있다면 거울 속 내 모습과 비슷할 거라고 생각하기 시작한 건 내 스물일곱 살 5월이었다. 뉴욕필름아카데미 졸업작품으로 독립영화를 만들 무렵, 카메라를 들고 있는 내 모습을 거울 속에서 발견했을 때다. 그때 만든 영화 〈수화〉(手話, *Talking with the Hands*)로 국제독립영화제에서 대상을 받았다.

시상식장에서 수상 소감을 말할 때 나는 5·18 당시 금남로에서 찍힌 흑백 사진을 화면에 걸어 놓고 광주의 5월과 영화감독이 되려 했던 청년 윤중을 이야기했다. 사진 속에서 윤중은 렌즈가 위로 향한 카메라를 어깨에 걸친 채 인파에 묻혀 도청 쪽을 바라보고 있었다. 멀리 찍힌 사진이라 식별이 어렵지만 카메라를 메고 있어 가족은 어렵지 않게 그의 모습을 찾아냈노라고. 아버지가 만들고 싶어 했던 영화를 이제부터 아들인 내가 만들 것이라고. 지켜봐 달라고.

거울 속 아버지에게 손바닥을 대보곤 화장실을 나선다.

"악!"

반대편 여성 화장실에서 나온 사람과 맞닥뜨렸다. 비명을 지르고 움츠러든 여자는 몹시 놀란 것 같다. 가방까지 떨어뜨렸다. 나는 그네의 비명에 놀랐다. 투항하는 패잔병처럼 두 손을 들어 보이며 중얼거린다.

"미안합니다. 놀래 드릴 의도는 아니었습니다."

사과하다 보니 좀 억울하다. 기차 화장실 통로에서 마주치는 게 뭐 그리 놀랄 일이라고 추행이라도 당한 듯이 구는가. 내 황당함을 여자도 뒤늦게 느끼는지 중얼거린다.

"죄송합니다. 누가 있을 거라 예상을 못 해서요."

"그러니까요. 어쨌든 괜찮으세요?"

"괜찮아요. 죄송합니다."

다시 사과한 여자가 가방을 주우려 허리를 굽힌 순간 나도 같은 목적으로 몸을 굽혔다. 이번에는 둘의 어깨가 부딪친다. 반동에 의해 기우뚱하는 여자를 내가 붙든다. 두 사람에게서 동시에 웃음이 터진다.

한 손으로 여자 어깨를 잡은 채 다른 손으로 그네의 가방을 세운다. 색동천으로 만들어진 필통이며 파우치 등을 주워 가방에 넣는데 책자가 약간 삐져나와 있다. 기차 좌석 앞주머니에 들어 있어야 할 〈레일로드 매거진〉이다. 화장실 가기 전까지 나도 본 이달 치 잡지에는 내 화보기사가 실렸다.

작년 봄 내 영화 〈샤먼〉이 8백만여 관객을 모았다. 국내에서 예상을 훨씬 웃도는 관객을 모았던 〈샤먼〉은 현재 해외 11개국에서 상영 중이다. 이 영화 덕에 나는 비로소 영화감독으로서 유명세를 탔다. 차기작에 대한 투자도 어렵지 않게 받을 수 있었다. 각 매체의 인터뷰며 강연 요청이 쇄도하게 된 것도 〈샤먼〉 덕이다. 〈레일로드 매거진〉과의 인터뷰도 그래서 이루어졌다.

이달 지나면 과월호가 되어 기차에서 사라질 잡지지만 여자 가방속에 들어 있는 건 생뚱맞다. 특별한 취미가 있는가 보다 싶어 속웃음이 난다. 영화사 '시네마 연'(Cinema Kite)의 문달희 대표는 자기사무실에 각 항공사의 담요를 스물두 장이나 갖고 있다. 비행기에서 새로운 담요를 만나기만 하면 기어이 기내용 캐리어에다 쑤셔넣는다던가.

"일어나시겠습니까?"

내가 먼저 일어나며 손을 내민다. 비로소 정면으로 보게 된 여자얼굴에 가슴이 철렁 내려앉는다. 아는 여자다. 어디서 봤는지 기억하려 애쓰지 않아도 저절로 알 수 있다. 서혜우다.

23년 전, 1992년 여름, 색동고름 나풀거리는 연둣빛 저고리에 녹색치마를 입은 자그만 계집아이가 열두 살의 나를 향해 종알거렸다.

"내 이름은 서혜우야. 혜우(慧雨)는 슬기로운 비라는 뜻이야. 슬기로운 비는 필요할 때 내리는 단비래. 그래서 내 이름은 '단비'이기도 해. 단비라고 불러. 넌 이름이 뭐야?"

혜우가 틀림없을 여자가 내 손을 잡고 일어난다. 뒤로 걷어 올린머리채에서 머리카락이 비어져 나왔다. 낯빛이 갯물에 담겼다 나온듯이 창백하다. 통로의 조도가 낮은 탓도 있으려니와 화장기가 없어 그런 것 같다. 피곤할 시각이기도 하다. 20여 년 전의 그 아이가 맞느냐고 묻고 나서기에도 적당치 않은 시각.

"괜찮습니까?"

"심하게 부딪치지 않았는데요. 고맙습니다."

"다행이네요. 들어가세요. 어느 쪽이세요?"

여자가 앞쪽 칸을 가리킨다. 그쪽의 문을 열고 들여보낸다. 문이 닫히자 그네가 돌아본다. 손을 들어 보이고는 달아나듯 반대편 객차로 돌아선다. 마구 뛰던 심장이 자리에 앉아 심호흡을 하노라니 가라앉는다.

〈샤먼〉은 열두 살 태산과 아홉 살 단비가 만나 꼬마신랑과 애기각시로서 혼례식을 치르는 프롤로그로부터 시작된다. '소도'(蘇塗)라는 점집을 운영하는 '북두도사'가 어린 신랑신부의 혼례 굿을 주관하는 장면이다. 태산은 북두도사의 손자이고, 단비는 최고 권력을 지향하는 집안의 딸이다. 주인공인 태산과 단비가 20년 만에 다시 만나면서 북두도사가 의도했던 일이 벌어진다. 복수 혹은 전복.

영화 〈샤먼〉 속의 태산과 단비는 나와 서혜우의 어릴 때 모습을 고스란히 빌려왔다. 1992년 그 여름에 두 아이는 활옷을 입고 족두리 쓰고 홍포에 사모관대를 쓰고 마주 절했다. 그건 결혼식이었다. 결혼식을 한 번도 아니고 두 번이나 한 까닭은 세 번 결혼할 팔자를 타고난 서혜우 때문이었다. 이른바 팔자땜!

〈샤먼〉이 나와 서혜우의 어린 시절 한 장면만 빌려온 것도 아니다. '북두도사'한테는 무당이었던 내 할머니가 투영되었다.

커 오면서 거듭거듭 생각해도 내 할머니가 단지 단골손님 손녀의 앞날을 밝히기 위해 당신 손자의 일생을 제물로 썼다고 여겨지지 않았다. 손자의 앞날을 위해 손자의 운명을 거래했다고 생각할 수도 없었다. 할머니는 천지 만물에 신이 깃들었다고 여긴 무당이었다. 새벽마다 정화수 떠 놓고 비나리를 했다. 그런 할머니가 무등산과 백아산 신령들 앞에 초례상(醮禮床)을 차려 놓고 외동손자의 혼인 굿을 벌였다. 무엇 때문인가.

의혹이 생길 때마다 어린 날의 일기장까지 들춰보며 숱한 유추를 해 보다가 영화 〈샤먼〉식의 상상력이 발동했다. 현실에서 혜우를 다시 만나게 되리라는 가정을 해 본 적이 없기에 시나리오를 쓸 수 있었다. 〈수화〉와 〈기억의 늑대〉, 〈샤먼〉까지 세 편의 영화에 내 과거사가 짙게 스며 있듯이 혜우도 어떻게든 연관되었다.

창틀 위의 불을 켜고 〈레일로드 매거진〉을 다시 꺼내 기사를 펼쳐 본다. 그네 가방 속에 잡지가 들어 있던 까닭은 그 어떤 습벽 때문이 아니라 화보기사 속의 윤휘를 알아봤기 때문이리라. 그렇다면 나도 알아봐야 하지 않는가. 짐짓 모르는 체하는 표정이 아니었다.

차창에 내 몰골을 비춰본다. 어슴푸레한 차창에 비친 내 모습은 〈샤먼〉의 북두도사 꼴이다. 스산하다 못해 음침해 보인다. 못 알아보는 게 당연하다.

나한테 서혜우는 오래전 어느 여름에 겪었던 태풍이거나 어느 겨울에 겪었던 폭설 같은 것이었다. 기억은 있되 맺힌 것은 없는 동화 같은 것. 다 읽은 동화책을 덮듯 그 여름이 지나간 후 혜우를 궁금해 한 기억이 없다. 할머니는 혜우에 대해 한마디도 하지 않았고, 꼬박꼬박 썼던 내 일기장에는 혜우가 나타나지 않았다. 그 가을과 겨울에 이르는 사이 내 일기장에 여러 번 등장한 이름은 '김대중'이었다. 겨울에 대통령선거가 있었다. 김영삼이 당선되었다. 할머니는 몹시 울었다. 김대중이 대통령이 되었더라면 '5월 광주'의 진상을 밝혀 주리라는 기대가 무너졌기 때문이었다.

무엇 때문이었든, 나는 혜우와 다시 만날 거라는 예감 같은 걸 가져 본 적도 없다. 예감이 없으므로 궁금하지도 않았다.

그렇지만 혜우와 함께 지낼 당시 일기에 썼던 선명한 일 중의 한 가지가 수화(手話)다. 옆집 허부경 씨가 농아학교 교사였던 덕에 그 무렵 나는 수화에 익숙했다. 그 여름에 나는 단비한테 수화를 가르쳤고, 단비는 나한테 영어를 가르쳤다. 우리는 서로에게 낯선 언어를 가르치는 놀이로 한 달 반쯤 재미나게 놀았다.

검색창에다 '서혜우'를 적어 놓고 클릭하기 전에 숨을 들이켠다.

스피커에서 잠시 후 김천역에 정차한다는 안내방송이 나온다. 서울까지 한 시간 정도 남았다. 눈을 뜨기 싫다. 눈을 뜨면 앞 칸으로 가서 '당신 서혜우가 맞느냐'고 묻고야 말 것이다. 몸을 한껏 움츠리며 버틴다. 서울역에 닿을 때까지, 승객들이 다 내리고도 한참 후, 청소원들이 들어와 쫓아낼 때까지 꼼짝도 않으리라고 뻗댄다. 그런데 어떤 손가락이 내 어깨를 살살 두드린다.

하필이면 옆 좌석에 손님이 생겼는가. 몸을 움츠리며 창 쪽으로 더 달라붙는다. 그 손가락이 다시 내 어깨를 건드린다. 때늦게 가슴이 철렁한다. 눈을 뜨지는 못한다. 눈을 뜨면 서혜우가 있을 것 같아서다. 서혜우가 나를 찾아왔다면, 오고야 말았다면 반 시간 넘게 내가 버틴 보람이 없지 않은가.

또 한 번 손가락이 어깨를 톡톡 두드리며 일어나라고 재촉한다.

하는 수 없이 눈을 뜬다. 예상했음에도 놀란다. 진짜 서혜우다. 그네가 몸을 기울여 낮은 소리로 묻는다.

"윤휘 씨?"

부정하고 싶은데 말이 나오지 않는다. 그네가 옆 좌석에 몸을 걸치더니 수화로 할 말이 있다고 신호한다. 수화를 할 수 있는 여자, 서혜우. 삼십 분 전쯤 인터넷에서 서혜우가 농아(聾啞)들과의 의사소통이 자유로울 정도로 수화를 잘한다는 기사를 발견했다. 그네가 정말 서혜우이므로 나는 앞 칸으로 찾아가기를 포기한 참이었다.

혜우가 다시 한 번 손짓말로 할 말이 있다고 한다. 나는 귀를 대는 시늉을 한다. 혜우가 연이어 수화로 말한다.

'나는 단비, 서혜우예요. 당신은 태산, 윤휘가 맞지요?'

모른 체하기는 늦었는데 금세 수긍하고 싶지도 않다. 서혜우가 어찌 나오는지 보고 싶은 장난기도 발동한다. 내처 가만있자니 혜우가 오른손을 펴서 내민다. 손바닥에다 수화 문자로 태산을 쓰고 오른 주먹의 엄지를 앞으로 내민다.

'태산 맞지요?'

대꾸하지 않는다. '맞다'고 나서는 건 그 어떤 선택이기 때문이다. 선택한 순간 한밤중 기차에서 우연히 스친 옛 인연으로 그치지 못할 것이기 때문에.

혜우도 여기 오지 않아야 옳다. 자는 척하는 남자를 억지로 깨워 당신이 윤휘가 맞지 않느냐고 생떼를 쓰면 안 된다. 잡지에서 본 남자가 옛날의 그 사내아이가 맞는지 확인하고, 마주 웃고 지나갈 수 있을 것이라 가벼이 여기면 안 되는 것이다.

"당신, 윤휘 맞지요? 대답하세요."

내가 윤휘인 걸 부정해야 한다고, 달아나야 한다고 머릿속에 경계종이 울린다. 기차가 멈추면서 김천역이라는 안내방송이 흐른다. 50초 동안 정차한다는 안내가 뒤따른다. 내가 있는 객차에서 움직이는 승객은 없다. 들어오는 승객도 있을 것 같지 않다.

"우리, 여기 내려서 다음 기차가 오는 동안에 얼굴 좀 봐요."

혜우가 손을 내민다. 손바닥은 얇고 하얗고 손가락은 가늘고 길다. 맞잡아 감싸 주고 싶은 손이다. 몇 초쯤 그 손을 쳐다보다가 고개를 끄덕이고 만다. 가방을 메고 혜우의 손을 잡으며 일어난다. 둘이 차에서 내리자마자 문이 철커덕 닫히더니 기차가 움직인다. 기차는 서서히 밀려 나가더니 금세 사라진다. 플랫폼에는 막차를 놓친 듯 남은 두 사람뿐이다. 새벽바람에 역사 주변 나무들이 쇄쇄 소리를 낸다.

역사의 불빛이 환히 비치는 벤치로 혜우를 이끈다. 벤치 앞에서 손을 놓고 여름 재킷을 벗어 벤치에 깐다.

"여기서 잠깐 숨을 돌립시다."

아직 어리떨떨하다. 우연히 만난 것부터 혜우가 찾아와 손을 내밀고 기차에서 같이 내려 플랫폼에 앉아 있는 것까지. 기이한 꿈속으로 들어온 것 같다. 어쩌면 정말 꿈을 꾸고 있는지도 모른다. 꿈이 아니라는 듯 혜우가 밤하늘을 보며 중얼거린다.

"초이틀인가? 초승달이 떴네."

1980년 5월 18일은 음력 4월 5일이었다. 내 아버지가 그 이틀 후 실종되었다. 내 어머니가 사라진 날은 그 3년 뒤인 음력 4월 15일이다. 할머니 기일은 음력 4월 20일이다. 나는 할머니 기일에 어머니와 아버지 제사를 함께 지낸다. 하여 나는 음력 4월의 날짜들을 세며 살아왔다.

혜우 말대로 오늘은 음력 4월 초이틀이 맞다. 내 주변의 젊다 할 수 있는 인간들 중에서 초승달을 보며 '초이틀'이라 표현하는 사람을 처음 만난 터라 좀 낯설 뿐이다.

"맞아요, 초이틀 초승달. 이렇게 만났으니 사과 먼저 할게요. "

"좀 전에 나를 세 번이나 모른 체한 거요?"

"아, 미안해요. 놀랐고 장난기가 생겨 그랬어요. 찾아와 줘서 고맙고요. 내가 사과하겠다는 건 내 영화들에서 어린 날 당신을 좀 많이 데려다 쓴 사실이에요. "

"난 당신 영화 여태 한 번도 못 봤고, 아까 그 기차에 올라 〈레일로드 매거진〉 읽기 전까지 '영화감독 윤휘'도 몰랐어요. 당신이 당신 기억 속의 나를 가지고 무엇을 했든 상관없다는 거예요. "

"고마워요. 아까 당신을 알아본 순간 그게 맘에 걸렸거든요. "

"당신 기억 속의 내가 어떤 모습인지 당신 영화들을 꼭 봐야겠네요. 그나저나 그 느릅나무 집은 아직 있어요? 자줏빛 맨드라미랑 하얀 민들레도?"

"느릅나무는 더 우거졌고, 집은 그때보다 훨씬 낡았지만 거의 그 모습으로 있어요. 맨드라미랑 민들레들도. "

혜우가 으흐흥, 웃음소리를 낸다.

"왜 웃어요?"

"23년 만에 만났는데 인사말 같은 걸 다 생략한 게 우스워서. 남자 찾아가서 내리자고 한 나나 아무렇지도 않게 따라 내린 당신이나. 우리 둘 다 좀 이상한 거 아니에요? 미친 건가?"

"미친 건 아니고, 우리가 좀 재미있는 사람들인 거죠. 재미있지 않아요?"

"아직 정신이 없어서, 당신이 끝까지 모른 체할까 봐 맘을 줄여서, 재미는 모르겠네요. 암튼 나는 우리 어릴 때 만난 집이 마당 양쪽에 커다란 느릅나무가 있던 낡은 기와집이라는 것만 기억하는데, 거기가 어디였어요?"

"광주 외곽, 대밭골이라는 마을이에요. 무등산 자락에 있는 마을. 행정구역상으로는 광주광역시 북구 금곡동."

"마을 입구에서 동네를 거친 뒤 대숲을 돌아가면 있는 집이었죠? 대문채 양쪽으로 헛간과 변소가 있고, 가운데 대문이 판자로 되어 있고요?"

"기억력 좋네요. 그 판자 대문도 그대로 있어요."

"우리 할머니는 이태 전에 돌아가셨는데, 그 댁 할머님은요?"

"우리 할머니는 우리가 함께 지냈던 그 이태 뒤에 돌아가셨어요. 우리 만날 즈음에 암을 앓고 계셨거든요. 그때 어린 신랑신부를 위해 벌였던 두 차례의 굿이 내 할머니의 마지막 굿판이었죠."

"지금 그 집에서는 누가 살아요?"

"내가 살죠. 아주 바쁠 때를 제외하고는 한 달에 한 번꼴로 가요. 방학 때는 여러 날씩 머물기도 하고."

"다른 가족은요?"

"난 유복자로 태어났고 어머니를 아주 어릴 때 잃었어요. 할머니 돌아가신 뒤로 옆집에 사시던, 나한테 수화 가르쳐 주신 허 선생님 댁의 양자로 자랐어요. 아, 내가 열두 살에 아홉 살 당신한테 장가든 덕에 당신 할머님이 주신 돈으로 대학 다니고 뉴욕 유학도 했다는 거, 알아요?"

"몰랐어요. 그렇지만 우리 할머니가 그 댁 할머님을 찾아가 그런 이상하고 거창한 일을 하셨을 정도면, 그 댁 할머님이 꽤 이름 높은 무당이셨겠지요. 당신 사후에도 손자가 클 수 있게 해 놓으셨을 거고. 그래도 약간의 대가가 치러졌다면 그쪽이 나한테 장가든 덕이 아니라 장가들었다가 헤어진 덕이었을 거예요. 우리가 그때 한 게 진짜 결혼이었다면요."

"실정법으로는 아니어도 천지신명 앞에서 정식으로 두 번 혼인했던 게 맞아요. 천지신명 앞에서 두 번 갈라선 것도 맞고. 혜우 씨는 그때 어려서 기억 못 하는 것 같네요. 나는 분명히 기억해요. 우리 할머니한테서 그 일들의 의미를 명확하게 듣기도 했어요. 내 할머니는 당신 사후에 홀로 남겨질 손자를 위해 그 댁 할머님과 일생일대의 거래를 하셨던 거예요."

"우리 할머니가 그 시골에 계시던 휘의 할머님을 어떻게 아셨을까요?"

"우리 할머니는 젊을 때 꽤 이름 높은 무당이었던 모양이에요. 서울에서 오래 지냈는데 당신 딸, 그러니까 내 어머니한테 무당 딸이라는 소리를 듣지 않게 하려고 공식적인 무업(巫業)을 접었대요. 당신 딸을 데리고 시골로, 그 느릅나무 집으로 내려왔던 거고요. 딸은 광주 시내 학교 근방에서 살게 하고 당신은 시골집에서 농사지으면서 어쩌다 멀리서 찾아오는 예전의 단골손님만 받았던 거 같아요. 당신 할머니와는 서울에서 무당과 손님으로 알던 사이셨겠죠."

"아무것도 모르는 아이들을 마주 세우고 그 아이들의 미래를 걸고 거래한 할머니들이 우습기도 하고 기이하기도 해요. 이태 전에 돌아가신 우리 할머니는 그때의 굿으로 집안을 굳건히 하고 손녀의 미래를 탄탄히 다졌다고 믿으셨던 것 같아요. 천 년쯤 사실 것 같더니 여든세 살에 세상을 떠나셨죠. 할머니의 그 질긴 욕망은 며느님, 그러니까 우리 엄마가 이어받아 줄기차게 이루어 가고 있고요. 근데 휘, 〈레일로드 매거진〉 보니까 결혼한 것 같던데요?"

느닷없는 질문을 해 놓고는 엄지손톱을 입에 문다. 왜 이런 질문을 했나 싶어 후회하는 모양인데 귀엽다.

"이미 두 번이나 결혼했는데 또 합니까? 안 했어요."

"농담 말고요."

"정말이에요."

혜우가 자기 가방에 여전히 꽂혀 있는 〈레일로드 매거진〉을 건드리며 되묻는다.

"여기, 휘가 결혼한 것처럼 쓰여 있던데요?"

"그거 보면서 나를 알아 봤어요?"

"기사 읽을 때는 기연가미연가 했어요. 화장실 앞에서 맞닥뜨리고 내 자리로 가서 앉는데, 어디서 본 사람이다 싶었고. 기사 속의 〈샤먼〉 내용을 다시 읽으면서 '정말 태산, 윤휘다' 그랬어요. 가슴이 막 두근거렸는데, 기사에서 휘가 결혼한 것 같은 걸 보니까 두근거리던 가슴이 가라앉더라고요. 그래서 잠이나 자자 했는데 안 돼서, 휘가 나를 몰라봤다면 약이 오르고, 알아보고도 찾아오지 않는다면 화가 나서 결국 당신 찾아 나선 거예요. 기어이 확인하고 싶어서. 내가 약 오를 경우예요, 화날 경우예요?"

"화날 경우예요. 당신 찾아가고 싶은 걸 참느라 기를 쓰고 앉아 있었어요."

"용서할게요."

24

"고맙군요. "

"그래서, 기사에는 왜 윤휘가 결혼한 것처럼 쓰여 있는 건데요?"

"내 영화보다 사생활을 파고드는 팬이 많아서 사생활 보호 차원에서 결혼한 남자로 떠벌리고 다녀요. 아내는 뉴욕에 있다고 하고, 뉴욕 가서는 또 한국에 아내가 있다고 하죠. 어쨌든 나는 결혼하지 않았고, 현재는 연애하는 여자도 없어요. 당신이 결혼했다는 건 알아요. "

"알아요? 어떻게?"

"아까 혹시나 싶어서 인터넷에서 '서혜우'라는 이름을 검색해 봤어요. "

"인터넷에 내 얼굴 제대로 나온 사진 올라 있지 않을 건데요? 인적사항도 올라 있지 않고요. "

"그렇데요. 인터넷에 당신에 관한 사항이 적게 나타나 외려 놀랐어요. 몇 장 있는 당신 사진도 거의 멀리서 측면으로 찍혔고요. 연관 검색어들을 뒤져 보면서 여러 가지를 알게 된 거예요. 당신을 모르는 척하자고 백 번쯤 다짐하면서 눈 감고 버티던 중이었어요. "

"앞으로 다시 만날 일이 없겠지만 혹시 부딪치게 되면 모르는 척해요. 오늘 내가 한 짓은 잊어 주고요. "

"수십 번 다짐하고도 모르는 척이 안 됐는데 앞으로라고 될까요?"

"그래야 해요. 그렇지 않으면 큰일 나. "

혜우가 미처 깨닫지 못한 것이든 인정하지 않는 것이든 큰일은 이미 났다. 피하고 싶었는데 피하지 못했지 않은가.

"수화는 어떻게 익혔어요? 설마 우리 어릴 때 놀이 삼아 한 걸 아직 기억하는 건 아닐 테고. "

"고등학교 때 반 아이들한테 몰매를 맞은 적이 있어요."

"어? 왜요?"

"내가 아직도 그 이유를 잘 몰라요. 암튼 그 사건으로 미국 워싱턴으로 갔어요. 거기서 특별활동 동아리를 고르다 수화 동아리 포스터를 발견했어요. 까맣게 잊고 있던 태산이라는 아이가 떠올랐죠. 그 동아리에 가입해서 영어 수화를 배웠어요. 한국에 돌아와서 고등학교 졸업하고 대학 입학했더니 또 수화 동아리가 눈에 들어오더라고요. 대학 때 수화 동아리에서는 농아학교를 후원했어요. 이른바 봉사활동? 그렇게 된 거예요. 잡지 기사에 휘가 대학에 전임 출강하는 걸로 나왔던데, 주중에 웬 밤기차예요?"

"부산에서 강연하고 돌아가는 길이에요. 당신도 경산대에 출강하는 것 같던데, 서울에 언제 언제 오는 거예요?"

"강의시간표에 따라 다르죠. 이번 학기는 월요일 화요일에 강의가 집중돼 있고, 수요일이 비고, 목요일에 강의가 있어서 그날 오후에 서울로 가요. 일요일에 부산으로 돌아오고요. 오늘은 괜히 밤에 나서 본 건데 그쪽을 만나게 됐네요."

"나를 만나려고 나선 거죠. 만나야 할 사람이라서 만나게 된 거고요. 우리가 하필이면 같은 기차를 타고, 같은 시각에 화장실로 간 게 우연이겠어요? 이건 운명이에요."

"자꾸 그런 식으로 얘기하면 못써요. 그러다 정말 큰일 나. 검색해 봤다니까 알겠지만, 나는 사람들 몰래 풀잎 한 장도 못 뜯어요."

"사람들 몰래 풀잎 뜯어 달라고 안 할게요. 몇 시간 동안 어떻게 할지나 고민합시다. 나가서 표를 끊고 대합실에서 자판기 음료라도 뽑아 먹으면서 버틸지, 주변 찜질방에라도 들어갈지."

"찜질방? 거길 이런 시각에도 들어갈 수 있어요?"

"물론. 역 근방에는 대개 찜질방이 있고, 찜질방은 거의 스물네 시간 개방해요. 편안한 옷으로 갈아입고 한두 시간 푹 쉴 만하고요. 아, 거기서는 남녀가 엉겨 붙을 수는 없으니까 당신이 편할 거예요. 나를 경계한다면 말이죠."

"큰일 날 말을 자꾸 하는 사람을 어떻게 경계 안 해. 어쨌든 거기 한번 가 봐."

꼬리 잘린 혜우 말투에 나는 또 웃음이 난다. 연신 웃고 있는 셈이다. 세상모르고 붙어 지냈던 아홉 살, 열두 살 시절로 돌아간 것 같다. 가방 두 개를 메고 벤치에 깔았던 점퍼를 털어 혜우한테 걸쳐 주곤 걸음을 옮긴다. 역사 안 대합실은 텅 비었고 매표창구가 닫혀 있다.

"나가서 인터넷으로 예약합시다."

역전 광장 건너편 건물에서 찜질방 간판이 반짝인다. 3층까지가 사우나를 겸한 찜질방 시설이고 4층부터 7층까지는 모텔인 건물이다. 입구는 하나인데 찜질방은 계단으로 올라가게 돼 있고 모텔은 엘리베이터를 타게 되어 있다. 내가 계단으로 걸음을 옮기는데 혜우는 엘리베이터 버튼을 누르고 있다.

순간 나도 모르게 천정이며 벽을 둘러본다. 인터넷에서 검색해 본 서혜우는 새벽 모텔 입구 같은 곳에서 누군가의 눈에 띄면 안 되는 사람이었다.

🌿 은하수를 보아요

혹시 당신이 작년 초에 출판사 '글의 강'에서 장편소설 〈북두칠성〉을 출간한 '유안나'라는 작가인가요?

우리 회사 자료실이 도서실을 겸하고 있는데 거기서 〈북두칠성〉을 발견하고 읽었어요. 당신 만나고 돌아온 사흘 뒤였어요. 유안나 작가 약력에 1983년생이고 민속학을 공부하다 소설을 쓰기 시작했다고 나와 있는데요. 사진은 실리지 않았는데 나한테는 꼭 당신이 쓴 소설 같았어요.

설마 당신이 내 어머니 이름을 기억했다가 소설 주인공 이름으로 썼을까! 그러면서도 당신이 아니라면 소설에다 '은용화'라는 이름을 쓸 작가는 없을 것 같다는 거죠. 소설 읽고 나서 작가 유안나를 마구 검색했는데 〈북두칠성〉으로 문예지 〈글의 강〉의 공모소설 상을 받았다는 것 이외의 사실은 뜨지 않더군요. 그래서 오히려 당신이 아닐까 했어요. 이 모든 게 괜한 비약일까요?

함경박물관의 전통의상 전시회를 보러 갔어요. 당신이 어디 있을지 생각하면서 귀를 기울여 보기도 했어요. 관람하는 내 등 뒤로 다가오는 발걸음이 당신이기를 바라면서, 당신이 내게 다가와도 아는 체하지 말아야지 작심하면서. 전시실 안에 울리는 모든 걸음이 전부 당신 같은데 두 시간 동안 내게 다가오는 소리는 없었어요.

마당 양쪽 노을빛 서린 느릅나무 가지가 하르르하르르 날듯이 흔들리고 있네요. 느릅나무 집이에요. 수령이 3백 년쯤 된 저 두 느릅나무는 몇십 년 전까지는 마을 사람들에게 많은 것을 베풀었던가 봐요. 봄에 친 가지의 껍질들은 떡이 되고, 가을에 친 가지들은 약재로 흔히 쓰였다고 해요. 우리 집에서 오래도록 땔감으로도 쓰였고요. 저 느릅나무들이 원래는 우리 집 담장 밖에 있었대요. 서울에서 살던 할머니가 이 집으로 들어오면서 느릅나무들이 있던 땅을 사서 집 안으로 들이고 아래채를 지은 거래요. 그 여름, 어린 신랑신부의 신방이 있었던 아래채를요. 그 방은 옛날 자취를 고스란히 담은 채로 그냥 있어요.

나는 어릴 때부터 지내던 안채 건넌방을 여전히 쓰고 있어요. 오늘 아침에 잠에서 깨어나다 생각난 건데, 그때 느릅나무 밑에 앉아 있기 좋아하던 단비가 나무에다 이름을 붙였다는 거예요. 그 무렵, 그러니까 무등산을 올라갔다 온 이튿날 오후였죠. 오른쪽 나무 밑에 앉아서 나무를 올려다보던 단비가 나한테 이렇게 말했어요.

"나무가 무등산 같아. 나무에 산이 다 들어 있어. 나무 이름을 '무등'이라고 부를까 봐. 멋지지?"

화순 백아산에 다녀온 뒤에도 당신은 왼쪽 느릅나무에다 '백아'라는 이름을 붙였죠.

오늘 아침부터 나는 오른편 느릅나무를 '무등'이라고 부르고, 왼편 나무를 '백아'라고 부르고 있어요. 그런데 당신은 백아산의 백아(白鵝)가 '흰 거위'라는 뜻인 걸 알고 있을까요?

당신이 유안나 작가인지 아닌지 알 수 없지만 글을 많이 쓰는 모양이에요. 부인에 대해 묻는 기자들의 질문에 당신 부군이 말한 기사를 읽었어요. 아내는 강의하고 박물관 학예관으로 일하며 틈틈이 글 쓰며 바쁘게 산다고요. 부부가 각자 서로의 세계를 존중하기 때문에 외조니 내조니, 강조하지 않는다고.

안개비가 내리는 이런 날에 당신은 어떤 글을 쓸까요. 당신이 유안나 작가가 맞다면 새 소설을 쓰고 있을 거라고, 그 내용이 어떨까 상상해 보고 있어요.

〈은하수를 보아요〉는 내가 가사를 쓴 영화 〈샤먼〉의 주제곡이에요. 꽤 알려진 곡이지만 당신이 알고 있는지 모르겠어요. 아무 사이트나 클릭하면 들을 수 있을 거예요. 당신을 다시 만날 수 있을 거라고 생각하지 못한 상태에서 가사를 썼는데, 요즘 들으면 꼭 당신을 저만치 두고 그리워하면서 쓴 것 같다는 생각이 들어요. 한번 들어 봐요.

지난 나흘간에 걸쳐 내년에 촬영 시작할 영화의 출연자 오디션을 했어요. 새 영화가 수백억을 투자하는 대작이라 주연배우부터 엑스트라까지 모두 공개 오디션으로 뽑는데, 오디션에 참가할 배우며 배우 지망생이 아주 많았어요. 신촌 사옥에서 오디션을 진행할 수 없어서 여주에 있는 한 폐교를 빌렸어요. '달궁 초등학교'였다가 폐교된 뒤 '달궁 생활사박물관'이 된 곳인데, 달궁박물관은 새 영화의 중요 무대가 될 곳이기도 해요. 주연배우 4명과 조연배우 10명, 단역배우들까지 뽑는 데 나흘이 걸렸어요. 몹시 지쳐 돌아와서 10시간이나 자고 일어난 참이에요.

첫눈이 오시네요. 이런 시각에 당신은 뭘 하고 있을까. 당신 생각이 깊어질 때면 당신 이름을 검색해 보곤 하는데, 당신 주변 때문에 매번 놀라요. 당신 외가와 친가, 당신 부군의 친가와 외가. 당신 부부를 둘러싼 네 집안. 정계와 재계와 법계와 학계를 그물망처럼 얽고 있는 당신의 어마어마한 배경. 당신이 속한 집안은 세간의 비난을 받을 만한 어떤 빌미도 밖으로 드러내지 않는 것 같더군요.

당신 세상의 사람들은 20년, 30년 뒤까지, 어쩌면 100년 뒤까지 계획하여 사람을 만들고 사람을 지키면서 자신들의 아성을 강건하게 고수하고요. 아홉 살의 서혜우가 혼인을 두 번이나 한 것도 그 계획 구도에 맞추기 위해서였겠지요.

그동안 내가 인터넷에서 찾은 사실들을 그러모아 조합한 당신 세상이 그렇더라고요. 남모르게 풀잎 한 장도 뜯을 수 없다던 당신 말은 농이 아니었어요. 더 이상 다가오지 말라던 당신 말.

그런데도 나는 수시로 당신을 생각하고 그리워하면서 견딜 수 없으면 이렇게 당신한테 말을 해요. 이렇게라도 표현할 수 있는 게 좋아요. 나 좋자고 이러는 게 당신한테 미안하고요. 그래서 생각했어요. 당신이 내 이런 행동이 싫다고, 그만두라고 어떻게든 표현하면 그쳐야겠다고.

신년 초에 독일 뮌헨에 가요. 뮌헨서 열흘 정도 지내며 네 차례 강연할 거예요. 뮌헨 일정이 끝나면 뉴욕으로 건너가 NYFA(New York Film Academy)에서 5주짜리 단기강좌를 꾸릴 거고 거기서 내년 4월에 시작할 새 영화 시나리오를 다듬으려 해요. 몇 년 전부터 내 안에서 키워 온 시나리오 세부가 장황해서 그쪽에 있는 친구들과 의논을 좀 할까 싶기도 하고요. 새 영화 제작 작업에 참여할 친구 여럿이 그쪽에 있거든요.

계획은 그런데, 사실 시나리오는 촬영이 끝날 때까지는 마무리되는 게 아니에요. 끝날 때까지 끝난 게 아니다, 그런 속설이 있잖아요. 세상 모든 일이 그런 것처럼 시나리오도 그래요. 시나리오를 생각하다가 당신을 상상하면서 웃기도 해요. 당신이, 또 나야? 그럴 것 같아서요.

귀국은 2월 말에 해요. 당신한테는 내가 어디에 있든 똑같을 텐데, 나는 뮌헨이나 뉴욕이 갑자기 지구 밖에 있는 도시들처럼 느껴져요.

'우리 만난 적 없는 걸로 해요.'

6개월 전, 휘와 만났다가 헤어질 때 나는 그렇게 말했다. 전화번호를 알려 달라는 윤휘의 청에 대한 대꾸였다. 그가 건네는 명함도 마다했다. 그 일주일 후, 발신자가 '은용화'인 우편물이 사무실로 도착했다. 은용화는 내가 쓴 소설 〈북두칠성〉의 여주인공 이름이었다. 주변에서는 내가 '유안나'라는 필명으로 소설을 출간했다는 사실을 몰랐다. 모르게 하느라 애썼다. 그런데 은용화가 내게 뭘 보내다니!

은용화는 휘의 어머니 이름이기도 했다. 〈북두칠성〉을 쓰기 위해 여주인공 이름을 궁리할 때 그 이름이 금세 떠올랐다. 왜지? 갸웃하다가 언젠가 누군가한테서 들었던 이름이라는 걸 깨달았다.

그 여름 시골집 마당에는 맨드라미가 생피를 흐트러트려 놓은 듯이 붉었다. 흰 민들레는 햇솜을 뿌린 것처럼 희었다. 그 극채색의 대비 속에서 여름을 함께 보내게 된 두 아이가 만났다. 내가 이름을 밝혔을 때 사내아이가 족보를 읊다시피 했다.

내 아버지는 '윤가 중'이고, 내 어머니는 '은가 용화'야. 나는 아명이 '태산'이고 이름이 '윤가 휘'야. 윤휘.

은용화가 보내온 우편상자 속에는 윤휘 명의의 통장과 도장과 신용카드, 전화기, 메모지가 곁들여 있었다. 통장과 신용카드의 비밀번호가 두 사람의 음력 생일이라고 쓰인 메모지였다.

둘이 만난 이튿날 개설된 통장에는 1천만 원이 들어 있었다. 받아 든 통장이며 신용카드가 유체스럽다 못해 의심스러웠다.

"나한테 돈을 왜? 미쳤나 봐!"

그렇게 중얼거리긴 했지만 코끝이 매큼해지며 눈물이 났다. 그가 돈이며 신용카드를 보낸 뜻은 전화기를 보내온 의미와 같았다. 자신을 향해 은밀히 움직일 때 쓰라는 것.

전화를 걸지 않았다. 물론 그의 신용카드를 쓰지도 않았다. 통장을 생각할 때면 바보처럼 웃음이 나기는 했다. 어쩌면 그는 열두 살에 자기 운명을 통째로 저당 잡히고 그 덕에 어찌어찌 살아왔을 것이었다. 앞으로도 그와 같이 살아갈지도 몰랐다. 그런 남자가 서혜우한테 천만 원을 주고도 모자라 다달이 백만 원씩 보내오고 있다.

그의 돈을 쓰지 못하고 전화도 걸지 못하지만 나는 그가 이따금 녹음해 놓은 메시지를 확인하며 그를 누린다. 여섯 달 넘게, 답장한 번 못 받으면서도 지치지 않고 보내오는 그의 목소리를 십수 번씩 반복해 들으므로 누리는 게 맞다.

휘가 만나자는 말 대신 자기 일정을 세세히 말하는 이유는 그 일정들의 어느 틈새로 내가 찾아와 주기를 바라서일 것이다. 여자가 연락 한 번 하지 않고 반년을 넘기는 동안 남자의 어조는 한결 같았다. 지순하고 지극했다. 내가 그를 향해 어떤 연락도 못 하는 이유다.

기차에서의 재회는 우연이라 칠 수 있다. 내가 연락을 취하는 순간은 선택이 된다. 그 선택의 결과는 치명적으로 작용할 것이다.

그러면서도 나는 그가 연락을 그칠까 봐 두렵다. 그만해요. 그 한 마디면 그칠 그이므로 그만하라는 시늉조차 내지 못한다.

"이사님."

남은영이 다가와 부르는 소리에 창에서 돌아선다.

"염도진 수석이 이사님의 이번 주말 일정을 물어 왔습니다. 내일 상경하실 건지, 상경하신다면 일정이 어떻게 되시는지."

염도진은 국회의원 양재륜의 수석보좌관이다.

"내 일정은 뭣 때문에 묻는 건데요?"

"소장파 의원들께서 부부 동반으로 만나 가벼운 송년회를 하시려는 모양입니다. 보좌들끼리 시간을 타진하고 있는 것 같고요."

"이번 주말에 내 일정이 어떻게 돼요? 서울이 아니라 김해시 쪽에 일이 있지 않아요?"

"내일, 22일 토요일에 천사영아원에서 봉사활동이 잡혀 있고, 23일인 일요일부터 25일까지는 하루 3군데씩 복지시설을 돌기로 돼 있습니다."

"그러니까 못 간다고 하세요. 천사 노릇, 산타 노릇으로 바빠 마누라 노릇할 틈이 없다고."

"예, 이사님."

"그리고 연말 연초에도 서울 못 간다고, 도서관에 박혀서 논문 쓸 거라고 하세요. 설에 가겠다고."

엊그제 통화할 때 어머니가 또 논문을 채근했다. 요즘 어머니는 통화할 때마다 그 타령이다. 〈페미니즘의 미래 연구〉로 워싱턴 대학원에서 석·박사 학위를 받은 어머니 정혜식 교수는 여성학 박사다. 현재 학장으로 재직 중인 대학에서는 물론 한국 여성학계에서 위상이 높다. 정혜식은 스물다섯 살에 석사 과정을 끝내고 박사 과정 중에 나를 낳고 박사 학위를 취득했다.

스물일곱 살의 정혜식은 박사 논문에서 페미니즘의 미래는 결국 휴머니즘이라고 결론 내렸다. 휴머니즘을 추구하는 정혜식 박사는 요즘도 1년에 한두 편씩의 소논문을 발표한다. 그래서 그네는 딸이 박사 학위 취득에 3년이나 걸린 것이며 매년 소논문 한 편씩 발표하지 못하는 꼴을 이해하지 못한다. 강사 노릇이건 큐레이터 노릇이건 학계에서 주목받을 만한 논문을 발표하면서 하라는 것이고, 그 정도는 해야 강단에 설 자격이 있다고 한다.

맞는 말씀이다. 나도 매년 그러려 작정한다. 논문이 술술 써지지 않을 뿐이다. 나는 그만한 능력이 없다. 관심도 없다. 논문 쓴다는 구실로 책상 앞에서 내가 주로 하는 일은 소설 쓰기다.

남은영이 돌아와 말한다.

"염 수석이 이사님과의 통화를 원하는데, 연결할까요?"

"통화, 싫어요."

남은영이 제가 염도진이나 되는 듯 무안한 얼굴로 나간다.

염도진은 양재륜이 유학시절에 만난 사람이다. 아마 DH그룹의 수많은 장학생 중 한 명이었을 것이다. 두 사람은 경제학과 경영학으로 전공이 다르긴 해도 하버드를 같이 다녔다. 염도진이 세 살 아래지만 미국식으로 친구가 되었다. 양재륜이 귀국한 뒤 염도진도 학위를 마치고 귀국했다. 돌아온 염도진은 양재륜이 운영하던 DH경제연구소 연구원으로 들어섰다. 이후 양재륜이 있는 곳에는 염도진이 반드시 있다. 앞으로도 오래, 어쩌면 평생 동안 그럴 터이다.

민속학 자료 열람실에는 나뿐이다. 오전에 기말시험 성적을 산출해 학사본부에 입력했다. 오후 내내 자료들을 잔뜩 펴 놓고 있지만 글자들은 눈앞에서 아른거리기만 했다. 오늘만 그런 것도 아니다. 윤휘를 만난 후 내내 그랬다. 단순히 그가 그리운 게 아니라 그로 인해 촉발된 사념들이 문제였다.

양재륜의 속내, 그와의 결혼 생활이 얼마나 위선적인지 비로소 적나라하게 느끼고 있다고나 할까.

나는 여자가 남자를 좋아하는 걸 자연스럽다고 여기는 성적 다수자다. 휘와의 교접이 그처럼 자연스럽고 짜릿하고 감미로웠던 것을 보면 틀림없다. 그 새벽에 찜질방으로 들어가려는 남자 손을 끌고 모텔로 들어설 때 내 정신은 아니었을 것이다. 기차에서 그를 끌고 내릴 때부터 그랬다. 이게 처음이자 마지막이라는 절박함에 쫓겼던 것 같다. 수줍기도 했다. 소리를 거의 내지 못했다. 고요함 속에 감각 세포들만 극렬히 깨어났다. 온몸의 감각이 몸 중심으로만 쏠렸다. 그건 균열이자 진동이고 일생을 꿰뚫는 관통이었다. 다시는 이전으로 돌아가지 못하리라는 통렬한 환희였다.

양재륜은 남자를 좋아한다. 그는 게이다. 물론 나하고 한 번도 접촉하지 않은 건 아니다. 내 첫 경험은 결혼 첫날밤이었다. 교접을 시도하기는 했다. 양재륜은 발기하지 못했다. 이후에도 몇 번 시도했지만 불발로 그쳤다. 첫날밤을 아울러 네 차례의 시도.

섹스가 어느 정도까지의 접촉을 의미하는지 나는 휘와 교접할 때까지 몰랐다. 휘와 교접하고 나서야 양재륜과 한 건 섹스가 아니었다는 것을 알았다. 그러니까 양재륜과 나는 결혼하고 10년 넘게 섹스를 못 한 것이다.

결혼 전까지 섹스 경험이 없었으므로 그게 어떤 의미인지 알지 못했다. 결혼하고 삼 년쯤 됐을 때는 결혼하면 섹스 하는 게 당연하다는 걸 잊었다. 그렇게 남편으로서의 양재륜에게 문제가 있다는 것조차 잊은 그 무렵에 그와 염도진의 정사 장면을 목격했다. 내 스물다섯 살이 시작된 설 연휴 마지막 날이었다.

서초동 친정에서 묵기로 되어 있던 그날 밤에 거기 있기 싫었다. 아무도 없는 집에서 책이나 읽자 싶어 구기동으로 갔다. 관리인 부부는 자기 집에 가고 없을 테고, 남편은 성북동 본가에서 부친이며 형들과 바둑을 두며 한국 정치와 경제의 상관관계를 논하고 있을 시각이었다. 그 무렵 양재륜은 DH경제연구소에 적을 두고 대학 시간강사로 출강하며 2년 뒤에 있을 총선 출마를 준비하던 차였다. 인지도를 높이기 위해 여러 방송에 자주 출연하던 즈음이기도 했다.

아무도 없을 줄 알았던 집 안에 불이 켜져 있었다. 뜰에 아지랑이처럼 깔린 깊고 낮은 음악소리가 났다. 별채에 있는 남편 사무실 쪽이었다. 어떤 예감 때문에 현관으로 가지 않고 뜰을 돌아 창 쪽으로 다가들었는지는 알 수 없다. 키가 창에 닿지 않아 뜰 가장자리까지 물러나 너럭바위에 올라섰다. 너럭바위에서 훤히 보이는 창 안에 알몸의 남자들이 엉겨 있었다.

남자들이 장난삼아 씨름이나 유도 같은 걸 하는 줄 알았다. 보고 있노라니 섹스 장면이었다. 염도진이 책상 모서리에 한 손을 짚고 다른 한 손으로는 제 성기를 붙들고 있고, 그 뒤에 양재륜이 밀착해 앞뒤로 움직이는. 불을 켜 놓고, 블라인드 드리우는 것도 잊은 채 엉켜 있는 남자들.

그들을 보는데 가슴이 저리면서 코끝이 맵고, 눈물이 났다. 서러움이었는지 분노였는지. 무슨 충동엔가 쫓겨 전화기를 꺼내 그들의 정사 장면을 찍었다. 그들의 정사가 끝나 키스로 서로를 위무할 때까지, 키스를 마치고 술잔을 부딪칠 때까지. 나는 눈물 찔끔찔끔 흘리면서 그들의 몸짓을 동영상에 담았다. 방으로 들어와 불도 켜지 않은 채 있었다. 멀리서 그들이 나가는 기척을 느낀 뒤에도 불을 켜지 못하고, 잠들지도 못한 채 날이 밝아오는 걸 지켜봤다.

그들은 그날 밤 자신들의 정사 장면이 22분 35초짜리 동영상으로 찍힌 걸 몰랐다. 그러므로 양재륜과 염도진은 내 앞에서 여일했다. 모든 시선들 앞에서도 여상했다. 그들을 보는 가족들과 세상 사람들도 달라질 까닭이 없었다. 양재륜은 젊은 경제학자로서 이름을 높였고, 여당으로부터 국회의원 후보로 공천 받아 총선에 출마했다. 경쟁 후보를 압도적인 표차로 누르고 당선되어 염도진을 보좌관 삼아 국회에 입성했다.

나는 달라졌으나 내 달라짐을 드러내지 못했다. 그 두 사람과 주변의 모든 게 거대한 톱니처럼 맞물려 돌아가므로 한 톱니인 나는 엄두가 나지 않았다. 양재륜과 염도진은 어쩌면 유학시절부터 연인이었을지도 몰랐다. 은밀한 동반자로 살기 위해 일에서도 파트너가 된 것일지도. 한편으로 염도진은 양재륜을 통제하는 지배자 같기도 했다. 마치 남편을 조종할 수 있는 부인 같다고나 할까. 연인관계의 형태가 그들의 일에서도 적용되는 것 같았다.

모든 관계에 우위가 설정되고 더 많이 사랑하는 쪽이 약자라면 둘의 관계에서는 어느 쪽이 약자인지, 내가 짐작하기에는 염도진이다. 염도진이 양재륜에게 더할 나위 없는 정성을 바치거니와 양재류의 처인 나를 견제하기 때문이다.

결혼 초기 나와 양재륜의 네 번에 걸친 섹스 시도가 실패한 까닭도 어쩌면 염도진이 주변에 있었기 때문이 아닐까 싶었다. 본처가 남편으로부터 첩을 떼어 놓으려 하는 느낌이랄지, 반대로 애첩이 남편 모르게 본처를 따돌리는 느낌이랄지.

내 할아버지나 아버지가 바깥여자 문제로 집안을 소란하게 하는 걸 본 적이 없는데도 그런 생각을 하는 내가 우스웠다. 나를 우습게 만든 그들에게 대항하는 유일한 방법이 나한테는 그들을 모르는 체하며 무시하는 것뿐이었다.

지금까지는 그렇게 여겼다. 휘를 만난 뒤로는 혼란스러웠다. 이대로 사는 게 어떤 의미가 있는가. 아버지가 대통령이 된다 치자. 어머니가 영부인이 된다 하자. 또 언젠가 양재륜이 대통령이 된다고 가정하자. 그래서 어쩌자는 것인가. 그런데 또 이대로 살지 않고 내가 독립만세를 부른다 치자. 그건 또 무슨 의미가 있는가.

오늘 논문 원고를 쓰기는 아무래도 그른 것 같다. 책상 위에 널려 있는 책자들이며 자료집들을 정리한다. 휘는 1월 4일에 출국해 2월 말에 돌아온다. 그 안에 못 보면 두 달이나 더 기다려야 한다. 그를 다시 보기로 한다면 그렇다. 하지만 나는 그를 다시 만나지 않기로 작정했다. 날짜를 따져 볼 필요가 없는 것이다.

집에 돌아가 윤휘의 영화들이나 봐야겠다. 〈수화〉, 〈기억의 늑대〉, 〈샤먼〉. 휘가 지금까지 만든 3편의 영화 중에 나한테 제일 힘든 영화는 〈기억의 늑대〉다.

〈기억의 늑대〉 주인공의 부모는 1980년 5월 광주에 살던 젊은 부부다. 영화감독이 되고자 했던 남편은 그 무렵 시작하려던 영화의 스태프로 결정된 참이었다. 동갑내기 아내는 대학 앞 서점에서 일하며 대학원을 다니고 있었다. 무력을 앞세워 등장한 신군부가 광주에서 살육을 자행했을 때, 마침 집에 와 있던 남편은 카메라를 들고 나가 행방불명되었다. 돌아오지 않는 남편을 기다리던 아내는 임신 중이었다. 아이를 낳은 아내는 남편의 행방을 찾는 과정에 광주의 5월을 규명하고 광주에서 살육을 행한 권력을 타도하자는 단체의 일원이 되었다. 아이가 세 살쯤 된 어느 날 아이 엄마도 사라졌다.

〈기억의 늑대〉는 할머니 손에서 자라 서른 살이 된 남자 주인공이 실종된 부모를 찾고 실종 원인을 규명하는 이야기였다. 1980년 음력 7월 7일에 태어난 감독 윤휘의 개인사가 짙게 투영된 이야기이기도 했다.

판권이 12개국에 팔렸다는 〈기억의 늑대〉는 국내 관객에게는 외면당했다. 거대한 폭력의 소용돌이에 휘말려 사라진 젊은 부부의 아들 이야기를 보고 싶어 하는 국내 관객이 드물었던 것이다. 사람들은 고통에 대한 인내심이 별로 없다. 겪은 사람들은 지나간 고통을 회상하지 않으려 하고, 직접 겪지 않은 사람들은 더욱 기피했다.

〈기억의 늑대〉를 보고 그 영화와 관련된 상황들을 찾아 읽으면서 나는 1980년 5월 광주에서 생긴 일의 의미에 대해 처음으로 생각했다. 그동안 나한테는 '5월 광주'가 경술국치나 광복절이나 4·19나 5·16처럼 역사 속의 한 사건이었을 뿐이다. 휘를 만나지 않고 그의 영화를 보지 않았다면 그 봄이 아직 현실로 진행되고 있다는 것을 인식하지 못했을 것이다. 작년 봄 인천항에서 제주도로 가던 세월호가 진도 앞바다에서 침몰했을 때, 어처구니없어 했을지라도 현실감이 없던 것과 같은 맥락이었다.

그날, 강의 중에 학생들이 웅성거리기 시작했다. 무시하기에는 소란이 컸으므로 스마트폰을 검색하는 학생들한테 무슨 일이냐고 물었다. 수백 명이 승선한 여객선에 사고가 났다. 먼 바다가 아니라 진도 연해였다. 당연히 구조요청이 있었고 방송사들이 구조과정을 생중계했다. 그 중계방송을 보는 누구나 세월호 승객들이 구조될 거라 여겼다. 해양경찰과 해군이 와서 거의 다 구조할 것이라고.

그만큼이 내가 느낀 현실이었다. 선장이며 승무원들이 먼저 도망치고 남은 승객들을 담은 배가 바닷속으로 가라앉은 것은 현실 같지 않았다. 비현실이므로 먼 나라 얘기거나 지나간 역사들 같았다. 5·18항쟁이니 4·3사태니 6·25니 8·15니 ….

그날 수업은 엉망이 되었으나 나는 그때 내 친가와 외가의 서씨와 정씨 중 그 무렵의 정치에 직접 관련된 사람이 없다는 사실에 잠깐이나마 안심했다. 동시에 그런 내가 얼마나 이중적인지를 느꼈다. 내 친가와 외가에 속해 온 사람들은 물론, 시가라 할 수 있는 DH그룹도 한국 근현대사에서 일어난 모든 불행한 일들에서 어떤 면죄부도 받을 수 없었다.

"의원님께서 내일 구기동으로 와 달라 하시는 모양입니다."

도서관 책들을 제자리에 꽂고 가방을 다 챙긴 참에 다시 들어온 남은영이 내 눈치를 보며 말했다.

"내 일정, 말씀드리지 않았어요?"

"말씀드렸는데, 다른 의원 부인들께서는 모두 내일 저녁 모임에 찬성하시는 모양입니다. 일단 의원님께서 통화를 원하십니다. 이사님의 전화기를 켜 놓아 달라 하시고요."

"말씀드렸으면 됐어요. 집에 갈 때 내가 운전해 볼게요."

눈이 동그래진 남은영이 제 손바닥으로 자기 입을 막는다. 놀라거나 난감할 때 나오는 버릇이다. 그동안 나는 운전면허를 취득해야 한다는 생각을 해 보지 못했다. 휘를 만나고 돌아온 뒤 운전을 하지 않는 내가 비로소 한심했다. 운전학원에 등록해 필기시험을 치르고 2주 동안 다니며 연습했다. 지난달 말경에 실기시험을 통과했다.

"은영 씨, 겁나면 타지 않아도 돼요. 택시로 따라 오세요."

"이사님, 그러시다 본부에서 알게 되면 저는 해고됩니다."

남은영이 말하는 본부는 경산대 이사장 비서실이다.

"내가 운전 좀 한다고 은영 씨를 해고하지는 않을 거예요. 그렇지만 혹시 본부에서 은영 씨를 해고하면 내가 고용할게요."

남은영이 찡그리듯 웃는다. 태권도 국가대표로 아시안게임에 출전한 적이 있는 남은영은 경호회사에서 근무하다 내 수행 겸 경호원으로 채용되었다. 태권도, 합기도와 검도 등의 단수를 합치면 8단이나 되는데도 금메달 획득에는 실패했던 모양이었다. 이듬해 국가대표 선발에서 탈락한 남은영은 경호회사에 입사했고 누군가의 뒤에서 그림자처럼 움직이는 게 일이 되었다.

도서관 주차장에 세워진 차 앞에 이르자 남은영이 정말 운전할 거냐는 듯 나를 쳐다본다.

"열쇠 주세요."

남들 다 하는 운전인데 나라고 못 하랴. 오기 부리며 취득한 운전면허다. 운전면허를 땄으니 한번 해 보는 것이다. 한 번 하면 두

번, 세 번도 할 것이고 거듭하노라면 익숙해질 터. 머지않은 어느
날 차를 몰고 혼자 가고 싶은 곳으로 갈 수 있게 될 것이다. 책가방
을 뒷자리를 들여놓고 운전석에 앉아 안전띠를 매고 시동 버튼을
누른다. 시동 걸리는 소리가 유쾌하다. 남은영이 마지못해 차 문을
열고 들어와 옆자리에 앉는다.

쉿, 비밀이야

혜우를 다시 만난 이후 내 시간 셈법이 달라졌다. 혜우와 만난 지 23년 일주일, 23년 두 달, 23년 여섯 달이라 꼽는 식이다. 그렇게 23년 7개월 14일째. 그 사람이 어디 있는지 아는데 닿을 수 없는 나날은 찔레꽃 넝쿨을 헤치며 걷는 길 같았다. 온몸에 새겨진 생채기에서 향기로운 피가 흘렀다. 그 고통을 줄이기 위해 혜우를 힘들게 할 수 없으므로 인내하는 시간은 고독했다.

고통과 고독을 그러모아 할 수 있는 일이란 글쓰기뿐이었다. 고통스럽고 고독한 그리움을 글로 썼다. 그리워 고독하고 고독해 더욱 깊어지는 그리움을 글쓰기로 삭이는 동안 오래 끌어왔던 소설 〈쉿, 비밀이야〉의 초고가 만들어졌다. 〈쉿, 비밀이야〉는 시나리오 〈돈 세이 워드〉의 소설본으로서 시나리오를 충실하게 만들기 위한 보조작업이었다. 〈쉿, 비밀이야〉를 쓰는 내내 기시감(旣視感)에 시달렸다.

〈기억의 늑대〉를 만들던 무렵에 〈돈 세이 워드〉를 처음 구상했다. 4년 전 그때부터 메모해 가며 발상을 키워 왔던 내용인데, 혜우와 다시 만날 걸 예감이라도 한 듯이 여주인공 캐릭터가 서혜우와 닮아 있었다.

〈돈 세이 워드〉의 남자 주인공은 30대 중반의 문화부 기자 김하승이다. 단원 김홍도의 만년 자화상이 나타났다는 소문이 고미술계에 번졌다. 전해 오는 단원의 자화상은 옥골선풍의 20대 모습이다. 단원은 50대 후반까지 산 것으로 추정된다. 30여 년이 흐른 뒤 단원은 어떤 모습일 것인가. 고미술계는 물론 여러 학계가 떠들썩한 참이다.

문화부 기자 김하승이 단원의 만년 자화상을 쫓는 이유는 집안의 족보에 김홍도가 11대 조로 기록되어 있기 때문이다. 단원 김홍도가 김하승의 11대 할아버지 김홍도와 동일 인물인지를 뒷받침해 줄 자료가 없고 사실을 알고 있는 사람도 없다. 단원의 낙관이 찍힌 〈식구〉(食口)라는 그림이 집안에 전해져 왔을 뿐이다.

〈식구〉의 계절은 봄이고, 일곱 사람이 그려져 있다. 문 열린 건너채 방에서 그림을 그리는 노인. 그 뜰방에서 강아지를 데리고 노는 두 소년. 몸채 마당에서 계집아기를 업은 채 사립 밖을 내다보는 안노인. 담 바깥 골목에 집을 향해 오고 있는 젊은 아낙은 곡식자루를 이었고, 아낙 뒤에 나뭇단을 진 사내가 따랐다.

〈식구〉가 단원의 진품으로 확인된 건 20여 년 전, 고미술품과 민속품 등을 감정하는 텔레비전 쇼 프로그램이 생겼을 때였다. 〈식구〉 감정가가 1억 5천만 원이었다. 하승이 중학교에 입학한 해였다. 간암 투병 중이던 하승의 아버지는 2억 원을 받고 〈식구〉를 재벌기업의 미술관에 넘겼다. 아버지는 그 2억 원을 3년여에 걸쳐 암 치료비로 탕진하고 세상을 떠났다. 진품 〈식구〉와 아버지가 떠난 뒤 집에는 재벌기업 미술관에서 실사해 준 복제품이 남았다. 남은

게 더 있긴 했다. 하승에게 생긴 고미술에 대한 흥미와 집착이었다.

문화재며 고미술품 전문기자인 하승은 취재차 찾아간 달궁 생활사박물관에서 여강아를 만난다. 무명화가인 여강아는 또래보다 세상 물정이 어둡고 겁이 많다. 여강아는 눈에 보이는 것, 생각하는 것을 모두 그려낼 수 있어도 자신의 그림을 남 앞에 드러내길 두려워한다.

김하승한테 그렇게 보였던 여강아는 최고 권력을 꿈꾸는 집안의 딸이며 거대 재벌집안의 며느리다. 여강아가 속한 재벌가의 미술관은 현시가 20억 원으로 평가되는 〈식구〉를 소장하고 있고, 여강아의 남편은 머지않아 사법계를 떠나 정치계로 들어설 계획인 검사다.

〈돈 세이 워드〉는 김하승이 김홍도의 '만년 자화상'을 찾아다니던 중 여강아를 만나 사랑하면서 그 여자를 둘러싼 거대한 권력과 맞짱 뜨는 감성 액션 영화다. 지금까지 내가 만든 3편의 영화가 개인을 통해 사회를 보았다면, 이번에는 사회라는 큰 틀을 통해 개인을 보는 방식이라 할 수 있다.

시나리오의 결미는 유동적으로 남겨두었다. 영화일망정 부정적인 엔딩으로 마감하기 싫기 때문이다. 그 덕분에 같은 내용의 소설 〈쉿, 비밀이야〉도 결미를 짓지 못했다. 시나리오를 읽은 회사 스태프들도 마무리는 더 궁리하자는 쪽이다. 뉴욕 가서 의논하고 다녀와서 다시 논의해 엔딩을 정한 뒤 4월 중순 경 크랭크 인하기로 했다.

영화 〈샤먼〉은 유럽 여러 나라에서 아직 상영 중이다. 독일 뮌헨에서 신년 초에 열리는 한국영화축제에 참석해 달라는 초청을 받은 건 지난 5월 혜우와 만났다가 헤어진 며칠 뒤였다. 모교인 NYFA에

서 겨울 단기강좌 강의를 제안 받은 건 영화 〈샤먼〉을 개봉한 직후
였다. 출국 일시가 1월 4일, 내일 아침 6시다.

수시로 전화기를 들여다본다. 혹시 나 모르는 새에 혜우로부터
문자 메시지라도 오지 않았을까 하는 것이다. 잠깐 시간이 나니 제
근방으로 와 달라거나, 지나는 길이 있어 이쪽에 들르겠다거나.

"선생님, 무슨 기다리는 연락 있으세요?"

출국 준비를 도와주마고 들른 스물여섯 살의 하신욱은 내 대학
친구 하장욱의 동생이다. 내 첫 제자 중 한 명이자 내가 공동대표로
있는 시네마 연의 연출부 막내다. 영화 〈샤먼〉에 조연으로 출연하
면서 배우로서도 얼굴을 알렸다.

신욱은 자신이 연출에 재능이 있다 여겨 평생 할 일로 정한 듯했
다. 내가 보기에는 배우로서의 재능이 훨씬 큰 것 같았다. 신욱의
재능이 어디로 뻗어 있는지 관찰해 볼 셈으로 〈돈 세이 워드〉에서
는 주인공 김하승의 동생 김주승 역으로 캐스팅했다. 주승은 세상
모든 웹툰을 꿰고 그 세계 안에서만 사는 캐릭터다. 스스로 웹툰을
그릴 수는 없으되 여러 웹툰에 의지하여 생각하고 움직이는 컴퓨터
귀재이다.

크랭크 인을 석 달여 앞둔 요즘 신욱은 김주승이 되기 위해 인터
넷에 올라오는 만화를 섭렵하면서 간간이 내 일을 돕고 있다. 박도
현과 고하경 등 〈돈 세이 워드〉의 주연, 조연들이 모두 신욱처럼
자신의 캐릭터를 연구하며 지내고 있을 것이다.

"몇 시간째 전화기만 보시는 것 같은데, 그냥 전화를 거시지 그러
세요?"

"그런 거 아니야. 준비 다 된 거 같네. 나는 얌전히 있다가 새벽

에 택시 타고 공항으로 갈게. 너는 그만 나가서 네 일 해. 오늘 고마웠다."

"그러죠. 근데요, 선생님. 술 한잔 안 하세요? 회사 사람들이 지금쯤 모두 '오 여사네'로 옮겼을 텐데요?"

"나는 됐어."

"지난여름부터 선생님, 술자리에 거의 끼지 않는 거 아세요?"

그쯤부터 나는 혜우한테 심각히 취한 것 같았다. 혜우 취기에다 술까지 들이부으면 무슨 사고를 칠지 몰랐다. 혜우의 서울 집이 있다는 구기동을 서성이거나, 부산 집이 있다는 경산대 근방을 헤매거나. 서성이고 헤매다가 참지 못하고 아무 데서나 '서혜우 나와!' 고래고래 외치게 될까 봐 두려웠다. 어떤 식으로든 삐끗만 해도 혜우의 삶이 뒤흔들릴 터였다.

혜우가 나한테 흔들려 만나러 오기를 절실히 바라지만 스스로 원하지 않는 일을 내가 할 수는 없었다.

"그럴 때도 있는 거지."

여상한 척 읊조리는데 전화벨이 울린다. 영화 〈샤먼〉의 주제곡인 〈은하수를 보아요〉다. 가슴이 덜컥 내려앉다가 마구 뛴다. 혜우는 슬기로운 비, 혜우(慧雨)다. 필요할 때 맞춰 내리는 슬기로운 비이므로 단비다. 내 전화기에 혜우는 '단비'로 입력되어 있고 컬러링은 〈은하수를 보아요〉이다.

"컬러링이 〈은하수〉라! 그 은하수가 누구실지 무지하게 궁금하네요만, 저는 가 볼게요. 뮌헨 도착하시면 연락 주시고요."

신욱이 나가는 것에 맞춰 전화기를 여는데 끊긴다. 10초도 기다려 주지 않고 끊었다. 이럴 경우 보통은 이쪽에서 저쪽으로 전화를 걸어 응답하는 게 순서다. 혜우한테도 보통 경우를 적용해도 괜찮을까. 전화기를 붙들고 잠시 갈등하는 사이 메시지가 뜬다.

5분 뒤에 서울역에 도착해요. 댁이 어디신가요?

가슴이 마구 뛰고 손이 떨려 주소를 치는 손가락이 흔들린다. 나는 서교동 주택가의 집 2층에 세 들어 산다. 1층에는 60대의 주인 내외가 살고, 내가 사는 2층은 쪽문이 따로 나 있다. 집주소를 전송하고 연이어 메시지를 보낸다.

택시 타고 던킨도넛 서교동점 앞에서 내려요. 나가 있을게요.

집 안을 한 바퀴 둘러본다. 깨끗하다. 두 달 간 비워 놓기 위해 해 놓은 청소가 손님 맞을 채비가 되었다. 서울역에서 택시를 타면 보통 20분쯤 걸린다. 보통이 그렇고 막힐 때는 무한정이다. 저녁 7시 10분이다. 장기간 비울 준비를 해 놓은 집 안에 먹을거리라고는 술뿐이다. 뭔가 맛있는 걸 먹이고 싶은데 혜우가 무슨 음식을 좋아하는지 모른다.

창을 내다본다. 이층집들과 다세대 주택으로 이루어진 골목은 한산하다. 내다보는 1분 사이에 승용차 한 대가 지나가고 사람 둘이 지나간다. 5분 뒤 외투를 걸치고 모자를 눌러 쓰고 집을 나선다.

도넛 가게 안에는 사람이 많다. 요즘 젊은 사람들은 도넛 가게에서 저녁을 먹기도 한다. 도넛 가게 유리벽 안을 구경하는 나는 요즘 젊은 사람이 아닌 것 같다. 쇼 케이스처럼 사방이 트인 유리벽 안에서 타인들의 시선을 의식하면서 그 시선을 즐기는 요즘 젊은 사람들. 나한테 도넛은 즐기지 않는 주전부리일 뿐이다. 내가 느끼기에 요즘 사람은 못 되는 혜우도 어쩌면 도넛 가게에서 저녁을 먹어 본 적 없을 것이다.

지하도를 건너가야 하는 8차선 대로 저편에 대형 마트가 있다. 내가 일상의 물건과 음식들을 사는 곳이다. 대형 마트에 가 본 적 없을 혜우를 데리고 가서 쇼핑할 수는 없다. 혜우가 나를 발견하기 쉽도록 내 모습이 잘 보일 수 있는 불빛 아래 선 채 저만치에 있는 택시 승강장을 살핀다. 7시 40분이다. 전화기로 시각을 들여다보는데 문자 메시지가 들어온다.

당신이 너무 환해. 현재 당신을 힐끔거리는 여자가 20명은 돼 보여. 지금 느끼는 건데 나는 질투가 심한 것 같아. 당신 쳐다보는 여자들이 밉거든. 뒤따라 갈 테니 앞서 집으로 걸어가요. 두리번거리지 말고.

〈돈 세이 워드〉 다음에는 아무래도 첩보영화를 만들게 될 성싶다. 그 영화에는 혜우처럼 예쁘게 질투하는 여주인공이 있을 것 같고. 문자를 치며 집 쪽으로 향한다.

던킨에서 왼쪽으로 50미터 지점에 있는 골목, 안쪽으로 100여 미터쯤 왼쪽에 있는 은색 철대문 집. 은색 대문 옆에 있는 녹색 외문으로 들어가 계단 올라 2층. 열쇠 번호는 예전에 알려 준 그 숫자. 먼저 들어가 있어요. 나는 10분 뒤에 들어갈게요.

메시지를 보내고 집 앞을 지나쳐 골목을 지나쳐 걷는다. 열어 놓고 나온 바깥문이나 현관문이나 번호는 같다. 두 사람의 음력 생월일인 0707. 지난 20여 년간 노상 혜우를 생각하며 산 것은 아니었으나 비밀번호가 필요한 모든 곳의 숫자는 0707이 기본이었다. 네 자리 숫자가 필요할 때는 0707이고, 숫자가 더 필요할 때는 두 사람의 생년인 80과 83을 덧붙였다. 아이디는 태산과 단비라는 뜻으로 '그레이트마운틴 – 팀리레인'의 약자 gm-tr에다 07을 붙여 쓴다. 'gm-tr 07'이라는 아이디가 어디서 나온 거냐는 질문을 처음 받은 게 15년 전쯤 대학시절이었다.

할머니에 따르면 내 사주팔자에는 아내가 한 명뿐이라 했다. 주술처럼 걸려 있는 할머니의 그 말을 확인하기 위해 다른 무당들을 여러 번 찾아다녔다. 그들의 말은 할머니 말씀과 같았다. 사주풀이든 점괘든 나는 이미 결혼한 것으로, 이미 있는 그 아내 이외에 다른 아내는 없다고 나왔다.

"저, 이혼했는데요!"

그렇게 말하다가 면박을 당하기도 했다.

"이혼 좋아하네! 시방 신령님을 상대로 농을 하겠다는 거야?"

〈샤먼〉을 만든 것은 그 주술, 혹은 기억에서 풀려나기 위한 작업이었을지도 몰랐다. 어떤 것도 자신하기는 어렵다.

기차에서 혜우를 알아본 순간 그 모든 과정이 혜우를 향한 길이었다는 생각이 들었다. 큰일 난다는 혜우 말을 들으면서도 큰일은 20여 년 전에 이미 일어났다고 여겼다.

지나쳐 온 내 집 앞 골목을 20미터쯤 벗어나 남의 집 대문 앞에

선다. 아치형의 대문 그늘에 몸을 들이고 집이 있는 골목 입구를 살핀다. 후드코트를 입고 모자를 쓴 여자가 두리번거리지 않고 내 집 문으로 들어간다. 그 뒤를 따르는 사람은 보이지 않는다. 메시지가 온다.

들어오세요.

5분 뒤에 들어가겠다는 답장을 보내 놓고 왔던 골목을 거슬러 걷는다. 예순은 넘음 직한 한 아주머니가 핸드백을 그러쥔 채 오종종하게 지나간다. 낯이 익은 동네 사람이다. 흰 승용차가 들어와 쑥 지나쳐 간다. 던킨도넛 근방까지 갔다가 돌아선다.

산보 끝낸 사람처럼 느릿느릿 집으로 향한다. 바깥문 앞에서 다시금 뒤를 확인하고 들어서서 문을 잠근다. 계단을 올라 문을 열자 혜우가 있다. 그 사이 세수를 하고 머리를 만졌나 보다. 보송한 민낯에 긴 머리를 다시 말끔히 말아 올렸다. 혜우가 활짝 웃으며 현관 왼쪽 벽에 걸린 목검들을 가리킨다.
"웬 목검이 이렇게 많아? 수집해?"
"수집하는 거 비슷해. 운동 삼아 검도를 하는데 쓰다 보면 정들어서 부러지기 전에 모아 두거든."
"잘해?"
"보통이야. 그건 그렇고, 지난번에는 몰랐는데 지금 보니 당신, 정말 예쁘네. 어릴 때도 그랬던가?"
멜고 보니 낯이 간지러운데 혜우가 우흐흐 웃더니 팔을 벌리며

다가든다. 반년 넘게 그렸던 사람이라 안으니 한숨이 난다. 혜우가
내 발등을 밟으며 까치발을 딛고는 제 두 팔로 감은 내 목을 당긴
다. 입술을 맞춘다. 키스를 나누면서 안은 채로 혜우를 침대로 옮
긴다. 모텔에서처럼 조심하지 않아도 되는 섹스다. 알몸이 된 채
위아래 자세에서 잠시 서로를 바라본다. 거실 문으로 비쳐든 어스
레한 빛이 아련하다. 혜우가 속삭인다.

"당신이 그리워서 죽고 싶었어."

"난 당신 그리워서 살고 싶었어. 난 오래, 오래 살게. 오래 살면
서 당신이 나한테 올 때면 이렇게 안아 줄게."

혜우가 고개를 끄덕이다 '아!', 신음한다. 둘의 중심이 완전하게
맞닿은 신호다.

"피임하지 않아도 돼?"

내 물음에 혜우가 고개를 끄덕인다. 혜우의 눈을 바라보며 가만
가만 몸을 움직인다. 모텔 방에서 혜우를 안을 때 나는 사출하지 않
았다. 절정에 이르러서도 사출하지 않으면서 혜우의 거듭되는 통증
과 절정을 여실히 느꼈다. 사출하지 않는 쾌락은 사출하는 쾌락보
다 깊고 길었다.

오늘은 그렇게 하기가 불가능하다. 혜우가 마구 재촉하므로 제어
할 수가 없다. 폭풍처럼 몰아쳐 혜우를 절정에 이르게 하면서 사출
의 쾌락을 향해 움직인다. 쾌락은 고통의 다른 이름이다. 고통이
클수록 쾌락도 깊다. '아아!' 두 사람이 동시에 비명을 지른다.

"다리가 후들후들 떨려."

씻고 나온 혜우가 중얼거린다. 내 셔츠는 혜우의 허벅지에 닿고,
사각팬티는 반바지처럼 무릎에 닿는다. 고개를 한쪽으로 기울인 채

수건으로 긴 머리카락을 턴다. 지난 7개월 동안 이런 걸 바랐는데도 혜우가 내 집에 있는 게 신기하다.

"지금 내 모습이 무지 예쁜 거지?"

"무지하게 이뻐. 이러다 당신 머리도 다 말리기 전에 또 덤빌 것 같아."

"덤빌 때 덤비더라도 우선 먹을 것 좀 줘. 배고파 기절하겠어."

"뭐 먹고 싶어?"

"뭐가 있는데?"

"어지간한 건 다 있어. 자장면과 탕수육 등 중국집 음식들. 족발과 보쌈 등의 야식. 김밥이나 떡볶이, 순두부 같은 분식. 아, 당신은 무슨 음식들을 좋아해?"

"나는 좋아하는 것도 싫어하는 것도 없어. 끼니때 내 앞에 놓인 건 그냥 먹어. 입에 맞으면 좀 먹고 맞지 않으면 쪼끔 먹고, 그런 차이가 있을 뿐이야."

배달음식 목록이 적힌 책자를 가져다 혜우한테 건넨다.

"음식에 대한 호오(好惡)가 분명하지 않더라도 지금은 이 책자 안에서 정해."

식탁으로 옮겨 온 혜우는 책자를 뒤적이다가 낙지볶음을 톡톡 두드린다. 낙지볶음과 밥을 주문하고 식탁 앞에 앉은 혜우를 안아 올려 거실로 옮긴다. 안은 채 소파에 앉는다.

"또 하자고?"

그동안 결벽인가 싶을 정도로 내 집에 여자를 데려오는 게 싫었다. 섹스는 호텔이나 여자 집에서 하는 것으로 여겼다. 몇 번 만나게 된 여자가 내 집에 오고 싶어 하면 관계를 끝낼 때가 된 것으로 느꼈다. 지금 이 자세가 이처럼 자연스러운 게 의아할 지경이다.

"그건 당신 배부르고 난 다음에 하기로 하고, 당신, 여기 있을 수 있는 시간이 얼마나 돼?"

"내일 새벽 부산 행, 5시 5분 기차야. 8시경에 부산 도착할 거고. 당신은 내일 아침 8시 40분 비행기라고 했지? 다행이야."

"뭐가?"

"나 나가고 난 뒤에 당신 혼자 여기에서 울고 있을 시간은 없을 거 잖아."

"난 당신 생각하면서 우는 것도 괜찮아."

"의연한 척 하시긴. 암튼 내 걱정은 마요. 난 당신이 탑승했을 때쯤 집에 들어갈 수 있을 거야. 내가 하룻밤 집을 비웠다는 걸 아무도 모를 거고. 도우미 아주머니가 손자 태어나는 걸 보러 가느라 사흘간 휴가를 신청했거든. 남 대리는 박물관에 들렀다가 점심때쯤 내 집으로 와서 점심을 같이 할 거야. 난 요즘 논문 쓰느라 두문불출하는 걸로 알려져 있어. 사실이 그렇기도 하고."

"이번 논문 주제, 타이틀이 뭔데?"

"〈전통의상에 구현된 오방색 연구: 전통무복(傳統巫服)을 중심으로〉야."

"오방색을 통해 무당들의 의상을 연구하는 건가?"

"그렇지."

"자료 찾기가 쉽지 않았을 것 같은데?"

"내가 발굴한 자료가 많아. 박사 논문 쓸 때 전국에 흩어져 있는 연세 높은 무당 예순 두 분을 인터뷰했어. 무당들한테는 스승, 신모로부터 물려받은 무복(巫服)이나 무구(巫具)가 있기 마련이고,

이삼백 년 된 무복과 무구를 간직하고 계신 무당도 여러 분이었어. 그런 식으로 무당에 관한 자료란 자료는 모두 모았어. 박사 논문 주제가 '전통 의례에 나타난 오방색의 의미'였기 때문에 그때 모은 자료가 많이 남았고, 오는 봄 학회지에 발표할 이번 논문에서 활용하고 있어."

내가 〈샤먼〉을 만드는 동안 혜우는 무당 이야기를 쓰고 있던 셈이다. 위험하리만치 겹치는 게 많다.

"묻고서 답을 못 들었는데 그, 소설 〈북두칠성〉을 쓴 유안나 작가 당신 맞아?"

혜우가 흐흥 애매하게 웃는다.

"무당 관련한 주제로 논문들을 쓴다니 더욱 당신일 것 같은데, 맞느냐고?"

"내가 유안나 작가였으면 좋겠어?"

"그랬으면 좋겠다든지 아니었으면 한다든지 그런 게 아니고, 사실을 알고 싶어. 당신을 알고 싶은 거지."

"맞아. 내가 '유안나'라는 필명으로 응모해서 상 받고, 그 덕에 책 나왔어."

"〈북두칠성〉 읽는데 딱 그럴 것 같았어. 정신없이 읽었거든."

"초판본도 다 팔리지 않은 모양이지만, 당신한테는 괜찮았다는 거지?"

"하룻밤 내내 푹 빠져 읽었다니까. 완전 감동해서 유안나의 다른 작품을 막 검색했는데 안 나오더라고. 아쉬워서 〈북두칠성〉을 다시 읽었지."

"날 다시 만나지 않은 상태로 읽었어도 유안나가 나라고 느낄 수 있었을까?"

"그건 아니겠지만 언젠가는 유안나를 찾아갔을 거야. 무당인 남자 주인공의 집이 대밭골 우리 집 분위기하고 흡사하잖아. 마당 양쪽에 있는 두 그루의 느릅나무. 새빨간 맨드라미와 새하얀 민들레. 다른 집인 듯 떨어져 있는 아래채와 건물 규모에 비해 높은 뜰방까지. 대체 어떻게 생긴 작가기에 내 집을 제 소설 속에다 그려 놨나 아주 궁금했으니까. 그나저나 어떻게 소설 쓸 생각을 했어?"

"좀 전에 말한 이유하고 같아. 자료가 넘치다 보니 논문에 쓰지 못한 자료들이 상상으로 작동하면서 이야기로 변하더라고."

"장해요, 멋지고."

"아, 칭찬받은 김에 자랑 더 해야겠어. 나, 당신 만나고 나서 운전면허 취득했어."

"와! 어떻게?"

"운전교습학원에 등록해서 교습 받고 시험 쳐서 땄지. 이래 봬도 단번에 붙었다고. 아직 차를 몰고 막 다니지는 못하지만 조만간 그렇게 될 거야."

"대견해."

혜우가 두 손으로 내 얼굴을 받치고 입술을 댔다 떼어 낸다. 손은 떼어 내지 않고 내 얼굴을 매만지며 속삭인다.

"언제 다시 보게 될지 모르니까 익혀 두는 거야. 안 보고도 그릴 수 있게."

"뉴욕에 안 갈 수는 없고, 워크숍 기간을 단축하고 올까? 그럼 열흘 정도 당겨 귀국할 수 있는데."

"나한테는 당신이 어디 있거나 같아. 그러니까 예정된 일정 다 소화하고 할 일 다 잘 하고 계획한 날 돌아와."

"그래도 당신이 이렇게 훌쩍 올 기회가 한 번이라도 더 생길지 모르잖아. 또 나한테 당신 근처로 오라고 할 기회가 있을 수도 있고."

"그러다가는 우리 들켜. 정말 큰일 난다고."

"우리한테 가장 큰일이 뭘까?"

"지금으로선 다시 못 보는 것이겠지? 아마 난 연금되어서 다시는 바깥으로 나설 수 없을 거야. 당신은 대학에서 쫓겨날 테고, 영화를 못 만들 거고, 한국에서 살지도 못할 거야. 나는 어쩌면 죽을지도 몰라. 내가 셋째 며느리인데, 내 바로 위, 현재의 동서가 후처로 들어온 사람이야. 내가 스물두 살 겨울에 그 집에 들어갔는데 첫 번째 사람, 당시의 바로 윗동서가 이듬해에 사고를 쳤어. 결혼 7년 차였던 그이가 지금 나처럼 다른 사람을 만났나 보더라고. 들켜서 연금됐어. 연금 한 달 만에 탈출해 샌프란시스코로 갔는데, 도착한 지 나흘째 되던 날 교통사고로 즉사했다고 해."

"그러니까 일부러 탈출하게 내버려 두고 죽게 만들었다는 거야?"

"그렇게 생각할 수밖에 없잖아. 당시 사고를 낸 상대 차량은 브레이크 고장이었다는데, 운전자가 이탈리아계 미국 사람이었대. 지금 둘째 동서는 당신도 알 만한 아나운서 출신인데 앞사람 돌아가고 일 년 지나 들어왔어."

"죽은 사람 집안에서는 딸자식이 그렇게 됐는데 가만있었대?"

"그이 집안이 이른바 서민집안이었어. 그이 서른 살, 둘째 아주버니가 스물여덟 살 때 회사에서 오너의 아들과 회사 직원이 만난 거였어. 집안에서는 그이 실무능력 한 가지만 보고 결혼을 허락했대. DH그룹의 둘째 아들과 DH그룹에서 일하던 서민집안의 큰딸이 세간의 화제를 모으며 결혼하게 된 거지. 7년 만에 일이 터진 거고. DH그룹 오너집안으로 딸을 시집보냈던 그 서민집안에서는 딸이 다른 남자를 만난 것도, 연금된 것도 몰랐을 거야. 샌프란시스코에서 불의의 변을 당했다고만 들었을 테니까. 언론에 보도되지도 않았어. 그 집안의 불미스런 일은 세간에 알려지는 일이 거의 없어.

막내인 양재륜 위로 아들이 한 명 더 있었대. 원래 4남 2녀였는데, 그 3남이 천재였던가 봐. 고등학교 때부터 영국에서 학교를 다녔고. 옥스퍼드 다닐 때 자살했나 보더라고. 스물세 살이었다던가. 그런 얘기들은 밖으로 나가지 않으니까 사람들은 모르지. DH그룹 사람들도 원래 오너집안의 자식이 3남 2녀인 걸로 알 정도로."

"먼저 떠난 그 댁 셋째 아드님은 그렇다 치고, 그, 당신의 이전 동서라는 분은 어쩌다가 들켰대? 아무리 재벌가라 해도 둘째 며느리가 유명 배우도 아닌데 얼굴이 알려졌을 리 없잖아. 자기가 외간 남자 만나는 걸 광고하고 다녔을 리도 없고."

"한 달에 한 번 본가에서 직계 가족 모임이 있어, 둘째 주 토요일 저녁에. 석 달에 한 번 방계까지 합친 가족 모임이 있고. 어른들 생신이나 명절, 기일 등에는 각자 일정에 따라 빠질 수도 있지만 그날은 거의 참석해. 외국에 가 있거나 피치 못할 사업상의 거래가 아닐 때는 아예 그날 그 시각 일정들을 잡지 않고.

그런데 그 형님이 그 자리에 한번은 아주 늦게, 자리가 끝날 즈음 술에 취해서 왔고 한 번은 아예 참석하지 않았어. 그이가 본사 임원으로 재직할 때였는데, 토요일에 일을 핑계 댈 수도 없잖아. 뒤늦게 갑자기 몸에 탈이 나서 입원했다는 전화가 왔어. 어른들한테 찍혔지. 찍히니까 뒷조사를 당했고. 이튿날로 그이가 병원에 실제 입원했는지, 무슨 탈이 나서 입원했는지 알아보셨나 봐. 와중에 남자가 드러난 거지."

"남자는 어떻게 됐다고 해?"

"그건 내가 모르지."

"그 집안에서 이혼은 절대 못 하는 거야?"

"이혼도 하기는 하지. 사돈지간에 얽힌 사업관계가 좀 느슨할 때, 이혼으로 인한 유무형의 손실이 크지 않을 때는 가능한 것 같아. 남편 사촌형제 중에 한 명, 사촌누이 중에도 이혼한 사람이 있어. 사촌의 아내였던 이는 이혼하고 나갔고, 사촌누이는 이혼하고 그룹 자회사의 이사로 경영에 참여하고 있어."

"당신 친가에서는?"

"우리는 번족하지 않은 편이라 사례가 별로 없어. 숙부모께서 아들 하나 두셨고, 외숙부 두 분이 계시는데 자식이 한둘씩뿐이야. 나만 해도 내 밑으로 늦둥이 남동생이 하나 있을 뿐이잖아. 이름이 관우야. 우리 관우는 지금 군대에 있는데 올해 말에 제대할 거야. 제대하면 남은 학기 마치고 유학 갈 거고. 정치학을 전공하는데 워싱턴대학을 염두에 두고 있는 거 같아."

나는 '당신은 결국 그 안에서 그들과 살아야 하는 거네' 하고 나오려는 말을 삼킨다. 처음부터 안 사실을 되뇔 필요가 없지 않은가. 한숨을 쉬는데 초인종이 울린다. 혜우가 소스라치며 내 품에 머리를 묻는다. 자기 머리만 숨기면 다 숨은 줄 아는 타조 같다.

"주문한 음식이 왔다는 거야. 받아 올게."

음식값을 치르고 문을 잠그고 올라오니 전화벨이 울리고 있다. 장욱이다. 〈한누리신문〉 기자인 장욱은 이 시각쯤이면 대개 전화를 걸어왔다.

"어, 욱아."

"출국 준비는 다 했어?"

"자료 준비는 신욱이 와서 다 해 줬어. 나머지는 뭐 준비랄 것도
없지. 그쪽 도착하면 연락할게. 그만 들어가."

"옆에 누구 있어?"

"어."

"알았어."

장욱은 누구랑 있느냐고 되묻지 않고 시원하게 끊는다. 장욱의
많은 장점 중에 하나가 말하지 않는 건 묻지 않는다는 점이다. 전화
기를 탁자에 내려놓으려는데 다시 전화가 울린다. 시네마 연의 대
표 문달희다.

마흔네 살의 문달희는 미혼의 나를 기혼으로 위장시킨 장본인이
다. 〈기억의 늑대〉 시나리오를 써서 열 개 영화사에 보냈고, 아홉
군데서 거절당했다. 단 한 곳 시네마 연의 문 대표가 회사로 찾아오
라고 연락했다. 만났더니 투자하겠노라 했다. 그러면서 돈을 대는
이유가 자신의 고향이 광주이기 때문이라는 것이었다.

광주 장동에서 태어나 돌 지나고 서울에 살던 아버지를 찾아 상
경했다고 할 때 문 대표의 어투가 날개 달린 아기가 주인공인 만화
같았다.

문 대표는 아버지 문장달 씨가 사채로 돈을 벌고 땅을 사 되팔면
서 부자가 됐다는 이야기를 시원시원하게 했다. 현재도 문장달 씨
는 대부업체를 경영하고 있었다. 자산관리회사와 경호회사도 운영

했다. 텔레비전을 틀기만 하면 문장달 씨 회사의 B급 광고가 떴다. 그 회사의 광고를 붙인 시내버스가 흔히 돌아다녔다. 문장달 씨의 무남독녀가 문달희였다. 스스로에 따르면 문달희는 오래전 아버지가 나쁘게 번 돈을 영화 만들기를 통해 세탁하는 중이었다.

나와 문 대표와의 인연은 또 있었다. 〈기억의 늑대〉를 만들며 아버지 윤중과 어머니 은용화의 지인들을 찾던 중에 문달희의 모친 여명희 씨가 은용화의 여고시절 친구로 드러났다.

여명희는 여고 졸업반 여름방학에 문달희의 부친인 문장달을 만났다. 문장달은 같은 장동 출신이었지만 중학교를 겨우 졸업하고 상경했다. 거의 10년 만에 고향에 돌아왔다가 여명희를 발견하고 사랑에 빠진 것이었다. 장동에서는 가장 부자라고 알려진 집안의 막내따님이었던 여명희도 문장달에게 빠졌다. 그네는 임신을 했다.

은용화가 전남대 국문과에 진학했을 때 여명희는 문달희를 낳았고 1년쯤 뒤에 상경했다. 은용화와 여명희의 연락이 끊긴 게 그 무렵이었다. 여명희는 은용화가 광주의 5월에 남편을 잃은 것이나 윤휘라는 아이를 낳은 것이나 그 3년 뒤에 실종된 것을 전혀 모르고 살았다. 여명희 씨는 나를 만난 자리에서 한참을 울었다.

부친의 모든 것을 물려받게 될 문달희는 영민하고 절도 있는 사람이었다. 하지만 술이 들어가면 흐트러지곤 했다. 이 밤에 전화를 걸어온 건 술이 취했다는 뜻이다.

전화기를 거실 탁자에 그냥 내려놓고 배달음식을 식탁에 차린다. 일회용 용기에 담긴 음식을 접시에 옮겨 담는다. 혼자 사는 탓에 식기가 많지 않다. 어쩌다 피치 못하게 집까지 오는 손님들은 으레 음식을 들고 오거나 와서 배달시켰다.

끊겼던 전화가 다시 울렸다. 수저며 앞 접시를 챙겨 식탁에 놓던 혜우가 묻는다.

"이번에는 받지 않아도 되는 전화야?"

"앞의 전화는 하장욱이라는 친구야. 학부 때부터 친한 친구고 신문기자야. 이번 전화는 동료들이 술 마신다고 나오라는 거고. 아까 오늘 술 마시지 않겠다고 말했어. 당신이 전화하기 직전에."

"내가 올 줄 어떻게 알고?"

"당신을 몹시 기다리긴 했어도 올 줄은 몰랐어. 회사 사람들과 소란하게 어울릴 기분이 아니어서 거절했던 거지. 자, 이제 앉으세요. 낙지볶음에는 소주가 제격인데, 다른 술이라도 한잔 할 테야?"

"뭐가 있는데?"

"소주, 맥주, 와인, 위스키, 고량주?"

"그럼 나는 소주."

냉장고에 들어 있던 소주와 잔을 꺼내다 식탁에 놓는다. 마주 앉아 소주 한 잔을 마셨을 때 또 전화벨이 울린다. 아이 참! 얼굴을 찡그린 혜우가 일어나 전화기를 가져오더니 건네준다.

"문 대표라는 사람이네. 받아서 못 나간다고 해. 전화기 꺼 놓을 테니 그리 알라고 말하고 나서 전화기 꺼."

딴 여자 만나다 아내한테 들킨 놈처럼 하는 수 없이 전화기를 연다. 소란할 거라 여겼던 저쪽이 조용하다.

"예, 대표님."

"우리 오 여사네에 있는데 윤 감독이 안 나온다고 해서, 우리가 위문을 갈까 하는데 어때?"

"뮌헨 가서 강연할 원고 손보고 있습니다. 저는 그냥 두시고 재미있게 노십시오. 뮌헨 도착해서 연락하겠습니다."

"그러지 말고 나오시지? 우리가 쳐들어갈까?"

"싫습니다. 그러시지 말고 재미있게들 노세요. 전화는 꺼 놓겠습니다."

'그러지 말고, 윤 감독' 하는 소리를 끝으로 전화기의 전원을 끈다. 혼자 있었더라도 나가지는 않았을 테지만 웃고 넘어가긴 했을 것이다. 요즘은 지상에 여자라곤 서혜우 한 사람뿐인 것처럼 살고 있거니와 혹시라도 그 여자를 들킬 수도 있으리라는 두려움 때문에 문 대표한테 무례했다. 어쩔 수 없다. 남자 하나 만나는 데 목숨 걸 듯 비장한 여자가 곁에 있으므로.

"문 대표가 당신 회사의 대표님이셔?"

"맞아. 나는 시나리오며 연출 쪽을 맡고, 오너인 문 대표가 여타의 모든 것을 하지. 문 대표가 〈수화〉를 보고 난 뒤에 〈기억의 늑대〉 시나리오를 읽고 나를 영입한 거야. 덕분에 내가 다른 신참 감독들보다 빨리 두 번째, 세 번째 영화를 찍을 수 있게 된 거고. 이번 영화도 마찬가지야. 아주 능력 있는 사람이야."

"그분이 당신 좋아해?"

"무슨, 그런 거 아니야."

"그런 거 맞네, 뭐."

"그런 거 아니니까 신경 쓰지 말고, 배고프다면서, 어서 식사해."

혜우가 짐짓 토라진 듯 수저를 내려놓는다. 소주 한 잔 마셨을 뿐 아직 음식엔 손도 대지 않은 채다.

"나, 아주 못됐나 봐. 결혼까지 한 주제에, 당신이 그이 좋아한다는 것도 아니고 그이가 당신 좋아하는 것만 가지고도 샘이 막 나."

"동료이자 오너일 뿐이야. 난 지난 5월 기차에서의 그날부터 당신밖에 안 보여. 그 정도는 당신도 알잖아. 난 당신을 …."

"스톱!"

"내가 무슨 말 할 줄 알고?"

"무슨 말 할 줄 알 것 같아. 그렇지만 돈 세이 워드!"

"돈 세이 워드?"

'돈 세이 워드'는 흔한 말이고 할리우드에서 이미 만든 적 있는 영화 제목이기도 하다. 나로서는 시나리오 제목을 그렇게 정하고 원고까지 써 놓은 처지라 놀랐다. 내가 제목을 말한 적이 있었나 싶은데, 혜우가 고개를 저으며 다시 말한다.

"그 말은 하지 마."

"왜?"

"우리 서로 감당 못할 테니까 그건 하지 말자고."

제게 닥친 사랑을 감당 못할 것 같으니 아예 말도 하지 말라는 것이다.

"알았어. 당신이 그러길 원한다면 그건 하지 않기로 해. 그래도 밥은 먹어."

앞날은 나중이고 지금은 혜우가 뭐든 맛있게 먹는 걸 보고 싶다. 먹여 주니 먹는다. 먹고 소주 한 모금을 홀짝 마시고 낙지볶음 집어 주니 받아먹는다. 주겠다는 사랑은 감당할 수 없어 받지 못하면서 어리광은 부린다. 어리광 부리는 여자가 가엽다. 오늘 이후 다시 못 만날 수도 있으리라고 생각하는 것이다. 앞으로 만날 때마다 그럴 터이다.

둘이 소주 두 병을 마시는 사이에 나는 혜우한테 반 그릇의 밥과 낙지볶음을 번갈아 안주로 먹인다. 술에 취해 가는 여자는 헤죽헤죽 웃기도 잘한다. 종알종알 말도 많다. 묻는 대로 술술 대답한다.

"당신 부군 이야기 좀 해 봐요. 국회의원 양재륜이 아니라 서혜우의 남편 양재륜 씨에 대해서. 어떤 사람이야?"

"그이는 음, 아주 명석하고 결단력 있는 정치인이지. 그이한테 정치는 권력을 위한 한 방법, 수단, 혹은 그 어떤 단계가 아니라 투철한 일이고 명징한 삶이야. 최선을 다해 잘하려고 하는 거 같아. 자기 자리에 맞는 기준이 분명하니까 밖에서 허튼 짓 하지 않고. 여당 의원 중에서 가장 젊지는 않아도 가장 선명한 사람이라는 평이 있잖아. 여성 팬이 아주 많아. '재륜 사랑'이라는 그 사람 팬카페 회원이 만 명이 넘는대. 대개가 여성이라 하고. 집 안에서의 그이는 틈나는 대로 공부하고, 아주 점잖으면서 의젓하고, 가끔은 귀여워. 썰렁한 유머를 구사할 때가 있는데 유머가 웃긴 게 아니라, 유머라고 하고 있는 그이가 웃겨. 형수들이며 도우미 아주머니들이 그이 팬이야. 남편으로서의 그이는 자기 일에 나를 들러리 세울 생각 같은 건 하지 않지. 아내까지 동원하지 않아도 충분할 만큼 스스로 능력이 있는 데다 내가 하는 일을 존중하는 거야. 일주일에 한 번이나 볼까말까 하지만 각자 자리에서 자기 일하면서 사는 게 집안의 일반적인 분위기라, 그러려니 하고."

괜히 물었다. 마지막 남은 소주를 꺼내다 따른다. 혜우 남편이 못된 사람이길 기대했는지도 모른다. 집 안에서는 아내를 힘들게 하고 밖에서 딴 여자 만나고 허울만 번드르르한 사람이길.

"두 사람 관계는 어떤데?"

"그럭저럭. 만나면 차 마시면서 서로의 일에 대해 이야기 나눠. 말투가 아주 부드럽고 세련된 사람이야. 그러면서도 그이는 내가 좀 어렵다고 해. 나 열여덟 살, 자기 스물다섯 살에 만났기 때문에 나를 어리게 여기지. 어린 사람이라 다루기 힘들다고 생각하는 것 같아. 늘 뭔가 가르쳐야 할 것 같고, 집안사람들로부터 나를 보호해야 할 것 같고 그렇대."

"갈수록 태산이네."

"응?"

"들을수록 더 멋진 사람이라고. 당신한테 남편은 어떤데?"

"자랑스럽지. 편하기도 하고."

그런 남편을 가진 여자가 함께 있는 몇 시간 동안에 턱없이 공허한 얼굴이 되어 보는 사람 가슴이 무너지게 하는 이유는 뭘까. 사랑을 사랑으로 못 받고 일회용 섹스 파트너로 치부하는 까닭은 또 뭔가. 묻고 싶지만 참는다. 보고 싶은 대로 보게 될 것이기 때문이다.

"당신이 가장 조심해야 하는 사람이 누구야?"

"우리 엄마, 정혜식 교수님. 엄마는 지금 서울대 사회과학대 학장인데, 머지않아 총장이 될 계획이셔. 그리곤 차기 퍼스트레이디 자리에 앉을 계획이시고. 아버지가 프레지던트 하고 난 다음에 다른 사람한테 한 번 하게 하고, 그다음 대에서 엄마가 직접 프레지던트가 되실 작정이신 거지. 대한민국 두 번째 여성 대통령. 그리고 퇴임한 뒤 사위를 그 자리로 올려놓을 참이고. 어마어마하지?"

제 부모의 미래를 이야기하는 딸의 어조가 늪에 빠져 허우적이는 빈사 직전의 짐승 같다.

"어마어마하네."

"그래서 나는 허튼 짓하면 안 돼. 엄마 다음으로 조심해야 할 사람은 염도진이라는 남편의 수석보좌관이야. 염도진은 남편의 친구이자 최측근이라서 남편한테 해가 될 일은 미리미리 다 정리하는 것 같아. 그 사람은 내가 남편의 앞길에 장애가 된다 싶으면 제 손으로 직접 나를 죽이고도 남을 거야. 그런 염도진 뒤에 있는 사람은 내 시어머니, 함옥만 경산대학 이사장이셔. 시어머님께서는 아들의 보좌관과 더불어 아들의 일상을, 아니 일생을 관리하시지. 어쩌면 나한테 가장 무서운 사람이 그분일 거야.

이런 것들이 내가 당신을 만나면 큰일 나는 이유야. 절대 들키면 안 되는 이유고. 그런데도 나는 컴퓨터 앞에 앉아서 자판 두드릴 시간에 당신한테 엉겨 있네. 나는 어쩌자는 걸까?"

어쩌자고 계획하고 만난 게 아니므로 어쩔 수 있는 게 없다. 그저 만날 때마다 오늘이 마지막인 듯이 함께 있는 걸 다행이라 여길 수밖에.

"여기서 홍대가 가까워. 홍대 앞에 가 봤어?"

"가 봤겠어?"

"무당 수십 명을 취재했으면서?"

"홍대 앞에 내가 만날 만한 무당이 있다는 정보는 못 들었거든."

"이 시간쯤 홍대 앞은 젊은 사람들로 불야성이야. 젊음이 범람해서 보는 것만으로도 흥이 나. 옷 단단히 챙겨 입고 나가 밤거리 좀 걸어 볼까? 들어오면서 술 두어 병 사오고. 잠은 내일, 당신은 기차에서, 나는 비행기에서 자는 걸로 하고. 어때?"

"좋아."

"들킬까 봐 겁난다면서, 대답은 잘하네."

"안 들키게 해 줄 거잖아, 당신이."

　최소한 오늘 밤에는 들키지 않을 것이다. 앞으로는 모른다. 들키기 전에 끝낼 수 있을지. 영영 보지 않고 살아갈 수 있을지. 혜우를 일으켜 먼 길 나설 채비하듯 무장을 시키고 주방 불을 켜 놓은 채 집을 나선다.

　집 밖에는 눈이 내리고 있다. 언제부터 내렸는지, 계단에 눈이 언뜻 쌓였다. 바깥문 밖에 나서서 문이 닫혔는지 확인하는데 혜우가 눈만 내놓은 목도리 속에서 히히, 웃고는 팔짱을 껴 온다.

🌿 어머니, 혹은 감옥

새해가 되고 각종 민생법안을 논의하느라 정신없는 국회가 설날 무렵에는 한가했다. 그 덕에 양재륜도 본가에서 막둥이 노릇하며 며칠을 지냈다. 막둥이 내외를 향한 어른들의 걱정은 단 한 가지, 아기가 늦다는 것이었다. 어제 아침 세배하는 자리에서 나는 어른들에게 올해 안에는 아기를 낳으라는 덕담을 들었다. 시어머니며 시숙모들, 동서들이 물을 때마다 내가 쑥스러운 미소로 때웠듯이 양재륜도 계면쩍은 얼굴로 모면했다.

"양재륜 씨."

내 부름에 가벼운 차림으로 갈아입던 그가 돌아본다. 그 나이대 남자의 평균치 몸피에 보통 용모의 양재륜이지만 놀랍게 명석한 두뇌와 부드러운 성품, 과감한 행동력을 지녔다고 평가받는다. 가만히 생각에 잠겨 있을 때 그에게서는 빛이 났다. 처음 만났을 때 그는 어둡고 심미적인, 우수에 잠긴 표정이었다. 다물린 입술이 고집이 있는 것 같으면서 지적인 분위기를 풍겼다. 열여덟 살 때 나는 그와 약혼하게 된 게 좋았다. 약혼 기간 내내 키스 한 번 없었어도 그를 만날 때면 설레고 들뜨곤 했다.

"저, 그믐 전날 서초동 다녀왔잖아요. 그래서 서초동 안 가고 구기동 들렀다가 부산으로 가려고요. 당신은 서초동에 가시든지 다른 볼일을 보시든지 하세요."

내 단정적인 말투가 뜻밖이라는 듯 놀란 눈을 뜨던 그가 웃으며 묻는다.

"왜, 서초동 어머님께서 또 뭐라 하십디까?"

"늘 하시는 말씀이죠. 여기서나 거기서나 똑같은 말씀들이고요."

"어른들이야 늘 그런 걱정하시기 마련인데, 걱정 좀 들었다고 세배를 않겠다고 해요? 그러지 말아요. 아이도 아니고."

"늘 아이 같다고 하면서 필요할 때만 아이도 아니라고 하지요?"

내가 발끈하며 소리치자 그가 눈이 휘둥그레져 다가든다. 다가오지 말라고 나는 손바닥을 쑥 밀어 보인다. 그가 정말 놀란 듯 우뚝 선다.

"당신 왜 그래? 정말 무슨 심한 걱정이라도 들은 거요?"

"세배는 미리 하고 왔어요, 노역은 충분히 했고. 이제 부산 집에 가서 쉬고 싶어요."

"노역?"

"노역이라는 말이 그렇게 생뚱맞아요? 대한민국 며느리들이 다 하는 말인데? 무슨 국회의원이 그렇게 시정 감각이 둔해요?"

"굉장히 신랄하구려. 무엇 때문에 그리 날카로워져 있는 거요?"

"힘들어서 그래요. 넌더리가 난다구요."

내 언사가 황당한지 양재륜이 고개를 약간 돌리고 후우, 한숨을 내뱉는다.

"그럼 서초동은 나 혼자 가는 걸로 하겠지만, 당신은 오늘 같은

날 무슨 수로 부산엘 가오? 당신 비행기 표, 내일 오후 거 아니오?"

"명절 즈음에 기차든 고속버스든 하행선 좌석 구하기는 어렵지 않은 거 같아요. 어젯밤에 인터넷으로 기차표 구했어요. 오늘 오후에 출발하는 걸로요."

"당신이 혼자 기차표를 끊고, 혼자 기차를 타고 간단 말이오?"

"택시 불러 타면 서울역에 데려다 줄 거고, 기차에서 좌석 찾아 앉으면 부산역에 데려다 주겠죠. 부산역에서 택시 타면 집에 데려다 줄 거구요. 뭐 어려운 일이겠어요? 정 어려워 보이면 당신이 부산 집까지 데려다 주시던가요."

"그런 일, 해 보지 않았잖소?"

"이제부터 해 보려는 거예요. 그리고 벌써 아시겠지만 저, 몇 달 전에 운전면허 취득했어요. 본격적으로 주행 연습해서 운전하고 다닐 계획이에요. 내가 몰기 편한 차도 살까 싶고요."

내 운전면허에 대해 몰랐던가. 그의 눈이 커지고 입까지 벌어졌다. 선홍빛 입술의 세로주름이 의외로 깊고 많다. 그의 입술을 처음 발견하는 것 같아 민망하다.

"첩첩산중에 점입가경이로군. 당신이 운전을 한단 말이오?"

"의원님이 사랑하시는 대한민국에, 운전하는 여성이 천백만여 명이래요. 저라고 못 하겠어요?"

"어째서 연신 비아냥거리는 모르겠소만, 억지 부리지 마세요, 서혜우 씨. 한국 성인 여성 태반이 운전을 한다 해도 필요한 사람이 하는 거지, 당신한테는 필요치 않잖아. 당신은 운전하는 사람을 고용해 당신 일을 해야지. 그게 당신이 있는 자리에서 할 일이잖아. 당신 집 관리인들이 당신 보살피는 일로 월급 받아 자식들 키우는

데, 당신이 혼자 사는데 관리인들이 무슨 필요가 있냐고 해고하면 그 사람들은 어떻게 되겠어? 곧 박물관 학예실장 하게 될 당신이, 나중에는 학장 되고 박물관장 된 뒤 경산대 총장을 거쳐 이사장 자리에 오를 당신이 현재 일 접고 아주머니들 대신 집안일 하겠다면 말이 돼? 마찬가지로 당신이 직접 차를 몰고 다니겠다고 하면 당신을 위해 고용한 남 대리는 실업자가 될 거잖아."

"비약이 과하시네요, 양재륜 씨. 가끔 운전하겠다는 거지, 남 대리를 실업자 만들려고 하는 거겠어요? 또 남 대리, 운전 말고도 박물관에서 하는 일 많아요."

"기어이 직접 운전을 하시겠다?"

"그게 저의 올해 계획이에요."

"혹시 당신, 연애하오?"

벗은 저고리를 접어 상자에 넣다가 그를 쳐다본다. 그가 그냥 찔러보는 것이든 뭔가를 느끼고 하는 말이든 두렵지 않다. 그가 그런 말을 아무렇지 않게 내뱉는 게 신기할 따름이다.

"연애는 당신이 하잖아요?"

이번에는 그가 나를 건너다본다. 서로의 진의를 파악하겠다는 듯 쳐다보던 두 사람은 동시에 피식 웃고는 아무 일도 없었던 양 하던 일을 계속한다. 옷을 다 갈아입고 방을 대강 정리한 뒤 말한다.

"구기동까지만 데려다 주세요."

그가 '그럽시다' 하고 먼저 방을 나선다. 대문 앞에는 양재륜의 운전기사가 아니라 염도진이 대기 중이다. 나는 뒷자리로 올라앉는다. 양재륜이 들어와 옆에 앉아 염도진에게 구기동 먼저 들르자고 이르자 차가 움직인다.

"며칠 전 서초동 어머님께 무슨 말씀을 들은 거요?"

"아까 말씀 드렸잖아요. 이쪽이나 저쪽이나 같다고."

"그러지 말고 말해 봐요. 나도 뭘 알고 가야 서초동 가서 움직이기가 수월하잖아."

"맹하게 살지 말고 목적의식을 갖고 살라 하시데요."

"그런 말씀을 하신 까닭이 뭔데?"

"제가 이혼하고 싶다고 말씀드렸거든요."

"뭐?"

"당신하고 사는 거 재미없다고, 갈라서고 싶다고 말씀드렸어요."

"세상을 재미로만 사는 건 아니지 않소?"

"어머니도 딱 그렇게 말씀하시데요. 그러면서 정신 차리라고 야단 치셨고요. 그런데 양재륜 씨, 세상을 재미로 안 살면 뭐로 살아요? 당신은 뭘 위해 사세요? 인류평화? 남북통일?"

그가 정색한 얼굴로 쳐다본다.

"정말 이혼하고 싶소?"

"그래요."

"너무 쉽게 나오는 걸 보니 내가 걱정하지 않아도 될 것 같군."

몇 마디라도 진실한 대화가 오고 가기를 바랐던 내가 한심하다. 아직도 그에게 대화를 기대하고 있었다니.

"어렵게, 진정으로 말할 게요, 양재륜 씨! 우리 이혼해요."

"내가 그럴 형편이 아닌 걸 알잖소."

젊은 정치인으로서의 양재륜은 이미지 관리 때문에 자기 명의의 재산이 많지 않다. 다른 가족들에 비하면 그랬다. 그의 비자금은 이중국적인 내 명의로 해외 6개국에 숨어 있어 재산명세서에 기록되지 않는다. 몇 개국에 흩어져 있는 그의 부동산도 내 미국 이름인 '팀리 제이 서'로 되어 있다. 국내에 있는 그의 재산의 태반도 DH 대주주이자 경산재단 이사 중 한 명인 내 명의다. 덕분에 양재륜은 보유재산이 지나치게 많지 않아 유권자들에게 거부감을 주지 않는 정치인으로 알려져 있다. 그를 현재와 같은 정치인으로 만들기 위한 작업이 내 열여덟 살에 약혼하면서부터 시작되었다.

"그러면서 뭣 하러 정말 이혼하고 싶냐고 물으세요?"

"알고는 있어야 내가 더 조심하고, 노력할 게 아니오."

"무얼 조심하고 어떻게 노력하실 건가요?"

"이제부터 궁리해야지. 우선은 당신이 하고 싶은 일이 있으면 하면서 살라는 말을 할 수 있을 것 같소. 뭐든 할 수 있지 않소?"

"내가 움직일 수 있는 범위가 어디까지인데요?"

"내가 당신의 많은 것을 채워 주지 못하는 걸 잘 알고 있어요. 미안하게 생각해요. 그러니까 드러나지 않아야 할 것들 드러나지 않게 조심만 하면서, 최대한 재미있게 살아요. 그런데 무얼 제일 하고 싶소? 정말 연애라도 하고 싶은 거요?"

진저리를 치곤 창밖을 내다본다. '드러나지 않아야 할 것들은 드러나지 않게 하라'는 건 하지 말라는 말과 어떻게 다른가. 이혼할 수 없는 현실과 미래를 전제한 채 내가 하고 싶은 일이 무엇인가. 하고 싶은 일이 있기는 한가. 자유로이 연애하기 위해 이혼하고 싶은 게 아니다. 내가 정말 이혼하고 싶은지, 기어이 이혼할 마음이 있는지도 알 수 없다. 나한테 그럴 힘이 있을지도. 그러므로 성급했다. 할 필요 없는 말, 쓸데없는 말을 하필이면 염도진이 있는 자리에서 했다.

"정말 오늘 부산으로 가오?"

"그런다고 했잖아요."

그가 내 손을 잡더니 가만가만 쥐었다 풀었다 하기를 반복한다. 혼자 기차타고 부산을 가겠다는 것이나 직접 운전하는 걸 용인한다는 뜻이다. 그런 것이나 뜻대로 하며 살라는 의미이다. 징그럽다. 그의 손을 와락 뿌리치고 싶은 걸 애써 참는다. 살아 있는 동안 내내 이 징그러움을 참아야 할지도 모른다고 여겼던 날은 지나갔어도 아직은 막 나갈 때가 아니다. 이왕 참는 김에 한마디 애써 한다.

"당신이 잘 커버하세요. 부산에 오시게 되면 바쁘다고 그냥 가 버리지 말고 제 집에도 좀 들르시고요."

"그렇게 하겠소. 어쨌든 당신이 가고 싶다고 하니 조심해서 움직이도록 해요."

"그럴게요."

차가 구기동 집 앞에 멈춘다. 염도진이 앞서 내려 차 문을 열어 주기 전에 내려 버리려 했으나 한 번 더 참고 기다린다. 염도진보다 양재륜이 먼저 내리더니 내 문을 열어 잡아 준다. 내가 대문 안으로 들어선 걸 확인한 남자들이 곧장 돌아서 나간다. 관리인들은 설 쇠러 갔다. 나도 잠시 쉬다가 떠날 것이다.

보일러를 올리고 거실 텔레비전을 켜 놓은 채 방으로 들어선다. 결혼하면서 나한테 주어진 집이다. 신혼의 단꿈을 꾼 적이 있는지, 이제 그 기억은 없다. 이 집에서 대학원을 다녔다. 내가 박사학위를 마친 해에 양재륜은 초선의원이 되었다. 재선의원도 되었다. 그에게 이 집은 무지개다. 무지개로 감싸인 영롱한 집. 내게는 늘 임시거처였다. 그나마 양재륜이 없을 때 쉴 수 있던 집. 이제는 양재륜이 없어도 쉴 곳이 못 되는 집이지만 이불 속으로 기어든다. 사흘 내내 두들겨 맞은 듯 저리고 쑤신다.

오늘 중으로 부산 집으로 가고 싶었던 이유는 휘의 전화기 때문이다. 그에게서 메시지가 들어와 있을 터이다. 한 통이나 두 통쯤, 어쩌면 세 통쯤. 그의 목소리라도 들으면 편안해질 것 같은데 전화기를 가져오지 않았다. 그 전화기를 가지고 다니지 않는 게 습관일 뿐더러 보통은 켜 놓지도 않는다. 통화하는 습관이 들게 되면 들키기 십상일 것이라, 들키는 순간 윤휘는 분해될 것이라 차단하며 지낸다. 서른여섯 살의 윤휘가 영화 세 편을 만들고 대학 전임으로 임용되었다고 해도, 그는 무당 손자일 뿐이다. 그 사실을 설 연휴 전날 친정어머니로부터 다시금 확인했다.

손가방을 끌어당겨 팔찌 모양의 녹음기를 꺼낸다. 이어폰을 꽂고 이불 속에서 재생버튼을 누른다. 녹취록 속의 내가 말한다.

"엄마, 저, 이혼하고 싶어요."

어머니가 대번에 반문한다.

"너, 남자 생겼니?"

잠시 침묵이다. 나는 남자가 생겼다고 말하지 못했다. 하지 않았다. 그럼에도 어머니가 대못을 쾅쾅 치는 기세로 말했다.

"DH그룹에는 그룹 사람들도 알지 못하는 은밀한 사찰 조직이 있다. 큰아들 양성륜 이사 휘하에 있는 그 조직은 클린 새도, 투명그림자 팀이다. 누구나의 그림자 속에 스며들어 그 누구나를 살피는 사람들이다. 그들이 살피기만 하겠니? 종적 없이 투명하게 사라지는 사람은 없을까? 있을걸! 네가 외간 사내를 만난다 치자. 어떻게

78

든 표시가 나겠지. 지금 네가 이러는 것처럼. 표시가 나면 네게 그림자들이 들러붙겠지. 네가 만나는 남자가 누구든 금세 드러날 테고. 그래도 너는 괜찮아. 괜찮고말고. 너는 내 딸이고 네 아버지 딸이니까 DH그룹이든 클린 새도든, 누구도 너를 함부로 어떻게 하지는 못하지. 우리가 그건 못 보니까."

"비약하지 마세요."

"비약 좋아한다. 계속 들어. 그래서 너는 살던 대로 살게 될 거야. 실컷 한 공부 풀어먹으면서. 한가롭게 박물관 안팎 돌아다니면서. 경호원들에 둘러싸여 몇 군데 있는 네 집들 왔다 갔다 하면서. 시댁에서 내놓는 기부금 가지고 여기저기 인심 쓰고 다니면서. 하지만 네가 만나는 남자는, 그 남자가 누구든, 뭘 하는 놈이든, 살던 대로 살 수 있을 것 같니? 무사할 거 같아? 네 엄마인 내 입장에서도 네가 아무 흔적 없이 아무한테도 들키지 않은 채로 남자를 만난다면 모른 체할 수도 있겠지만, 지금 너처럼 이혼 운운하고 나서면 그 남자를 그냥 두고 볼 수 있겠니? 그러니까 서혜우. 함부로 말하는 거 아니야. 알겠니, 딸? 네가 그 남자를 많이 좋아한다면 함구하고 아무 내색 하지 말고, 네 할 일 씩씩하게 하면서, 약게, 겉으로라도 얌전히 살아. 알겠어? 엄마는 방금 네 말, 못 들은 걸로 할 거야."

"엄마는 엄마니까 그렇게 말씀하시면 안 되는 거 아니에요? 뭣 때문이냐고 묻기라도 하셔야죠."

"이보세요, 따님. 서혜우 씨! 당신, 열 살이나 스무 살이 아니고 이제 서른세 살이에요. 곧 중년이라고. 중년이 돼 가는 딸한테도 엄마가 무슨 의무역인지 아니? 서른세 살이나 되어서도 모성이 천성이라고, 그래서 죽을 때까지 자식을 돌봐야 한다고 여길 만큼 우둔하니, 네가? 그래, 내가 널 낳았고 젖을 먹였어. 널 지금까지 키우고 있고. 그런데 엄마라는 족속한테 엄마 노릇이 있다면 자식한테도 자식 노릇이 있는 거야. 아기 때는 존재만으로도 자식 노릇이 되는 거지만 성인이 된 자식은 제 할 일하며 부모를 받치고 돌보는 게 자식 노릇이야. 그러니 이제부터 엄마한테 엄마 노릇만 강요하지 말고 네가 딸 노릇을 해. 그게 그리 어렵니? 심청이처럼 인당수에 뛰어들라는 것도 아니고, 바리데기처럼 죽은 아비를 살려 내라는 것도 아니고, 그냥 딸로서 잘 살기만 하라는데 그것도 못 해? 왜, 그놈이 너한테 다 버리고 저한테 오라고 하디?"

"제가 언제 남자 사귄다고 했어요? 양재륜하고 살기 싫다는 것뿐이잖아요."

"내가 널 모를 것 같니? 그놈이 죽도록 널 사랑한다디? 너도 죽을 것처럼 그놈을 사랑하고? 사랑 때문에, 사랑하는데 같이 살지 못해서 죽고 싶니? 그럼 둘이 아무도 모르는 곳에 가서 손 꼭 잡고 죽어. 죽음으로 하는 사랑을 누가 말리겠니? 하지만 사랑에 목숨 거는 것처럼 보이는 인간들, 사랑에 목숨 거는 거 아니야. 제 삶을 방기하는 핑계로 사랑을 들이대는 것이지."

"양재륜이 게이라면요?"

"뭐?"

"만약요."

"기면 기고 아니면 아닌 거지, 만약이 어딨어. 사실이니?"

"사실이에요."

침묵이 괸다. 침묵이 길지는 않았다.

"양 서방이 게이인 게 제 잘못은 아니지. 게이가 되고 싶어서 됐겠어? 제 몸 속에 그런 게 있었으니 어쩔 수 없이 됐겠지."

"그 사람이 게이인 게 잘못은 아니죠. 게이라는 사실을 속이면서 여자하고 결혼한 건 잘못 아니에요? 엄마는 그 사람이 게이인 걸 아셨으면 저를 그 사람하고 약혼시키고, 결혼시키셨을까요?"

"당연히 안 시켰지. 그런데 넌 그걸 언제 어떻게 알았니? 양 서방이 스스로 말하디?"

"날마다 붙어살지는 않아도 결혼 11년 차 접어들었어요."

"양 서방 상대가 누구인지도 아니?"

"알아요."

"누구냐."

"누구라면 어쩌시게요? 그리고 지금 양 서방 상대가 누군지가 중요한 게 아니잖아요?"

"누구냐. 뭐하는 사람이야?"

"말씀드리기 싫어요."

"말해."

"말해도 달라질 게 없잖아요."

"그래도 나는 알고 있어야지. 네 엄마니까."

"염도진이요."

"양 서방 보좌관 염도진이란 말이니?"

"네. 그들의 정사 장면을 제 눈으로 똑똑히 봤어요."

"그게 언젠데?"

"7년 전 설 끝에요."

어머니는 침묵했다. 십 초쯤 지나 어머니가 말했다.

"7년이나 됐는데 이제 말하니?"

"입이 떨어지지 않았어요."

어머니, 아버지와 그런 얘길 할 만한 분위기가 된 적이 없다. 내 삼십여 평생 어머니나 아버지는 직장 상사 같았다. 직장 상사를 겪어 본 적이 없음에도 그렇게 느꼈다는 걸 나이 들어서 깨달았다.

"엄마가 너를 위해서, 우리 모두를 위해서 그들을 지켜볼 거야. 하지만 너는 입도 벙긋 마. 그게 모두를 위해 최선이야."

"저한테도 최선이라고 말씀하실 수 있어요?"

"설마 너! 네 삶의 권리니 자유니 따위를 운운하려는 거니?"

"따위라뇨. 사람한테 가장 중요한 게 그거 아니에요? 그래서 인권이라는 말이 있는 거고요."

"아서라, 서혜우! 인간은 인권을 가지고 태어나는 게 아니라 생명을 가지고 태어나는 거야. 그래서 죽으면 끝인 거고. 시체가 물건으로 취급되는 이유가 뭐겠니? 인권은 인간이 살면서 스스로 만드는 거야. 쟁취하는 거란 말이야. 단순한 예로 여자들이 참정권, 투표권 갖기 위해 얼마나 오랜 세월 싸우며 피 흘렸는지 생각해 봐. 한 사람의 인권도 마찬가지야. 그냥 주어지지 않아. 자신의 자리에서 온 힘으로 싸우면서 만들어 가는 거야. 자신이 만들어 낸 만큼 누릴 수 있는 거고. 그런 의미에서 너의 인권은 너의 현명한 선택과, 최선의 선택에 따른 타협과, 타협에 동반하는 인내에 의해 이루어질 테지. 왜냐, 너는 7년 넘게 양 서방, 그놈의 외도를 방관했기 때문이다. 상대의 잘못을 인지하고도 문제제기 하지 않고 일정 시간이 지나면 그건 상대의 잘못을 잘못이라고 생각지 않는 것으로 되는 거야. 상대가 하는 일을 인정하는 셈이 되는 거거든."

"엄마가 이렇게 나오실까 봐 얘기를 못한 거죠."

"엄마 핑계 대기에도 너는 한참 늦었어. 때문에 현재 시점에서 너의 최선은 지금 네 자리야. 그 자리를 지키고 너의 방식으로 누리면서 미래를 향해 나아가는 것. 양 서방, 그놈도 그렇지. 우리 모두가 그렇고."

"의미가 없단 말이에요. 왜 이렇게 살아야 하는지 모르겠다고요. 무엇보다도 양재륜이나 그 집 사람들이 싫어요."

"그런 말투는 열 살짜리한테나 어울려. 못 들은 걸로 하겠다. 어쨌든 양 서방이 제가 게이라고 말하지 못한 채 결혼한 것처럼, 그 사실을 모른 채 너를 결혼시킨 우리도 이제 와서 그 사실 때문에 너한테 이혼하라 할 수는 없어. 양 서방은 연예인이 아니라 정치인이고 미국인이나 프랑스인이 아니라 한국 사람이니까. 서혜우가 이혼할 수 없는 까닭은 네가 잘 알고 있으니 더 나열할 필요 없겠지. 그렇지만 양 서방하고 네가 타협은 할 수 있을 거야. 싫은 건 너희 부부 문제니까 다른 핑계 대지 말고 네 힘으로 타협해. 단 네 시가 사람들 모르게 너와 양 서방하고 둘이 해결해야 할 거야. 둘 사이에 아이가 생기지 않은 이유가 그 때문이었고 앞으로도 불가능할 거라면 입양 문제까지 의논, 타협하는 게 좋겠지."

"어떻게 그렇게 말씀을 하세요?"

"달리 어떻게 말하겠니? 타협하되 누설하면 안 돼. 절대로!"

"엄마!"

"그래, 서혜우! 내가 네 엄마야. 엄마로서 지금 말하는 건 딸로서의 너야. 네 아버지나 내 이력에 손톱만 한 흠집도 생기지 않게 하려고 온 집안이 수십 년 동안 절제하고 노력해 왔다는 걸 너도 잘 알거다. 아버지가 그 연배의 어지간한 사람들이라면 다 기피한 병역을 기꺼이 수행한 이유가 뭔데. 또, 너를 미국에서 낳아 두 개의 국적과 두 개의 이름을 갖게 한 우리가 관우는 굳이 한국에서 낳고 군대를 보낸 이유가 뭐고! 이만큼 말했으니 알아들으리라 믿는다. 엄마를 실망시키지 마, 서혜우. 그건 절대 용서 못 해."

어머니가 나갔다. 문 닫히는 소리가 난다. 친정에서 모녀가 나눈 대화는 거기까지 녹음되었다.

논문을 쓰기 위해 무당들이나 그 주변 사람들을 인터뷰할 때, 보통 공식적으로 녹취하지만 녹음기를 쓰지 못할 경우도 적지 않았다. LA 여행 갔을 때 그 생각이 나서 초소형 녹음기를 찾아다니다 녹음 기능이 있는 팔찌를 발견하고는 구입했다. 그렇게 구입하고 꽤 잘 써먹었다. 팔찌녹음기를 엄마와의 대화에 사용하게 될 줄은 몰랐다.

엄마와의 대화는 13분 12초였다. 13분 12초 동안 엄마는 딸한테 지금 자리에서 꼼짝 말고 살라고 역설하고, 그 말 안에 딸을 가두고 문을 굳게 닫고 나갔다. 그 문을 열려 들면 용서하지 못한다고 빗장 질렀다.

이불 속에서 눈을 감는다. 감은 눈꺼풀 속에서 눈물이 밀려 나온다. 숨이 막혀 이불을 걷고 일어나 클럭클럭 운다. 울며 침대를 내려와 옷을 입고 가방을 챙긴다.

휘는 뉴욕필름아카데미에서 단기강좌를 진행하고 있다. 학교 기숙사에서 지낼 텐데, 혼자 있는 시간에는 새 영화 시나리오를 다듬고, 틈나는 대로 영화계 사람들과 만나 새 작품에 대해 의논하고 함께 작업할 방법을 모색할 거라 했다. 새 영화의 제목이 〈돈 세이 워드〉라던가.

휘는 몇 년 전 비행기에서 아이디어가 떠올라 기록했다는 수첩을 내보이며 시나리오 〈돈 세이 워드〉의 내용을 설명했다. 기자인 남자 주인공이 한 여자를 만나면서 거대 권력에 맞서게 된다는 그 내용은 윤휘와 서혜우의 미래 버전 같았다. 수첩을 들여다보며 설명 들을 때 나는 깔깔대고 웃었다.

"내가 스토리 써 줄게. 우리 얘길 영화로 만들어요. 그리고 다 이겨 버려요. 산산이, 다 부숴 버리고 뒤집어 버려!"

술에 취하고 남자에 취해서 지껄였다. 현실에서는 불가능할망정 영화 속에서라도 그런 일이 일어나길 바랐다. 내 필명인 유안나가 전복을 꿈꾸며 쓰고 있는 새 소설 〈달의 습격〉의 내용이 그렇기도 했다.

〈달의 습격〉은 원고지 600매쯤 진행된 상태다. 〈북두칠성〉 출간 뒤 시작했는데 진행이 더뎠다. 동화 풍으로 쓴다고 해도 내용은 별수 없이 자전적이라 시시때때로 자기검열에 걸렸다. 소설이 작가의 현실을 고스란히 써도 되는가. 유안나는 아직 그것을 떨치지 못한 아마추어 작가인데, 그런 얘길 나눌 수 있는 친구가 없다. 적은 많을 텐데, 그들도 내가 만날 수 있는 곳에는 존재하지 않는다.

고등학교 입학한 지 3주일째에 일어난 사건도 그 하나였다.

나는 쉬는 시간이면 교과서를 보거나 책을 읽곤 했다. 내가 급식실에 가는 건 점심시간이 다 지날 때쯤이었다. 늘 혼자 먹으므로 서두를 필요가 없었다. 화요일이었던 그날 점심 먹으러 가기 전에 내가 읽던 책은 〈위대한 개츠비〉였다. 며칠째 그 책을 거듭해 읽고 있던 나는 개츠비가 데이지를 사랑하는 이유를 알고 싶었다. 개츠비는 우수에 찬 신비한 남자였다. 데이지를 향한 사랑으로 개츠비의 눈이 멀었다. 나는 그걸 인정할 수 없었다. 사랑이 상대 때문이 아니라 내 안에서 비롯된 무엇으로 상대의 어떤 측면과 얽히는 감정일 수도 있다는 것을, 그때 내가 어떻게 알았겠는가. 나는 개츠비의 시선으로 데이지한테서 사랑할 만한 이유를 찾아내려 골몰했다.

여섯 명으로 이루어진 무리가 내 주변을 감싼 뒤에야 나는 그들을 느끼고 고개를 들었다. 내가 아직 이름을 외지 못한 그 아이들 중에 내 짝인 영지가 끼어 있었다. 한 아이가 손바닥을 내밀었다. 무슨 뜻인지 몰라 손바닥 주인을 올려다봤다.

"꿔 간 돈 내놓으라고! 오늘까지 갚는댔잖아, 5만 원!"

그때서야 어제 급식실에서 나올 때 그 아이가 내게 다가들어 한 말이 언뜻 떠올랐다. '너, 나한테 5만 원 꿔 갔다. 내일 점심때까지 갚아라.' 그랬던 것 같았다. 나는 무슨 말인지 몰랐으므로 듣고 잊어버렸다. 다시 다가와 5만 원을 갚으라는데 나는 여전히 무슨 뜻인지를 몰랐다. 멀뚱멀뚱 했을 것이다. 그 순간 내 손 아래 놓여 있던 〈위대한 개츠비〉가 휙 집혀 나갔다. 책을 채간 아이한테 내가 그랬다.

"왜 또 이러니?"

'왜 이러니'가 아니라 왜 '또' 이러냐고 한 까닭은 아마도 초등학교 시절부터 당해 온 학습의 결과였을 것이다. 애들은 내가 책 읽을 때 곧잘 시비를 걸어오곤 했다. 아이들은, 심지어 짝조차 나한테 말을 걸지 않으면서도 내가 혼자 책 읽는 꼴을 봐 내지 못하는 것 같았다.

나도 늘 그들과 놀고 싶었다. 눈길을 활자에 둔 채 옆눈으로 그들의 노는 양을 지켜보기도 했다. 내가 같이 놀자고 나설 용기를 내기 전에 애들이 언제나 빨랐다. 장난치거나 무시하거나. 그래서 나는 언제나 혼자였다. 혼자여서 슬프거나 괴로웠던 적은 없었다. 나는 그냥 책을 읽으면 되었다. 무궁한 활자 속 세상에서 나는 혼자가 아니었다. 그 세상에서의 나는 주인공이었다. 개츠비이자 그의 얌체 애인인 데이지이고, 데이지의 남편 톰이었다. 작가인 피츠제럴드였다.

"돈도 안 갚으면서 왜 또? 내가 언제 어쨌는데 왜 또래?"

내 책을 채간 아이가 그렇게 시비를 걸어왔을 때 나는 아직 데이지였다. 애인인 개츠비의 자동차로 사람을 들이박아 놓고 제 남편과 함께 도망쳐 버린 멍청하고 야비한 여자였다. 나는 미처 현실로 돌아오지 못한 상태였다.

"날 좀 가만 두라고!"

그렇게 소리쳤다. 순식간에 머리채를 잡혀 교실 뒤편으로 끌려 나갔고 우박 맞듯 맞았다. 몇 분인지, 몇십 분인지 몰랐다. 점심 먹으러 갔던 아이들이 다 돌아왔고 오후 수업을 알리는 종소리가 나는 것 같았다. 나는 나도 모르는 새에 내 자리에 앉혀져 있었다. 나를 앉혀 놓고 내 머리며 교복을 툭툭 쳐 다듬은 시늉을 하던 영지가 내 지갑을 내 책 위에 올려놓으며 속삭였다.

"영어로 쓴 책씩이나 읽기에 돈 좀 있는 줄 알았더니 달랑 만 원짜리 한 장 있더라? 이자로 받았어. 원금은 낼까지 꼭 갚아. 알겠지? 그리고 우리 사이좋게 지내자."

담임선생의 영어 수업시간이었다. 내 몰골이 어땠는지 몰랐다. 오십대 초반의 담임선생은 약간 늦게 들어왔고 곧장 교과서를 펴들고 수업을 시작했다. 뭐에 찍혔는지 왼쪽 손등에서 피가 났다. 머리카락 속에서도 피가 흐르다 맺히는 것 같았다. 오른손으로 감싼 왼손을 무릎에 놓은 채 50분의 수업 동안 나는 그 교실에 없는 사람인 듯 가만히 있었다. 담임선생을 비롯한 급우들 누구도 내가 몇 분 혹은 몇십 분 동안 여섯 아이한테 린치당한 사실을 아는 체하지 않았다.

담임이 알아채지 못했다면, 알아챘어도 교실에서 언급할 일이 아니라고 생각했다면 내가 찾아가는 수밖에 없다고 생각했다. 수업이 끝난 뒤 간신히 일어나 교무실로 담임을 만나러 갔다. 담임이 자리에 없었다. 나는 그의 책상 옆에서 쓰러졌다.

한 시간 뒤쯤 깨어나니 학교 의무실이었다. 전신이 욱신거렸다. 병상이 놓인 맞은편 벽에 거울이 걸려 있었다. 머리와 왼손에 붕대가 감겼고 퉁퉁 부은 얼굴에 멍울이 드러나는 참이었다. 의무실의 양호선생이 무슨 일이 있었냐고 나한테 물었다. 나는 우리 담임선생이 나를 데려왔냐고 되물었다. 양호선생이 말하길 행정실 직원이 업고 왔더라 했다. 내가 담임이나 반 아이들 중 누가 왔다 갔냐고 물었더니 양호선생이 고개를 저으면서 다시 물었다.

"교실에서 무슨 일이 있었니? 이름표에 1학년 3반으로 표시돼 있기에 내가 너 응급처치 해 놓고 교실로 가 봤다. 서혜우가 교무실에서 쓰러져 의무실로 업혀 왔던데 무슨 일이냐고 물었더니 애들이 하나같이 모른다고 하더구나. 5교시 끝나고 나가는 것만 봤다고 했고. 그래서 너 깨어나길 기다렸다."

내가 뭘 기대했는지 몰랐지만 그 순간 포기했다.

집에서 가장 가까워 입학하게 된 학교였다. 내 학적부에는 아버지 직업이 근로자로 적혔고 어머니 직업은 비어 있었다. 초등학교 입학하면서부터 그랬다. 할아버지와 할머니의 방침이 그러했다. 할아버지와 할머니는 내가 이른바 한자리하는 누구의 손녀, 누구의 딸이 아니라 보통 아이로 보통 아이들에 섞여 자라길 바랐다. 그 때문에 집 밖에서 혼자일 때 나는 보통 아이였다. 집에서의 나는 다른 집 대개의 아이들처럼 특별했다.

우리 집에는 늘 한자리하는 사람이 존재했다. 한자리하는 사람들이 무시로 드나들기도 했다. 어린 내게 〈사자소학〉(四字小學)을 직접 가르쳤던 할아버지는 법무부장관을 지내고 난 후 정계를 은퇴하고 집안 법률회사인 '정명'(正明)으로 돌아가 있었다. 할아버지를 은퇴시키며 정계로 들어섰던 아버지는 그 무렵에 재선 국회의원이었다.

의무실 전화기를 빌려 집으로 전화했다.

"할머니!"

"오냐, 내 강아지. 아직 학교 있을 시각에 웬 전화니? 데리러 갈까나?"

집에서 학교까지 네 정거장 거리쯤 됐다. 고등학교 입학하면서 나는 버스로 통학했다. 입학 첫 주에 학교에서 생리가 걸린 것 같아 데리러 오라고 전화한 적이 있었다.

"할머니, 나, 점심시간에 반 애들한테 맞아 피났고 기절했어요. 지금 의무실에 있어요."

"뭐, 피? 기절? 그러니까 누가 내 강아지를 팼다는 거니?"

"응, 할머니. 내가 애들한테 막 맞았는데 이유를 모르겠어요. 내가 돈을 꾸고 갚지 않았다는데 그게 무슨 말인지 모르겠고. 옆자리 애가 내 지갑에 있던 만 원을 빼 가며 '이자'라고 하고, 내일 원금 5

만 원을 갚으라는데 그것도 못 알아듣겠어. 암튼 할머니! 나, 이 학교는 더 못 다니겠지만 내가 당한 일에 대해서는 알아야겠어요. 의무실 선생님이 교실에 가서 나한테 무슨 일이 있었냐고 물었더니 반 애들이 전부 모른다고 했대요."

"할미가 이제부터 알아보마. 의무실? 꼼짝 말고 거기 있거라."

첫 고자질이었다. 초등학교나 중학시절에 따돌려지고 시달리기도 했으나 악의까지 느낀 적은 없었던 것 같았다. 너희들이 나를 따돌리는 게 아니라 내가 너희들을 따돌리는 거라고 자위할 만한 정도였다. 내가 고자질하는 걸 들은 양호선생이 물었다.

"할머니가 오실 거니? 어머니는?"

그때 정혜식 박사는 세계 여성학자 학술대회에 참석하느라 스위스 취리히에 가 있었다. 해외에 나가 있지 않을 때도 어머니는 노상 바빴다. 아버지도 그 시각에 집에 있을 턱이 없었다.

"네, 할머니가 오실 거예요. 근데 선생님, 좀 시끄러울 거예요."

"너희 할머니 목소리가 크시니?"

양호 선생의 말에 웃다가 얼굴이 찌릿 아파 두 손으로 감쌌다. 눈도 가려졌는데 눈을 감고 있으려니 눈물이 났다. 소리 내어 울지는 않았다. 이미 고자질을 해 버렸으므로 소리 내어 울 까닭도 없었다.

내 눈물이 다 마르기 전에 할머니가 의무실로 들어왔다. 안나 아줌마가 함께 들어와서 내 몰골을 보고 울음을 터트렸다. 동시에 경찰 두 명이 왔다. 경찰들이 양호선생한테 이런 저런 내용을 묻는 사이에 교장과 교감이 사색이 되어 의무실로 들어왔다. 뒤이어 한국 최대 로펌 '정명'의 오너인 할아버지가 수행 변호사와 함께 왔다. 수업 중이던 담임선생도 뒤늦게 왔다. 나는 할머니가 부른 구급차를 타고 안나 아줌마와 함께 병원으로 갔다. 병원에서 전치 3주의 진단을 받았다.

　나중에 듣기로 나를 구타한 아이들의 부모들은 폭행에 대한 합의금으로 각 천만 원씩을 내놨다. 영어 발음이 영 시원찮던 담임선생은 직무태만으로 정직됐고 결국 사표를 썼다. 나를 팬 아이들은 정학을 당한 뒤 다른 학교로 뿔뿔이 흩어졌다. 내가 받은 합의금은 그 학교 장학금으로 기부됐다. 나도 미국 워싱턴의 고등학교로 옮겼다. 3학년이 시작되었을 때 한국으로 돌아와 한 학기 수업료가 대학 등록금만큼이나 높은 사립학교에 편입했다. 친구를 사귈 생각 같은 건 아예 하지 않은 채 고등학교를 마쳤다.

　휘의 집 안은 한 달 전 함께 나설 때 정리해 놓은 그대로다. 덜덜 떨리는 손으로 보일러를 켜고 침실에 있는 텔레비전을 켜 놓고 물을 끓인다. 그는 결벽이다 싶을 만치 집 안을 정리하는 사람이다. 물건을 살 때는 오래 쓸 수 있는 것으로 신중하게 구입하고, 물건을 버리는 일은 드물다고 했다.

　끓은 물을 사발에다 붓고 찻잎을 찾아 듬뿍 넣은 뒤 후후 불며 다 마신다. 몸이 데워지며 또 눈물이 난다. 엄살인가 했더니 정말 몸살인지 오한이 심하다. 추워 온몸이 떨린다. 눈물 흘리며 침대로 기어들어가 몸에다 이불을 돌돌 감고 애벌레처럼 모로 누운 채 텔레비전을 본다. 귀성객들의 귀경 행렬이 전국의 도로를 메우고 있다는 뉴스다. 저 많은 사람들이 기를 쓰며 찾아갔던 곳은 어디일까. 악착같이 돌아오는 곳은 또 어디일까. 그들이 가고 오는 곳이 어디인지 알기 위해 눈을 부릅뜬다.

🌿 희망 노선

광주광역시 소재의 삼원학교는 농아와 맹아들이 다니는 특수학교다. 한 교정 안에 초등학교 과정부터 고교 과정까지 다 있다. 허부경 씨는 삼원학교에서 27년간 농아들을 가르쳤다. 퇴직한 뒤로는 일주일에 이틀씩 삼원학교로 다니면서 아이들을 가르치는 봉사활동으로 여년을 보내는 참이다. 학교 나가지 않는 날은 텃밭 농사를 지었다.

뜰의 초목들을 가꾸는 허부경 씨의 취미는 오래되었다. 내 할머니가 돌아가신 뒤로는 그의 취미가 우리 집 마당으로 확대되었다. 봄이 되면 마당에서는 작년 가을에 떨어진 씨앗들이 무더기무더기 새싹으로 돋는다. 질경이며 익모초며 까치수염이며 달래며 냉이며. 뜯고 캐고 솎아 나물거리로 먹고 장아찌 등을 담근다. 사월 중순경이면 거의 세어져서 못 먹게 된다.

그때부터는 풀이다. 맨드라미와 달맞이와 민들레며 머위 등을 제외하곤 틈나는 대로 맨다. 남기는 것들도 솎을 만큼 솎아 낸다. 그렇지 않으면 온 마당이 풀에 먹히기 때문이다. 민들레는 어지간히 밟혀도 괜찮으므로 대충 놔둔다. 마당일은 사실 그게 다다. 화초를 사다 심거나 어딘가에서 옮겨다 심지 않고 원래 있는 것, 자연히 돋은 것들만 가꾸기 때문이다. 그 점에 있어 허부경 씨와 내 생각이 같다.

나도 시골집 올 때면 풀만 뽑는다. 할머니 기일을 즈음해서 내려온 이번에도 마찬가지다. 호미로 풀의 밑동을 쿡쿡 파서 뿌리째 뽑는다. 여강아 역의 배우 고하경이 만들어 준 여유 덕이다.

스물여덟 살의 고하경은 〈돈 세이 워드〉의 여주인공 여강아로 캐스팅된 배우다. 아직 톱배우로 꼽히지는 않지만 오디션에 나타나 즉석에서 받은 대본으로 연기하는 모습에 나는 대번에 반했다.

문 대표는 '애가 포스가 있네, 우리 회사로 데려와야겠다', 그랬다. 촬영감독은 '장난 아니다' 했다. 스타일리스트는 '얼굴이 문제였네' 했다. 주연배우 캐스팅 심사에 참여한 일곱 명의 심사위원들 생각이 일치했다. 그 모든 말은 고하경의 아름다운 용모가 그동안 그네의 연기력, 배우로서의 진면목을 가려 왔다는 수긍이었다.

고하경이 오디션에 참가할 때는 전 소속사와 계약이 끝나 있었다. 같은 회사에서 계약을 갱신하려면 이전보다 나은 조건이라야 한다는 게 고하경의 입장이었다. 그 회사에서는 같은 조건으로 계약하자는 것이었고 그걸 거부한 고하경은 소속사 없이 오디션에 참가해 여주인공에 캐스팅되었다. 문 대표는 고하경을 '카이트 매니지먼트'로 영입하면서 톱스타 조건을 제시했다. 그 덕에 고하경은 카이트 매니지먼트의 식구가 됐다.

지난주 2박 3일에 걸친 촬영이 힘들었던가. 고하경이 집에 가자마자 몸살을 시작했다. 병원에 갔더니 급성폐렴이라 하더라고 매니저가 통고해 왔다. 최소 2주일은 쉬어야 한다던가. 자빠진 김에 쉬어 간다고 나는 촬영을 미뤘다. 세트 촬영인 다음 차 두 회분을 한 꺼번에 진행하려면 또 다른 몸살이 일어날 수도 있겠지만 여주인공이 아프니 하는 수 없었다. 배우들의 스케줄이며 섭외한 장소 등의 사용 일시가 정해져 움직이는 것이라 내 맘대로 되는 것도 아니다.

따지고 보면 내 맘대로 되는 일은 별로 없다. 아예 없다고 보는 게 맞다. 순간순간 발생하는 상황들과 타협하며 나아가는 것뿐이다. 와중에 결과가 괜찮으면 내 맘대로 되었다고 기뻐하고 결과가 괜찮지 않으면 비관하는 것이다.

"야, 이놈아. 너 하루만 더 있다간 집구석에 남아나는 것이 없겠다. 참나무인지 싸리나무인지는 구분하면서 손을 대야지!"

허부경 씨 소리에 나는 엉거주춤 돌아본다. 허부경 씨의 머리털이며 수염은 온통 하얗다. 내가 기억하기엔 언제나 하얬다. 그의 머리가 하얗게 세 버린 건 외동딸을 잃은 그해부터라고 했다.

"요새는 흰 민들레가 얼마나 귀한데 막 뽑냐, 뽑길?"

흰 꽃을 단 민들레가 잔뜩 널브러져 있다. 히죽 웃고는 뽑힌 민들레들을 그러모아 아래채 마당으로 향한다. 내가 다시 심을 셈으로 추녀 아래쪽에다 부리니 허부경 씨가 허어, 하며 뜰방을 가리킨다.

"다시 심으라는 거 아니셨어요?"

"심기는 뭘 심어. 이왕 뽑은 거 다듬어 말려서 물이나 끓여먹자."

"귀한 거라면서요?"

"남은 애들이 또 씨를 퍼뜨리겠지. 아랫동네 찻집에 놀러 오는 아낙들이 가끔 여기까지 들어와서 얼마나 엿보는지 아냐?"

"민들레를요?"

"흰 민들레라 탐을 내는 거지. 봄엔 민들레를 탐내고, 가을엔 달 맞이 씨앗을 욕심내고. 한번 캐 가라고 했다가는 금세 씨를 말려버릴 거라. 너 와 있지 않을 때는 아예 문을 잠가 놓고 살잖냐. 몸에 좋다는 소문만 나면 어찌나 그악스러운지들."

허부경 씨가 뜰방에 걸터앉아 민들레를 다듬기 시작한다. 나도 마주앉아 거들며 비로소 인사를 건넨다.

"아버지, 어디 다녀오세요?"

"정신머리를 엿 바꿔 먹었냐?"

"아아, 어머니 모셔다 드리고 팽목항 들러 오신댔죠, 참."

나는 평생 그의 흰 머리털만 봐 왔는가. 이제 보니 이마며 눈자위, 입 주변의 주름골이 도랑처럼 깊다. 여름은 이제 시작인데 낯빛이 벌써 볕에 그을었다. 수시로 진도 팽목항에 가 세월호 유족들 틈에서 시간을 보내는 탓이다.

"젊은 놈이 정신을 엇다 빼놓고. 점심은 먹었냐?"

"건너가서 잔뜩 꺼내 먹었어요."

허부경 씨의 부인 김숙현 씨는 초등학교 교사로 정년퇴직했다. 어젯밤 내 할머니 제사를 치른 김숙현 씨는 아침에 여고 동창들과 함께 제주도 여행을 떠났다. 목포에서 배를 타고 제주도 닿아서 여유 있게 돌다가 비행기로 돌아오는 3박 4일 여행이라고 했다. 새벽에 허부경 씨가 목포항까지 데려다 주고 팽목항 들렀다가 돌아온 것이다.

할머니가 돌아가실 때 나는 중학교 1학년이었다. 할머니는 이웃집 선생 부부한테 손자를 의탁해 놓고 가셨다. 덕분에 나는 이웃집 아저씨, 아주머니의 양아들이 되어 어머니가 차려 주는 새벽밥을 먹고 도시락 들고 아버지 차를 타고 학교 다녔다. 1년가량 다닌 고등학교 때도 학교 기숙사에서 지내다 주말이면 돌아와 어머니 밥을 먹었다. 고등학교를 다니다 만 까닭은 내가 백일장에서 쓴 글 때문이었다.

2학년 5월이었고, 무등산 증심사 일원에서 백일장이 벌어졌다. 시제가 '봄'과 '나무'와 '무등산'이었다. 열 명의 학교 대표 중 하나로 백일장에 참가한 나는 제목을 '무등산의 봄 나무'로 정했다. 초등학교 때부터 백일장에서 상을 받지 못한 적이 없었다. 대개가 장원이나 대상이었고 금상이 두 번이었다. 백일장에서 상을 받는 요령을 일찌감치 터득한 터였다. 생각은 나이에 걸맞게 순수하고, 나이에 걸맞지 않게 어휘력 수준은 좀 높고, 소년, 청소년다운 엉뚱함이 기개나 발랄함으로 나타나면 심사위원들 눈에 든다.

그날 나는 청소년의 푸르른 꿈을 펼쳐나갈 미래 타령을 하고 싶지 않았다. 사회현상을 비판은 해도 되나 삐딱하지 않게 표현해야 하는 것도 싫증났다. 심사위원 눈에 들고 싶지 않았고 상을 받기도 싫었다. 하여 나는 '그 5월'에 무등산의 봄 나무들을 깔아뭉갠 자들을 모조리 붙잡아 무등산의 나무들 밑에 차곡차곡 파묻어야 한다고 썼다.

심사위원들은 물론 '불온한' 내 글에 상을 주지 않았다. 백일장에서 상을 받지 못한 글들은 파기되어 사라진다. 나는 그렇게 알았는데 내 글은 학교로 돌아왔다. 교장과 교감과 담임을 화나게 했다. 대상을 타 학교 명예를 높이기는커녕 학교와 교장과 담임 얼굴에 먹칠한 셈이 됐기 때문이었다.

교무실로 나를 부른 담임의 첫 마디가 '너 빨갱이 새끼냐'였다.

당장 부모를 부르라 했다. 그 순간 나는 담임이 내게 부모가 없다는 사실을, 내가 어머니, 아버지라 부르는 허부경 씨와 김숙현 씨가 양부모라는 사실을 알고 하는 말인지, 모르고 하는 말인지를 궁리했다. 부모 없다고 말하기 싫었다. 양부모라는 사실을 말하고 싶지도 않았다. 내가 묵묵부답하고 있자니 화가 난 담임이 늘 들고 다니는 매를 쳐들었다. 나는 그 매를 맞기도 싫었다. 그 손목을 잡으며 나는 학교를 그만 다니기로 작정했다.

내 자퇴 결정을 지지해 줬던 허부경 씨는 이듬해 검정고시를 볼 수 있게 도와주었다. 내 할머니가 남긴 돈들을 적절히 관리해 대학은 물론 유학까지 마칠 수 있게 해 줬다. 내외한테는 자식이 없었다. 오래전, 놓아였던 일곱 살 딸을 학교 앞에서 교통사고로 잃었다. 그날 학교 앞으로 딸을 마중 나가기로 했던 허부경 씨가 10분쯤 늦는 사이, 교문 안에서 10분을 기다리지 못한 딸아이는 교문 밖으로 나와 서성거렸다. 토요일 한낮에 술과 마약에 취해 있던 운전자가 차를 몰고 그 학교 앞 골목을 고속도로처럼 달렸다. 아이는 듣지 못했으므로 피하지 못했다. 아이는 참혹하게 부서졌고, 재벌 집안 아들이 몰던 차는 골목 귀퉁이 담장에 처박혔다. 차는 아이처럼 부서졌으나 운전자의 몸은 말짱했다. 아이는 그렇게 사라졌고 허부경 씨 내외에게는 돌이킬 수 없는 자책이 남았다. 이후 내외는 자식 낳기를 아예 포기했다. 서울의 한 고등학교의 교사였던 허부경 씨가 특수교육을 받은 뒤 삼원학교로 옮기고, 김숙현 씨가 화순 산골의 초등학교로 전근하면서 고향집으로 돌아와 살게 된 계기가 그것이었다.

안채 툇마루로 옮겨 앉은 허부경 씨를 위해 막걸리 한 병을 내다 따라 드린다. 나도 한 사발 따라 목을 축인다. 한 잔씩을 들이켠 뒤 다시 한 잔씩을 따른다.

"너 근자에 뭔 근심 있냐?"

"새 영화 찍느라 궁리가 많지요."

"그야 네 본업이니 당연하고, 내 눈에는 근심이 보이니 묻는 게 아니냐. 젊은 놈이 도대체 매가리가 없어. 엇다가 정신을 빼놓고 빈 몸으로 온 것 같단 말이다. 지난번 왔을 때도 그랬는데 물어보려다가 참았다. 이번에는 큰 영화 시작한 놈이 촬영하다 말고 와서, 제사 지내고도 가지 않고 비칠비칠. 왜 그러냐. 혹시 어디 아픈 데가 있냐?"

지난 2월 말일 밤 귀국해 집에 들어갔다가 혜우가 다녀간 흔적을 느꼈다. 침대의 이부자리가 흐트러져 있거나 개수대에 빈 잔 등이 놓여 있지는 않았으나 혜우의 자취가 적요하게 스미어 있었다. 혜우가 언제 와서 몇 시간이나 있다 갔는지 몰라 아래층 주인아주머니한테 물었다. 아주머니가 설 연휴 끝날 낮에 사람이 든 것 같았고 이튿날 오후 서너 시경에 나간 것 같더라 했다.

내가 유학시절 동료들이나 단기강좌에 참여한 여러 나라의 젊은 영화인들과 어울려 희희낙락거릴 때, 혜우는 빈집을 찾아와 꼬박 하루를 혼자 보냈던 것이다. 설 쇠러 왔다가 부산 가기 전, 아무도 없는 줄 알면서도 찾아들 때 어떤 심정이었을지. 그 막막함이 느껴져 그날 밤 나는 잠을 설쳤다.

"20년 전쯤에요, 아버지. 할머니가 벌인 굿판, 기억하세요? 여러 날에 걸쳐서 했는데요. 저 초등학교 5학년 여름이었고요."

"너, 소년 장가 들 때 말이냐?"

"생각나세요?"

"〈샤먼〉이 그때 일에서 나온 것이잖냐. 연두저고리에 녹색치마를 입고 나타났던 그때 네 각시, 이름이 단비였던가? 조막만 해 갖고 귀여웠지."

"단비가 입고 왔던 옷을 기억하세요?"

"명절도 아닌 한여름에 비단처럼 곱게 물들인 세모시 치마저고리를 입고 나타난 애를 어떻게 잊겠냐? 더구나 그 식구가 죄 한복 차림새였는데."

"그렇기는 했죠."

"어쨌든지 지금은 다 컸겠다. 아니, 큰 정도가 아니라 나이도 제법 들었겠는걸. 그 아이 어디 사는지 아냐?"

"만났어요."

"만났어? 언제? 어디서? 어떻게?"

"작년 오월에 기차에서 우연히요."

"어떻게, 알아봤어? 알아보겠든?"

"딱 마주쳤는데 대번에 알아보겠더라고요. 그쪽에서도 절 알아봤고요."

"그래 갖고?"

"얘기를 나눴죠.

"그래서?"

"저처럼 대학에서 강의하고 있고요, 결혼했더라고요."

"저런!"

한탄과 함께 침묵이 고인다. 나는 혜우 얘기를 계속해야 할지 그쳐야 할지 갈등하기 전에 입을 연다.

"그런데요, 아버지. 저, 단비 다시 만나고 나서 미친 것 같아요. 자나 깨나 단비 생각만 나요. 지난 일 년 동안 내내요."

"자나 깨나 단비, 결혼했다면서?"

"그러니까요. 밥 먹을 때, 술 마실 때, 책 읽을 때, 글 쓰고, 강의할 때, 도장에서 검 잡고 뛸 때, 회사 사람들과 회의할 때도 단비가 불쑥불쑥, 소나기처럼 내려요. 독일에서도, 미국에서도, 촬영현장에서도 단비가 줄줄 내리고요. 그러면 아까처럼 돼요. 민들레를 마구 뽑아 대는 것처럼요."

"자나 깨나 단비를 우연히 만나고, 또 만났냐?"

"제가 미친놈처럼 그 친구한테 들러붙었어요. 기어이 만났고요."

"그러면 쓰냐. 단비는, 그애 좋은 데 시집보내려고 일찌감치 팔자땜을 시켰는데, 네가 그러면 못 쓰지."

"알죠. 잘 아는데, 안 보고 못 살겠어요. 완전히 돈 것 같아요. 어떻게 할까요? 뺏어 오고 싶은데 어쩌죠? 못 뺏어 오면 꿰차고 달나라로라도 달아나고 싶은데요?"

허부경 씨 손바닥이 내 어깨를 사정없이 친다.

"정신 차려, 이놈아. 달나라는 이미 점령됐어."

"저 이러면 안 되는 거죠?"

"안 되지. 안 되고말고."

안 된다고 못 박은 허부경 씨가 술잔을 비우곤 자작으로 따른다. 침묵이 흐른다.

아래채 양쪽으로 선 두 느릅나무가 녹색으로 물들어 가는 참이다. 한 잔씩을 더 마시고 나니 술병이 빈다. 하릴없이 빈 병의 마개를 잠그는데 허부경 씨가 '소주 내오너라' 한다.

부엌에서 간밤 제사 지내고 남은 전적을 데우고 소주잔 두 개와 소주 두 병을 소반에 올려 툇마루로 내온다. 소주 한 잔을 마신 뒤 허부경 씨가 입을 열었다.

"그런데 그, 자나 깨나 단비는 너한테 맘이 있는 것 같더냐? 너 혼자 미쳐 도는 게 아니라?"

"예."

"있어?"

"예."

"단비도 너 좋다고 말해?"

"예. 그렇지만 만나지 않아야 한다는 말도 하죠. 저랑 같이 있는 걸 들킬까 봐 아주, 아주 무서워해요."

"너는 무섭냐, 안 무섭냐."

"무서워요. 점점 더 무서워요."

"그러면 진짜로 좋아하는 건데, 큰일이로구나."

한탄한 허부경 씨가 술 한 잔을 비운다. 나도 한숨을 쉬곤 술을 마신다.

"자나 깨나 갸가 애기는 낳았다디?"

"아직 없대요."

"그래서, 갸는 제 그쪽하고 갈라설 맘이 있고?"

"그런 얘긴 하지 않았는데, 이혼할 입장은 못 되는 것 같아요."

"그건 그렇지. 따로 맘 가는 사람이 생겼다고 금세 갈라서자고 나설 수는 없지. 그러면 안 되는 것이고. 더구나 옛날 단비 할머니가 손녀 팔자땜 굿을 그렇게 할 정도면 그 집안이 만만찮다는 건데 그게 쉬울 리도 없고. 아이고, 내가 시방 뭔 소리를 하고 있냐. 제주도 놀러 간 마님이 들으면 너나 나, 밥도 못 얻어먹을 소리다. 야야, 잊어버려라. 자나 깨나 단비든 소나기든 싹 잊어버리고 네 근방에서 여자 찾아. 너 쫓아다니는 여자들 쎘잖냐."

"쎘죠. 그래서 좋은 여자 만나 단비를 싹 잊게 될지도 모르고요."

두 사람은 다시 침묵에 빠져 술잔만 들었다 놨다 한다.

혜우가 컴퓨터에 셀프 영상을 남겨 놓은 걸 귀국한 지 일주일이나 지나 발견했다. 무심코 지나쳤던 윈도우에 낯선 폴더가 떠 있었다. 그 폴더 안에서 혜우가 데스크톱의 카메라를 켜 놓은 채 내 낡은 점퍼를 걸쳐 입고도 추운지 덜덜 떨면서 말했다.

"당신이 이걸 보게 되면 맘 아플 테지만 그래도 그냥 할래. 난 아까 낮 두 시 차를 탈 참이었는데, 당신 집에서 잠깐만 있다가 가려고 했는데, 못 갔어. 몸살이 났나 봐. 보일러를 세 시간째 켜고 있고, 온 바닥이 뜨끈뜨끈한데도 몹시 추워. 온몸에 바늘을 꽂아 대는 것 같아서 잠도 잘 수 없어. 그래서 이렇게 응석 부리고 있는 거야. 내가 응석 부릴 수 있는 사람이 당신밖에 없어. 그게 정말 미안해. 내 삶에 당신을 끌어들여서 말할 수 없이 미안해. 나, 또 눈물 나네. 당신 만나고 나서 완전히 울보가 됐어."

말을 멈춘 혜우가 이미 퉁퉁 부은 눈을 또 훔치며 일어섰다. 그렇게 셀프 촬영을 시작한 혜우의 동영상은 10시간 23분이나 재생되었다. 그 시간 동안 혜우가 화면 앞에 앉거나 화면 앞을 지나다닌 시간은 모두 합쳐도 한 시간 반쯤이었다. 혜우는 컴퓨터 카메라를 켜 놓은 채 침실로 들어가 누웠다가 잠들지 못하고 거실로 나왔다.

카메라 센서는 혜우가 움직일 때만 쫓아다녔다. 부엌에 가서 물 마시고, 화장실에 들어갔다가 나오고, 옷이 있는 작은방을 들락거리고, 책들이 있는 큰방에 들어갔다 한참 만에 나오곤 했다. 간간히 울고, 몇 번은 잠긴 목소리로 노래도 흥얼거렸다. 혜우가 비운 화면에는 침실 벽에 걸린 텔레비전 불빛과 소리로 채워졌다.

나는 동영상을 모조리 보고 나서 편집하려다가 혜우의 하룻밤을 고스란히 가지고 있기로 했다. 동영상을 복사해 놓고 편집본을 만든 뒤 데스크톱에서 지웠다.

편집본 유에스비를 보관하기 위해 일어서다가 혜우가 남겨 놓고 간 유에스비를 발견했다.

평소 나는 각종 파일을 분류해 저장한 50여 개의 유에스비를 큰방 책장에 꽂힌 백과사전 색인 권에다 보관했다. 그 유에스비에 든 것들이 나의 최대 재산이자 어쩌면 유일한 재산인지라 나름 꼭꼭 숨겼다. 책상 위 필통에 담긴 몇 개의 유에스비는 빈 것이거나 재사용할 목적으로 놔둔 것들이었다. 그 틈에 낯선 유에스비가 끼어 있었다. 유에스비를 데스크톱에 꽂았더니 두 개의 폴더가 나타났다.

'22분 35초.'

'13분 12초.'

폴더 제목이 그랬다. 합쳐도 40분이 못 되는 두 개의 자료에 서혜우의 과거와 현재와 미래가 다 담겨 있었다.

동영상과 녹음을 보고 들으면서 나는 난생 처음 공포를 느꼈다. 레즈비언이든 게이든 트랜스젠더든, 성 소수자들에게 편견을 지니지 않았다고 자부하는 터였다. 뉴욕 친구들 중에 레즈비언이나 게이도 있었다. 한 게이 친구한테서는 프러포즈도 받았다.

'고맙지만, 난 여자를 좋아하고 한국에 사랑하는 사람이 있어.' 그렇게 대답했다. 그러므로 게이들의 섹스 장면 때문에 느낀 공포가 아니었다. 그걸 보고 있었을 혜우의 시선에 어떤 공포가 서렸을지, 그 공포를 느꼈던 것이다.

현직 국회의원이면서 미래에 대통령이 되려는 그 남자의 동성연애보다 더 무서운 건 혜우와 제 어머니와의 대화였다. 여성학계의 지도자로 불리는 어머니가, 남편을 대통령 만들고 언젠가는 스스로 대통령이 되겠다는 현직 국립대학 학장이 딸에게 하는 말들.

'드러나지 않게 해라. 절대 용서 못 한다.'

그 파일들을 보고 듣고 난 뒤 나는 혜우로부터 지레, 완전히 튕겨져 나온 것 같았다. 혜우는 제자리에서 그대로 살면 안전하다. 어지간한 세상 사람이 다 부러워할 만한 자리가 아닌가. 그 자리에 가만히만 있으면 지금보다 더 영화로운 미래로 나아갈 것이다. 보통 사람은 꿈도 꾸지 않는 휘황한 미래를 살게 될 텐데, 그에 따른 고통쯤 참아야 하지 않는가. 혜우 어머니의 지론도 그랬다. 그 정도 힘들이지 않고, 그만큼의 고통도 겪지 않고 사는 사람은 없었다. 내가 그 곁에서 사라지는 게 혜우 어머니 말씀대로 가장 현명한, 최선의 선택이라 여겼다. 혜우를 위해서나, 나를 위해서나.

이틀에 한 번꼴로 혜우한테 보내던 메시지를 끊었다. 늘 일방적으로 메시지를 보냈으므로 끊기 쉬웠다. 4월 셋째 주말에 〈돈 세이 워드〉를 크랭크 인하며 고사를 지냈다. 10개월에 걸칠 촬영기간에 사고가 없기를 빌고, 개봉했을 때 대박이 터져 주기를 기원했다. 촬영을 시작했다. 바빴다. 그러나.

'잘 지내요? 나도 잘 지내요.'

그 몇 마디를 하지 못하고 지내는 두어 달간, 나는 촬영할 때를 제외하고는 무슨 전염병에라도 걸린 것처럼 안절부절못하거나 이미 무덤 속에 든 듯이 멍해졌다.

"희망 노선이라고 들어봤냐?"

허부경 씨의 질문에 나는 혜우한테서 벗어난다.

"Desire Line을 말씀하시는 거예요?"

"그래 그거. 공원이나 학교 같은 데 보면 잔디밭이 있는데, 보통 때 잔디밭은 들어가면 안 되지. 잔디밭을 가운데 두고 돌아서 다녀야 하고. 하지만 꼭 잔디밭 가운데로 길이 나 있지. 어디든지 그렇잖냐. 잘 만들어진 길 주변을 살펴보면 사람들이 임의로 질러 다니는 길이 꼭 있어. 누군가는 꼭 새로운 길을 내기 시작하고, 그 길을 다른 사람들이 연해 밟고 다니면서 오솔길이 되고, 더 지나면 잊혀지거나 아예 큰길이 되거나 하는 거고."

"그렇지요."

"사람 발걸음이 오솔길이나 지름길을 내는 것뿐이겠냐. 조선시대라면 천만부당하던 일들도 누군가 자꾸 갈망하고 행하면서 지금 당연해진 것들이 얼마나 많냐."

"그도 그렇고요."

"너나 단비, 그리 쉽게 잊어버릴 수 있는 사람들이 아닐 것 같아서 말이다. 안 되는 사이라고 돌아설 수 있는 사람이었으면 네가 나한테 이런 말을 할 놈이 아닌 고로, 내가 낫살이나 먹어서 자식놈한테 할 소리는 아닌 것 같다만 한다. 너, 자나 깨나 갸나, 둘이 다 잊어버리지 못할 것 같으면 오솔길 걷듯이 살망살망 걸으면서 세월을 지내 봐라. 억지로 잊으려고 들면 더 아프고, 아프면 비명 지르고 달려갈 수밖에 없는 게 상사지정(相思之情)인 걸 나도 알아서 하는 말이다. 더구나 너희들은 아무리 어렸다고 해도 초례상 차리고 마주 절한 엄연한 인연을 가졌는데, 다시 만나면서 물길 난 듯이 원래 짝 찾듯이 맘이 간다면 어쩌겠냐 싶기도 하고 말이다."

"어머니 들으시면 정말 밥 못 얻어먹을 말씀이시네요."

"자나 깨나 갸하고 맺어지는 방향으로 가라는 게 아니야. 인연이라는 건 억지로는 못 하는 것이니 기다리며 세월 지내다 보면 방향이 정해질 거라는 거다."

"무슨 말씀이신지 알아요."

"칠십 년 넘게 살면서 내 삶은 물론 주변 사람들 사는 걸 보니까 말이다. 사람살이 참 별것 아니더라. 남한테 해 될 일만 아니면 하고 싶은 걸 어지간히 하면서 사는 게 낫지 않을까 싶어. 남자한테는 함께 아웅다웅 늙어갈 여자만 있다면 바랄 것이 없겠다 싶기도 하고. 내가 다 늙어서 이런 말을 하는 것이겠지?"

"아버지 그 말씀은 칠십이 되어도 삼십대처럼 젊으신 어머니가 곁에 계시니까 하실 수 있는 말씀 같은걸요. 못지않게 아버지도 젊으시니까요."

"에라, 이놈아. 사기를 쳐도 적당해야 기분이 좋아지지. 네가 속이 빠지기는 했다. 자나 깨나 갸 때문인 거지."

말말이 단비 타령이시다.

혜우는 거대한 그물망의 한 코다. 한 코일 뿐이지만 그 한 코가 풀림으로서 거대한 조직이 흐트러질 수 있다. 혜우 주변의 사람들은 혜우의 이탈을 자신들에게 가해지는 치명적인 손실로 느낀다.

그들은 한 코가 자발적으로 빠지는 것을 용납지 않는다. 그 조직은 워낙 강고하거니와 질기다. 혜우는 그 안에서 스스로 빠져나올 수 없다. 폭탄이라도 던져서 찢어 놓는다면 모를까.

혜우는 폭탄 두 개를 스스로 만들고도 투척할 힘이 없다. 폭탄을 지니고 있을 힘도 없어서 그걸 공 던지듯 내 집에 숨겼다. 아니, 어쩌면 혜우는 내가 그걸 보고 달아날 것이라 여겼는지도 몰랐다. 제 힘으로는 밀어낼 수 없는 남자가 떨어져 나가 주리라 여겼는지도.

그런 의도였다면 혜우는 성공했다. 나는 뿌리째 뽑혀 땡볕에 내던져진 풀포기처럼 기력을 잃었다. 요즘 나는 혜우가 그리운지 아닌지, 가슴이 아픈지 아닌지도 모를 지경이다.

"너 옛날에 단비하고 사진 찍은 거 생각 나냐?"

"사진을 찍었어요? 그럴 리가요. 그, 단비 할머니가 그런 사진을 남기실 까닭이 없잖아요. 손녀의 평생을 내다보고 하신 일인데요."

"산에 가서 신령께 고한 것만 예사 혼인과 다르지, 할 건 전부 한 정식 혼례였다. 신랑신부 의복이며 금침, 초례상차림, 혼례 절차 등 빠뜨린 거 없이. 물론 사진도 찍었지. 처음 한 혼인 굿은 내가 연수받으러 나가 있어 못 보고 듣기만 했다만, 두 번째 할 때는 내가 사진을 찍었어. 다른 건 전부 태웠는데 사진은 그때 내가 즉시 현상을 하지 않아 못 태웠지."

"이상하네요. 저는 사진 찍은 기억이 없어요. 그 사진은 어디 있어요? 남아 있긴 해요?"

"하도 오래 돼서 엇다 뒀는지 가물가물하다만 어딘가에 있겠지."

"분명히 있어요?"

"단비네가 떠나고 난 후 어느쯤엔가 현상해서 봉지에 담은 채로 어딘가 뒀고, 버린 기억은 없으니까 있겠지. 아마 내 서재 어딘가에 다른 사진 뭉치 속에 섞여 있을 것이다."

"찾아봐 주세요."

"이미 앗겨 버린 각시 사진은 봐서 뭐 할라고?"

"그걸 보면 아이 때 한 소꿉장난이었던 거라고, 그래서 지금 단비는 그때 단비가 아니라고 수긍하게 될지도 모르잖아요. 낄낄 웃어 버릴 수도 있고요."

"이십 년 넘게 묵은 사진이라 온전할지도 의심스럽다."

"흐릿하면 흐릿한 대로 보죠. 일단 찾아봐 주세요."

"알았다. 이따 가서 찾아보마."

"지금 당장요, 아버지."

"이런 쇠뿔 뽑을 놈을 보았나. 술 마시다 말고 어딜 가!"

"오 분이면 되잖아요. 또 아버지 소피보실 때도 되셨어요. 가서 소피보시고, 찾아주세요. 제가 따라갈게요. 아니, 제가 가서 찾아볼까요?"

"됐다, 이놈아. 어디 있는 줄 알고. 내가 가서 소피보고 찾아보마. 거, 밍밍한 전적 놔두고 묵은지 김치전이나 한 장 부쳐 봐라. 새벽에 너 잘 때 내가 냉동고에서 생굴 뭉치 가져다 네 냉장고에 넣어 뒀다. 지금쯤 녹았을 테니 반죽에 좀 넣고."

"어머니 안 계시는 틈에 아주 날을 잡으신 거예요?"

"심심해 죽겠는 놈하고 같이 놀아 주는데 타박이냐?"

내가 흐흐 웃는데 허부경 씨는 일어나 대문을 나간다. 대문 건넛집이 댁이다. 마주한 두 집은 대숲을 가운데 두고 동네 다른 집들에서 외떨어져 있다. 예전에는 삼십여 호 남짓한 동네였으나 지금은 십여 호 정도 남았고, 그중 반쯤은 근 십 년 사이에 외지에서 들어온 사람들이다.

부엌으로 들어와 부침가루와 김치와 생굴과 달걀을 꺼내 반죽을 하고 전을 부친다. 자식 잃은 부부와 부모 잃은 아이가 그저 이웃이라는 인연으로 어떤 절차도 없이 가족이 되었다. 혈연이 아니고 법적으로 묶이지도 않아 바라는 게 없다. 바라지 않으려 조심한다. 조심하므로 도를 넘지 않고, 도를 넘지 않으므로 상처 입히는 일이 없다. 서교동의 전셋집을 두 분이 얻어 주었다.

"이건 우리가 얻어서 너한테 빌려준 집이니 영화한다고 빼서 말아먹지 마라."

〈수화〉나 〈기억의 늑대〉까지 돈을 거의 벌지 못했다. 갓 임용된 전임강사 월급으로 월세방 찾아다니느라 급급했을 그 무렵에 내외분이 얻어 준 전셋집이 있어 든든했다.

〈샤먼〉으로 전셋돈 갚을 만치 벌었기에 내외분한테 드렸다. 내외는 나한테 받은 돈으로 대밭과 마을 사이에 있던 땅을 사서 내 이름으로 등기해 놓았다. 그렇게 보면 나는 꽤장한 행운아였다. 그리여겨 왔다.

"서혜우는 불운한가."

소리 내어 자문해 본다.

"아니!"

큰 소리로 부정하며 김치전을 뒤집는다. 김치냉장고에서 잘 삭은 묵은지가 굴과 어우러져 고소한 냄새를 풍긴다.

혜우를 데려다 먹이면 좋을 것 같다. 소주를 그처럼 맛있게 홀짝이는 여자가 또 있을까. 소주 한 모금 마시고 안주 한 점 오물오물 먹은 뒤 입맛 쩝쩝 다시며 또 소주 한 모금 마시는 여자. 소주를 핥듯이 마시는 그 입술에 홀려 입을 맞추면 단내가 났다.

못 먹는 건 없지만 맛있는 것도 없다던 여자가 한밤중 홍대 앞에 나갔을 때는 먹는 것마다 맛있다며 환호했다. 그 밤에 길거리 음식 파는 수레를 스무 대쯤은 거쳤을 것이다. 골고루 먹어 보기 위해 뭐든지 최소 단위로만 먹고 다녔다. 떡볶이 두 점, 어묵 한 점, 감자칩 세 개, 문어 조각튀김 한 점 등.

선술 마차에서 소주 한 잔까지 마시고 난 뒤 혜우가 포만감에 활짝 핀 얼굴로 다가들어 속삭였다. 기운이 펄펄 나. 이럴 때 얼른 집에 가서 찐하게 안자. 지금 막 안고 싶어.

"백 번쯤 만난 것 같네!"

소리치곤 프라이팬의 김치전을 넓은 접시에다 옮긴다. 약간 탄 듯하지만 바삭바삭하게 먹을 만하다. 다시 프라이팬을 달구며 기름을 두르고 남은 반죽을 부어 국자로 편다.

따지고 보면 지난 1년간 혜우와 겨우 두 차례 만났다. 어릴 때까지 꼽아야 세 차례. 겨우 세 번 만났을 뿐인데 알아야 할 것은 다 안 것 같은지, 모를 일이다. 그러면서도 그 여자로부터 달아날 궁리를 하고 있는 놈이라니.

한숨 쉬는데 밖에서 허부경 씨가 외치는 소리가 난다.

"뭐 하냐, 손님 오셨다니까!"

오라고 한 사람도, 온다고 한 사람도 없는데 손님이라니? 심장이 두둑두둑 요란하게 뛴다. 렌지 불을 후딱 끄고는 마루로 나선다. 뜰방 아래에 있는 손님은, 혜우다. 혜우가 언제나 걸어 올리는 긴 머리를 대충 묶어 늘어뜨리고 남색 외투에 멜가방을 짊어진 채 환히 웃고 있다. 그 곁에 있던 아버지가 입을 연다.

"대문 앞에서 기웃거리다가 날 보곤 윤휘 감독을 찾아오셨다고 하기에 모시고 들어왔다. 이제 보니 네가 영화감독이 맞긴 맞구나."

급히 신발을 꿰고 마당으로 내려서서 두 사람의 가운데 선다.

"아버지, 이 사람은 단비 씨예요. 아까 말씀드렸죠? 그리고 단비 씨, 제 아버님이세요. 인사드리세요."

허부경 씨는 대문 앞에서 벌써 짐작한 듯하다. 혜우를 짐짓 외면하고 있다가 내가 소개하자 하는 수 없다는 듯 고개를 끄덕인다. 혜우가 허리 숙여 인사하자 또 고개를 끄덕이곤 웃는다.

"반갑네. 잘 왔어."

허부경 씨는 옛날 기억을 되새기지 않는다. 혜우도 마찬가지다.

"어른 계신다는 걸 잊고 그만 빈손으로 왔습니다. 죄송합니다, 아버님."

"말씨가 예쁘구먼. 뭐든지 듬뿍 받은 것처럼 배가 부르네. 재미있게들 놀아."

"아버님, 같이 앉으셔요."

"단비인지 소나기인지 씨. 나는 밭에 좀 가 봐야 할 때야. 풀 좀 매다가 저녁거리 할 나무새들을 뜯어 올 테니 우선 둘이 놀고 있어. 저놈이 마당을 함부로 매는지나 좀 감시해 주고. 저놈이 마당에 돋은 것을 마구 뽑아 대는 통에 그렇잖아도 휑한 뜰이 더 휑하잖아. 아, 휘야. 이거, 있더라."

허부경 씨가 오래전 현상소에서 뽑아다 묵혀 놨던 사진 봉지를 건네주곤 돌아선다. 대문을 나가더니 다시 들어와 안쪽으로 열려 있는 판자문을 죽 끌고 나가 터덕 닫는다. 밖에 빗장이 있다면 지르고도 남을 태세로 아귀 맞춰 닫는 기색이다. 단비를 숨기고 싶은 것이다.

"아버님께서 어째 저러셔요? 단비인지 소나기인지라니. 내 이름이 언제 그렇게 길어졌어요?"

"내가 조금 전에 아버지한테 단비라는 여자를 짝사랑하고 있다고, 내가 아무리 쫓아다녀도 단비가 콧방귀만 뀐다고 고자질했거든. 그 탓에 단비인지 소나기인지한테 골이 좀 나 계셔. 단비인지 소나긴지가 어찌 생겼는지 보고 싶다고 벼르던 서슬에 비하면 아주 쉽게 물러나시긴 하네. 어쨌든 마루로 올라가. 부산서 왔어, 서울에서 왔어?"

"부산에서."

"잘 왔어, 고생했고. 당신 수행원은?"

"이번 주말까지 며칠 혼자 여행해 보겠다고, 남 대리도 휴가 좀 즐기라고 했어. 나 혼자 여행 떠난 거, 위에다 보고할 테면 하라고 큰소리 탕탕 쳤고. 그러면서도 남 대리가 몰래 따라올까 봐 절절 매면서 왔어. 사실 어제 해남까지 갔어. 미황사, 대흥사 구경하고 그 근방에서 자고 새벽에 택시 타고 광주 와서 '아시아문화전당' 근방에서 오전 내내 보내다가 이리 온 거야. 혼자 도망자 영화를 찍은 셈이지."

"나 여기 있는 건 어떻게 알고?"

"몰랐지. 영화를 날마다 찍는 거 아니고, 할머님 기일이 음력 4월 20일이라 했으니 어쩌면 시골집에 있을 수도 있겠다, 기대는 했지만. 당신이 없어도 나는 여행하는 거니까, 옛날의 그 집이나 한번 돌아보자 하고 온 거야. 당신이 여기 없으면 여기 보고 나서 팽목항이나 가 봐야겠다고 마음먹으면서. 당신, 거기 가 봤어?"

"두 번 다녀왔어. 그나저나 당신, 뭐 좀 먹었어?"

"아침을 먹긴 했지만 배고파. 뭐든 좀 줘."

"김치전 부치는 중인데, 괜찮아?"

"좋아. 소주는? 아버님하고 나 흉보면서 다 마시고 없어?"

"소주는 당신이 목욕을 해도 될 만큼 있으니 걱정 말고, 마루가 차니까 방으로 들어가. 내가 상 차려 들여갈 테니 당신은 이거나 보면서 잠시 기다려."

"뭔데?"

"나도 아직 못 봤는데, 아버지가 찍은 우리 옛날 사진이래."

사진을 봉지째 건네주고는 부엌으로 들어온다. 보는 것만으로 이렇게 설레고 기쁜데 혜우로부터 달아나는 중이라 여겼던 건 얼마나 우스운가. 우스운 나도 괜찮다 싶다. 이번 만남이 또 한 번의 마지막이 될지라도 찾아와 준 여자가 고맙고 예쁘다.

전을 부치다 두었던 프라이팬에 다시 불을 붙이며 상을 차린다.

"술상 대령이요."

아버지가 건네준 사진 봉지의 부피가 좀 두껍다 싶긴 했다. 방바닥을 뒤덮을 만치 사진이 많을 줄은 몰랐다. 옛날 24장짜리 필름 몇 통이 온통 두 사람의 사진이었던가, 방바닥 가득이다. 혜우는 제 둘레에다 총천연색의 사진들을 펼쳐 놓고 우편엽서만 한 사진 한 장을 든 채 울고 있다.

"왜 그래? 무슨 슬픈 사진이야?"

윗목에다 소반을 내려놓고 아랫목으로 내려가 혜우 손에 들린 사

114

진을 들여다본다. 아홉 살 혜우가 비운의 어린 왕비처럼 활옷을 떨쳐입고 너른 소매 속에다 양손을 넣고 눈을 살짝 내리뜨고 대문 앞에 도도하게 서 있는 독사진이다. 텔레비전 사극드라마에서 빠져나온 어린 왕비역의 아역배우 같기도 한데, 표정이 기묘할 정도로 복잡하다. 아직 어리지만 자신의 비감한 미래를 예감하는 양 약간 찡그린 얼굴에 미소 지으려 애쓰고 있다.

"귀엽구먼, 뭘 울기까지 해?"

"옷이 아까워서 눈물이 나."

"뭐?"

"이 사진보고 생각났어. 이 활옷이며 활옷 속에 입은 다홍치마와 노랑저고리 등을 맞추러 한복집에 가던 때. 새 옷 맞춰 입자고 할머니가 날 데리고 갔어. 그때가 봄이었어. 이 옷은 내가 옷 맞춘 걸 다 잊어버렸을 때, 여기 와서 봤어. 박 기사 할아버지가 몰던 차의 트렁크에서 내 옷들이 나왔을 때 내가 얼마나 좋아했다고. 봐, 예쁘잖아! 일백 송이의 모란꽃, 두 마리의 봉황이며 두 마리의 원앙이 수놓인 옷. 일습으로 두 벌이었어. 할머니들은 이렇게 이쁜 옷을 어떻게 태울 수가 있어? 한 벌이라도 남겨 놓을 것이지."

"이보세요, 단비인지 소나기인지 씨. 내가 언젠가 그 옷하고 똑같은 옷 맞춰 줄게. 그러니 그만 울고 다른 사진들도 보면서 술이나 마십시다."

혜우가 발개진 눈으로 활짝 웃고는 나를 향해 팔을 벌린다. 넉 달여 만에 내 품으로 들어온 몸피가 훨씬 얇아졌다. 내색하지 않고 가벼이 입 맞춘 뒤 혜우를 안아 올려 사진을 건넨다.

소반 앞에다 내려놓고 젓가락을 쥐어 주고 소주를 따라 준다. 혜우가 소주 한 모금을 마시고는 김치전을 떼어 입에 넣고 오물거린다. 나는 젓가락으로 김치전을 잘게 찢어 놓는다.

같이 살게 되면 이런 일을 계속하지는 않을 터이다. 연애 감정의 유효기간은 석 달이라는 우스갯말이 있지 않은가. 혜우와도 석 달을 함께 지내고 나면 유효기간이 끝날지도 모른다. 석 달을 함께 지내보지 않았으므로, 함께 지낼 미래가 현재로선 무망하므로 이 연애의 끝이 어디일지도 알 수 없다.

"당신 어릴 때 좀 봐."

혜우가 사진을 들고 깔깔대더니 나한테 건네준다. 신랑 옷을 입은 어린 내가 대문 앞에서 양팔을 쭉 뻗고 슈퍼맨 흉내를 내고 있다. 그 무렵에 아마 리메이크 된 슈퍼맨이 인기였을 것이다.

"누군지 그 녀석 참 늠름하네."

"이 아이들이 우리라는 게 믿겨?"

"믿고 말고가 어딨어. 이 사진 속에 우리가 있기 때문에 이 사진들 밖에 지금 우리도 있는 건데."

"거의 잊어버렸던 일들이 이처럼 고스란히 여기 남아 있는 게 신기하면서도 무서워."

소반을 약간 밀어 놓고는 혜우를 끌어당겨 마주 앉는다.

"물어볼 게 있어."

"물어봐요."

"지금 아니면 영 못 묻게 될 것 같은 말이고, 지금 묻고 다시 묻지 않을 말이야."

"응."

"당신은 나한테 세 개의 파일을 줬어. 한 파일 속에는 혼자 아파

116

서 우는 당신이 있고, 다른 파일들에는 당신 남편과 당신 어머니가 계셔."

"응."

"나는 앞으로도 당신이 원하는 방식으로 만날 거야. 이대로 들키지 않으려 애쓰면서 어쩌다 한 번씩 만나도 난 괜찮아. 좀더 기술적으로 자주 만날 방법을 찾아볼 수도 있을 거고. 또 당신이 만나지 말자 하면 찾아다니지 않을 거야."

"응."

"그래서 내가 지금 묻는 건 당신이 어쩌고 싶은지, 그거야. 혼자 울면서라도, 혼자 우는 건 가끔이니까, 나머지 날들은 괜찮고 참을 만하니까 그대로 살기를 바라는지. 아니면 내가 당신과 함께 살 방법을 찾아보기를 바라는지. 또 우리가 함께 살지 않더라도 당신이 지금과 달리 살 방법이 있는지, 궁리해 보는 건지도."

"나, 지금 솔직해야 하지?"

"음."

"지금 내가, 우리 엄마 아버지의 딸이거나 DH그룹의 며느리이거나 양재륜의 아내인 것을 그만두고 싶어 하는 심사가 진심인지, 알기 어려워. 내 진심이 무엇인지 모르는 탓에 그곳을 벗어나는 게 두렵고. 그곳 사람들이 내가 벗어나는 걸 용인하지 않을 거라, 그런 과정을 치를 일이 무서워. 또 당신과 내 관계가 밝혀지면 그들이 당신을 고이 두지 않을 거라 무섭고. 내가 그쪽을 벗어나겠다며 나선 순간 당신이 위험해질 거니까.

우리 엄마가 말씀하시는 거 당신도 들었지? 난 내 엄마와 아버지 딸이니까 죽지는 않을 거라고. 살던 대로 살게 될 거라고. 당신은 그렇지 못할 거라고. 그래서 당신을 만난 이후 나는 수천 번 생각하다 수천 번 넘어지고 있어. 내 부모의 평생을 내가 우그러뜨릴 권리가 있는가? 무얼 위해서? 현재 내 삶이 어때서? 그런 식으로 넘어진다는 거야. 또 내가 엄마 아버지의 삶을 망가뜨리는 게 아니라 당신들 삶의 양상이 달라지는 거뿐이지 않냐는 생각도 해. 계획하고 또 계획하는 그 삶은 그분들 몫이니까 내 책임은 아니지 않냐고. 그런데 그만큼이야. 더 넘어서지지가 않아. 아직 때가 아닌 거라는 평계가 자꾸 생기고. 이만큼이, 지금 내가 당신한테 말할 수 있는 나의 솔직함이야. 결국 내가 나를 모른다는 것이."

"그렇다면 가령, 지금 저 닫혀 있는 대문 밖에 당신 뒤를 따라온 사람들이 있어서 우리가 들켰다고 쳐. 또 내일이라도 일이 터져서 당신과 내가 만나는 장면이 드러난 상황이라고 가정해 봐."

"우리 관계가 들킬 수는 있지만 밖으로 드러나지는 않아. 저들에게 들키는 순간 우리 관계는 지워질 거니까. 당신이나 나도 그렇게 될 수 있고."

"암튼 그렇다 할 때 당신은 다시 당신 부모님의 딸로, 그 그늘로 들어갈 건지, 그래, 어쩔 테냐 하고 맞서 볼 건지, 이왕 터진 김에다 터트려 보자고 나설지 묻는 거야. 당신이 나한테 준 파일들, 당신이 그걸 찍고 녹음한 게 어쩌다보니 그렇게 했다고 하더라도, 당신 무의식 속에서는 언젠가를 대비한 행동이 아니었을까 싶거든. 그걸 나한테 가져다 놓은 이유도 그 어떤 일에 대한 대비가 아닐까 싶고."

"어쩌면, 그럴 거야. 난 그곳을 벗어날 의지나 힘이 없지만, 당신을 보지 않고 살 자신도 없어. 당신이 메시지를 보내오지 않는 지난 두 달여가 나한테는 어찌해 볼 수 없는 지옥이었어. 아내한테 드러나지만 않는다면 다른 남자와 연애해도 괜찮다는 게이 남편, 딸한테 죽은 듯 살라는 엄마보다, 메시지를 전해오지 않는 당신이 지옥이었다고. 당신 방에 유에스비를 두고 온 나를 수없이 죽이고 싶었어. 그만치 당신을 보고 싶었고. 도망자 영화 찍듯이 여기까지 온 이유야. 살고 싶어서. 이렇게 당신을 마주하고 있으니 살 것 같아. 뭐든지 할 수 있을 것 같고.

그런데 당신과 내가 만나는 건 언젠가는 드러나고야 말 것이고, 그럴 때 당신이 위험하지 않게 엄마나 남편하고 타협할 수 있지 않을까, 생각했는지도 모르겠어. 그 파일들의 내용은 남편이나 엄마한테 충분히 넘치게 영향을 줄 수 있을 거니까. 그런 게 있다는 걸 알면 당신을 건드리지 못할 거라고. 당신한테 무슨 일이 생기면 그 순간 그 파일들이 인터넷으로 퍼져나간다는 걸, 언젠가는 엄마나 남편한테 알려주게 될 거라고 생각했고. 당신이 그것들을 그대로 영화로 만들어서 세상사람 전부 보게 하면 좋겠다 싶기도 했어. 그래서 우리가 자유로워질 수만 있다면.

사실 난 내 이야기를 소설로 쓰고 있어. 〈북두칠성〉 출간 직후에 시작한 소설이야. 그런데 도통 나가지를 못해. 내가 원하는 지점이 어디인지를 모르기 때문에 진도를 못 나가는 거야. 그 밤에 혼자 징징 짜면서 생각한 게 그만큼이야. 그 밤에서 더 발전한 건 없고."

혜우를 향해 팔을 벌린다.

"힘든 말 시켜서 미안해."

품에 푹 들어와 안기는 혜우를 감싸 안은 채 나는 해야 할 말을 더 하기로 한다.

"당신의 열 시간짜리 영상을 보면서부터 나도, 천 번쯤 생각하고 있어. 천 번쯤 생각해도 결론이 같아. 당신이 혼자 울지 않았으면 좋겠다는 것과 내가 당신을 보며 살고 싶다는 거. 당신이 두고 간 유에스비 내용을 확인하고 나서 또, 당신으로부터 도망치자는 생각을 천 번쯤 했어. 조금 전 당신 들어올 때까지 그렇게 생각하고 있던 참이고.

하지만 천 번 아니라 만 번을 생각해도 당신으로부터 달아나지 못할 거라는 걸, 조금 전에 당신을 본 즉시 깨달았어. 그래서 지금 말하는 거야. 앞으로도 우리는 최대한 숨어 지내겠지만, 들키는 순간, 그 들킴이 당신의 삶이나 내 목숨을 위협하는 상황으로 커진다면 맞장 한번 떠 보자고. 〈돈 세이 워드〉처럼. 나는 당신과 달리 잃을 게 당신밖에 없어. 당신을 지키고 우리를 지키기 위해 움직여야 할 사람은 나라는 거지. 당신이 인정만 해 준다면, 어떤 상황이 벌어졌을 때 달아나지 않고 믿고 따라준다면 내가 할 거야. 믿고 따라줄 테야?"

"이렇게 안겨 있는데 그렇게 물으면 달리 대답할 도리가 없잖아."

"달리 대답해도 돼. 당신이 달리 대답하면 나도 또 그에 맞춰서 생각하면 되니까."

"나를 포기할 수 있다고?"

"당신이 속한 세상에 맞설 준비를 더 할 거라는 거지. 당신한테는 내가 아주 미약한 사람으로 보일 수 있어. 그 때문에 당신은 당신이 나를 지켜야 한다고 생각하지. 어쩌지 못하고 망설이는 이유고. 그렇지만 혜우 씨. 내가 그렇게 약하지만은 않아. 상황이 당신 예상처럼 벌어져서 우리가 함께 나서야 한다면, 당신을 놔둔 채 나 혼자

맥없이 죽지 않을 거라고. 방법을 찾을 거야. 찾다보면 찾아지기 마련이지. 조금 전에 말했듯이 나는 잃을 게 당신밖에 없어. 그에 반해 당신 주변 사람들은 잃을 게 아주 많지. 감출 것은 더 많고. 인터넷 세상에서는 양자가 비슷해. 무엇보다 나한테는 당신이 있고. 나를 믿어 볼 거야?"

"응."

"그게 다야, 응?"

"응."

"됐어, 그럼. 이제, 최소한 오늘은 머리 아픈 이야기 하지 말고 놉시다. 술에 약간 취한 채 봄볕 속에서 마당을 거닐어 보고, 저녁 준비해서 아버지와 먹고, 밤에는 달빛 아래서 술 마시고, 안고, 노래도 부르고. 아, 당신 시간이 얼마만큼 있는 거야? 내일 아침에 떠나야 하나?"

"당신은 언제까지 여기 있을 건데?"

"어제 저녁 참에 와서 제사 지냈고, 일요일에 상경할 계획이었어."

"그럼 나도 그날 당신하고 같이 나서서 부산으로 갈래."

"좋아. 내일 오전에는 같이 팽목항 가서 당신 여행을 완성시키고. 일요일엔 내가 부산 들러 당신 내려 주고 서울로 가는 걸로 하지. 그건 그렇고, 우선, 급한 거부터 해결합시다."

"뭐?"

이거, 라고 속삭이고는 혜우를 단짝 들어 아랫목의 요 위로 옮긴다. 혼례식 사진을 꽃잎들처럼 흐트러뜨려 놓은 채 첫날 밤 신부를 안듯 혜우를 안는다. 못 만날 수도 있지만 찾아와 본 여자. 못 만날 거라고 여기지 않았을 것이다. 내가 여기 있으리라 확신하며 온 것

이다. 앞으로 어떤 일을 겪게 될지 모르지만 지금 함께 있으므로 기
쁘다. 이 기쁨의 대가로 치러야 하는 게 그 어떤 것이든 기꺼이 감
당할 수 있을 것 같다.

🌿 불복

느릅나무 집에서 휘와 사흘을 보내고 돌아온 이후 일상을 벗어나지 않았다. 서울에 가기로 된 날은 늘 그렇듯이 남 대리가 운전하는 차에 올라 김해공항에 닿았다. 김포공항에서는 마중 나온 성북동 기사 차를 탔다. 얌전한 며느리와 딸, 아내 역할을 맡은 배우처럼 지냈다. 소득이 있긴 했다. 논문 〈전통의상에 구현된 오방색 연구: 전통무복(傳統巫服)을 중심으로〉가 학회지에 실렸다. 존재증명이 아니라 부재증명을 해낸 것 같았다. 여름 방학이 시작됐다.

그 사이 다섯 장의 이력서를 썼다. 그동안 기획한 전시회들을 모아 포트폴리오를 만들고, 발표한 논문들의 초록(抄錄) 몇 편을 정리했다. 채용공고가 난 두 군데의 대학 박물관과 지방 국립박물관과 시립미술관과 민속학연구소에 이력서와 포트폴리오와 논문 초록들을 제출했다.

경산대학이 아닌 곳, 부산을 벗어난 곳에서 일자리를 찾아보려는 시도였다. 최소한 그러한 시도를 했을 때 어떤 일이 벌어지는지 확인하고 싶었다.

결과를 기다리는 동안 틈틈이 소설을 썼다. 쓰려고 노력했다는 게 맞을 터이다. 작가 유안나는 〈달의 습격〉을 끌고 나갈 힘이 모자랐다. 수시로 넘어졌고 넘어질 때마다 일어나는 데 오래 걸렸다. 소설이 아무리 허구의 세계를 그린다고 해도 작가의 현실이 투사되는 걸 막을 수 없었다. 서혜우는 현실을 차용할 수도, 무시하기도 어려웠다. 올 들어 쓴 게 겨우 백 장 정도다. 그 백 장을 쓰기 위해 앞서 써 놨던 백 장쯤 삭제했다. 제자리였다.

면접하자는 연락은 모교 박물관에서만 왔다. 경력 학예사 한 명을 뽑는 자리에 경쟁자가 일곱 명이었다. 함경박물관의 학예사. 그게 내가 내세울 수 있는 유일한 경력이었다. 그 단 하나의 경력이 문제였다. 면접 자리에서 내가 경산대 이사장의 셋째 며느리이자 국회의원 양재륜의 처이며 여당대표 서중호의 딸이라는 이력이 실타래처럼 엉켜 나왔다. 예상했듯 채용한다는 연락은 오지 않았다. 본가로 들어오라는 명령만 내려왔다. 시어머니 함옥만 씨의 호출이었다.

생비단처럼 하얀 머리카락을 쪽찌듯 걷어 올린 함옥만 씨는 남빛 모시저고리에 주황빛 모시치마를 입고 당신 방에서도 집무실에 앉은 듯 꼿꼿하다. 말년의 내 할머니와 비슷한 모습이다. 외양은 그렇지만 내 할머니의 성정은 따뜻하고 소탈했다. 늘 육친의 살내음이 났다. 내가 느끼기에는 언제나 바쁘고 얀정머리 없던 큰며느리 정혜식에게도 살가웠다. 정혜식이 시어머니를 어떻게 느꼈는지, 그 점을 내가 잘 모르고 있기는 하다. 나도 내 시어머니 함옥만 씨한테 살가움을 느껴본 적이 없으므로.

"네가 멀쩡한 일자리 두고 다른 자리를 찾는다는 소식을 들었기에, 어떻게 된 일인지 궁금해 불렀다. 이력서를 다섯 군데나 넣었다면서? 무슨 일 있니?"

나이 들면서 혈압이 높아져 노상 방에서 지내면서도 자신의 영토를 매끄럽게 다스리는 함옥만 씨의 어조는 늘 부드럽다. 바위를 감싼 유막(油幕) 같다고나 할까.

"아무 일 없습니다. 그저, 제가 다른 곳에서도 일자리를 구할 수 있는지 실험해 보고 싶었습니다."

"혹여 그러다 채용이 되면 어찌하려고?"

"혹시 그렇게 되면 어머님께, 어머님 휘하가 아닌 곳에서 얼마간 경력을 쌓아 보고 싶다고, 허락해 주십사 청을 드리려 했습니다."

"혜우야. 내가 지금까지 너를 시간강사로 둔 것이나 학예관으로 둔 까닭은 아직 젊은 너를 교수나 학예실장으로 올렸을 때 들을 뒷소리 때문이었다. 어차피 네가 꾸려갈 학교이니 차근차근 단계를 밟으라는 의미였고 그걸 네가 안다고 여겼다. 네가 원했으면 교수건 박물관장이건, 혹은 그 무엇이라도 시켜줬을 것이나 넌 그런 걸 원하지 않았고, 난 너의 그런 점이 예뻤다. 그렇더라도 너는 내년에 문화예술학과 전임으로 임용되면서 박물관 학예실장을 겸할 게다. 너도 짐작하고 있잖니? 그런 너한테 다른 자리에서 쌓는 경력이 무슨 필요가 있기에 다른 사람의 기회를 뺏으려 드니?"

"가능할 거라 여기지 않았지만, 혹여 채용되었다면 그건 제가 다른 사람의 기회를 뺏는 게 아니라 저한테 온 기회 아닐까요?"

"물론 네가 박물관 일이나 강의에 열성이고, 꽤 잘한다는 것도 안다만, 넌 그런 것을 잘하려 애쓰지 않아도 되잖니? 그런 일을 잘 할 박사, 교수들이 천지에 넘치니까 말이다. 그 사람들한테 일자리를 주는 게 우리 같은 사람들 몫이야. 그런 사람들한테는 생계와 자존이 다 걸린 기회일 수 있지만 너한테는 바깥에서의 자리가 무슨 의미가 있느냐는 거지."

할 말이 없는 건 아니어도 당장 할 수 있는 말은 없다. 나는 탁자 위에 얌전히 포개 놓은 내 손을 내려다본다. 왼 팔목에 뒤엉킨 은시계와 은팔찌, 엄지와 중지에 낀 은반지 두 개가 무료해 보인다. 문 앞에서 녹음 기능을 작동시키고 들어왔다.

"그래서, 너는 네 모교로 가서 보통 학예사처럼 일하고, 우리 박물관에는 다른 학예사를 채용하라는 의도였니? 그게 합리적인 생각이야?"

"그저 시도해 보고 싶었습니다. 시도하면서 이것저것 준비하는 과정이 저한테 새로운 경험이기도 했고요."

"네 전권으로 운용되는 그룹의 1년 기부예산이 30억이다. 그건 네가 대학시절에 국내외의 여러 단체에 속해 봉사활동을 시작한 덕에 생긴 기금이다. 네가 하는 일이 예뻐서 그 뜻을 확장시키자고 만들어졌고, 너만 쓸 수 있게 돼 있는 돈이지. 그 기금을 좋은 일에 쓰기 위해 궁리하고, 나라 안팎을 드나들며 실행하고 다니는 경험으로 부족하니?"

"그건 어머님을 대신하는 일 아닌가요? 재륜 씨를 위하는 일이고요. 어쨌든 그런 일들을 그만두겠다는 게 아니었습니다. 좋은 일이니까 할 수 있는껏 해야지요. 말씀드렸듯이 제 힘으로 할 수 있는 것도 있을까 싶은 생각에 시도해 본 거예요."

죄송하다는 말을 덧붙이기는 싫다. 다시는 그런 일을 벌이지 않겠노라 다짐하고 싶지도 않다. 이력서를 쓰고 포트폴리오를 만드는 과정에서 느꼈다. 나는 지금 나의 미래를 준비하는 것이라고. 이 일이 그 시작이라고. 소설을 쓰면서 막힐 때마다 이 관성의 껍질을 깨지 않으면 평생 걸려도 〈달의 습격〉은 탈고하지 못하리라 느끼기도 했다.

"내가 늙은 탓인지, 네가 젊은 탓인지, 나는 네 행동을 도무지 이해하기 어렵구나. 다시 물어보마. 정말 다른 곳에 가서 한동안이라도 일해 보고 싶니?"

"해 보고 싶었지만 불가능한 걸 깨달았습니다. 혹, 어머님께서 관여하셨는지요?"

"난 보고만 받았다. 이번에 네가 시도한 일에 나는 관여한 게 없다는 거다. 그 사람들이 그들로서는 불편한 배경과 이력을 지닌 너를 뽑지 않을 걸 아는데, 굳이 내가 나설 필요도 없지. 네 이름으로 된 각종 자산이 얼마나 되는지 아니?"

"모릅니다. 제 거라 여겨 보지 않아서 생각해 본 적도 없습니다."

"네가 사인하면서도 몰라?"

"처음 사인하기 시작한 게 저 약혼 직후인 설 무렵이었습니다. 고등학교 막 졸업할 때요. 모르는 사람이 찾아와 장부 내밀며 제가 사인할 곳을 일일이 짚어 주었습니다. 저는 제 이름만 썼고요. 이후에도 수시로 그랬지요. 제가 무얼 알고 있겠어요?"

약혼기간에는 그랬을지라도 결혼 후에는 사인할 때마다 눈여겨보았다. 액수 같은 걸 계산해 보지는 않았지만 돈이 있는 은행, 건물이 있는 도시, 땅이 있는 나라 등.

내가 무슨 짓을 하고 있는지는 알고 싶어서였다. 내가 하는 짓은 DH그룹의 수많은 회사들이 벌어들이는 돈의 일부를 내 이름에다 저장하는 것이었다. 타인의 이름을 빌려 만드는 차명계좌는 불법인데다 차명자를 믿을 수도 없으므로 합법 존재인 나한테 쌓는 것이었다. 그건 물론 양재륜을 위한 것이고 그의 재산이었다. 내가 관심 둘 필요가 없는 것.

"어이없다만 그래서 네가 예쁜 아이이기도 하지. 어쨌든 다른 곳에서의 네 취직은 교수로서든 학예사로서든 연구원으로서든, 네 자력으로는 불가능하다. 그렇더라도 네가 정 그렇게 해 보고 싶다면 가능하게 해 주마. 대신 아이부터 낳아라. 너는 아직 젊다만 네 남편은 나이가 제법 들었잖니? 아이가 너무 늦었어. 또 네 남편이 내후년에 치러지는 지자체 선거에서 서울시장 후보로 나설 것 같은데 그 전에 아이를 갖는 게 좋겠다."

결국 그 말을 하기 위해 나를 불러들인 것이다. 더 두드러질 양재륜의 행보에 구색을 맞추자면 아이가 필요하므로.

"어머님께서도 아시는 줄 알았는데요. 재륜 씨와 저, 한 이불 쓴 일이, 그런 걸 시도해 본 게 결혼 초기에 몇 번, 정확히 네 번이었습니다."

그 네 번을 시도할 때 염도진은 같은 호텔이나 집 안 어딘가에 있었다. 나와의 섹스에 실패한 양재륜은 매번 방을 나갔고 그 밤에 돌아오지 않았다.

"너희 내외의 그 일이 임의롭지 않은 걸 나도 눈치채고는 있었다. 그래서 부러 하는 말이다. 네가 노력을 좀 하라고. 너도 이제 어리지 않으니 노력해야 하지 않겠니?"

터지려는 말을 참는다. 참는 것과 별개로 할 말은 해야 한다는 당면한 문제 사이에서 갈등한다. 나는 함옥만 씨가 임의로웠던 적이 없다. 아니라거나 그렇지 않다거나 싫다는 말을 해 보지 못했다. 언짢은 소리 한 번 듣지 않고 지내왔음에도 언제나 어려웠다. 그건 내 안의 거부감, 혹은 반발심이 들킬 수도 있으리라는 두려움이었다. 내가 빠진 관성의 늪이기도 했다.

"어머님의 그 말씀은 저를 안지 못하는 그 사람한테 하셔야 하지 않을까요? 성 문제에 관한 한 그 사람이 보통 남자하고 다르다는 걸 어머님께서도 아시는 줄로 알고 있는데요. 제가 노력한다고 될 일이 아니라는 걸요."

고부간의 시선이 팽팽히 맞닿아 줄다리기를 한다. 나로서는 처음이다. 기를 쓰며 시선을 받아 낸다. 마주보고 있는 동안 함옥만 씨의 눈에 노기가 서리고 짙어진다. 급기야 눈시울이 붉어진다. 금세 핏물이 배어날 것처럼 붉어진 눈에서 눈물은 흐르지 않는다.

함옥만 씨는 당신 아들이 동성애자인 걸 알고 있었던 것이다. 아들의 상대가 염도진이라는 것도 알았다. 아들을 말리기 위해, 그의 성적 지향을 바꾸기 위해 애쓴 시절이 있었을지도 모를 함옥만 씨는 지금, 며느리가 그 사실을 아는 걸 깨닫고 있다. 더하여 며느리가 그 사실을 빌미로 자신에게 대서는 것에 분노하고 있다.

당장 눈을 내리깔아야 한다고 여기면서도 나는 오기로 맞선다. 경산재단의 경호직원들이 나를 부르는 호칭이 '로열 프린세스'의 약자인 '알피'(RP) 다. DH그룹의 모든 경호직원이 같은 명칭을 쓰는 것 같았다. 그들에게 내가 공주인 까닭은 양재륜의 처이기 때문이다. 양재륜은 그 어떤 흠도 없어야 하고, 그 처는 그를 밝혀야 하는 존재이므로. 그래서 이들은 내가 모든 것을 짊어진 채로 잠자는 숲속 궁전의 공주처럼 고요히 그 자리에 있기를 바라는 것이다. 잠든

듯이 숨만 부지하며 '공주'로 살아 달라는 것.

휘를 만나기 전까지는 나도 그걸 어쩔 수 없이 감당해야 한다고 여겼다. 이건 아닌데 하면서도 아닌 것의 정체를 규명하려 시도하지 않았다. 2년이 가깝도록 〈달의 습격〉을 끝내지 못하는 까닭이었다. 돌아갈 수 없는 강을 건너 버린 것 같은 이제는 그렇게 살고 싶지 않고 살 수도 없다.

붉어졌던 함옥만 씨의 안색이 차츰 가라앉는다. 혈압이 오르다 못해 한계치에 이르면 터진다. 터지면 죽을 수도 있고 뇌 안의 회로들이 뒤죽박죽되면서 신체가 엉망이 되는 수도 있다. 온 집안 식구가 함옥만 씨 앞에서 설설 기는 까닭 중 한 가지가 그네의 혈압이다. 나는 함옥만 씨가 자신의 혈압 수치로 DH그룹을 다스리는 게 아닐까 생각한 적이 있다. 그렇게 자신의 권력을 누리는 거라고. 자신의 분노를 가라앉힌 함옥만 씨의 표정이 예사로워졌다.

"물론 그 사람한테도 너한테 맘을 많이 쓰라고, 시간 내서 금슬 좋게 살라고 단단히 당부했다. 그리하겠다는 약조를 받았고. 그러니 너도 그 사람과 시간 맞춰서 사이좋게 병원을 다녀라. 자연스레 안 되면 요즘 같은 세상에, 의술의 힘을 빌릴 수도 있겠지?"

"어떤 의술을 말씀하시는 건가요?"

"보통으로 아이를 낳지 못하는 부부들이 선택하는 의사들의 기술이 있지 않니? 우리 경산의료원의 그쪽 분야 교수들하고 의논하면 될 테고 말이다."

"인공시술이라도 하라는 말씀이신가요?"

"너희들이 한 이불을 쓰지는 못해도 둘 다 몸이 멀쩡하니 입양보다는 그게 낫지 않겠니? 의료진이 방법을 찾아 주겠지만, 혹여 너나 그 사람한테 무슨 문제가 있다면 입양도 고려할 만하지. 사회적으로 볼 때 입양은 좋은 일이고, 우리, 너한테 입양된 그 아이한테는 훨씬 더 좋겠지. 너처럼 참하고 총명한 사람을 엄마로 갖게 되는 일이니 말이다. 그렇지 않니, 혜우야?"

멀쩡한 몸을 가진 서른세 살 며느리한테 인공수정과 입양을 운운하면서도 함옥만 씨의 말투는 너그럽고 부드럽다. 오랜 경륜과 노회함으로 스스로를 잘 다스려 낸다. 거역할 수 없는 위엄과 위협을 충분히 보여 준 건 물론이다.

나도 당장, 절대 싫다고 나설 만큼 어리석지는 않다. 오래도록 내 삶의 많은 부분을 방기해 왔지만 이제 달라졌다. 달라진 스스로를 느낀다.

"재륜 씨하고 이야기를 나눠 보겠습니다."

"고맙구나. 그리고 혼자 여행 다니고, 운전을 배우고 그러는 건 새아기, 너한테 어울리지 않아. 남 대리한테도 못 할 노릇 시키는 것이고. 네가 여행하는 걸 말리는 게 아니다. 공부하고 글 쓰는 사람이 여행하고 사람도 만나야지. 네 평생 그러했듯 차후에도 네가 원할 때 여행이든 뭐든 하렴. 다만 그럴 때마다 수행원을 대동하고 다니라는 게다. 남 대리가 네 수행원으로 맘에 차지 않으면 다른 사람을 물색해 주마."

남은영은 이사장실 소속이고 이사장의 사람이다. 다른 누구와 교체해도 마찬가지다. 어차피 혼자 나다닐 수 없다면 3년 넘게 함께 지내온 남 대리가 낫다.

"어머님, 말씀대로 하겠습니다."

"그래. 내려가 쉬어라. 내일이라도 시간 내서 네 친가 어른들 좀 찾아뵙고. 설 이후로 통 친정엘 가지 않는 것 같아서 말이다."

"예, 어머님."

다소곳이 응대하고 방을 나온다. 함옥만 씨의 수행비서 한 실장의 배웅을 받으면서 뜰을 지나 대문을 향한다. 숨이 턱 막힐 정도로 덥지만 일 년 내내 온도가 비슷한 함옥만 씨 방보다 참을 만하다.

남 대리는 대문 밖, 차 안에 있다가 득달같이 나와 차 문을 연다. 대문 양쪽 담장을 파도처럼 타고 오르는 능소화 넝쿨을 망연히 바라보곤 차 안으로 들어앉는다.

"구기동으로 가실 거지요?"

남 대리의 물음에 나는 하마터면 '서교동 가요', 하고 내뱉을 뻔했다.

"구기동으로 가요."

휘는 〈돈 세이 워드〉 촬영에 한창이다. 금요일인 오늘 이번 차 촬영이 끝나면 내일과 모레에 걸쳐 〈돈 세이 워드〉 관계자들의 워크숍이 이어진다. 그는 근래에 시나리오를 대폭 고쳤다. 고치기 전에 나한테 물었다.

"당신이 내게 알려 준 당신 주변 이야기를 〈돈 세이 워드〉에 써도 될까?"

휘가 여러 해 전부터 구상했다는 〈돈 세이 워드〉의 여주인공 캐릭터가 내 삶과 이미 비슷했다. 그가 물은 내 주변 이야기는 양재류에 관한 내용이었다. 〈돈 세이 워드〉 원래 시나리오에서 여주인공의 남편은 재벌 집안의 젊은 검사였지만 동성애자는 아니었다. 휘는 그를 동성애자로 그림으로써 영화의 극적 갈등을 진폭시키려는 것이었다. 물론 나는 찬성했다.

"뭐든지, 맘껏 해."

차가 구기동 집 앞에 도착한다. 대문 오른쪽 담장을 친친 감은 넝쿨에 능소화가 만발했다. 주황빛 난리가 난 것 같다. 능소화는 땅에 뿌리를 깊이 박으며 줄기 마디마디마다 잔뿌리를 키운다. 마디마디 돋는 잔뿌리를 넝쿨이 뻗친 데마다 흡반처럼 박아가며 세력을 넓힌다. 꽃말이 '명예'인 능소화는 DH그룹의 최대주주인 함옥만 씨가 경산학원의 휘장으로 삼을 만큼 사랑하는 식물이다. 성북동 본가의 능소화가 담장을 에우고, 함옥만 씨가 자식들 중 가장 아끼면서 대놓고 편애하는 막내아들의 집에 능소화가 만발한 이유이다.

"은영 씨, 요즘 영화 본 적 있어요?"

"올해는 아직 못 봤습니다."

"작년에 본 영화 중에 생각나는 게 있어요?"

"재작년에 극장서 보고 작년에 컴퓨터로 다운로드 받아 다시 봤는데, 〈샤먼〉이라는 영화입니다."

"어떤 영화인데요?"

나는 〈샤먼〉을 다섯 번 보았다. 그 사실을 가리기 위해 남은영에게 묻는 것이다.

"절절하죠. 주인공들이 번번이 만나지 못하고 어긋날 때마다 손끝이 저리는 것 같고요. 끝까지 어긋나게, 그들이 어떻게 될지 모르게 끝내잖아요. 좀더 영웅적으로 시원하게 만들지 그랬냐고 감독한테 따지고 싶어서 그 감독 팬클럽에 가입했습니다, 저."

"따졌어요?"

"따졌죠."

"뭐라고 해요?"

"저와 같이 따지고 든 팬이 3천 명이 넘는다고 하더라고요."

"그 영화 만든 감독은 뭐라고 답했대요?"

"이후는 여러분이 원하는 대로 상상하십시오. 그게 윤휘 감독의 답변이라 하대요."

"그런 태도는 좀 건방진 거 아니에요?"

"그런 불만에 대한 답은 윤 감독 팬카페 회원들이 내놓더군요."

"답이 뭔데요?"

"예술은 건방짐도 컨셉이다! 그렇게 답하며 윤 감독을 옹호한 사람이 기천 명이었습니다. 저는 더 이상 따질 수 없게 됐고요."

"〈샤먼〉 감독이 영화를 많이 만든 유명한 감독인가요?"

"〈샤먼〉이 윤 감독의 세 번째 작품입니다. 아직 젊은 감독이니까요. 첫 번째는 〈수화〉고, 두 번째는 〈기억의 늑대〉라는 작품이고요. 세 번째 〈샤먼〉에서 비로소 유명세를 얻은 셈이지요. 그런데 저는 〈기억의 늑대〉가 더 좋았습니다. 영화를 보고 가슴이 그렇게 아픈 적은 처음이었던 것 같고요."

"은영 씨가 그렇게 감동했다니 찾아봐야겠어요. 고마워요."

"별 말씀을요."

"그나저나 의원님하고 영화 한 편 봐야겠는데, 요즘 좋은 영화는 어떤 걸까요? 극장가서 보고 싶은데요."

"평이 좋은 영화 알아보겠습니다. 예약할까요?"

"우선 알아보세요. 괜찮다 싶은 영화 있으면 저쪽, 염 수석한테 의원님이 영화 보실 시간이 있는지 타진해 보고 일정을 맞춰 보시고요. 아, 오늘 저녁에 같이 식사하실 수 있는지 먼저 알아보세요.

지금이요."

"알겠습니다. 그리고 이사님, 지난봄 여행이나 이번 이력서 건을 본부에 보고한 사람, 저 아닙니다. 그 말씀은 꼭 드리고 싶어서요."

함경박물관의 동료들이거나 서울과 부산 집의 관리인들이거나 남편의 보좌관들이거나. 누구든 DH그룹의 투명그림자일 수 있다.

"은영 씨가 고자질한 게 아니고 클린 새도도 아니라니 안심이에요. 그런데, 본부에서 내가 지난번에 해남 다녀온 것도 알까요?"

그때 부산에서 버스타고 광주로 갔다. 광주터미널에서 해남으로 가 하룻밤 묵고 난 새벽 택시로 광주에 돌아와 아시아문화전당 앞에서 내렸다. 아침이라 아시아문화전당에는 열린 문이 없었다. 5·18의 현장이었다는 옛 전남도청도 열리기 전이었다.

그 일대를 한참을 서성거렸다. 아시아문화전당은 그 이름답게 은성하고 문화적이었다. 그 일대에서 수백 명인지 수천 명인지가 탱크와 전투 헬리콥터를 앞세운 군부 세력에게 죽어 나갔다는 사실을 실감하거나 상상해 보기에는 지나치게 말끔했다.

오전 내내 옛 전남도청과 아시아문화전당과 금남로와 충장로를 둘러보고 나서 택시를 타고 금곡동으로 갔다. 그에게 들은 할머니 기일을 염두에 두긴 했어도 휘가 거기 있을 거라 자신하지 못했다. 그저 아홉 살 여름의 기억이 맺혀 있는 느릅나무 집을 둘러보고 싶었다. 휘는 거기 있었다. 내가 원하는 곳에 그가 있다니. 기적과 맞닥뜨린 것 같았다.

"그것까지는 제가 모릅니다만, 어제 본부에 들어갔다가 들었는데요, 이사장님께서, 이사님 수행원을 늘리라 명하셨다고 합니다."

"어떻게요?"

"세 사람 더 들여 스물네 시간 이사님 곁을 비우는 일이 없게요."

"언제부터요?"

"다음 주에 본부 계약직 직원 채용공고가 날 것 같고요, 8월 초부터 저와 같이 이사님을 수행하게 될 듯합니다."

박옥만 씨로부터 혼자 여행 다니는 거 아니라는 말을 들을 때 이런 사태를 예감했다.

"알았어요. 저쪽에 전화해 보세요."

남은영이 염도진과 통화하는 투로 보아 오늘 회동은 불가능한 모양이다. 요즘 일본 총리를 비롯한 일본 우익인사들이 사흘이 멀다하고 한·일 간의 역사를 왜곡하고, 독도가 저들 것이라는 망언을해 댔다. 그들의 망발이 하루 이틀 일이 아니지만 요새는 작정이라도 한 듯 잦았다. 어제도 일본 총리가 종군위안부 문제에 대해 자발적 성매매였노라는 망발을 부렸다. 양재륜은 각 정당 소장파 의원들로 구성된 '한국역사 바로 세우기 위원회'의 일원이었다.

"의원님께서는 세 시간 뒤에 도쿄행 비행기를 타신답니다. 영화관람은 이달 마지막 토요일 오후로 일정을 잡자 하시고요."

양재륜은 애국심이 상당하다. 이 나라에 지켜야 할 덕목이 많다고 여기고 그런 것들을 지키려 노력한다. 도쿄 가서 일본 총리를 만나든지 못 만나든지 한국의 젊은 의원들이 항의성 방문을 했다는기록을 남기려는 것이다. 젊은 의원들의 그런 행보는 크게는 한국의 위상을 높이기 위한 것이고 더 크게는 의원 자신들의 명망을 키우기 위한 작업이다.

"됐어요, 그럼. 오늘, 내일은 여기서 지낼게요. 남 대리는 일찌감치 퇴근하든, 아주머니하고 놀든 알아서 하세요."

남은영이 서울에 와 있을 때는 DH그룹 직원 전용 숙사에서 묵는다. 각 지방에 근무하는 직원들이 서울에 왔을 때 사용하는 숙사다. 근무지에서 퇴근하면 집인 듯 숙사로 향하지만 모든 퇴근길이 그렇듯 개인 활동을 할 것이다. 남은영이 자유를 느낄 그 시간이면 나도 사슬에서 풀려난 듯 자유롭다. 이제 경호원이 넷으로 늘어난다면 은밀한 외출은 어려운 정도가 아니라 불가능할 것이다.

'될 대로 되라지.'

속으로 어깃장 부리며 차에서 내린다. 초인종을 누르는 대신 열쇠번호를 눌러 대문을 연다. 오후 4시인데 햇빛이 쨍쨍하다. 지어진 지 30년이 넘은 집은 한여름 햇빛 쨍쨍한 날 에어컨을 켜지 않아도 시원하다. 방에 혼자 가만히 있노라면 춥다.

겉옷을 벗는데 가방 속에서 전화벨이 진동한다. 무시하기에는 질기다. 염도진이다. 염도진의 전화기를 통한 양재륜일 것이므로 녹음 기능을 눌러 놓고 통화 버튼을 누른다.

"네."

"구기동이오?"

"네."

"좀 전에 어머니가 전화하셨습디다."

"네."

"이달 말경에 같이 병원 검진 일정을 잡아 보는 게 어떻겠소?"

"검진 받아 뭘 하게요?"

"어머니하고 말씀 나누지 않았소?"

"나눴죠. 인공수정이라도 해서 애를 낳으라 하시더군요. 그런데요, 의원님. 인공수정을 어떻게 하는 줄 아세요?"

"병원에서 시키는 대로 하는 거 아니오?"

"나한테 그런 말 하려면 최소한, 인터넷 검색이라도 해 봐야 예의
아니에요?"

"아, 미안해요. 내 생각이 짧았어요."

"내 몸은 멀쩡해요. 그런데 인공수정을 하라고요? 어머님은 그렇
다 쳐도 당신까지?"

"그 점은 내가 당신한테 참 면목이 없어요. 미안해요. 아내 앞에
서 사내구실 못 하는 남편을 가엽게 여겨 주시구려."

"당신은 가여운 사람이 아니고 둔하고 뻔뻔한 사람이죠. 나는 그
렇게까지 해서 당신 아이를 낳고 싶지 않아요. 지금 하기 싫은 일을
참고 해야 할 정도로 나중에 하고 싶은 것도 없어요. 지키고 싶은
것도 물론 없고요. 그리고 양재륜 씨, 나 열여덟 살도, 스물두 살도
아니에요. 내가 여전히 아무것도 모르는 맹문이라 여기시지는 않겠
죠. 분명히 말씀드리는데 난 인공수정 안 해요. 입양도 물론 싫고
요. 당신 어머니한테서 다시는 인공시술이니, 사회적으로도 좋은
입양이니 하는 말씀이 나오지 않게 해 주세요."

"여보, 혜우 씨. 미안해요. 내가 당신을 사랑하는 걸 알잖소. 봐
줘요. 노력할게요."

손끝 하나 닿지 않게 지내면서도 그는 사랑한다는 말을 인사처럼
한다. 그 때문에 나는 '사랑'이라는 단어가 징그럽고 끔찍하다. 휘
에게서도 그 말을 듣고 싶지 않을 정도다.

"무슨 노력이요? 설마 앞으로 저하고 한 이불에 들기라도 하시려
고요?"

"설마?"

"말꼬리 잡지 마시고 그런 허튼 노력을 부디 나한테 하시지 않기 바라요."

"도쿄 다녀와서 단 둘이 여행이라도 갑시다. 영화도 보고."

"싫고요. 도쿄나 다녀오세요. 먼저 끊을게요."

전화를 끊고 텔레비전을 켜 놓고 방으로 들어선다.

부산을 오가며 살게 된 이후 이 집에 들면 할 일이 별로 없었다. 독서나 글쓰기는 부산 집이나 도서관이나 박물관 연구실에서 한다. 일은 강의실이나 박물관 학예사실에서 했다. 며느리 노릇은 성북동에서 하고, 딸 노릇은 서초동에서 한다. 이 집의 용도는 아내 노릇을 위한 것이었는데, 나는 처음부터 그 일을 할 필요가 없었다.

이 집에 머무는 동안에는 늘 당면한 과제를 해결하며 시간을 보냈다. 대학원 다니는 동안 생긴 버릇의 연장이었다. 학위를 취득하고 출강하게 된 후로는 학생들에게 낸 과제를 점검했다. 학생들이 과목 사이트에 올려놓은 글을 꼼꼼히 읽으며 시간을 보냈다.

휘를 만난 뒤로는 그게 어려워졌다. 그의 집이 어디인지 알게 된 뒤로는 더 그랬다. 여기 아닌 거기 가서 지내고 싶은 열망이 이곳의 시간을 무위로 만들어 버리는 것 같았다.

현관에는 휘가 사용해 온 일곱 개의 목검이 장식인 양 걸려 있다. 보통 때의 휘는 새벽에 검도장에 다닌다. 어린 날에는 무등산 할아버지라 불린 할머니의 동무한테서 태껸을 배웠고, 중학교 때부터는 검도를 했다. 그의 할머니는 아기 때 부모 잃은 손자를 꽤 엄격하게 키웠던 것 같다. 밤을 새워도 아침에 잠자리에 들지 않는 버릇은 여전하다. 해가 있을 때 잠을 자면 꿈에 목검을 든 무등산 할아버지가 나타나 호통을 치신다던가.

'정신 차려라, 이놈아!'

부지런한 남자의 집은 며칠째 주인이 비운 걸 증명하듯 고적하
다. 낮에 갇힌 더위가 남아 고적한 집 안을 어슬렁거린다. 창을 열
기 싫어 에어컨을 켜 놓고 냉장고로 다가든다. 냉장고 문에 노란 메
모지가 붙어 있다.

혹시 나 없을 때 올까 봐 준비했어요. 혼자 울지 말고 좀 먹으면서 나한테 연
락해요. 그럴 심정이 못 된다면, 될수록 많이 먹고, 편히 쉬어요.

"진짜 어이없는 남자야. 어쩌라고!"

돈 세이 워드. 휘가 사랑한다고 말하려 할 때 막았다. 그로부터
사랑한다는 말을 들으면 돌이킬 수 없어지고, 그러면 모든 걸 망칠
것 같았다. 그를 계속 보고 싶으므로 어쩌다 간첩들처럼 만나기는
할지라도 사랑은 하지 않기로 했다. 그러니까 그를 사랑하는 건 아
니다. 그를 사랑하지 못해도 가여워하는 건 괜찮을 것이다. 나를
보고 싶어 하는 가여운 남자한테 나를 보여 주는 것쯤은.

그의 컴퓨터를 켜 〈달의 습격〉이 담긴 유에스비를 꽂고 카메라를
작동시킨다. 움직임을 따라 렌즈 센서가 작동하는 카메라다.

"너는 대단해. 나보다 백만 배쯤, 아니 천만 배쯤 강력할 거야.
네 힘에 편승해서 내가 이제부터 소설을 써 볼 셈이야. 도저히 넘어
지지 않아서 헤매고 있는 대목을 확 넘어 버리려고. 도와줘."

컴퓨터에겐지 카메라에겐지 혹은 윤휘에게인지. 하릴없는 소리
를 해 대고 긴 소매의 카디건을 벗다가 거실 창을 바라본다. 커튼이

약간 열려 있다. 골목 맞은편에 측면으로 서 있는 집의 쪽창들이 내다보인다. 이쪽에서 보이면 저쪽에서도 볼 수 있다. 여름이라 창을 열고 살기 십상이다. 거실 창문들이 잘 닫혔는지 다시금 확인하고 커튼을 꼭꼭 여민다.

냉장고 안에는 포장을 뜯지 않은 6개들이 캔 맥주 세 묶음과 소주 여섯 병이 들었다. 술로 목욕해도 되겠다 싶어 웃는다. 대밭골 부모님이 보내 준다는 밑반찬 통들이 가지런하다. 참외며 포도 등의 과일도 여러 가지다. 냉동고에는 배달된 모양 그대로 냉동된 족발이며 낙지볶음, 닭튀김이 들었다. 낙지볶음을 꺼내 포장째 수돗물을 씻다. 포장을 떼어 내고 접시에 올려 전자렌지에 넣고 해동시킨다. 식탁에 컴퓨터 방향으로 두 개의 앞 접시를 놓고 두 벌의 수저를 나란히 차린다. 소주를 꺼내다 놓고 소주잔 두 개를 나란히 놓는다. 해동된 낙지볶음을 가져다 차리니 술상이 완성된다. 두 개의 잔에다 소주를 따른다. 컴퓨터를 향해 잔을 들어 보인다.

"딱 한 병만 마시고 갈 거야. 사실 당신 보거나 소설 쓰려고 온 게 아니라 술 마시러 왔거든."

소주 한 모금에 빨간 낙지 한 점을 호호 불며 먹는다. 휘 잔의 술을 한 모금 마시고 낙지 한 점을 또 먹는다. 맵고 맛있다. 맛있는 걸 마시고 먹으니 호사스럽다. 휘를 만나면 호사스러워지고 기고만장, 방자해진다. 휘가 없어도 그의 집에서는 호사가 넘친다. 기운도 넘친다.

"술맛 난다, 술맛 나."

소주 몇 잔을 마시기 위해 세 번의 거짓말을 했다. 머리가 아프다는 거짓말, 약을 먹어도 두통이 그치지 않는다는 거짓말, 바람을 쐬면 나을 것 같으니 친정에나 가겠다는 거짓말!

가겠다고 한 친정집 근방까지 택시로 갔다가 내렸다. 십 분쯤 걸어 나와 택시를 타고 이쪽으로 왔다. 내일 아침에는 거짓말 몇 가지가 늘 것이다. 그 상황까지는 아직 대비하지 못했다. 아주머니한테 한 세 가지 거짓말이 어떤 변수를 일으킬지 알 수 없으므로 대비할 수도 없다. 아주머니가 클린 새도가 아니라는 법도 없다. 일곱 시경에 퇴근한다고 나간 남은영이 퇴근한 척만 하고 주변에 숨어 있다가 뒤를 따라왔을지도 모른다.

남은영은 자기가 고자질한 게 아니라 했지만 내가 보기에는 클린 새도 멤버다. 윤휘를 제외한다면 세상천지에 믿을 사람이 없다. 택시 타고 오며 생각했다. 휘는 믿을 만한 사람인가. 끝끝내 곁에 있어 줄 사람인가. 그를 믿고 알 수 없는 미래로 나가 봐도 될 것인가. 나는 나를 믿을 수 있는가. 결론은 없었다. 그저 여기 와서 소주 한 병 마시고 서초동으로 가자, 하며 왔다. 소주 한 병을 다 마셨는데 일어나고 싶지 않은 게 문제다.

"정 박사께서 의심할 게 뻔해. 술에 취해 택시타고 친정에 오는 딸이 정상으로 보이겠어? 서혜우, 너 정말 막 가자는 거냐? 그러시겠지. 서 대표께서는 당장 양재륜한테 전화 걸어 호통치실 거야. 자네, 뭘 하고 살기에 안사람을 저리 두나? 그러실 게 뻔해. 안나 아줌마는, 대체 왜 이리시오? 하면서 타박하겠지. 그러니까 지금 이동하는 건 위험해. 아예 한 병 더 마시고 자는 거야. 새벽에 일어나서 구기동으로 되돌아가면 돼. 아주머니한테는 서초동에서도 잠이 안 와서 일찌감치 돌아왔다고 하지 뭐."

새 소주병을 따다 책상에 올려 두고 컴퓨터 앞에 앉아서 〈달의 습격〉을 불러낸다. 주인공인 '나'는 지금 폭로를 감행해야 한다. 평생 당연했던 모든 것들, 무지개. 태풍을 불러들여 나를 싸고 있는 무지개를 날려 버려야 한다. 날려 버리지 못하면 찢고라도 나와야 한다. 자폭일 수도 있다. 폭로에 의해 사라지는 건 외피인 무지개만이 아니다. 알맹이인 '나'도다. 그동안 알맹이까지 사라질까 봐 외피만 밀어내려 헛힘을 썼다. 두 손 두 발로 무지개를 밀어내려 애쓰고 후후 불며 걷어내려 했다. 〈북두칠성〉의 작가 유안나조차도 무지개 같은 서혜우의 외피였다. 아니 외피 속에 한 겹 더 들어 있는 내피였다. 내피도 못 찢으면서 외피를 뚫고 나가려 하다니.

이 순간은 유안나가 아니라 서혜우다. 나는 유안나부터 찢는다. 외피 속에 내피, 내피 안의 진피를 찢어발긴다. 유안나가 찢어지자 곳곳에 생채기를 입은 허연 알맹이가 드러난다. 바로 나다. 술에 취한 탓인지 아픈지도 모르겠다.

"음, 그래. 좋아."

고개를 끄덕이고는 일어나 건들거리며 소주 한 잔을 더 따른다. 술 한 잔을 더 마시고 자판을 두드려댄다. 또 마시고 계속한다.

내일이면 다 버리게 될지라도 지금은 써지는 대로 쓴다.

쓰고 싶은 대로 낙서하듯, 휘갈기듯, 악악거리며 쓴다. 눈물이 난다. 두 번째 소주병이 빈다.

한 시다. 네 시간여 만에 70여 장을 썼다. 소주 두 병의 힘으로 술도 잊어버린 채 무지개를 뚫고 나왔다. 이제 나는 온몸의 피부가 찢긴 채 어딘가에 있을 그 무엇을 향해 홀로 길을 떠나야 한다. 무지개가, 엄마가 나를 쫓아오고 있다. 그렇더라도 일단은 혼자다.

도망자다. 좋다.

"속전속결이네, 도망자다워. 윤 감독한테 배우나 시켜 달라고 할까 봐."

끼룩끼룩 웃고는 비실비실 흔들리는 걸음으로 빈 술병들을 들어다 냉장고에 넣는다. 먹다 남긴 낙지볶음을 랩에 담아 냉동고에 넣고 빈 접시와 빈 잔과 수저들을 씻는다. 부엌을 정리하고 화장실로 들어선다.

술과 안주를 준비해 놓은 남자는 자기 칫솔 곁에 내 칫솔도 꽂아 뒀다. 수납장 안에는 여성용 기초화장품과 속옷이 들어 있다. 치약을 짜다 또 치밀어 오른 울음을 추스르지 못하고 변기 뚜껑에 앉는다. 이를 닦으며 운다. 울음이 그칠 때까지 이를 닦는다. 입을 헹구고 세수하고 거울을 보니 눈이 퉁퉁 부었다.

브라질 작가 바스콘셀루스는 동화 같은 작품 〈수정돛배〉에다 거울은 환상과 꿈의 가장 큰 적이라고 썼다. 같은 책에서 그는 자정이 되면 마술의 시간이 시작된다는 말도 했다. '수정돛배'는 척추불구로 태어난 소년이 제 환상 속에서 지은 집의 이름이다. 수정돛배 안에서는 자정이 되어 모든 사람이 잠에 빠지면 돌로 만들어진 호랑이가 날아다니고 박제된 부엉이가 도도한 귀부인처럼 움직인다. 마술의 시간 속에서는 소년의 몸도 멀쩡해진다.

여긴 수정돛배가 아니고, 안나 이줌마는 불구 소년의 이모가 아니고, 나는 열두 살 소년이 아니다. 거울이 소년의 환상을 깨게 하듯 나도 마술의 시간 속에서 나가야 할 때다.

"가관이다, 정말."

거울 속의 부은 눈을 손가락으로 찔러 준다.

비칠비칠 화장실 문을 열다가 악, 비명을 지르며 주저앉는다. 장승처럼 커다랗고 시커먼 그림자가 문 앞에 서 있지 않은가. 나만큼이나 놀라 들어서는 그는 검정 셔츠를 입은 휘다.

"기척도 없이 뭐야, 사람 놀라게?"

"기척했어. 노크도 했고. 대답이 없어서 문을 열었는데, 놀라게 해서 미안해. 괜찮아?"

"몰라. 이 시각에 어떻게 왔어?"

"나 없을 때 내 집에 올 사람은 당신뿐이라, 주인아주머니한테 부탁했어. 위층에 사람 든 기척이 나면 반드시, 꼭 전화를 해 달라고. 한 시간 전쯤에 아주머니가 아무래도 위에 사람이 든 것 같다고 전화했기에 마구 내달려 왔어. 나갑시다."

술에 취한 데다 놀란 터라 일어나려다 또 주저앉는다. 휘가 나를 안아 거실 소파가 아닌 식탁 앞으로 옮긴다. 이를 닦았어도 나한테서 술내가 나듯 그에게서는 짙은 땀내가 난다. 며칠 동안 면도를 못 했는지 수염이 거칠거칠하고 얼굴도 검붉게 그을렸다.

"다친 데 없어?"

그가 내 등이며 허리를 쓸며 묻는다. 나는 두 팔로 감은 그의 상체를 끌어당긴다. 그가 고개를 저으며 말했다.

"나, 하루 종일 땀 흘리고 씻지를 못했어. 얼른 씻고 올게."

"씻지 마. 그냥 안아. 안아 줘."

마구잡이로 엉겨 붙자 그가 나를 안고는 다시 화장실로 들어선다. 변기 뚜껑에 나를 앉히고는 제 옷을 벗는다. 샤워부스에 물을 틀어 놓고 돌아와 내 옷을 벗기고 머리꽂이를 빼 머리카락을 늘어뜨린 뒤 알몸을 안고 물줄기 아래로 들어선다. 안은 채 두 몸에다 비누칠을 한다. 서로의 몸을 샅샅이 어루만지는 사이 비눗기가 씻겨 나간다.

　샤워꼭지를 잠근 그가 나를 안고는 침실로 옮겨 온다. 침대 위에 뉘어 놓고 시트 자락으로 물기를 닦아 주며 묻는다.

　"술을 얼마큼 마신 거야?"

　"소주 두 병."

　"당신은 한 병쯤이 정량이던데, 두 병을 마셨으니 힘이 없을 수밖에. 안아도 괜찮을까?"

　"괜찮지 않으면?"

　"얌전히 안아 재워야지."

　"난 괜찮다니까. 술 다 깼다고."

　그의 입술이 가만히 내리 닿는다. 그의 한 손은 내 등을 받치고 다른 한 손은 샅 사이로 들어온다. 내가 다리를 벌리자 그의 손가락이 샅 사이를 헤집는다. 방금 샤워를 했음에도 내 샅은 말라 있다. 그도 그걸 느끼고는 입술을 샅 사이로 옮긴다. 치모들을 헤치며 닿은 혀가 음순을 매만지다 흡입한다. 취기에 흐트러져 있던 내 세포들이 놀란 듯 중심으로 모여든다. 느릅나무 집에서 알게 된 애무이고 환희다. 그의 입술이 처음 닿았을 때 수줍어 떨렸다. 그의 하초를 입에 넣어 볼 때도 수줍어 어찌할 줄을 몰랐는데 순식간에 입안에서 커진 그에 놀라 물렀다. 몇 번을 거듭하는 동안 크거나 줄어드는 남자 하초의 생리를 익혔다.

　중심에서 불꽃처럼 튀기 시작한 신경들을 다스리지 못하고 그의 머리를 들어 올린다. 그를 밀어 눕히고 그가 한 것처럼 하려는데 그는 밀리지 않는다. 도리어 내 다리를 벌린 채 자기 허리를 세운다.

"지금은 안 돼. 내가 못 견뎌."

그의 중얼거림과 동시에 하초가 내 중심을 파고든다. 온몸의 솜털이 곤두서는 짜릿한 전율에 소스라친다. 중심에 닿은 그의 하초가 중심 안에서 전신을 채우며 나를 몰아붙인다. 번개가 치고 폭우가 쏟아지고 지진이 인다. 온몸이 산산이 흩어지는 것 같은 두려움에 그에게 매달린다. 마침내 불길이 치솟는다. 두 몸이 동시에 터진다. 휘가 잦아들 때 나는 그의 모든 세포가 내 중심으로 스며드는 여운에 몸을 떤다. 떨며 중얼거린다.

"지금 내 안에서 우리 주니어가 맺히는 것 같아."

휘가 고개를 젓는다.

"당신 월경 주기로 따졌을 때, 아니야. 염려 마세요."

"내 월경 주기를 세고 있어?"

"당신 만나다 보니 그것도 헤아려 보게 되더라고. 만날 때마다 당신한테 그 걱정을 시킬 수는 없으니까. 오늘도 오면서 따졌지."

"당신 계산이 틀렸다면? 그래서 내가 조금 전에 임신한 거라면?"

"사서 걱정하지 마세요. 그래도 만약 임신이 되었다면 당신은 용감한 엄마가 되고 나는 씩씩한 아빠가 되어야지."

"이 아저씨 간이 커지셨네."

"나는요, 단비 씨, 원래 간이 살짝 커. 몸피가 평균보다 살짝 크잖아."

손바닥으로 그의 가슴팍을 팍 치고는 몸을 일으킨다. 고개를 세우니 머리가 어질어질해 그의 옆으로 눕는다. 그의 팔을 베고 눈을 감는다. 술기인지 과격한 섹스의 여운인지 알 수 없다. 눈을 감고 있으려니 그가 몸을 돌려 나를 바싹 당겨 품는다. 어지럼이 그치고 아늑해진다. 그가 내 등을 다독이며 속삭인다.

"내 간이 다른 사람보다 크지 않을지 몰라도, 나한테는 내가 무당의 손자라는 믿음이 있어. 그건 부적 같은 거야. 천지신명이 나를 보호하고 있다는 믿음. 할머니가 지켜 줄 거라는 신뢰. 천지신명과 할머니가 나를 보호하는데 내 각시를 모른 체 하시겠어? 그러니 걱정 말고, 날이 밝기 전에 깨워 줄 테니 푹 자. 일어나면 당신이 원하는 곳까지 데려다 줄게."

원하는 곳까지 데려다 준다는 속삭임에 눈을 뜬다. 술기가 약간 걷혔는지 머리가 맑다. 잠이나 자기는 아깝다. 내일이 지구 최후의 날은 아닐 게 분명하지만 휘와의 관계는 모른다. 언제 또 만날 수 있을지 모르지 않는가. 다시 만날 수나 있을지조차 알 수 없다.

"그렇다면!"

휘를 밀쳐 반듯하게 눕히고는 그의 몸 위로 올라앉는다. 둘의 시선이 사선으로 이어진다. 나는 내 오른 손바닥을 젖가슴 가운데 대었다 뗀 뒤 휘를 향해 내민다. 두 손을 펴서 양쪽으로 벌려 마주 보게 하고 손목을 돌려 흔든다. 그리고 두 손바닥을 내 배 양 옆에 대고는 밑으로 죽 내려 보이고는 씩 웃는다. '난 당신 아이를 낳을 거야'라는 수화다.

휘가 누운 채 '지금 임신하면 안 된다'는 손동작을 해 보인다. 나는 '당신 아이를 낳을 거라니까', 손짓 말을 한다. 휘의 눈을 감겨 놓고는 그의 입술에 내 입술을 댄다. 지금이 내 인생 최후의 순간이라면 좋을 것 같다.

🌾 순수의 꽃

좀 만나자는 내 전화에 회사로 찾아온 장욱은 한쪽 벽면에 진열된 구형 카메라들을 구경하느라 바쁘다. 그의 커다란 덩치에 들린 작은 카메라들이 장난감 같다.

시디플레이어를 눌러 드보르작의 교향곡을 틀어 놓고 차를 내놓자 장욱이 몸을 구기며 소파에 앉는다.

"이 몸을 예까지 납시게 하여 교향곡까지 들려주는 이유가 뭔가, 친구?"

"욱아, 우선 목소리 좀 낮추자."

"뭐야, 왜 그래야 해? 네 사무실인데?"

문달희 소유인 회사 건물은 가로로 긴 기역자 형태다. 대로변을 향해 제법 넓은 마당을 거느린 1층은 오 여사네와 시네마 연의 로비로 이루어져 있다. 2층은 상영실을 겸한 강당과 회의실이다. 3층은 각 분야의 사무실들이다. 4층은 카이트 매니지먼트 사무실과 소속 배우들의 공간으로 구성됐다. 5층의 세로면은 옥상 정원이고 가로면은 스튜디오와 숙직실로 돼 있다. 6층은 도서실 겸 자료실과 홍보실이다. 꼭대기 층인 7층이 문 대표와 내 사무실이다. 두 사무실

사이에 거실이 있고 거실 앞쪽은 양 사무실의 공동비서인 채진나의 공간이다. 두 사무실 안에서 벌어지는 일은 비서인 채진나조차 몰라야 한다는 게 문 대표 스타일이다.

"〈샤먼〉이 내 어릴 때 일화에서 비롯된 건 알지?"

"새삼스럽게! 왜? 혹시 너, 그 단비 이야길 하려는 거야? 단비가 〈샤먼〉 보고 널 찾아왔디?"

"작년 5월에 부산 강연 갔다가 돌아오는 길에 막차를 탔어. 거기서 단비를 만났어."

"1년도 넘었는데, 이제야 나한테 그 말을 해?"

"그렇게 됐어. 그럴 수밖에 없었고."

"알았어. 단비를 알아 보겠디? 그쪽에서도 널 알아보고?"

"알아봤어. 내가 이야기 좀 하자고 기차에서 끌어냈는데, 끌려 내려 주더라. 김천역에서."

"단비 아니라 어떤 여잔들 네가 내리자는데 안 내리겠냐? 아마 김 보늬도 네가 내리자면 따라 내릴걸?"

김보늬는 대학 후배로 시사주간지 〈인사이드 한누리〉 기자다. 장욱과 사귀기는 하는데 보늬가 결혼 반대주의자였다. 결혼 제도는 인류가 고안한 최악의 것이므로 때려 부숴야 한다는 보늬한테 장욱은 11년째 매달려 있다.

"나 어떤 여자도 기차에서 끌어내리지 않아. 친구 여자는 말할 것도 없고. 단비니까 그랬지. 암튼 그 밤부터 지금까지 내가 단비한 테 미쳐 있어."

"네가 미쳐 지낸 많은 항목 중에 여자는 처음인 것 같은데, 야, 미치지 말고 그냥 같이 살아. 같이 살면 미치지는 않을 거 아니냐.

150

그게 그건가?"

"그 사람, 결혼했어."

"아, 그럼 미칠 만하겠다. 가지고 싶은 것에 장애가 생기면 미치 잖아, 우리가? 내가 보늬한테 미쳐 있는 이유고."

"맞아. 내가 지금 딱 그래."

"그 사람도 너랑 비슷한 상태면 이혼하라 그래. 요새 이혼 쉬워 보이기만 하더라. 우리 또래에서는 천지에 너나 나처럼 장가 못 간 놈들만 득시글대는 것 같은데 가만 보면 이혼한 치들이 많아. 독신 주의자들은 더 많고. 여자들이 다 증발한 것도 아닌데 짝짓기는 왜 그리 어려운지."

"단비 남편이 양재륜이야."

"양재륜이 누군데? 아니, 설마 국회에 있는 그 양재륜? 서중호 대 표의 사위?"

"어."

"그, 그러니까 네가 미쳐 있는 단비가 DH그룹 막내며느리란 거 야? 서혜우?"

장욱이 의문부호를 남발한다. 위험을 감지한 짐승이 몸을 낮추듯 목소리는 훨씬 낮아졌다. 나는 장욱이 대번에 서혜우라는 이름을 대는 것에 놀랐다. 장욱이 일간신문 사회부 기자라 해도 서혜우라 는 이름을 금세 떠올린 건 뜻밖이다. 나는 시디플레이어의 음량을 높여 놓고 장욱의 건너편이 아니라 옆에 앉아 묻는다.

"그 이름을 어떻게 금세 알아? 그 사람이 그렇게 유명해?"

"너 완전히 깡통이구나? 서혜우는 한국을 주름잡는 집안들, 정 계, 재계, 법조계, 학계 유착의 아이콘이야. 해방 이후 한국 정치,

경제, 법조, 학계를 쥐락펴락해 온 이른바 명문가연 하는 집안들이 수십 년에 걸쳐서 끼리끼리 얽히고설키다가 그 모두를 합쳐 피워 낸 한 쌍의 결실이 양재륜, 서혜우 커플이라고. 특히 서혜우는 그 모든 세력의 중심이면서 그 모든 것에서 벗어나 있는, 아무것에도 물들지 않은 순수의 꽃으로 평가돼. 진흙탕 연못에 연꽃이 피면 오로지 연꽃만 볼 뿐 아무도 연못의 너저분함에 주의하지 않잖아. 양재륜이 총선에 나설 때 그 부인이 일체 드러나지 않는 이유가 그거야. 연꽃처럼 놔두는 거지. 연못 안은 아무도 들여다보지 못하게 막으면서. 서혜우가 DH그룹의 그 넓은 영토 가운데 변방이랄 수 있는 경산대 박물관에 묻혀 있는 이유도 그렇고."

"인터넷에 그 사람 기사는 그리 많지 않은데?"

"당연히 적지. 사진도 거의 없을걸? 멀리서 여러 사람 속에 섞여 있는 것이나 몇 개 뜰까?"

"그런데 순수의 꽃이니 연꽃이니 하는 말들은 어떻게 생겼어?"

"우리 회사 선배들이 술자리에서 서중호 대표나 양재륜에 대해서 말할 때 으레 딸려 나오는 인물이 서혜우야. 서 대표나 양 의원에 대해 무슨 흠이라도 잡아 보려고 안주처럼 질겅질겅 씹어 보는 건데, 원체 단단해. 틈이 없다니까. 서 대표와 양 의원을 잇는 고리가 당연히 서혜우인데, 서혜우는 양재륜과 약혼 기간이었던 대학 때부터 양가의 진폭적인 시원을 받으면서 봉사활동을 했다 하잖아. 학기 중에는 국내에서, 방학 때면 NGO 단체와 함께 해외로 나가서. 요즘도 서혜우가 뜨는 시설들, 기관들의 생필품은 물론이고 거기서 필요한 기자재 일체가 최신형으로 개비된대. 서혜우가 '컴퓨터가 낡았네요' 하면 DH 컴퓨터들이 거기 들어가고, '페인트를 칠해야겠어요' 하면 이튿날 그 시설의 외관 공사가 시작되고, '주방이 부실하네요' 하면 온갖 DH 제품들로 채워진 주방이 새로 만들어지는 식인 거지. 그런 데 가서 서혜우는 돈만 쓰는 게 아니라 실제로 네댓 시간씩, 어떨 때는 종일 일한다잖아. 그렇게 숱한 시설을 지원하고 다니는 것 같은데 드러내지 않고 다니니까 사람들은 모르는 거고.

한참 지나면 결국 서혜우의 행적이 알려지면서 서 대표 집안과 양재륜 집안의 은밀한 기부목록이 길어지지. 그만큼 세금 감면도 받고. 그러면서도 그쪽 사람들은, 아이가 원해서, 제 돈으로 혼자 하고 다니는 일이라 집안에서는 내세울 것이 없다고 겸양을 부리거든. 서혜우는 어떤 매체와의 인터뷰 같은 것에 응하지 않고. 기자들이 접근하기도 어려워. 무술이 도합 10단이라고 소문난 경호원이 문제가 아니라 그 스스로 기사거리가 되지 않도록 사니까 인터뷰 요청할 빌미도 없는 거야. 야, 너 당장 그만둬. 진짜, 정말 큰일 나."

서혜우와 내가 벌인 짓이 큰일은 큰일인 모양이다. 약간의 기미만 보였는데 장욱조차도 펄쩍 뛰지 않는가.

"그만둬야 한다는 생각, 달아나자는 생각을 일만 번은 했을 거다. 백만 번쯤 했는지도 모르고."

"근데, 안됐다고?"

"됐으면 너를 불러 털어놓겠냐?"

"그건 그렇지. 하지만 어쩌려고? 더구나 나는 뭣 땜에? 나한테 네 염문을 터트려 달라는 거냐? 막 나가 보려고? 아서라, 친구야. 막 죽는다. DH그룹은 오대양 육대주에 뻗어 있고, 신문사 두 개에 방송국도 소유했어. 니들 얘길 내가 터트리면 나도 막 죽을걸?"

"그 사람은 내가 죽을 거라 하던데, 정말 죽기까지 할까?"

"한국 3대 재벌 중에서도 DH그룹은 투명한 걸로 정평이 나 있어. 탈세하지 않고, 자식들한테 불법상속이나 불법증여 하지 않고, 노조 억압하지 않고, 사원복지도 최상급이고. 그러면서, 어쩌면 그러기 위해서 DH그룹은 '클린 새도', 투명한 그림자라는 막강한 조직을 운영한다는 소문이 있어. 소문은 거의 사실이기 십상이지. 클린 새도가 있든 없든, 그동안 DH가 견지해 온 스타일로 미루어 짐작하면 너랑 단비의 스캔들이 터지는 순간, 단비는 쥐도 새도 모르는 곳으로 끌려가 안전하게 갇힐 거야. 단비는 서혜우니까, 자기들한테 필요하니까 죽이지는 않을 거라고. 게다가 서혜우 뒤에는 50년 넘게 한국 최대 법률회사라는 타이틀을 놓치지 않는 정명 로펌이 있으니까."

"정명이라는 로펌이 있고, 그게 단비 친가의 거라고?"

한국 최대라는 정명 로펌을 나는 처음 들어봤다. 엎친 데 덮친 기분이지만 이미 바다에 들어섰다. 파도는 계속 올 것이다.

"제가 어떤 여자 만나는 줄도 모르는 놈, 너는? 단비 말이 맞아. 이쪽이나 저쪽이나 서혜우 관련 스캔들을 용납할 사람들이 아니야. 너와 단비 사이를 설명하거나 변명하거나 가타부타 할 짬도 없을 거라고. 친구야! 일만 번에 안됐어도, 달아나라. 같이 달아나자. 단비를 위해서도 그게 좋아."

"별의별 생각을 다 했어. 내 엄마 아버지를 실종시킨 세력의 배후와 단비의 배경이 결국 같다는 것, 단비가 그들의 딸이라는 것, 그들이 자신들의 권력 유지를 위해 얼마나 무서운 일을 할 수 있는지 등등. 그래도 안됐어. 그 사람을 저대로 두기가 너무 힘들어."

"그 사람이 뭐 어때서? 그 사람, 너 따위 영화쟁이 나부랭이, 부모도 없이 자란 무당 손자 따위 안 만나고 그 자리에 가만있으면 내 년 말쯤에는 대통령 따님이 돼. 이십여 년 후에는 대통령 부인이 될 거고. 걱정도 팔자다, 야."

"그 사람이 그런 거 되고 싶어 하지 않는 거 같아 걱정이야."

"그거, 네 주제를 넘는 걱정이야. 서혜우, 제 주변 모르게 소설도 쓰지? 공주님의 호사치고는 참 별난 그런 짓을 무엇 땜에 하겠냐?"

"그건 또 어떻게 알았는데?"

"글의 강 출판사 편집주간이 우리 대학 동아리의 왕영국 선배잖 아. 그 〈북두칠성〉이 당선되어서 책으로 내려던 무렵에 왕 선배를 만난 적 있어. 〈북두칠성〉을 쓴 유안나한테 본명인지 필명인지 물 었더니 필명이라더래. 작품 활동은 필명으로 하더라도 출간계약서 에는 본명이 병기되어야 한다고 본명을 물었대. 그 말 들은 유안나 가 본명을 기어이 밝혀야 한다면 상을 받지 않겠다고 하더라는 거 야. 상금이 오천만 원이나 되는데. 기가 찬 왕 선배가 비밀준수 맹 세까지 하고 나서 들은 유안나의 본명이 서혜우더라는 거였어."

"맹세까지 하고 나서 너한테 말했어? 무슨 편집주간 입이 그렇게 헐해? 직업의식이 어떻게 그따위냐고?"

"서혜우가 별쭝나게 구니까 그렇게 된 거지. 누가 필명 쓰는 작가 의 본명에 관심이 있을 거라고, 그런 짓을 하는 바람에 오히려 서혜 우가 누군지 파게 된 거잖아. 왕 선배는 서혜우가 뭐하는 여잔지도 몰랐는데. 너처럼 왕 선배도 나한테 서혜우의 사회적 위치가 어떤 지 묻느라고 말한 거야. 덕분에 유안나가 서혜우라는 사실은 현재 까지는 봉인돼 있는 거고. 여하튼, 고귀하신 공주님은 그냥 그리 사시라고 곱게 놔둬. 너를 고이 즈려밟고 지나가시게 하라고."

"그게 도저히 안돼서 너하고 의논하잖냐. 너한테 보이고 들려줄 게 세 가지 있어. 오늘 여기로 널 부른 용건이 그거야. 그것들 보고 듣고 난 네 의견을 듣고 싶어서. 우선 단비 사진부터 보여 줄게."

"장황하기는. 보여 줘 봐."

태블릿을 가져다가 혜우의 사진이 든 파일을 열어 장욱에게 준다. 애기각시로 활옷을 입은 독사진과 서교동 집 거실 창 앞에서 밖을 내다보다 돌아서는 사진이다. 서른세 살 혜우의 표정은 아홉 살 혜우와 흡사했다. 어릴 때 사진은 복사했고, 집에서의 사진은 컴퓨터 카메라에 잡힌 장면을 잘라내서 사진으로 만들었다.

"아이 때는 우연히 지은 표정이 파인더에 잡혔다 쳐. 근데 바람피우러 남자 집에 온 여자 얼굴은 왜 이러냐. 여기 네 집이잖아? 왜 울고 있어? 팼냐?"

"너 같으면, 팰 수 있겠냐?"

"농도 안 통하고! 헤까닥 돈 놈 붙들고 내가 뭔 소리를 하겠냐. 뭐 들려준다면서? 뭔지 내놔 봐."

책상 위 국어사전 속에서 유에스비를 꺼내고 이어폰을 가져다 장욱에게 건넨다. 장욱이 유에스비를 태블릿에 끼우고 이어폰을 제 귀에다 꼽더니 파일을 연다. 혜우와 그 어머니와의 대화록과 혜우와 그 시어머니와의 대화록, 혜우와 그 남편과의 통화록이다.

이어폰을 꽂은 지 1분 만에 장욱이 주머니를 뒤지더니 담배를 찾아 문다. 나는 촬영장 이외의 곳에서는 담배를 피우지 않아 재떨이가 없다. 머그컵을 가져다 장욱 앞에 놓아 주고 출입문을 열고 거실을 살핀다. 건너편 문 대표 방은 닫혀 있고, 거실 출입문도 물론 닫혀 있다. 채진나 비서는 거실 밖에 있을 것인데, 인기척이 느껴지지 않는 걸 보면 옥상정원으로 담배를 피러 간 모양이다.

혜우가 유일한 소통기구였던 전화기를 버리겠다는 메시지를 보내왔다. 한 달여 전, 서교동 집에 다녀간 이튿날이었다.

아무래도 어제 외출이 눈에 띈 것 같아. 이거 해체해서 바다에 버릴 거니까 그쪽에서는 아예 해지해요. 연락은 절대금지! 무슨 방법이 있긴 하겠지. 내가 찾아볼게요.

그 메시지 읽자마자 상황을 묻는 메시지를 보냈다. 응답은 오지 않았다. 늘 그랬듯이 전원은 꺼져 있었다. 나는 전화기 계정을 해지하고 집에 있던 혜우의 흔적들을 정리해 사무실로 옮겼다.

그날 늦은 밤에 혜우와 그 시어머니와의 대화와 남편과의 통화가 담긴 유에스비를 발견했다. 시어머니와의 그 대화 녹취록을 듣고 나서야 혜우가 내게 아이를 낳겠다고 한 말이 진심이었던 걸 알았다. 그날 밤 첫 교접은 몇 달간의 금욕에 쫓긴 것이었지만, 아침까지 혜우는 한 잠도 자지 않고 보챘다.

'자기야, 여보야. 당신이 정말 좋아. 당신 없이 어떻게 살까?'

그 밤에 혜우는 미친 것 같았다. 내 심신은 미친 것 같은 혜우한테 동화되어 똑같이 미친 것처럼 움직였다. 날이 밝을 때까지 혜우의 몸 안에다 세 차례나 사출했다. 혜우의 월경 주기를 따졌을 때 임신이 불가능한 날이라고 여겼던 건 오산이었을지도 모른다.

"야, 술 있냐?"

3개의 녹취록을 듣고 난 장욱이 새 담배를 물면서 차를 새로 끓이는 나한테 소리쳤다.

"사무실에 술이 어딨냐?"

"넌, 새끼야. 이런 걸 패스하려면서 술도 준비 안 하냐?"

욕설을 듣고 나니 술이 있다는 게 생각난다. 책상 아래 한쪽 구석에 개봉하지 않은 채 놓여 있는 위스키 몇 병. 팬들이 회사로 보내온 선물이다. 30년산 위스키 병을 따 장욱 앞에 놓고 마주 앉는다. 장욱이 위스키를 찻잔에다 따라 들이켜곤 인상을 쓴다. 진저리를 치곤 입을 연다.

"거두절미하고, 단비가 보았다는 섹스 장면이 사실이래? 그냥 자기 엄마한테 널 감추기 위해서 뻗대 보는 소리가 아니냐고."

"사실이야. 동영상이 있어. 네가 방금 들은 말들은 단비가 직접 녹음한 거야. 양재류 정사장면도 그 사람이 녹화했어. 구기동 집인 것 같아."

"어떻게?"

그 녹취록들과 동영상은 혜우가 자기 삶의 실체를 파악하려고, 절명 위기에 몰린 동물이 마지막으로 고개 한번 들어보는 것처럼 만들어 낸 것이었다.

나는 그 동영상을 세 번 보았다. 처음에는 뭔지 알기 위해 본 거고, 두 번째는 영상 속의 인물들을 확인하기 위해서였다. 재차 보는 중에 뭔가 이상했다. 뭐가 이상한지 찾기 위해 세 번째 보면서 염도진 얼굴을 몇 번이나 클로즈업했다. 혜우는 그들 몰래 찍었노라 했다. 그들은 동영상이 있는 사실을 모른다고도 했다. 그들이 동영상이 있음을 알았더라면 7년 넘게 방치했을 까닭이 없으므로 혜우의 말은 맞았다. 내가 이상하게 느낀 건 염도진의 시선이었다.

염도진이 양재륜 앞에 무릎 꿇은 자세로 그의 성기를 입안에 넣으면서 바라보는 곳! 창밖의 어둠과 어둠 건너에 있는 그 어떤 곳. 그곳에 누군가의 시선이 있음을, 그 시선의 주인이 서혜우임을 염도진은 알고 있는 것 같았다. 염도진이 배우라면 관객이 전율할 만한 시선처리였다.

혜우한테 그 동영상을 다시 본 적이 있는지 차마 묻지 못했다. 만약 염도진이 창밖 어둠 속에 서혜우가 있음을 눈치채고 있었다면, 그러면서도 그런 치명적인 장면을 연출했다면 그 까닭이 무엇이련가. 소설이나 영화, 드라마라면 염도진의 그 시선은 다음 행동을 위한 복선이자 음모였다. 다음에 벌일 그 어떤 행동을 위해서라면 자신조차도 버릴 각오가 된 자의 눈빛이었다. 내가 예민하게 비약한 것이라 생각하고 싶은데 그렇게 되지 않는 게 문제였다.

그들이 단순히 게이 커플만이 아닐 수도 있다는 짐작과 염도진의 그 눈빛이 의미하는 바를 알 수 없는 나는 더 두려웠다.

"단비는 석, 박사 논문 쓰면서 취재를 많이 다녔어. 민속학 전공이라 자료들, 사람들을 찾아다니면서 녹음, 녹화하는 것이 몸에 익은 모양이야."

"몸에 익었건 어쨌건 용기가 대단하다, 야. 이런 걸 듣고 있었을 때 얼마나 기가 막혔을지, 짠하기도 하고."

"섹스 동영상에 나타난 그 두 사람의 몸짓은 굉장히 진하고 두 사람의 얼굴은 꽤 선명해. 그들을 아는 사람이 10초 정도만 바라보고 있으면 화면 속의 사람들이 누군지 충분히 짐작할 수 있을 정도로. 그래서 너한테 묻기 위해서 대화록을 들려준 거야.

욱아, 나 어떻게 하면 좋겠냐. 솔직히 진짜, 겁나. 아무것도 안

하고, 그 사람 만난 일 없는 것처럼 싹 돌아서고 싶어. 네 말대로 그 사람 가만 놔두면 영애도 되고 영부인도 될 거니까, 모른 척하고 싶어. 네가 도망치라는 말을 백 번만 해 주면 될 거 같아. 내가 도망치는 게 맞지? 그게 그 사람을 위하는 거지?"

"지랄!"

낮게 읊조린 장욱이 두 개의 찻잔에다 위스키를 따르더니 제 잔을 들어 보인다. 장욱이 잔을 비우고 나도 비운다. 잔들이 새로 채워진다. 다시 한 잔씩을 비운다. 한 잔씩을 더 마신다. 폭음하고 난 장욱이 탁자에다 딱 소리 나게 잔을 엎고는 입을 연다.

"나, 이 자리 술은 끝. 취하면 안 되니까 그만 마신다. 야, 윤휘. 지금 수 쓰고 있는 거 다 알아. 다 보인단 말야, 이 미친 새끼야."

나는 흐흐 웃는다.

"보이냐? 다?"

"그래, 이 나쁜 놈아. 너 지금 나한테 같이 죽어 달라는 거잖아?"

"죽지 않을 방법, 살 방법을 함께 궁리해 달라는 거지, 설마 같이 죽어 달라는 것이겠냐."

"그게 그거지!"

"넌 내가 어떻게 했으면 좋겠는지만 코치해 줘. 여론의 향방이나 시류에 대해서는 네가 전문가니까 너한테 묻는 거고, 내가 내 방식으로 나서다가 혹시라도 그 사람 다치게 할까 봐서 너한테 부탁하는 거야."

"먼저 묻자. 쉽게 물을 테니까 너도 쉽게 대답해. 너, 단비하고 진짜 어쩌고 싶은데? 단비는 너하고 뭘 하고 싶은 거고?"

"난 단비를 거기서 나오게 하고 싶어. 원래 내 각시니까 도로 데

려와 같이 살고 싶어. 당당하게 내 각시라고 내놓고, 당당하게 못
내놓으면 숨겨 놓고라도, 같이 있고 싶어. 그 사람은 나한테 이런
걸 갖다 안기면서도, 이런 이야기를 소설로 쓰고 있으면서도 자기
가 어떻게 하고 싶은지 잘 모른대. 무서워서 어찌할 줄 모르겠다고
해. 그리고 어쩌다 한번 간첩처럼 나를 찾아와서 막 울고, 막 웃어.
난 환장하는 거고."

"쉽게 대답하랬더니 길게 변명하는구나. 이런 이야기로 소설을
쓰고 있대?"

"쓰고 있대. 〈북두칠성〉 출간 직후부터 시작했다더라고. 나는
〈돈 세이 워드〉를 소설로 쓰고 있는데 비슷한 내용의 소설을 단비
도 쓰고 있다잖아. 단비와 내가 하는 일들이 너무 닮아서 나는 그것
도 정말 무서워."

"어쨌든 알아들었어. '엑스'가, 양재륜을 이제부터 엑스로 칭하
자. 그 모친에 따르면 엑스가 내후년 지자체 선거에 서울시장 후보
로 나설 계획이라고 그랬지?"

"음."

"야당에 뺏긴 서울시장 자리를 되찾을 대마로 어느새 엑스가 거
론된다 이거지? 서울시장 연임해 먹고 나서 국회의원 두어 번 더 해
먹은 다음에 대통령을 하시겠다는 거고."

"그런 모양이지."

"이 인간들이 온 국민을 졸로 본다는 거잖아! 졸인지 좆인지, 어
디 한번 붙어 봐?"

"어떻게?"

"오랑캐로 오랑캐를 물리치는 거지."

"엑스의 정적들로 하여금 그 사람을 공격하게 하자고?"

"여당 내에서 후보 경선할 때 생길 정적(政敵)들, 그럼에도 여당 후보로 지명된다면 야당 출신의 현 시장과 붙어야 할 테니까, 온 야당이 전부 정적이 될 거잖아. 정적들은 어차피 상대방을 공격할 수 있는 빌미를 찾느라 혈안이 될 거니까, 우리는 소스 던져 놓고 시치미 떼는 거지. 사실 누구 좋아한다고 목숨 걸어야 한다는 건 말이 안 되잖아? 어쩌다 보면 결혼한 여자를 좋아할 수도 있는 거지. 결혼한 여자가 딴 남자를 좋아할 수도 있는 거고. 이혼이라는 제도가 그래서 있는 거잖아. 정 못 살겠으면 이혼해서 광명 찾으라고.

더구나, 커밍아웃은 못 할망정 어린 여자를 데려다 방패처럼 이용하는 나쁜 놈이 세상 멀쩡한 얼굴로 국회의원에, 특별시장에, 대통령이 되겠다고 나서면 안 되는 거고. 그런 아들놈을 위해 며느리한테 인공수정을 통해서라도 애를 낳으라고 하는 시어머니, 딸한테 인권은 천부적인 게 아니라 쟁취하는 거라면서 게이 남편을 참고 딸 노릇 하라고 강요하는 그 어머니는 뭐냐고. 심청이나 바리데기를 원하는 게 아니라고? 그거 맞잖아. 대체 무슨 엄마가 그래? 더구나 여성학자라는 사람이? 지금이 21세기가 맞는지, 여기가 여자들한테 부르카를 씌우는 이슬람 극단주의 왕국이 아니라 민주공화국인 한국이 맞는지도 헷갈린다. 대체 지들이 뭔데? 지들 해는 서쪽에서 뜬데?"

길길이 날뛰며 숨차게 읊어 댄 장욱이 그만 마시겠다고 엎었던 잔을 뒤집어 술을 따른다. 나는 생각이 정리된 것을 느낀다. 양재륜의 동성애를 터트리는 게 옳은가. 그걸 빌미로 혜우가 이혼을 제기하고 나서는 게 맞는가. 너무 비인간적이지 않은가. 그동안 고심

162

했다. 혜우의 어머니와 시어머니의 말씀들은 따지고 보면 자신들의 생애에서 비롯된 자연스러운 것인데, 그 말을 세상으로 흘리는 건 맞는가. 그걸 무기로 혜우를 풀어놓으라고 요구하는 게 정당한가. 그런 과정들이 혜우를 지키는 일이라 할 수 있는가.

혜우가 진정으로 그 세상에서 빠져나오고 싶어 하는지도 의심했다. 장욱의 말을 들으면서 깨쳤다. 혜우를 의심한 게 아니라 나는 내 자신을 믿지 못했다. 정말로 그들에 맞설 용기가 있는지를.

"고맙다, 욱아. 네 얘기 들으면서 길을 잡았어."

"길 잡았다고 섣부르게 단정하지 마. 시작도 안 했어. 여하튼 묻자. 단비는 자신이 뭘 하고 싶은지도 모른다면서? 그런데 너는 기어이, 이 지랄맞은 일을 시작해야겠어? 한 발만 빼면 되잖아. 한 발만 빼면 돌아설 수 있고 천리만리 멀어질 수 있고. 무엇보다 네가 죽네 사네 하는 심정으로 덤벼도 단비가 아니라고, 어떤 식으로든 한마디만 부정하면 너는 아무것도 아니게 돼."

"단비는 내일이라도 날 모른다고 하면서 도망칠 수도 있을 거야."

"그런데?"

"단비가 나를 모른다고 하면 나는 모르는 사람이 될 거야. 그렇지만 내가 단비를 모른다고 할 수 없고, 먼저 도망칠 수도 없어. 왜냐, 단비가 나한테 안겨서 우니까. 너는 보늬가 네 품에 안겨 울면 보늬한테서 도망칠 수 있어?"

"아휴, 미친 새끼."

"현시점에서 네가 생각하는, 내가 갈 수 있는 가장 적당한 방향을 말해 줘."

장욱이 새 담배를 꺼내 불을 붙이고 몇 모금이나 연기를 삼키고 나서 입을 연다.

"일단 시점을 잘 잡아야지. 단비가 이혼하겠다고 나서는 게 먼저
지만 결과 보나마나 저쪽에서는 이혼불가를 주장할 게 뻔하잖냐.
단비의 어머니가, 사위가 동성애자라는 걸 알고도 딸한테 죽은 듯
이 살라고 하는 판이니까. 이런 파일들이 이혼 조건용으로는 별 쓸
모없는 거고.

터트릴 시점 잡고 나서 그 전에 단비를 피신시키자. 단비는 외국
을 많이 돌아다녔으니까 은거지를 스스로 찾을 수 있겠지. 스스로
못 찾을 것 같으면 너나 내가 궁리해야 할 거고. 어쨌든 넌 드러나
지 않는 방향으로 진행해야 해. 단비가 널 만나서 터진 게 아니라
'엑스'가 동성애자라는 것과, 그 사실을 속이고 결혼했다는 게 먼저
유포되어야 한다고. 동성연애, 정사 장면이 이혼 운운하기 한참 전
부터 인터넷 동성애 사이트를 떠돌아야겠지. 그리고 내후년 지자체
선거 즈음에 엑스의 정적들이 그걸 이용해야 하고. 그쯤에 단비가
엑스 주변에 없어야 단비가 제 남편이 동성애자가 아니라는 사실을
증명하기 위해 동원되는 일도 없겠지."

"야, 너 대단하다."

"공치사는 그만두고, 시점 먼저 정해. 그에 앞서서 단비부터 숨
기고."

어디다 숨겨야 할까. 남미나 아프리카의 오지라고 해도 저들이
찾고자 한다면 찾고야 말 것이다. 어떻게, 얼마만큼 숨길 수 있을
까. 유에스비처럼 백과사전에 숨길 것인가. 쌀 봉지처럼 냉장고에
넣어 둘 것인가. 숨어 있으려고나 할지.

"그런데 욱아, 정말 사람이 죽는 일까지 생길까?"

"여태 얘기했는데 아직도 실감이 안 나? 자기 것을 지키는 일에는 도가 튼 사람들이라고. 그들이 고개 숙이는 경우는 더 강자가 나타났을 때뿐인데 그들보다 강자일 수 있는 사람이 어디 있어?"

"우리가, 아니 내가 하려는 게 결국 그거 아냐? 그들이 숙일 수밖에 없는 힘을 모으겠다는 거."

"네티즌들을 움직여서 말이지?"

"대중이 엑스한테 너 잘못하고 있다고, 너 같은 정치인 우리는 못 본다고 나서면 그들도 결국은 달라지고 숙이지 않을까?"

"이미지로 먹고 사는 게 정치인이니 엑스가 게이라는 게 밝혀지면 결국 정치를 못 하게 될 수는 있겠지. 그런데 그렇게 되기 전에 네가 먼저 지구상에서 사라질 확률이 99프로라고. 서혜우? 서혜우가 뭐라고 대중이 그 편을 들어주겠냐? 대중한테 서혜우가 약자로, 여자로 보일 것 같아? 노동자라서 봐주겠어? 힘없는 시간강사라고 봐주겠어? 더구나 서혜우는 유부녀로서 너랑 놀아났어. 남편이 게이니까 바람난 게 당연하다고 여길 거 같아? 서혜우는 대중한테 자신들 편이 아니라 저쪽 편이야. 지들끼리 지랄하며 발광하는 것으로밖에 보이지 않는다고."

할 말이 없다. 내가 대꾸를 못 하니 장욱이 계속한다.

"또 너는? 비정규직이 난무하는, 비정규 자리조차 없어서 알바지옥이 된 이 가혹한 세상에서 너는 어떤데. 출신이 어떻든 너는 군대를 카투사에서 보내고, 뉴욕 유학하고 돌아와서 영화감독으로 이름 날리기 시작한 동시에, 겨우 서른세 살에 대학교수 된 놈이야. 그 과정에 네가 쏟은 피땀은 보이지 않아. 너는 잘해야 탁월한 재능을 타고난 운 좋은 놈이고, 잘못하면 재벌집 유부녀 꼬드겨서 돈이나 우려내려는 잡놈이 되기 십상이야."

"혹독하구나."

"대중이 네 편 되어 줄 거라는 환상 같은 거 버리라는 거야. 달아나지 못해 시작하기로 했으니까, 이왕 하는 거 잘해 보자는 거고. 아! 휘야. 너, 단비 최근에 만난 게 언제냐?"

"지난 달 19일. 단비가 시어머니와의 대화, 남편과의 통화를 녹음한 날이야. 그리고 유일한 연락수단이 단비가 가지고 있는 내 계정의 전화였는데, 부산으로 돌아간 단비한테서 그걸 해지하라는 문자가 왔어. 전날 내 집에 오느라고 외출한 게 들킨 것 같다면서 전화기를 버리겠다는 거였어. 자기가 연락하거나 찾아올 때까지는 나한테 움직이지 말라는 뜻이지. 왜?"

"요새 단비, 뭔가 있다는 게 지금 생각났거든."

장욱이 태블릿으로 서혜우를 검색한다. 나는 혜우를 인터넷으로 검색해 보지 않게 되었다. 검색해 봐야 나오는 것이 별로 없거니와 인터넷에 나타난 서혜우는 나와 너무 먼 것 같아 쓸쓸해지기 때문이다.

"야, 봐봐."

서혜우에 관한 최근 기사가 주르륵 올라와 있다. '기부천사 서혜우'라는 타이틀이 수십 개나 된다.

혜우는 지난 달 25일에 부산 사하구 신평동에 있는 청소년문화센터에 나타나 최신형 컴퓨터 50대와 자전거 100대를 기부했다.

26일에 부산 북구 만덕동에 있는 장애인 시설에 들러 침구 일체를 바꿔 주고 20킬로그램들이 쌀 100포대를 들여 주었다.

27일에 기장군 철마면의 한 마을회관에 들러 에어컨 1대와 마을

노인복지기금 3천만 원을 내놓았다.

29일 오후에 서혜우는 남편 양재륜 의원과 서울에 있는 한 극장에 나타나 영화를 관람했다. 관람 뒤 부부를 알아본 사람들로 영화관 로비가 유명 영화배우의 팬미팅 현장을 방불케 했다.

서혜우는 31일에 서울 은평구 연신내동의 모자가정 쉼터에 나타나 1억 원 상당의 시설과 필수품을 기부했다.

이달 초, 3일에 서혜우는 여름방학으로 휴관 중인 함경박물관에서 동료 학예관들과 함께 가을전시회 준비에 돌입했다. 경산대학교 개교 60주년에 맞춰서 일 년여 전부터 기획된 이번 전시회 타이틀이 〈어둠을 보는 빛: 등잔, 촛대, 초롱, 등롱, 석등〉이다.

"욱아, 이 사람이 갑자기 왜 이러는 거지?"

"야! 네 여자가 며칠 사이에 수억을 뿌리고 다니면서 얼굴 드러낸 이유를, 네가 알지 내가 알겠냐? 지난달에 너희 만나고 난 뒤부터 이러는 것 같은데, 둘이 무슨 약속을 한 거 아니야?"

"약속 같은 걸 할 처지라야 하지. 약속은 없었는데, 자기 혼자 다짐하는 것 같은 말은 했어. 수화로, 이렇게."

나는 오른 손바닥을 가슴 가운데 대었다 뗀 뒤 장욱을 향해 내민다. 두 손을 펴서 양쪽으로 벌려 마주 보게 하고 손목을 돌려 흔들고 두 손바닥을 배 양 옆에 대고는 밑으로 쭉 내려 보인다.

"그거 나한테는 아마존 말이나 매한가지야."

"난 당신 아이를 낳을 거야, 라는 뜻이야."

"뭐? 지들 둘도 감당 못 하면서 애까지 끼워 넣겠다는 거야? 애를 맘대로 멋대로 낳을 수나 있고?"

"나는 그냥, 섹스 중에 할 수 있는 몸짓말로 여겼어. 단비와 그 시어머니의 대화록을 발견한 다음에야 어쩌면 그냥 한 말이 아니었을지도 모르겠다고 생각했고."

"그렇담 그거네. 그쪽에서 아이 낳으라는 강요를 당할 바엔 네 애를 낳겠다는 거. 야, 단비 대단하다. 네가 떨떨하게 절절매는 동안에 단비는 너를 제외시키거나 보호하면서 무장을 시작한 거잖아."

"얼굴 알리는 게 무슨 무장이야?"

"어차피 숨을 수 없어. 도망쳐도 소용없고. 도망칠 수도 숨을 수도 없다면 아예 이목을 끌어서 자기를 알려 놓는 게 더 안전할 수 있어. '아, 저 여자 그 여자네!' 그렇게 엔간한 사람들이 알아볼 정도가 되면 오히려 건드리기 어렵지. 인지도가 협상력이 된다고 보면, 정말 필요할 경우 협상할 수 있는 힘이 생기는 거잖아. 봐! 이미 팬카페가 생겼어. 안티카페도 생겼네."

서혜우 연관 검색어에 '서혜우 팬카페'가 떠 있다. 장욱이 클릭하니 카페가 열리면서 회원 수 1,526명이라는 숫자가 먼저 눈에 띈다. 회원에 가입해야 세목을 들여다볼 수 있는 카페가 아니라 손님도 다 볼 수 있게 활짝 열린 카페다. 서혜우 사진첩 같다. 혜우의 근래 사진들이 모조리 모여 있다. 보고 있는 사이 회원 숫자 하나가 는다.

장욱이 서혜우 안티카페를 연다. 팬카페와 달리 안티카페는 회원가입을 해야 내용을 볼 수 있게 폐쇄적이다. 회원 수는 확인할 수 있다. 1,375명.

"현재 1,500여 명이 단비를 좋아하고 1,300여 명이 싫어해. 단비한테 지대한 관심을 가진 사람이 3천 명쯤 되는 셈이지. 요즘 3천 명은 3천만 개의 눈이라 할 수 있잖아. 여기다가 엑스 커플의 동성애가 보태지면 난리가 나는 거 아니겠냐? 더해서 너하고의 스캔들까지 터지면 와, 완전히 대박이다. 첫 기사는 내가 써야겠다. 오랜만에 특종 한번 터트려야겠어. DH그룹은 물론 한국 정치계가 지진 난 것처럼 들썩들썩하겠지? 그때 네가 내 경호원이나 해라."

"넌 친구라는 놈이, 지금 재미있냐?"

"아니."

왕왕대다가 잦아든 장욱이 술을 따라 마신다. 나도 잔을 드는데 장욱이 흠칫하며 웃는다. 연신 놀라다 보니 제 주머니에서 전화벨이 진동하는데도 놀란 것이다. 수신인을 확인하던 장욱이 술 마신 적 없는 사람처럼 큼큼 목을 가다듬고는 전화기를 연다.

"어, 자갸."

장욱의 전화기 속에서 후배 김보늬가 하는 소리가 나한테도 다 들린다. 어젯밤 장욱과 보늬는 다퉜다. 여자 보늬는 동거하자는 거 고 남자 장욱은 동거하느니 결혼하고 함께 살자는 것인데 둘은 합의하지 못했다. 어차피 지금도 동거하는 것과 비슷하니 이대로 지내자는 여자와, 어차피 같이 사는 거니 결혼해 살자는 남자. 다툼 끝에 장욱이 보늬 집에서 나왔고, 장욱은 오늘 해가 저물어 가는 이 시간까지 보늬한테 연락하지 않았다. 참다못한 보늬가 전화 걸어서 화를 내고 있다.

"너 술 마시고 있지? 밴댕이 같은 놈. 덩치가 아깝다, 멍청한 자 식! 그럴 거면 다시는 나한테 오지 마!"

보늬가 일방적으로 퍼붓고는 사라진다. 장욱은 변변히 대꾸 한마 디 못해 보고 멀뚱멀뚱 제 이마만 만지다가 전화기를 닫고는 술잔 을 비운다.

"완전히 폭군이야. 내가 저보다 그냥 네 살 많은 게 아니라 4년 학과 선밴데, 4년 후배 다루듯이 한다니까. 단비도 이러냐?"

"그랬으면 좋겠다. 단비가 보늬처럼 막 퍼붓고 나는 너처럼 설설 기고."

"보늬 말발을 못 당해서 가만있었지, 내가 언제 설설 기었냐?"

"설설 기더라. 엔간하면 보늬 하자는 대로 해. 뻗대다 맞을라."

"이미 맞고 산다."

"그런 것 같더라. 암튼 오늘은 그만 나가자. 넌 보늬한테 가서 계속 설설 기고, 나는 단비한테 설설 기면서 살 수 있는 방법이 뭔지 궁리해 봐야겠다. 곧 배우들 미팅도 있고. 내일 15회 차 촬영이 있거든."

"이 사태를 보늬한테도 알리자."

"터지면 죽을지도 모른다면서 보늬까지 끌어들이냐?"

"이런 일에는 한 사람의 머리라도 보태야 터져도 죽지 않을 수가 생길 것 같아. 생각할수록 무시무시한 일이잖아. 보늬는 널 원체 좋아하니까 귀신같은 방법을 찾아낼지도 몰라. 나 잡는 거 보면 머리가 기가 막히게 돌아가잖냐. 또 단비와의 사이에 연락책도 있어야 할 것 같고. 우선 보늬한테 단비 인터뷰 기사 하나 쓰라 하자. 쓸 만한 사람들이 다 쓰기 시작했으니까 보늬가 써도 유별나 보이지 않을 거잖아. 말발에 글발 끝내주는 보늬는 순수의 꽃과 기부천사 사이의 맥락을 짚어서 쓸 수 있을 거고. 어때?"

"보늬한테 이야기 먼저 해 보고 결정하게 하자."

"그러기로 하고 그 동영상, 잘 숨겨 놔. 우리가 의도하지 않은 데서 터지지 않도록."

"여러 부 복사했는데, 한 부 가지고 있을래?"

"싫다. 피치 못할 때까지는 안 볼 거야. 먼저 나갈 테니 일 해."

장욱이 나가고 탁자를 정리하다가 다시 혜우를 검색해 본다. 인터넷에 뜬 사진들 속에서 혜우는 전부 안경을 끼었다. 사진마다 복장이 다르듯 안경도 다르다. 감아올린 헤어스타일은 여일한데 참 낯설다. 사진 속 혜우가 선 자리들은 그 스스로에 잘 어울린다. 남편과 함께든 노인이나 청소년과 함께든 단아하면서도 강인해 보인다. 학예관으로서는 더욱.

전시회 〈어둠을 보는 빛〉에 붙은 기획 취지를 읽어 본다.

우리의 등잔, 촛대, 초롱, 등롱은 석등까지 아울러, 대낮의 밝음을 모방하는 것이 아니다. 우리 전통 조명은 달빛이나 별빛처럼 으스름한 광채를 이상으로 삼는다. 그렇기 때문에 우리의 전통 불빛은 휘황하지 않다. 쉬운 예로 큰 건물, 전통적인 큰 건물의 뜰에는 거개 석등이 있는데, 그 석등들은 유리에 반사시켜 촉광을 높이는 서양의 샹들리에나 야외등과 다르다. 우리의 그것들은 조명기구로서의 역할을 하는 게 아니라 빛을 상징으로 나타낸다.

밤은 어두워야 비로소 밤이라는 것이 우리 조상들의 주된 생각이었다. 그러므로 우리 전통 조명기구는 어둠을 밝히는 것이 아니라 어둠을 보는 것이다. 어둠을 밝힌다기보다 빛을 감싸서 어둠을 느끼게 하는 역할을 한다. 초롱의 생김새를 보면 광원이 퍼지지 않도록 사방을 막는다. 아랫부분만 터놓는다. 초롱을 들었을 때 빛이 발밑으로만 흐르도록 하기 위함이다. 또 옛날 혼례식은 대개 해질녘에 청사초롱 밝히고 치렀고, 혼례식은 촛불이나 등잔불이 켜진 신방으로 곧장 이어졌다. 그럴 때의 빛은 어둠을 밝히자는 것이 아니라 축제공간의 상징이자 신방의 상징으로 작용했다. 그렇듯이 우리 전통 조명기구는 비과학적인 것이 아니라 과학 이상의 것을 추구하려는 신비와 아름다움의 소산이다.

"정리 잘 했네."

혼잣소리로 칭찬하고 나니 서혜우가 더 멀리 가 있는 것 같다. 화면 속의 서혜우는 내 품에 안겨 웃고 찡그리고 울던, 숨소리 쌕쌕거리며 자는, 교접 중 절정에 올라 남자를 물어뜯는 그 여자가 도저히 아닌 것 같다. 움직여야 한다고 여기면서도 나는 일어나지 못한 채 화면 속의 여자를 바라만 본다. 다른 때에 비하면 만난 지 오래된 것도 아닌데 까마득하다.

✤ 어둠을 보는 빛

9월 1일, 개교 60년을 맞은 경산대 개교기념일에 맞춰 함경박물관 가을전시회를 개막했다. 〈어둠을 보는 빛: 등잔, 촛대, 초롱, 등롱, 석등〉 전시회에는 초청 손님이나 관람객만큼 기자들이 많았다. 취재진의 질의에 대한 공식적 응답은 원래 박물관장과 학예실장의 몫이었다. 학예관 세 명과 연구관 세 명은 개막식 날 병풍처럼 포진해 있으면 되었다. 그럼에도 이번 개막식에 찾아온 기자들의 관심은 단연 서혜우 학예관이었다. 두어 달 전부터 '기부천사'로 솟아오른 서혜우에 대한 인터뷰 요청이 쇄도했다. 물론 더 이상 숨어 있지 않기로 작정한 내가 의도한 결과였다.

나는 기자들에게 취재요청서를 보내 달라 했다. 취재요청서를 보내온 기자들 중 일간신문 기자를 먼저 제외했다. 주간지나 월간지 중 10년 넘은 매체에서 5년 이상 근무하였고, 원고지 20매 이상의 화보기사를 쓰겠다는 조건을 제시한 여섯 기자를 골랐다. 여섯 명따로 인터뷰 날짜를 정한 뒤 취재를 허락하는 답장을 보냈다.

그중 한 명이 〈한누리신문〉 계열 시사주간지 〈인사이드 한누리〉의 김보늬 기자다. 김보늬 기자는 〈인사이드 한누리〉에서의 재직경력이 3년이지만 그 전에 〈시네마 한누리〉에서 3년, 〈한누리신문〉에서 1년 지낸 걸 감안했다. 무엇보다 윤휘와 같은 대학, 같은 신문방송학과 출신이라는 이력을 감안했다. 인터뷰 일자를 맨 끝으로 잡아 연락했다.

9월 둘째 주 목요일 오후 1시에 김보늬 기자가 함경박물관으로 들어왔다. 김보늬 기자는 전시회를 관람하고 화보용 사진을 찍었다. 강의실로 들어와 2시부터 시작하는 내 강의를 학생들과 함께 경청했다. 세 시간짜리 대학원 강의라 중간에 10분간 휴식했다. 쉬는 시간에 김보늬 기자는 강의실 풍경이며 강사 서혜우를 카메라에 담았다. 강의 끝난 뒤 학생들과 함께 사진을 찍고 다시 함경박물관으로 자리를 옮긴다. 오후 다섯 시 반이다.

박물관 관람시간은 다섯 시까지다. 박물관 직원들의 퇴근시각도 다섯 시다. 박물관 문이 닫히면 지하1, 2층의 수장고부터 지상 1층의 기획전시실, 2층의 상설전시실까지 삼중으로 밀폐된다. 박물관이 닫혀 버린 시각이라서 직원이며 관람객이 전혀 없는 시간이다.

연구실이며 행정실 등이 들어 있는 3층과 4층의 출입문은 따로 나 있었다. 나는 김보늬 기자를 4층에 있는 방으로 이끈다. 연구실이라 부르지만 명패가 붙어 있지 않는 예외 공간이다.

김 기자 앞에 커피 한 잔을 내주고 내 잔을 들고는 탁자 맞은편에 앉는다. 김 기자는 호리하면서도 의지가 느껴지는 단단한 몸피에 단발머리를 깡뚱하게 묶었다. 눈빛이 재기발랄하다. 영민한 인상이다.

"이런저런 얘기들 나눴고, 사진도 제법 찍으셨는데, 이 방에서의 사진까지는 필요치 않으시죠, 김 기자님?"

질문의 뜻을 알아들은 김 기자가 웃으며 입을 연다.

"사진 충분합니다. 여러 가지 말씀도 꽤 해 주셨고요. 일단, 오늘 들은 여러 말씀들을 잠깐 정리해 볼게요. 지금까지 서혜우 선생님께서 견지하신 입장을 왜 바꾸셨는가, 제가 질문 드렸습니다. 최소한 석 달 전까지는 공식 인터뷰를 전혀 안 하셨는데, 달라지신 이유가 뭔가 하고요. 제 질문에 선생님께서 답하시길 함경박물관을 알리고 싶었고, 박물관에서 일하는 선생님은 동료들과 똑같은 학예관이라는 걸 알리고 싶어서였다고 말씀하셨습니다. 맞나요?"

"네."

"우리 전통 조명기구들에 대한 선생님 말씀 들으면서 이제껏 제가 그 분야에 대해 전혀 생각해 본 적이 없다는 걸, 무식했다는 사실을 깨닫게 되었습니다. 아주 신선했고요. 그런데요, 오늘 제게 하신 말씀들은 이렇게 독대하지 않고도 얼마든지 하실 수 있는 말씀들 아닐까요? 이번 전시회와 관련한 여러 팸플릿을 통해 어느 정도 요지가 활자화되었고요, 이 박물관에 계시는 다른 선생님들이 개막식 날 이미 비슷한 말씀들을 하신 것 같기도 하고요."

"제 대답은 김 기자님의 질문에 대한 응수였죠. 기자들마다 질문이 비슷하시니까 제 얘기도 비슷하고요. 비슷한 질문에는 비슷한 답이 나가기 마련이잖아요? 어쩜 그리 제 신상에 관한 질문만 하시는지!"

"그럼 다시 여쭐게요. 서 선생님께서는 최소한 두세 달 전까지는 공식 인터뷰를 하지 않으셨어요. 공식 인터뷰 기록이 그때까지는 전무합니다. 그런데 지난 두 달 사이에 느닷없다 싶을 만큼 활발하게 움직이고 계시죠. 어떤 목표를 세우기라도 하신 것처럼요. 항간에는 부군이신 양재륜 의원께서 내후년 지자체 선거에서 서울시장 후보로 나설 계획이시고, 그걸 위해 부인께서 사전 행보를 시작하신 게 아닐까 하는 말이 떠돌기 시작했습니다."

"제 안티클럽 사람들이 그렇게 말하지요?"

"서 선생님께서 팬클럽과 안티팬클럽, 양쪽에 회원으로 가입하신 게 사실이세요?"

내가 흐흥 웃고는 끄덕인다. 김보늬가 마주 웃으며 묻는다.

"부군의 시장 출마에 대비하신 것이 아니라 다른 의도가 있는 건가요?"

"김 기자님의 지금 질문도 앞선 다섯 기자들과 비슷하시네요. 그래서 저는 앞선 기자들한테 이렇게 대답했어요. 무엇을 상상하시든 그 이하다! 취재에 군이 응한 이유는 내가 주목받기 위해서가 아니라 내가 찾아다닌 시설들이 주목받아 도움도 받을 수 있기를 바라서다, 라고요."

"다른 기자들한테 하신 말씀들이 기사로 난 걸 종합하면, 서 선생님은 학부 때 국문학을 하셨고, 고문학(古文學)을 전공하셨어요. 학부 졸업논문으로 최치원의 〈토황소격문〉(討黃巢檄文)에 대해 쓰셨고요. 석박사 과정은 민속학을 하셨는데요, 국문학을 하다가 옮기기엔 낯선 분야 아니었나요? 계기가, 혹시 민속박물관으로 널리 알려진 함경박물관을 운영하시기 위해서였을까요?"

이런 질문을 받을 때마다 화가 난다. 나는 내가 원해서 국문학과에 진학했다. 대학원에서 민속학을 전공한 것도 마찬가지다. 공부하는 동안 함경박물관을 의식한 적이 없다. 내가 민속학을 전공하고 민속학예사 자격증을 취득한 이유를 군이 대자면 '한복' 덕이라

할 수 있다. 한복이 갖춘 깊고 풍부한 미감과 우아함을 갖춘 실용성! 평생 한복을 입었던 내 할머니는 당신 생존하는 동안 온 집안사람한테 한복을 입혔다. 내가 결혼하기 전까지 우리 집 내에서는 한복이 일상복이었다. 나는 대다수 한국 사람이 자신의 집에서는 한복을 입고 사는 줄로 여겼다. 밖에 나갈 때 갈아입어야 하는 보통 옷은 외출복이었고 교복이었다.

대학 입학해서야 여느 때 한복을 입고 사는 게 중뿔난 것임을 알게 됐고 그 때문에 나는 민속학을 택했다. 민속학에서 전통 무복(巫服) 분야로 파고들다가 논문을 쓰게 됐다. 다른 분야에서 이적해 온 탓에 무식했다. 동료, 선후배와 관계를 맺지 못해 학과의 천덕꾸러기로 취급받았다. 또다시 반복된 따돌림이었다.

초등학교 시절부터 당했던 따돌림이 대학원에서도 반복된 셈이었으나 괜찮았다. 그들이 나를 따돌린다고 느낄 때마다 그러했듯 나도 그들을 내 세상 밖으로 밀어내 버렸다. 나는 활자가 만들어 내는 세상으로 충분했다. 책을 열면 나타나는 그 무궁한 세상. 나는 활자에 빠져 살았고 오로지 공부만 했다. 민속학 박사 서혜우는 그 결과였다. 그런데 사람들은 내가 함경박물관을 운영하기 위해서, 나중에는 경산대학교의 모든 것을 물려받기 위해 민속학을 공부했다고 여기는 것이다.

"함경박물관 때문에 민속학을 공부한 게 아니지만, 내가 아니라고 말하고 기자들이 그게 아니었다고 기사를 쓰셔도 오해할 사람은 다 오해하겠죠. 어쨌든 고문학과 민속학은 인접성이 깊고 넓더라고요. 공부가 재미있었어요. 전통을 고수하는 무당들을 찾아다니며 자료를 발굴하고 석, 박사 논문 쓰면서 제가 고문학을 전공했다는 사실에 자부심을 느꼈고요."

"고문학을 하려면 한문을 잘해야 할 텐데, 어렵지 않으셨어요? 어릴 때 외국에서 지낸 시간이 많으신 걸로 아는데요."

"제가 문자를 익힌 이후에 제 힘으로 한 일이라곤 책으로 하는 공부밖에 없어요. 암튼 전 민속을 연구하는 학자예요. 연구소나 강의실 밖에서는 제가 배운 것을 현실에 적용하여 실행하는 직업인이고요. 아직 일가를 이루기에는 어림없지만 제 나름으로는 한 분야의 전문성을 갖춰 나가는 중이라고 자부해요.

그런데 저는 제 평생 하고 있는 공부로는 아무한테도 인정받지 못해요. 아주 어릴 때는 누구의 손녀, 외손녀였어요. 초등학교 입학할 무렵부터는 부장검사나 국회의원 서중호, 국립대 교수 정혜식의 딸이라는 게 더해졌죠. 약혼하고 결혼하면서 누구의 아내, 어느 집 며느리라는 외피가 보태졌고요. 그 모든 외피들이 저를 둘러싸고 있어요. 민속학 박사 서혜우가 평생 해 온 공부는 간 곳이 없고 제가 하는 일은 모조리 누구의 무엇인 덕택으로 돼 버린다고나 할까. 그래서 아주 유치하게 나선 거예요. 이왕 외피를 둘러쓰고 살아야 한다면 미약하나마 스스로 만들어 온 나를 세워야겠다 싶어서요. 우습죠? 이런 얘기?"

"우습다뇨. 아닙니다. 기자들이 원하는 게 바로 그런 부분의 말씀일 텐데요. 저도 물론 그렇고요. 그렇지만 자신의 팬카페나 안티카페에 드나드시는 게 민속학 박사 서혜우의 존재를 세우는 것에 무슨 도움이 될까요? 거기서 '나, 민속학 박사 서혜우야' 하고 말씀하실 것도 아니고요."

"서혜우 팬이나 안티팬을 자처하는 사람들이 카페를 만들어 드나드는 건 그들의 유희, 놀이가 아닌가 해요. 저를 화제 삼아 노는 거죠. 특히 남성 팬들은 더 그럴 거고요. 저도 마찬가지예요. 저를 화제로 삼아서 가지고 노는 그들에 섞여서 저도 저를 가지고 유희하는 거예요. 제가 최근에 재미를 알게 된 놀이 속에서 하루 이삼십 분쯤 노는 거죠. 양 카페에서의 제 아이디가 뭔지 혹시 아세요?"

"알렙이시죠? 보르헤스의 단편소설 제목이요."

"맞아요. '알렙'. 세상의 모든 말을 응축한 하나의 말. 저, 보르헤스의 그 소설 읽으면서 아주 어렵다고 느끼면서도 매혹됐어요. 알렙이 히브리어의 첫 번째 알파벳인 동시에 숫자 1이고, 세계의 모든 것이 그것에 수렴된다고 하고, 또한 신을 가리키기도 한다고 소설에 나오죠. 동시에 세상의 모든 것이 응축된 구슬의 이름이기도 하고요. 저는 그때 '알렙'이라는 단어가 우리나라의 태극처럼 다른 모든 단어를 대변하는 것일 수도 있겠다고 여겼어요. 알렙이라는 단어만이 아니라 세상 모든 단어마다 알렙과 같은 뜻이 응축되어 있는 게 아닐까 싶었던 거죠. 그래서 멋 부리느라 제 아이디로 삼은 거구요."

"제 아이디는 '빨강머리 앤'인데요. 아이디는 누구나 그렇게 짓는 게 아닐까요?"

"그렇죠. 놀면서도 그런 허영기는 생기는 것 같아요. 다른 사람들도 그렇다는 걸 느끼는 동질감, 그게 괜찮아서 내 팬카페에 회원으로 가입해서 드나들어 보는 중이에요. 그리고 회원들이 너 혹시 서혜우 아니냐고 물으면 침묵으로 수긍하죠. 댓글은 달지 않고, 민속에 관한 자료들을 올리거나 각처에서 벌어지는 민속 관련 전시회들을 안내하거나 해요. 제가 읽거나 썼던 민속학 관련 글 중에 괜찮았다고 느낀 대목들을 올려놓고 그에 관한 설명도 좀 하고요.

그런 방식으로 '알렙'이 서혜우라고 계속 말하는 거죠. 보셨으니 아시겠지만 안티팬카페 쪽 사람들은 알렙을 잡아먹으려고 해요. 안티팬카페 회원들 다수가 양재륜 팬카페 회원이기도 한데 그들 눈에 비친 기부천사 서혜우는 양재륜한테 해가 되는 걸로 비치나 봐요. 알렙 서혜우가 DH의 돈을 가지고 개인적인 잘난 척만 한다고 여기는 것 같고요. 심지어 돈지랄 한다고도 하죠. 재미있는 건, 그러면서도 알렙을 퇴출시키지는 않는다는 거예요. 카페지기가 마우스 한 번만 누르면 저를 추방할 수 있는 데도요. 그 까닭이 뭐라고 여기세요, 김 기자님?"

"재미겠죠. 서혜우 관련 카페 안에 서혜우가 존재한다는 사실이요. 무수한 팬카페들에서도 그건 그리 흔한 일이 아닐 테니까요."

"그래요. 더불어 노는 거죠. 그동안 몇 차례, 이런 식으로 기자들께 대답드리는데, 좀 지루했어요. 솔직히 지루할 거라고 예상했기 때문에 저도 기자님들한테 질문을 하기로 했어요. 저를 취재하기 위한 조건이 상당히 까다로웠고 아니꼬울 수도 있는데, 그런 절차를 거치면서라도 굳이 저를 인터뷰 하시려는 까닭이 뭐냐고요. 제가 이 경산재단을 포함한 DH그룹의 며느리이자 양재륜의 처, 서중호, 정혜식의 딸이기 때문이겠지만, 그건 저를 아는 사람들은 다 아는 사실인데, 뭐가 궁금하실까 싶어서요. 기부천사라는 단어도 그렇죠. 제 돈, 제 마음으로 하는 게 아니라 저를 둘러싼 배경에서 나온 행위일 뿐이라는 걸 다들 아시는데, 새삼 화제로 삼으실 일인가요? 새삼 화제로 삼는 정도가 아니라 그것만 화제로 삼고 싶어 하는 것 같고요. 김 기자님께도 같은 질문을 드려야겠네요. 무엇 때문에 저를 취재하시는 거예요?"

"지금 제 대답 여하에 따라 이번 인터뷰가 흥미로울지, 형식적일지가 결정되는 것이지요?"

"아무래도 그렇겠지요?"

"다른 기자들도 이미 한 질문일 텐데요, 소설 〈북두칠성〉의 유안나 작가가 서혜우 씨라는 소문이 있습니다. 맞나요?"

가슴이 도근거린다. 다른 기자들은 유안나에 관해 질문하지 않았다. 기자 입장에서 그 사실을 알고도 질문하지 않았다고 볼 수 없다. 그들은 몰랐고 김보늬 기자는 알고 왔다. 역시 윤휘와 관계가 있는 것이다.

"그 질문은 처음인데요, 어떻게 들으셨어요?"

"맞군요?"

"그렇긴 합니다만 현재로서는 제가 유안나로서 소설을 발표했다는 걸 알리고 싶지 않아요. 김 기자님도 그 사실은 기사화하지 말아주세요."

"그리 말씀하시면 당연히 쓰지 않을 겁니다만, 유안나 작가가 서혜우 선생이라는 게 알려지면 〈북두칠성〉이 주목받을지도 모르는데 알려지기 싫으세요?"

"유안나의 〈북두칠성〉은 천 권도 채 팔리지 못한 소설입니다. 상금 받은 게 출판사에 미안할 지경이죠. 어쨌든 책이 못 팔리고 안 팔렸을지라도 그건 작가 유안나만의 몫입니다. 저는 〈북두칠성〉이 유안나 이외의 힘으로 팔리길 원하지 않습니다."

"알겠습니다."

시원스레 수긍한 김보늬 기자가 취재수첩을 탁자에 놓더니 저만치 있는 출입문을 바라본다. 출입문 밖에는 남은영 대리와 8월부터 경호관으로 온 세 사람이 더 있다. 그들은 내가 들어오라고 하지 않는 한 문밖에 있는 게 보통이다.

"왜요?"

"이렇게 넓고 훤한 방의 방음은 어떤가, 싶어서요."

"여긴 처음에 경산재단 이사장님의 전용공간으로 만들어졌어요. 방음시설이 아주 잘 되어 있죠. 문이 닫혀 있는 동안은 외부에서 감청할 수도 없고요. 내부에도 아직까지는 도청기나 감청기 같은 것 없는 게 확실해요. 여기는 저만 들어올 수 있는 방이라 다른 사람이 들어오려 시도하면 경보가 울리고 그 신호가 제 전화기와 학내 보안실로 통고돼요. 누군가 어찌어찌 들어선다고 해도 제가 아니라는 걸 감지한 시스템이 이 건물의 모든 문을 차단하면서 보안실과 경찰서로 연락하게 돼요. 지하의 수장고와 같은 시스템을 쓰고 있거든요. 세상 참 무서워졌죠?"

김보늬가 웃더니 취재수첩에다 큼지막하게 '욱'과 '휘'를 쓴다. 욱을 짚으면서 낮게 말한다.

"이 사람은 만난 지 11년째인 대학 선배이면서 제 남편입니다. 동거 비슷하게 지내 오다 최근에 혼인신고 했죠. 그 옆 사람은 제 남편의 절절한 친구이고 제가 인간 대 인간으로 아주 좋아하는 제 대학 선배입니다. 그들에게서 옛날이야기 하나를 들었습니다. 들어보시겠어요?"

"듣고 싶어요."

"옛날에 단비라는 이름의 공주가 있었답니다. 단비공주가 세 번이나 시집을 가야 하는 운명을 타고 났던가 봐요. 단비공주의 나라

182

에서는 공주가 결혼을 세 번씩 하고 그러면 큰일 나는 법도가 있었나 봅니다. 단비공주의 할마마마께서 손녀의 운명을 바꾸기로 작정하고 무당을 찾았다고 해요. 무당한테는 태산이라는 손자가 있었죠. 단비공주의 할마마마와 무당인 태산의 할머니가 거래를 통해 두 아이를 두 번 혼인시키고 이혼도 두 번 시켰답니다. 세 번 결혼해야 하는 단비공주의 팔자, 운명을 바꾼 거지요. 신분이 다른 아이들은 서로 무관하게 자랐습니다. 단비공주는 잘 자라서 공주님답게 세 번째 결혼을, 처음이자 유일한 결혼인 것처럼 했고요. 태산은 무당 손자답게 잘 자라 살게 되었다는 이야기였습니다."

내 아홉 살에 느릅나무 집에서 치른 팔자땜 굿 이야기다.

"그다지 재밌는 이야기는 아니네요."

"그래서 이야기를 듣던 제가 선배들한테 따졌지요. 원래 타고난 대로 살건, 남이 바꿔 준 대로 살건, 주인공들의 의지는 하나도 없는 그따위 이야기를 뭐 하러 하냐고요. 제가 지랄을 떨었더니, 아 죄송해요, 제 입정이 못돼 먹어서요. 선배가, 이야기 덜 끝났다면서 덧붙였습니다. 단비공주는 세 번 결혼할 운명이었지만 무당 손자 태산은 죽었다가 깨나도 아내가 한 명뿐인 운명이었다고요."

"그게 무슨 뜻인데요?"

"팔자가 타고난 대로 가는 것이라고 믿는 사람이 있다 가정하지요. 팔자땜 굿을 하고 어린 아이들을 혼인시킬 만큼 운명론을 신봉하는 사람이 있다 치고요. 단비공주의 할머니처럼요. 그런데 단비공주의 할머니와 같은 운명론을 전제한다면, 단비와 태산은 각기 별의별 일을 다 하고 살아도 운명의 짝이라는 뜻이 되는 거 아닐까요? 단비공주가 두 번 혼인하고 나서 만난 세 번째 남편도 태산이 되는 거고요."

"그렇게 될 수도 있는 건가요?"

"이만하면 다른 기자들과의 변별이 생길까요?"

"모처럼 특별한 질문을 하시네요, 빨강머리 앤 기자님. 아주 마음에 들어요."

둘이 소리 내어 웃고 난 뒤 김 기자가 묻는다.

"서 선생님, 친구는 많으신가요? 어떤 분들과 교우하세요?"

"저는 초등학교와 중・고등학교 때, 매년 따돌림을 당했어요. 따돌림 당하는 게 싫어 학교를 가지 않기도 했어요. 고등학교 때도 입학 3주일 만에 따돌림 정도가 아닌 린치를 당했어요. 저한테 시비를 걸었던 아이들 여섯 명이 전학을 가고 담임선생이 해고됐고, 저는 훨씬 멀리 워싱턴까지 전학을 가야 했어요."

김보늬가 깔깔대며 웃는다. 나도 웃는다. 지금은 이렇게 웃으며 말할 수 있게 됐지만 당시에는 무서웠다. 지금도 그때의 아이들이 내 이름을 기억해 낼까 봐 꺼림칙할 때가 있다. '영지'라는 아이의 성이 기억나지 않고 다른 아이들 이름은 아예 알지도 못했기 때문이다.

"김 기자님은 어떤 친구들이 있어요? 앞서 말한 선배들을 제외하면요."

"그들을 빼놓고 나면 저도 친구가 그리 많다 할 수는 없어요. 친구보다 일로 만난 동료가 많은 편이죠. 아, 박도현이라는 배우 아세요?"

"박도현 씨는 알죠. 〈유쾌한 전하〉 주인공으로 천만 관객을 넘긴 톱스타잖아요. 요즘 통 안 보이던데 군대 갔지 않나요?"

"아휴, 느리시네요. 작년 여름에 재대하고 두어 달 만에 〈돈 세이 워드〉라는 영화의 남자주인공으로 캐스팅됐어요. 제대 후 첫 작품을 〈돈 세이 워드〉로 결정하고 영화사가 시골에서 벌인 오디션장까지 갔다더군요. 그때 캐스팅돼서 몇 달 동안 검도 연습을 죽어라 했고요. 시나리오에 주인공이 검도를 잘하는 것으로 돼 있어서요. 지금은 지난 4월에 크랭크 인 한 〈돈 세이 워드〉를 찍고 있죠. 저, 그 사람하고 친해요. 한밤중에 추리닝입고 삼선슬리퍼 신고 만나 술 마실 만큼이요."

"와, 재밌겠다. 부러운걸요. 그런데, 삼선슬리퍼가 어떤 슬리퍼예요?"

나는 궁금해서 묻는데 김보늬가 눈을 크게 뜨더니 흐흐 웃고 설명한다.

"검정이나 남색이나 연두색이나 분홍색으로 만들어진 고무슬리퍼인데 발등에 흰줄무늬가 세 줄씩 그어져 있어서 삼선슬리퍼라고 해요. 발에 신는 것 중에는 가장 싸고 만만해서 어지간한 집에는 한두 켤레씩 있답니다."

"톱스타도 그런 신발을 신고 돌아다녀요?"

"만만하고 편한 사람과 가까이서 만날 때는 톱스타도 신지요. 작년 여름 박도현이 제대한 날 밤에도 반바지에 삼선슬리퍼 신고 만나 술을 진탕 마셨어요. 그날 제가, 내가 잘 아는 감독이 〈돈 세이 워드〉라는 영화를 준비 중인데 오디션에 참가해 보는 게 어떠냐고 했죠."

"톱스타들도 오디션에 참가해요?"

"경우에 따라 다르겠지만 그 친구한테는 제가 바람을 넣었어요.

두 해 전까지의 명성으로 날로 먹으려 하지 말고 오디션에 참가해 스스로를 진단해 보면 어떠냐고요."

"그 사람을 취재하다 만난 거예요?"

김보늬가 킬킬 웃으며 대답했다.

"어릴 때 이웃집에 살던 애였어요. 저보다 세 살 적거든요. 그도 저도 외둥이라서 남매처럼 자주 어울렸는데, 서로 그 동네 떠나면서 고교, 대학시절에는 못 만났죠. 그런데 어느 날 보니 애가 톱스타로 쑥 떠오르더라고요. 소꿉장난 할 때 내 아기 노릇하던 녀석인데요."

"세상에, 그래서 어떻게 다시 만났어요?"

"제가 〈한누리신문〉에서 일하다가 〈인사이드 한누리〉로 오기 전에 한 3년, 〈시네마 한누리〉에서 일했잖아요. 거기 처음 가자마자 데스크가 저한테 박도현을 취재하라고 명하데요. 그 녀석 〈유쾌한 전하〉로 한창 펄펄 날고 있을 땐데요. 그래서 다짜고짜 전화해서 '야, 나 보늬 누난데, 〈시네마 한누리〉 기자 노릇 시작했거든. 나 좀 만나자', 그랬죠. 그 친구가 반가워하면서 나왔고요."

"보늬라는 이름 대자마자 제꺽 나왔어요? 톱스타인데?"

"사실 저도 뜻밖이었어요. 그즈음 그 친구가 워낙 바빠 인터뷰 스케줄 잡기가 어렵다고 했거든요. 저한테도 좀 튕길 줄 알았는데 대번에 알았다고, 지금 누나 있는 데로 갈게, 그러더라고요. 저 그 친구 기사로 대박쳤죠."

나는 비슷한 나이의 인간과 이런 대화를 나눈 적이 없다. 휘를 제외한다면 처음이다. 무슨 기적을 보는 것처럼 신선하고 재미있다. 더구나 인연이 몇 겹으로 얽힌 사람이다. 김보늬와 친구가 될 수 있을 것 같아 설렌다.

"이 취재 끝나고 제가 저녁을 대접하고 싶은데 김 기자님, 시간 어떠세요? 득달같이 역으로 가서서 서울행 기차에 오르자마자 랩톱 펼쳐 놓고 기사 쓰셔야 해요?"

"그럴 리가요. 이번 주에 제가 써야 할 다음 주 호 기사들은 마감했고요. 서 선생님 기사는 다다음 주 호에 나옵니다. 아, 제가 〈한누리신문〉 주말판의 한 꼭지인 '세상 거꾸로 보기'의 필진 중 한 명인데요, 다음 주말이 제 순번이에요. 선생님께서 허락하시면 거기서도 이번에 인터뷰한 내용을 소재로 꼭지를 채울까 합니다. 허락하시겠어요?"

"그러세요."

"고맙습니다. 이제부터 서 선생님과 재미나게 시간 보내면서 이야기 많이 나누고요, 글은 차분하게 써야지요. 그런데 저는 오늘 밤에 선배들과 술자리 약속이 있습니다. 한 철에 한 번씩 여러 도시를 번갈아 만나는 일종의 모임인데, 이번에는 부산서 만나기로 했어요. 부산 사람들이 여럿인 데다 저와 제 선배 한 사람이 어제 오늘 사이에 부산에서 일이 생겨서 모임 날을 오늘로 잡은 거예요. 저까지 아울러 아홉 명인데, 모두 신문잡지, 방송, 영화 관련 일을 하는 사람들이에요. 저녁에 광안리 해변 펜션에서 만나기로 했는데, 서 선생님! 저랑 같이 거기 가시겠어요?"

가슴이 뛰지만 그렇게 휘를 만날 때가 아니다. 휘와의 연락도 끊고 사는 판에 여러 사람이 있는 자리에서 그를 만날 수는 없었다.

휘에게 이쪽에서 연락하기 전에는 어떤 접촉도 시도하지 말라고 선언한 지 두 달이 가까웠다. 그 전날 휘의 서교동 집에서 밤을 보내고 아침에 일어나 부산까지 와 버렸다. 구기동 집에 들어가면 변명을 늘어놓아야 할 것 같아서였다.

부산 집에 들어서자마 남은영도 도착했다. 어쩐지 이사님이 서초동 댁에서 곧장 부산으로 향할 것 같아 자신도 왔노라, 하는데 심상함을 가장한 어투가 심상치 않았다. 게다가 서초동의 안나 아줌마도 전화를 걸어왔다. 간밤에 남은영한테서 서초동 집으로 나를 찾는 전화가 왔다는 것이었다. 안나 아줌마가 '혜우 씨는 잔다'고 했다면서 어찌된 거냐고 걱정했다.

나는 안나 아줌마한테 또 그런 전화가 오면 '잤다'고 말하라 부탁했다. 그길로 휘에게 전화기 계정을 없애라는 메시지를 보냈다. 내가 갖고 있던 휘 명의의 전화기를 낱낱이 해체해 광안대교까지 가서 바다에다 던졌다. 그래 놓고도 휘의 연락을 기다렸다. 휘는 이쪽에서 연락하지 말라면 하지 않는 사람이었다. 그가 연락해 오지 않으므로 나는 인터넷을 통해 그를 보았다.

오늘 아침 인터넷에서 휘의 어제 행적을 보았다. 영화감독 윤휘가 어제 부산의 한 예술고등학교에서 강의했다는 기사였다. 오늘 낮에는 시립도서관 특별강좌에서 강연한다는 예고도 떠 있었다. 그가 부산으로 올 때 마음이 얼마나 서성였을지, 두 건의 강의 끝내고 그냥 돌아갈 때 마음이 얼마나 아릴지, 안쓰러웠다.

한편으로는 그가 그냥 가버리지는 않을 거라고 기대하고 그냥 가기만 해 봐, 벼르기도 했다. 어떻게든 만날 궁리를 그가 해낼 거라고 여겼다. 그의 궁리가 김보늬 기자였던 것이다. 김보늬는 지금 나한테 휘가 있는 곳으로 갈 방법을 알려 주고 있었다.

"가고 싶지만 그럴 형편이 못 되네요. 수행원이 넷이나 되기도 하고요. 그러니 여기서 저랑 조금만 더 이야기해요, 김 기자님."

"서 선생님 모시고 가면 다들 즐거워할 텐데 아쉽네요."

나는 임신한 것 같았다. 아직 확인해 보지는 않았지만 임신이 맞다면 8주쯤 될 것이다. 이제 무언가를 결정할 때가 되었다. 지난 달 말경에 양재륜으로부터 함께 정밀검진을 받아 보자는 말을 듣고 결연히 소리쳤다.

"나는 인공시술 하지 않을 거라고 이미 말했잖아요! 입양도 싫다고 분명히 말씀드렸어요. 까닭이 뭐냐고 물을 건가요? 그 까닭을 법정에 가서 따져 볼까요? 기자들 다 불러 놓고?"

양재륜은 따지고 들지 못했다. 뭔가 알고 있다는 내 서슬과 세상 떠들썩한 이혼소송도 불사하겠다는 식의 엄포 때문이었다. 그리고 그는 자신이 말한 '노력'도 시도하지 못했다. 그런 시도라도 하기에는 두 사람 사이의 심리적 간격이 너무 벌어졌다. 심리적 간격은 물리적 간격이었다.

어쨌든 두 달여 사이에 겉으로 변한 건 없다. 내 이름이 인터넷에 검색 순위 10위 안에서 오르내려도 그건 십여 년째 하는 일이 수면으로 떠오른 것뿐이고, 주변에 득이 되는 일이었다. 팬들과 안티팬들이 날마다 서혜우를 가지고 이러쿵저러쿵하게 되었어도 새삼스러울 게 없다.

내 속내는 두 달 전에 비할 수 없이 달라졌다. 〈달의 습격〉을 거지반 썼다. 문장을 다듬으며 마무리 지어 가는 즈음이다. 그런 변화들이 눈에 띄지 않도록 극히 주의한다. 하는 일마다 기자들을 불러들이고, 인터넷카페에 드나들게 된 까닭이 그 속내를 감추기 위

한 것이다. 얼마나 오래 감출 수 있을지는 미지수다. 더 이상 감출
수 없고, 감추기도 싫은 순간이 오고야 말 터였다. 요즘 나는 그 순
간을 기다리며 사는 심정이다. 임신 확인을 미루고 있는 이유다.

"거기 가지는 못해도 궁금하네요. 그 모임에 혹시 박도현 씨도 있
어요?"

김보늬가 깔깔거리곤 말한다.

"박도현은 없지만 그만큼 멋있는 사람들이에요. 그런데 서 선생
님 수행원들의 수행 범위가 어느 정도인가요? 가령 우리가 지금 함
께 나가 횟집 탁자 앞에라도 마주앉게 되면 수행원들은 그 탁자 둘
레에 서 있는 건가요?"

"바로 옆은 아니고, 따로 요청하지 않는 한 제가 있는 공간의 문
앞까지예요. 지금 우리가 여기 있고 수행들이 문밖에 있는 것처럼.
그렇지만 제가 만나는 사람들이 누군지 모조리 파악하죠. 파악한
사실을 어딘가에다 보고하고요. 지금 다른 기자들에 비해 긴 시간
동안 저를 만나고 있는 김 기자님도 그 어딘가에 알려질 거예요. 제
가 김 기자님을 따라 나갈 수 없는 이유예요. 이런 얘기를 기사에
쓰시면 안 되는 까닭이고요."

"상황은 이해했어요. 하지만 몹시 화가 나네요. 서 선생님이 태
엽 인형도 아니고, 어떻게 이렇게 살아요? 계속?"

"계속 이렇게 살지 않을 수를 찾아보고 있는 참이에요. 지켜봐 주
세요. 친구처럼요."

"친구는 사귈 수 있나요?"

"아마도요? 그렇지만 김 기자님한테 미안해서, 어쩌면 미안한 일
이 생길지도 모르기 때문에 친구 돼 달라고는 못 해요."

"그렇게 말씀하시니 더 친구가 되고 싶네요. 저는 누가 말리면 부록부록 더 하고 싶은 인간이거든요. 지금부터 우리, 친구해요."

"그래도 될까요?"

"되고말고요, 그렇다면, 혜우 씨. 친구 맺은 기념으로 둘이 사진이나 한 장 찍죠."

"셀카?"

"공공연하게, 문밖에 있는 수행원 불러서 찍어 달라고 하죠. 그리고 광안 바다까지는 못 가도 교문 밖에 있는 식당에라도 가서 저녁을 먹게요. 친구끼리 밥 한 끼 먹는 거죠."

"보늬 씨는 광안리 거기, 가야 하잖아요?"

"거긴 밤새 놀기로 돼 있으니까 여기서 실컷 놀다 가도 돼요. 나안 가도 목맬 사람 없고요."

남은영을 불러들인다. 둘이 앉은 사진을 찍게 하고 대학 후문 근방 식당을 찾아보라 하자 남은영이 알았다며 나간다. 김보늬는 방금 자신의 핸드폰으로 찍은 사진을 누군가에게 보내고 있다. 휘에게 보내는 것일 터이다. 어쩌면 그에게 경산대 후문 근방 식당으로오라는 것일지도 모른다. 오작교를 자청하고 나섰으니까. 그가 오기를 바라는지 오지 않기를 바라는지, 나는 내 심사를 가늠하지 못하며 퇴근을 준비한다.

🌿 투명그림자

〈돈 세이 워드〉는 컴퓨터 그래픽으로 이루어지는 장면이 많다. 여주의 생활사박물관이 배경인 첫 장면과 마지막 장면에서는 자연 눈이 펑펑 쏟아져야 했다. 처음 눈은 겨울 폭설이고 마지막 눈은 이른 봄 폭설이라는 차이가 있다. 같은 날 같은 장소에 내린 눈을 겨울과 이른 봄으로 달리 표현하기 위해서는 컴퓨터 그래픽을 써야 할 것이다.

폐교가 '달궁 생활사박물관'이 됐지만 워낙 외졌다. 박물관이라기보다 여든 살 가까운 관장의 개인 수집품, 소장품들을 보관, 관리하는 곳이었다. 〈기억의 늑대〉를 만들 무렵 장소 헌팅을 하다가 발견했다. 그때 관장과 안면을 텄고 작년 여름에 오디션 장소로 빌려 쓰며 영화의 여러 장면에 사용하기로 계약했다.

달궁박물관 관람객은 하루 한두 명도 없는 날이 태반이다. 보유한 물건이 다양하고 가짓수도 많은데 옛날 학교를 거의 그대로 쓰고 있어 보통 박물관으로서의 기능은 제대로 못했다. 이번 촬영장소로 섭외한 이유도 70년 전쯤 지어진 학교 건물이 거의 보존되어 있기 때문이었다. 뜰은 넓되 박물관으로서의 면모는 제대로 갖춰지지 않아 촬영장소로 쓰려면 다듬어야 했다.

원래 모습을 최대한 살리는 방향으로 진행되는 공사현황을 살피고 나서 신욱이 운전하는 차에 오른다. 학교 강의가 오후 3시부터다. 여주 톨게이트를 막 빠져나왔을 때 전화기가 진동한다. 김보늬다. 요즘 보늬한테서 오는 전화는 곧 혜우로부터의 연락이기 십상이다. 최근에 혜우를 만난 건 달포 전 부산에서다. 그 사이 보늬가 둘 사이에서 양쪽의 안부를 전해 주었다.

"선배, 어디예요?"

"나, 여주. 지금 신욱이와 톨게이트 나가고 있어. 왜?"

"이어폰 꽂으세요."

가슴이 철렁 내려앉는다. 전화기를 잡은 손이 떨린다. 오른손에 들었던 전화기를 왼손으로 옮기며 이어폰을 찾아 전화기에 꽂는다.

"어. 말해."

"단비랑 닷새째 연락이 안 돼요. 내 블로그나 자기 팬카페에 다녀가는 흔적도 전혀 없고."

"지난 월요일에 통화한 거 아니었어? 그런데 닷새째라니 무슨 말이야?"

"그날 통화하고 이튿날 내가 단비한테 물어볼 게 있어서 전화했어. 함경박물관 전시회에 옥 등잔을 재현한 공예가를 수소문하느라고. 전화를 안 받기에 연락 달라고 문자를 남겼죠. 하루가 지나도 연락이 안 오기에 또 전화했어. 여전히 안 받고. 내 블로그나 단비 팬카페 등에 수시로 들어가 보는데 단비가 왔다간 흔적이 없고, 내가 보낸 메일도 열어 보지 않아요. 계속 연락이 안 돼서 내가 조금 전에 부산 집으로 전화했어요. 서울 가셨다고 아주머니가 그러데요. 서울 집으로 전화했더니 며칠 전에 이탈리아 가셨다고 하네요. 부산 아주머니는 단비가 어저께 서울 갔다는데, 서울 아주머니는 단비가 며칠 전에 이탈리아 갔다고. 학기 중인데 이탈리아에 갈 일이 뭐 있어요. 무슨 일 난 거 같죠!"

서울에서 부산으로, 부산에서 서울로 이동할 때마다 보는한테 알리던 사람이 기별 없이 이탈리아에 갔을 리 없다. 정말 이탈리아로 갔어도 보통 상황이라면 연락이 돼야 맞다.

"지난 통화 때 그쪽이 무슨 말 한 거 없어?"

"그 전전날이 그 집안 가족 모임 있는 두 번째 토요일이었잖아. 그래서 서울 왔다가 나랑 월요일에 통화했고, 다음 날 부산으로 갈 거라고 했어요. 보통 때와 비슷했죠. 가족 모임 치르고 나면 마라톤이라도 하고 난 것 같다는 말도 예사로웠고. 아, 다음에 만나면 재미있는 말을 해 주겠다고 했네. 내가 유머집이라도 읽었냐니까, 그렇다면서 웃었고. 그 외에 색다른 건 없었어. 선배, 내가 단비 출국했는지 알아볼까요?"

"쉽게 알아볼 수 있어?"

"사촌오빠가 공항 공단에 있잖아. 출입국 관리부에 있는 건 아니지만 애걸하면 알아봐 줄 거예요. 몇 번 부탁해 본 적 있고요."

"그럼 그거부터 알아봐 줘. 집에 가 있을 테니까 연락 주고, 혹시 모르니까, 조심해."

"네, 선배도요."

뭔가 묻고 싶어 하는 신욱에게 고개를 저어 보이곤 눈을 감는다. 차 안에서의 한 시간 반이 하루나 되는 것처럼 길다.

집 앞에 도착한 뒤 신욱에게 차를 놓고 가서 쉬라 하고는 집으로 들어선다. 우선 대밭골에 전화를 건다.

"아버지, 혹시 단비 거기 왔어요?"

내 질문에 허부경 씨는 단비가 혼자 왔으면 벌써 알려 주지 않았겠냐고, 무슨 일 있냐고 되묻는다. 허부경 씨는 단비만 알 뿐 서혜우는 몰랐다. 아무 일 없다고, 혹시 단비가 오면 연락 달라는 말을 남기고는 전화를 끊는다.

부산방송국에서 일하는 선배 임해철이 떠오른다. 광안리 펜션에서 모임을 가졌던 날 저녁, 혜우가 그쪽으로 못 온다는 보늬의 기별을 받고 임해철과 함께 경산대 후문 앞으로 갔다. 임해철이 혜우와 함께 있는 보늬를 아는 척하며 다가가 합석하게 됐다. 그 자리에 함께 있던 남은영과 제법 어울렸다. 그때 임해철이 남은영과 명함을 주고받는 것 같았다. 그가 전화를 받아 '어, 윤 감독' 한다.

"선배님, 혹시 요즘 경산대에서 일한다던 남은영 씨 만나세요? 그때 명함 주고받으셨잖아요."

"그때 받은 명함 덕에 두 번 만났지. 남은영은 초등학교 때 왕따를 당했대. 역성 들어 주던 아이가 하나 있었는데 걔가 태권도를 배우겠대. 그래서 둘이 태권도를 배우게 돼서 지금에 이르렀대. 나도 학교 다니던 까마득한 시절 이야기를 했어. 그게 첫 번째 만남이야. 두 번째 만나니까 할 말이 참 없더라고. 여자하고 할 말 없는 상황이 당황스러워 술만 진탕 마셨지. 그쪽에서도 나를 시시하게 보는 것 같았고. 헤어지고 나서 그만이야. 뭣 때문에? 남은영 씨한테 관심 있어? 아니지, 너 그 상전한테 관심 있잖아?"

"예."

"아서라, 말아라. 일 난다."

"일 내려는 게 아니라, 그 서 선생한테 물어볼 게 있어서요. 그 사람, 민속학 전공이잖아요. 앞으로 촬영할 중요한 장소가 전통생활사박물관인데, 자문 구할 일 생기니까 그 사람 생각이 났어요. 남은영 씨 전화번호 좀 알려 주세요."

"그거야 알려 줄 수 있지만, 정말 행여라도 그 아무개를 상대로 무슨 일 벌이지 마. 그 사람이 널 상대로 무슨 일 벌이지 않게 조심하고."

"결혼한 사람이잖아요."

"아무개 그 사람도 네 팬클럽 될까 봐 하는 소리야. 큰일 나."

"저 제 팬클럽 사람들과 아무 일도 낸 적 없습니다."

"그 사람들은 아무개가 아니잖아."

"제가 만약 아무개하고 무슨 일 내면 어떻게 되는데요? 가령 어쩌다 둘이 정말 좋아하게 된다면요? 스캔들이 날까요?"

"스캔들 같은 소리 하네. 스캔들 같은 거 안나. 그 경산대 이사장, 아무개 시어머니 되시는 그 양반이 얼마나 무서운데. 완전히 측천무후야. 자기 눈에 걸리는 건 전부 제거하고 보는 황제라고. 게다가 그 큰아들, 차기 DH 회장이자 현금의 실질 권력. 아들과 아우를 대통령 만들려는 그 사람들한테 너 정도는 파리 한 마리밖에 안 돼. 파리하고 며느리하고 스캔들 나게 안 한다고. 알겠냐?"

혜우와 장욱도 똑같이 말했다.

"무시무시하네요. 알았어요. 조심할게요. 남은영 씨 전화번호나 찍어 주세요."

남은영의 전화번호가 오기까지 5분이 넘게 걸린다. 겨우 받은 남은영의 번호로 전화를 건다. 전화 받지 못하니 음성사서함에 목소리나 남기라는 안내만 나온다. 한 번 더 걸어도 마찬가지다. 문자 메시지를 작성했다.

"영화감독 윤휘입니다. 지난 9월 17일에 경산대 후문에서 뵌 적이 있는데, 기억하실지 모르겠습니다. 연락 부탁드립니다."

메시지를 발송하고 전화기를 내려놓기도 전에 전화벨이 울린다.

"남은영 씨?"

"예, 윤휘 감독님?"

"통화 가능하십니까?"

"말씀하세요."

"부산방송국의 임해철 피디를 통해 남은영 씨 번호를 알았고요. 이번 제 영화와 관련해 서혜우 선생님께 민속자료에 관한 자문을 구할 일이 생겨서, 서 선생님과 통화하려면 어떻게 해야 하나 싶어 전화 드렸습니다."

"윤 감독님, 지금 어디 계세요?"

"서울입니다. 신촌 로터리에서 서강대 방향 도로변에 위치한 회사 안에 있습니다."

"전 지금 천호동에 있는데요, 어디서 좀 볼까요?"

남은영이 뭔가 눈치 챘는지도 모른다. 지난 1년 여 사이에 혜우가 남은영을 따돌리고 혼자 움직일 때마다 한 짓이 나를 만나는 것이었다. 눈치챘다고 보는 게 맞다.

"저희 회사 쪽으로 오시겠습니까? 건물 1층에 '신촌 오 여사네'라는 주점이 있습니다."

"주점은 아직 열릴 시간 아니지 않나요?"

"거긴 점심때면 엽니다. 도착해 전화 주시면 가겠습니다."

"그러죠. 주점 위치를 문자로 찍어 주세요. 한 시간 반쯤 후에 뵐 수 있겠네요."

회사 위치를 발송하고 욕실로 들어선다. 이른 아침에 나가느라 세수조차 안 한 상태다. 뜨거운 물줄기 아래로 들어선다. 혜우가 드나들기 시작한 이후 집 안 어디든 그 사람이 살았다. 욕실 거울 앞에는 칫솔질하며 우는 그 사람이 있고, 샤워부스 안에는 교접의 쾌감으로 바들거리는 그 사람이 있다. 식탁 앞에는 소주 마시며 맛 있다고 호호거리거나 우는 그 사람이 있었다. 책방, 옷방, 침실. 거실 겸 작업실의 소파와 책상과 의자와 컴퓨터 속에도 갖가지 형 상의 그 사람이 있다.

그 사람은 집에만 있는 게 아니라 회사나 학교, 촬영장에도 따라 다닌다. 회의할 때 그 사람은 고개를 젓거나 끄덕이고, 학교에서 여학생들과 이야기 할 때, 촬영장에서 여배우들과 연기에 대해 논 의할 때도 나를 새침하게 노려보았다. 촬영장에서 36시간쯤 현장이 진행되는 와중에 잠깐 눈 붙이려고 누우면 혜우가 곁에 와서 누우 며 내 몸을 만졌다. 혜우가 곁에 다가들면 안기 전에 씻어야 한다는 조급함이 꿈속에서도 발동했다. 그때마다 혜우가 '씻지 마, 그냥 안 아, 안아 줘', 응석을 부렸다.

지금 뜨거운 물줄기가 쏟아지는 샤워부스 안에 그 사람이 없다. 어딘가에서 혼자 울고 있는 것이다. 그곳이 어디인지 조금 뒤에 만 날 남은영은 알까. 모를 것 같다. 남은영이 혜우 곁에 있다면 윤휘 에게 만나자 할 리가 없지 않은가. 어쩌면 남은영은 혜우의 그동안 행적을 샅샅이 알고 어딘가에 보고해 왔는지도 모른다. 측천무후처 럼 무시무시하다는 혜우의 시어머니, 함옥만 씨한테.

아니, 그랬다면 1년 반 가까이 지속할 수 없었을 것이다. 분명히 어느 시점에선가 혜우의 밀행이 차단당했을 테니까. 그렇다면 남은영은 나름대로 서혜우를 감싸 왔고 그게 탄로 나 면직되었을지도 모른다. 혹은, 윤휘를 제거하라는 명을 받고 벼르다 조금 전 통화로 기회를 잡은 것일 수도 있다.

샤워를 마치고 나오니 전화벨이 울리고 있다. 김보늬다.

"벌써 알아봤어? 출국했대?"

"그건 전화해 달라고 문자 남겨 놓은 상태고, 좀 전에 회사 우편낭이 풀려 내 앞으로 온 우편물을 받았는데, 손편지 한 통이 끼어 있어요. 발신인은 없는데 소인이 서초동 우체국이에요. 단비 친정이 서초동에 있잖아. 제가 뜯어볼까요, 그냥 갖다 드릴까요?"

"우선 뜯어보고 무슨 내용인지부터 알려 줘. 나 한 시간쯤 뒤에 오 여사네서 남은영 씨하고 만나기로 했어."

"빠르시네. 알았어요. 잠깐만요."

부스럭거리는 소리가 나고 종이 펼치는 소리가 들린다. 잠시 뒤에 보늬 목소리가 난다.

"선배, 전화로 말할 내용이 아니야. 내가 욱 씨하고 같이 선배 사무실로 갈게. 남은영보다 먼저 도착할 수 있을 거예요. 선배도 지금 출발하세요."

한누리 신문사와 시네마 연은 도보로 30여 분 거리다. 장욱과 보늬는 평일에 승용차를 몰고 다니지 않는다.

회사에 도착해 엘리베이터에서 내리자 채진나가 거실에 손님들이 와 계신다고 일러 준다.

"고마워요, 채진나 씨."

"차를 준비해 드릴까요?"

"아니에요. 금방 돌아갈 친구들이에요."

거실로 들어서서 사무실 문을 열고 두 사람을 들어서게 한다. 장욱이 탁자 앞에 앉더니 담배를 빼어 문다. 나는 머그컵을 장욱 앞에 대주고 보늬 곁에 앉는다. 보늬가 가방 속에서 꺼낸 붉은 봉투 속에서 내용물을 꺼내 내민다. 붉은색 편지지와 폴라로이드 판의 흑백사진 한 장이다. 흑백사진 속의 추상무늬가 구름 같기도 하고 여울물 같기도 하다.

"이게 무슨 사진이야?"

묻고 나서야 등골이 서늘해진다. 태아 사진인 것이다. 7월 말경 서교동에서 만났을 때 나는 혜우의 가임날짜를 계산했다. 엉터리였다. 임신하고야 말겠다고 작심한 여자를 안으면서도 설마, 했다.

저쪽에 앉은 장욱이 읊조린다.

"무식하기는. 그게 초음파진단 사진이라는 거야. 태아 사진이라고, 멍청아. 결국은 일을 쳤지? 지들도 감당 못하면서 애까지! 결국 일을 치고야 말았지."

보늬가 장욱을 향해 입 좀 다물라고 으르렁거렸다. 내가 망연히 초음파진단 사진을 보고 있으려니 보늬가 붉은 편지지를 펼쳐 건네준다. 석 장이나 된다.

각설하고,

지난 주 월요일 밤에 그 사람이 나랑 합방하겠다고 나섰어요 ─ 여기서 그 사람이라 쓰고 나니까 내가 트릿한 인간 같아서 안 되겠네요. 그 사람 양재륜한테 나는 절대 싫다고, 앞으로도 당신하고 그짓할 일은 결코 없다고 덤볐어요. 결혼 11년 만에 처음 한 싸움이 일생일대의 싸움이 된 셈이에요. 양재륜이 이제부터라도 잘해 보자는 건데 어째 싫냐기에, 난 게이하고 섹스하기 싫다고 소리치고 말았어요.

그걸로 내가 8년 전부터 그 사람이 게이라는 걸 알고 있었다는 게 드러났죠. 양재륜 당신이 나를 통해 애를 낳으려고 들면 당신이 게이라는 것, 게이인 걸 속이고 나와 결혼하고, 결혼한 뒤에도 염도진과 연인관계를 지속해 온 사실을 온 세상에 까발리겠다고 했어요. 당신네들 싫어하는 인권, 민권 변호사들, 당신 정적 성향인 변호사들 찾아서 이혼소송 시작할 거라고, 엄마한테도 이미 다 말했다고 했고요. 그러니까 조용히, 소문나지 않게 이혼하자고요. 그러면서도 정작 내가 양재륜, 염도진 섹스 동영상을 찍었다는 말은 못 했어요. 막 가자 싶으면서도 그 말은 못 하겠더라고요.

그랬더니 양재륜이 내 앞에서 우리 엄마한테 전화를 하데요. 장모님, 아무래도 이 사람이 제정신이 아닌 것 같습니다, 제가 게이라서 저를 못 안겠다고 합니다. 어머니도 아신다고 하고요. 어떻게 그런 상상을 할 수 있는지 모르겠습니다. 좀 오셔 주세요, 그러더군요.

엄마가 쫓아왔죠. 그리고 그 사람이 제정신 아니라고 하는 나한테 엄마도 역시, 네가 제 정신이 아닌 모양이라고, 양 서방이 게이라는 요상한 생각을 어떻게 했냐고, 집에 가서 좀 쉬자고 하더군요.

난 순순히 엄마를 따라 서초동으로 왔어요. 더 소란 피우다간 그대로 정신병원으로 끌려가게 될 것 같아서였어요. 사실 나는 몇 주 전에 임신을 확인한 상태라 조심한 것이기도 해요.

휘! 내 몸에 쌍둥이가 깃들었답니다. 동봉하는 사진이 임신 9주 차의 쌍둥이 모습이에요. 당신한테 미리 알리지 못하고 이렇게 전하게 돼서 미안해요. 나는 그 어떤 때를 기다렸던 거예요. 태명은 '무등', '백아'라고 우리 어릴 때 기억과 관련된 산 이름을 따서 지었어요. 나무 하나가 숲 같다고 했던 어린 날의 우리 대화를 떠올리면서요.

어쨌든 친정에 와서 엄마한테 임신했다고 말했어요. 임신 13주째라고, 쌍둥이를 가졌다고, 그렇지만 양재륜의 아이들이 아니라고요. 엄마한테 뺨 한 대 맞고 내 방에 갇혔어요. DH그룹이나 경산대학에는 내가 심각한 교통 사고를 당한 것으로 알린 거 같고요.

저쪽에서는 내 임신 사실을 아직 모르고 엄마도 알리지 않을 테지만, 내가 여기서 나갈 수 있는 조건은 아마도 무등, 백아를 지운다고 하거나, 엄마가 저쪽과 협상해서 쌍둥이를 양재륜의 아이들이라고 하거나, 그 두 가지일 거예요. 난 두 가지 다 절대, 결단코 싫고요.

아직 엄마 아버지하고 대화는 못 했어요. 엄마 아버지를 만날 수도 없으니까요. 안나 아줌마만 내 방에 드나드는데, 안나 아줌마는 내 보모세요. 지금도 내 보모인 셈이고, 우리 무등과 백아에게도 보모가 돼 주실 거예요.

안나 아줌마 기색으로 보면 조만간 내가 어디론가 옮겨 가게 될 성싶어요. 엄마는 내가 임신을 포기할 때까지, 혹은 무등과 백아를 양재륜의 자식들로 만들 때까지 내 임신을 숨기려 할 게 뻔해요. 나를 연금시킬 확률이 높아요. 차마 그렇게 못한다 해도 나를 국내에 두지는 않을 거고요.

숙부님이 스위스 대사로 나가 계시잖아요. 베른으로 가게 될지도 모르겠어요. 혹은 영국 옥스퍼드로 갈 수도 있어요. 작은 외숙부가 옥스퍼드대학에 계시거든요. 그 댁이 옥스퍼드에 있어서 나 어릴 때는 해마다 몇 달씩 가서 살기도 했어요. 내가 외국으로 나간다면 옥스퍼드로 가게 될 가능성이 제일 높아요. 나도 현재로선 그게 가장 나은 거 같고요.

워싱턴 D.C.로 갈 가능성도 있어요. 워싱턴 D.C. 헤븐 스트리트 2701번지. 내가 태어난 집이에요. 어쨌든 엄마가 나를 혼자 둘 리 없기 때문에 워싱턴 쪽은 희박하지만, 나는 일단 여기서 나가면 옥스퍼드로 갔다가 상황 봐서 워싱턴으로 갈까 해요.

난 이제 기어이, 무슨 수를 써서라도 이혼할 거예요. 여기서 나간 뒤 법률 대리인을 선임할 거고, 무등과 백아를 낳을 거예요. 지난 1년여 동안 당신이 내게 보냈던, 지금도 보내고 있을 그것. 예쁘고 아까워서 나는 손도 댈 수 없었던 그것으로 일단 변호사를 찾아 주세요.

어쨌든 최악의 경우, 나를 신경증 환자나 정신병자로 몰아 가두기는 할 지라도 죽이지는 않을 거니까 걱정 말아요. 이래 봬도 내가 이쪽에서나 저쪽에서나 아주 쓸모 있는 사람이거든요. 그러니까 내가 연락할 때까지 당신은 할 일 다 잘하면서 기다리세요. 절대 드러나지 말고요. 그쪽이 드러나는 순간 나는 아무것도 아니게 돼 버려요. 무등, 백아도 마찬가지고요. 알거예요. 무슨 말인지.

조만간 내가 지난 몇 달간 접촉했던 사람들에 대한 추적이 시작될 수도 있어요. 내 전화기에 통화기록을 남긴 사람들이 우선 대상이 될 거구요. 팬클럽 사람들 중에서도 뒤짐 당하는 일이 발생할 수 있을 거예요. 특히 기자님! 고맙고 사랑스러운 나의 벗. 나랑 친구 맺은 사실 때문에 곤욕을 치를지도 모르겠어요. 정말 미안해요. 부디 조심해 주세요.

하얀 민들레 숲이 그립네요.

"욱아, 너도 이 편지 읽었어?"

"읽었어. 욕이 나오더라만 참았다. 애가 둘씩이나 생겼다는데, 무등, 백아라고 이름까지 붙였다는데 욕하면 뭐하냐 싶어서. 어쨌든 별수 없이 이제 우리가 움직여야 할 거 같은데, 쌍둥이 아빠?"

"너희 둘은 이제 빠져. 위험해."

"기껏 끌어들여 놓고 이제 와서 빠지라네. 벌써 머리까지 푹 잠겼다, 짜샤."

"현재는 보늬가 가장 노출돼 있어. 위험지수도 그만큼 높고. 넌 보늬하고 같이 다니면서 보늬를 보호해."

"물론 내 마누라는 내가 보호할 거야. 그건 그거고, 입장 바꿔서 내가 너고 네가 나라면 너는 위험하다고 빠질래?"

"어, 난 뒤도 안 돌아보고 도망칠 거야. 그러니까 너도 보늬 데리고 빠지라는 거야."

스톱! 보늬가 두 손을 들어 보이며 두 사람의 말을 막는다.

"내가 가장 노출돼 있는 거 맞아요. 아니, 현재로선 유일하게 노출돼 있죠. 선배들은 나랑 연결돼 있는 거고요. 어쨌든 나는 단비가 유일하게 사귄 친구지만, 취재 때문에 만난 뒤에 일주일에 한두 번 통화나 하고 지낸 친구고 팬클럽 회원일 뿐이에요. 위험지수는 선배들과 다를 거 없어요. 그렇지만 만약 저들이 나를 납치라도 해서 쌍둥이 아빠가 누군지 불라고 한다면, 나는 고문 같은 거 당하기 전에 술술 다 불 거예요. 그리고 선배들이 게이들의 정사 동영상, 게이 엄마의 폭압적인 말, 게이 장모의 반여성, 반인권적인 말들의 녹취록을 수십 부씩 복사해서 수십 명한테 보관시켰다고 할 거고요. 내가 손가락 하나라도 다치는 순간 그 파일들이 세상을 뒤덮을 거니까 알아서 하라고 할 거예요.

그러니까, 위험지수나 세고 있지 말고 저들이 단비나 나보다 급한 사안으로 눈을 돌리게 해요. 단비가 바라는 대로 DH그룹과 맞서 단비를 변호해 줄 변호사를 찾는 동시에 그 파일을 유포하자고요. 그리고 그 파일 유포는 국내가 아니라 외국에서 시작되게 해요.

하버드 근방이 좋을 성싶어요. '하버드 게이 정사' 쯤으로 타이틀 달아서요."

장욱이 나선다.

"변호사는 찾을 수 있겠지. 양쪽이 가진 이혼의 사유가 워낙 명확하니까. 하지만 당장 매사추세츠 케임브리지 시티까지 가는 사람을 어디서 구해? 구한들 그 사람이 고양이 목에 방울 달겠다고 나서 준데? 요즘 나도 열심히 살피던 참이었어. 휘도 그렇고. 궁리할 시간이 약간 더 필요한 것뿐이야. 서둘면 안 된다고. 자칫하면 우리만 망해."

"물론 차분히 해야지. 하지만 지금부터 준비하는 건 말이 안 되잖아! 단비는 게이 남편한테 강간당할 뻔한 상황에 맞서다 터졌어. 쌍둥이를 품은 몸으로 여태 안 하던 그 짓을 하자는데, 안 터지겠어? 단비는 이럴 때를 대비해서 돈을 모았다잖아. 단비가 그러는 건 언제든 터질 폭탄을 안고 살았다는 거고, 우린 그걸 알고 있었어. 그렇다면 벌써 준비가 끝나 있어야지. 그런 파일을 갖고서 시점이나 정하자고 떠들고 있을 일이야?"

"그러시는 당신께서는요?"

"이죽거리지 마요, 하장욱 씨. 변호사는 우리 셋이 동시에 떠올린 그 양반, 신헌 변호사를 찾아가서 상담해 보기로 하고요."

"그 양반은 내가 생각해 냈잖아."

변호사 신헌은 70대 중반으로 평생 인권, 민권 변호를 해 왔다. 군사독재 시절에는 간첩으로 몰려 몇 년 동안이나 감방살이를 했다. 현재는 반정부 인사의 대표 격이다. 〈한누리신문〉 기자인 하장욱은 그의 인터뷰 기사를 쓰면서 안면을 텄다.

"아주 장하시네요, 하 기자님. 자랑질만 안 했으면 백점만점인데, 49점이에요."

"1점만 더 쓰지!"

"싫고, 동영상 유포에 관해서 말할게. 나, 오타쿠처럼 지내는 해커 한 사람 알잖아. 이름이 최범인데, 컴퓨터 버그로 자칭하면서 해킹하는 재미로 사는 친구야. 벽 뚫는 재미로 사는 사람들이 해커들이잖아. 벽이 거대할수록 더 큰 쾌락을 느끼는 사람들이 해커들이고. 최범의 유일한 대외적 활동이 팬클럽 드나드는 건데, 누구 팬클럽이게요?"

"참 내. 여기서 그걸 수수께끼라고 내나? 보나마나 단비 팬클럽이겠지."

"모처럼 머리 좀 돌아가시네요. 맞아요. 단비 팬클럽이 갓 생겼을 때 최범이 인터넷 서핑하다가 발견했나 봐. 즉각 가입해서 3번 회원이 됐어요. 난 1993번인데. 암튼, 지난 9월 초에 그 동영상 보고 나서 나는 그 친구한테 언젠가 거대한 재밋거리를 주겠다고 했어. 서혜우 관련 동영상이라고는 안 했고요. 이제 얘기해야지."

"뭐라고 할 건데?"

"케임브리지 시티에 사는 게이들 인터넷 커뮤니티에다 그 동영상 꽂아 달라고 할 거야. 케임브리지대학과 하버드대학 내 한국 유학생 커뮤니티에도 올려 달라고 할 거고. 그들이 꿀꺽해 버릴 수 있는 위험을 방지하기 위해서 미국 내 한국 사람이 많이 사는 도시의 네트워크마다 하나씩 박아 달라 할 거야. 그러면 최범은 동영상이 서울에서 발송된 게 아니라 아프리카나 남미, 홍콩 등을 돌고 돌도록 해서 출처가 어딘지 모르게 해 줄 거야. 일단 시작하면 길어도 사흘

안에는 세상에 퍼지겠지. 한국의 게이들이나 음란물 선호자들, 일반 네티즌들이 동영상 속의 인물들이 누군지 알아보는 데에 시간이 얼마나 걸릴지는 모르는 일이고.

지금 선배들이 결정할 건 내가 그 친구를 지금 만날지, 밤에 만날지, 내일 만날지 정도뿐이에요. 당장 결정해요. 남은영 씨도 오고 있다면서? 우리는 그 사람을 안 보는 게 좋을 거 같고."

"그 오타쿠가 남자지? 이십 대? 연하의 박도현 만나러 다니는 것도 모자라서 오타쿠 방까지 찾아다니는 거야? 마누라, 대체 남자가 몇이니?"

보늬가 탁자 위에 있던 메모지 통을 집어 던진다. 장욱이 메모지 통을 잡으면서 일어났다.

"제기랄. 누군 여자 만난 지 일 년 반 만에 쌍둥이를 만드는데 누군 십여 년째 얻어터지고만 사네. 가자, 마누라 동지. 지금 회사로 가서 유에스비 찾아 오타쿠나 만나러 가자. 오타쿠니까 집에 처박혀 있겠지. 젊은 놈이 재주도 가상해. 집에만 처박혀서 제 좋아하는 짓만 하고 살면서도 그 입에 밥을 넣을 수가 있다니! 오타쿠가 톱스타보다 좋은 거네. 톱스타는 영화 찍으면서 죽을 둥 살 둥, 뭣 빠지게 고생하더만."

"하장욱 씨, 제발 덩칫값 좀 해요."

보늬의 말에 장욱이 나를 돌아보며 묻는다.

"너도 우리가 오타쿠 만나는 거 동의하지?"

"이제 달리 도리가 없잖아. 부탁할게. 신 변호사님 찾아뵙는 일은 욱아, 나랑 같이 해야 해. 나 오늘 수업 끝나고 촬영 일정 살펴서 신 변호사님 찾아뵐 날짜 정할 테니까 기다려 줘."

"알았어."

"둘 다 몸조심하고. 보늬는 진짜 절대 혼자 다니지 마. 욱이 너는 보늬 혼자 다니게 하지 말고."

장욱 대신 보늬가 대꾸한다.

"선배나 조심해요. 정말 스릴 만점이네. 아주 스펙터클한 영화의 주인공이 된 거 같아. 완전히 〈돈 세이 워드〉잖아. 5년 전에 술자리에서 들은 이야기가 현실로 고스란히 나타나다니. 선배, 무당 손자 맞는 거 같네. 아니, 선배가 무당인가?"

말발 드센 한 쌍이 사무실을 나간다.

초음파 사진을 들여다본다. 생긴 지 8주 됐다는 쌍둥이는 형체를 구분하기 어렵다. 그냥 구름 같고 여울물 같다. 태풍의 눈 같기도 하다. 쌍둥이라니. 급하기도 했나 보다. 어쩌라고. 울컥, 코끝이 매워진다.

부모가 어디로 사라졌는지도 모른 채 무당 손자로 자랐을망정 태생의 설움 같은 것 느껴본 적이 없다. 어린 날엔 할머니라도 계셔서 좋았고, 청소년기에는 양부모가 생겨서 스스로를 천하제일 행운아라 여겼다. 행운이 연속인 삶을 살았으므로 울 일이 없었다. 지금은 울음이 솟는다. 남 앞에서 흘리지 못할 울음이 자꾸 솟구친다.

컴퓨터를 켜고, 쌍둥이 사진을 스캐너에 넣는다. 확대 복사된 사진이 컴퓨터 모니터에 뜬다. 확대된 사진 속의 쌍둥이는 밤을 흐르는 강물 같다. 강물 같은 쌍둥이 사진을 출력해 놓고 혜우의 편지를 스캐너에 넣고 복사해 낸다. 원본 편지지의 붉은 빛이 A4용지에는 회색빛으로 나타난다. 글씨는 검다.

원본 편지들을 접어 봉투에 담고 쌍둥이의 원본 사진도 봉투에 넣어 봉한다. 봉인한 봉투를 재킷 안주머니에 꽂는다. 복사한 사진과 편지지들을 파일북에 끼운다. 파일북을 수십 개의 다른 파일북 사이에 끼워 세우는데 메시지 도착 신호가 울린다. 남은영이 오 여사네에 도착했다는 문자다. 사무실을 닫고 엘리베이터로 걸으면서 채진나에게 묻는다.

"대표님은 지금 어디 계세요?"

요즘 회사는 삼분의 이쯤 진행된 〈돈 세이 워드〉 촬영으로 부산하다. 컴퓨터 그래픽 작업도 본격화된 상태라 촬영이 끝나는 2월 말까지 휴일이 따로 없다. 촬영이 끝나도 개봉할 때까지 정신없이 굴러갈 것이다. 이번 학기 강의도 거의 촬영 현장실습으로 대치하고 있다. 현장을 보고 쓴 리포트와 시나리오 한 편씩을 써 내게 하는 식이다. 원하는 학생들은 〈돈 세이 워드〉에 단역배우로 출연하고 있기도 하다.

"매니지먼트 사무실에서 백 감독님과 함께 스턴트 회사 대표를 만나고 계십니다."

지난 회 촬영장에 나타났던 문 대표가 스턴트맨으로 참가한 젊은 남자 배우를 발견했다. 스턴트 회사에 소속된 친구였다. 문 대표는 눈에 들인 사람을 기어이 자기 쪽으로 데려오고 싶어 하므로 스턴트 회사 대표와 논의해야 할 사항이 많을 것이다.

"오 여사네에 우리 직원들 있을까요?"

"감독님들, 기사님들이 미팅 중이신 걸로 알고 있습니다."

"알았어요. 나도 그리 내려가요. 3시부터 강의라 6시까지는 학교에 있을 거고요."

"회사로 돌아오십니까?"

"예."

"다녀오십시오."

엘리베이터 문이 닫힐 때 채진나가 고개를 숙이며 웃어 보인다. 문이 닫히고서야 나는 채진나가 눈을 키우는 성형수술을 한 사실을 깨닫는다. 쌍꺼풀은 예전에 만들었고 이번에는 눈가를 틔운 것 같은데 얼마나 됐는지도 모를 정도로 무심하게 지냈다. 배우, 학생으로서는 유심히 보지만 여자로서 보는 여자는 혜우뿐이게 돼 버린 탓이다.

"눈에 쐰 게 틀림없군."

자조하는 사이 1층이다. 1층에다 주점을 열어 놓고 있는 신촌 오여사네의 사장 오 여사는 문 대표와 친구다. 음식점 금연이 법제화되어 술집에서 담배를 못 피우지만 오 여사네에서는 흡연이 가능했다. 홀 둘레에 노래방처럼 밀폐된 방들마다 강력한 환기시설이 되어 있기 때문이다. 홀 둘레 방들은 애초부터 가게 외부 공간으로 설정되어 있었다. 술 마실 때, 미팅할 때 담배를 피워야 하는 족속들에게 오 여사네는 둥지나 다름없었다. 시네마 연 사람들도 주점인지 회의장인지 헷갈릴 만큼 손님들을 오 여사네로 끌어들였다. 오여사네는 시네마 연 사람들한테 사무실에 들일 수 없는 지인들과 손님들을 맞이하는 접대장이기도 했다.

"오랜만이에요, 윤 감독."

들어서자마자 오 여사가 나타나 환대한다. 주점의 명칭이 말해주듯 오 여사는 대놓고 옛날 주모 풍이다. 긴 머리는 쪽찌듯 걷어 올렸다. 붉은 저고리에 받쳐 입은 파란 치마가 무릎길이라는 것만 빼면 옛날 주막의 여주인을 패러디하고 있었다. 종업원들에게 붉은 저고리와 파란 바지를 입히고 긴 앞치마를 두르게 하는 것도 옛날 흉내다. 오 여사의 그 영업 전략은 문 대표와 의논하면서 나왔다고 했다.

"예, 사장님. 제 손님이 와 계실 텐데요."

"윤 감독하고 약속이 있다기에 1호실에 모셔 놨지요. 그 손님께서는 우선 물이나 한 잔 달라던데, 윤 감독은 뭘 드실래요?"

"곧 학교에 가야 합니다. 손님한테 필요하면 주문하겠습니다."

"그러세요."

1호실 문을 열자 남은영이 일어선다. 날렵하게 커트한 머리와 호리하면서도 강인해 보이는 몸피 등이 영락 경호원이다. 문이 닫히자 홀의 소음이 사라진다. 허리를 숙여 보이고는 남은영 맞은편에 앉는다.

"부산 계시는 줄 알았는데, 서울 계셨군요?"

"제가 경산대 이사장님 비서실 소속으로 서혜우 선생님을 경호한 건 아시지요?"

"그럴 거라 짐작했습니다. 그래서 서혜우 씨를 만나기 위해서는 남은영 씨를 통해야 할 거라고 생각했고요."

"저, 2년마다 한 번씩 재계약하는 계약직이에요. 11월부터 시작했기 때문에 10월 안에 재계약을 맺어야 하죠. 10월이 며칠 남지 않았는데 닷새 전에 본부로부터 재계약하지 않겠다는 통고를 받았어요. 다른 세 경호관은 경산대학 보안대로 발령이 났는데 저는 해고된 셈이지요. 그래도 내달 15일까지는 경산대 소속이고 서 선생님 경호관인데, 경호해야 할 서 선생님이 사라지셔서 할 일도 없어졌어요."

"서혜우 씨가 사라지다뇨? 외국에라도 나가셨습니까? 학기 중인데요?"

"모르겠어요. 출국하신 것 같지는 않고 친정에 계시는 게 아닐까 싶은데 확인할 방법이 없습니다. 지난주 서울 계실 때 부군 되시는 분과 충돌이 있었던 것 같고, 그 바람에 친정으로 가신 게 아닌가 짐작만 하고 있습니다."

"부군과 충돌, 부부싸움을 할 수도 있지, 어째서 부인 쪽의 경호원이 해고됩니까?"

"본부에서는 저의 경호가 부실했다고 간주했겠죠. 본부에 보고해야 할 사항들을 번번이 그냥 넘어갔다고 여겼을지도 모르고요."

"영화감독의 호기심으로 여쭤볼게요. 경호의 범위가 어디까지입니까? 그리고 보고해야 하는 주체는 어디고요? 경호원의 본부가 경호대상이 아니고, 경호대상에 대해 보고해야 하는 본부가 따로 있는 겁니까?"

"아시면서도 괜히 물어보시는 것 같네요만, 제가 칭한 본부는 경산대 이사장님의 비서실입니다. 저는 거기 소속으로 알피(RP), 아, '로열 프린세스'라는 뜻으로 서혜우 이사님을 우리는 그렇게 부릅니다. 그래서 이사님한테 생기는 이상 상황이나 이사님이 요구하시는 특별한 사안에 대해서 본부에 보고하는 게 제 직분에 맞습니다. 그런데, 제가 경호해야 하는 대상은 서혜우 이사님이라서 그분에게 불리하게 작용할 수 있는 사항은 본부에 보고하기 어렵습니다. 그게 저의 딜레마였습니다."

"가령 어떤 경우입니까?"

"가령, 우리 이사님이 부군 보좌관의 신상명세를 샅샅이 알아봐 줄 수 있는지 물어 오시면 경호관이자 수행비서인 저는 일단 알아보겠다고 답합니다. 그 다음이 문제죠. 이사님께서 요구하신 사항을 본부에 전달할지 말지를 고민해야 하지요. 그런데 제가 모시는 분은 결국 이사님이라서 저는 보고에 앞서 이사님의 요구를 수행합니다. 이사님이 요구하신 대로 부군 보좌관의 신상을 제 힘닿는 대로 알아보지요. 보좌관의 집안내력, 부모와 형제, 출신지, 출신학교, 학교 성적, 인간관계 등까지. 한 사람의 사십 년 가까운 삶의 내력을 다 알아낼 수는 없어도 어지간히는 파악하게 되지요. 그 내용을 정리해서 이사님께 알려 드리고요. 그러고 나면 본부에는 보고할 수 없는 상황이 되고 맙니다. 저는 보고를 못했지만 제가 한보름에 걸쳐 이사님 부군의 보좌관에 대해 캐고 다닌 사실을 본부에서는 이미 눈치채고 있지요. 그런 경우에 본부에서는 제 경호가 부실하다 보는 것이고요."

보늬는 취재하느라 만난 혜우를 경산대 후문 식당으로 이끌고 나왔다. 나와 임해철 피디가 우연인 듯 들러 합석하게 됐다. 두어 시간 어울리다 나와 임해철은 광안리 펜션으로 갔고 보늬는 혜우를 따라갔다. 혜우 집에서 새벽까지 이야길 나누었다고 했다.

와중에 보늬는 내가 양재륜과 염도진 커플의 동영상을 보며 느꼈던 의문을 혜우한테 말했다. 염도진이 하버드대학에서 양재륜과 만나기 전에는 어떻게 자란 사람이었는지 물었다. 그에 대해서 혜우는 아는 게 없었다.

그 밤에 두 사람은 혜우 침대에 나란히 앉아 양재륜 동영상을 꼼꼼히 보았다. 아니 보려 했다. 혜우가 몹시 힘들어하며 자주 고개를 돌리는 바람에 보늬만 다시금 세심히 봤다. 보늬에 따르면 그랬다. 그렇지만 혜우는 염도진에 대해 비로소 궁금해진 것이고 남은 영으로 하여금 그의 이력을 캐게 했던 것이다.

"경호원들에게 그런 문제가 있을 수 있겠군요."

"그래서 당장은 윤 감독님이 서혜우 씨한테 자문을 구하실 수는 없을 것 같다는 말씀을 드리기 위해 뵙자고 했고요. 또 한 가지는 순전히 개인적인 호기심인데, 윤 감독님이 우리 이사님과 모종의 관계를 갖고 계시지 않나 싶어서, 그걸 여쭤보고 싶어서요. 그렇다고 해도 물론 부정하시겠지만요."

"어떻게 제가 서 선생님과 모종의 관계를 가졌을 거라고 생각하셨습니까?"

"그때 경산대 후문의 식당에서요, 우리 이사님이 〈인사이드 한누리〉의 김보늬 기자와 인터뷰했던 날 밤이요. 그날 밤 식당에서 이사님과 윤 감독님을 보면서 두 분이 부자연스러울 만큼 서로 겉돈다는 것을 느꼈어요. 그때 한자리에 다섯이 동석하게 되어서 서로 이야기를 나누는데 두 분은 일부러 서로를 피하시는 것 같았고요. 그러면서도 두 분이 손짓 말, 수화를 나누시는 걸 제가 봤습니다. 두 분이 손짓으로 주고받은 말의 뜻을 알아보지 못해도, 그게 수화라는 것은 저도 알아요. 저, 윤 감독님 영화 〈수화〉를 여러 번 봤거든요. 〈샤먼〉을 먼저 보고 나서 찾아보게 된 거예요. 〈기억의 늑대〉도요. 그래서 두 분이 간간이 수화를 나눈다는 걸 알았고 기분이 싸했어요. 오늘 처음 만난 사이가 아니구나. 윤휘 감독, 임해철 피디가 이 자리에 있는 것도 우연이 아니구나, 그랬죠.

그때는 그렇게 넘어갔어요. 지난주 해고통지를 받고서야 지난 1

년여 간 알피가 갑자기 행적불명이 된 게 몇 차례인가 되짚어 보게 됐어요. 제가 알피를 경호한 지 만 4년인데, 그전 3년간은 일체 없었던 일이거든요. 알피가 직접, 그리고 자주, 은행을 드나드는 것도 1년 전쯤부터인 것 같고요. 그래서 알피의 지난 1년여 간의 행적을 유추해 보다가 그 최초가 작년 5월 중순 밤이었다는 걸 알게 됐죠. 그 무렵 윤 감독님이 부산에 오신 일이 있나 싶어 인터넷을 뒤졌더니 5월 19일 낮에 부산방송국에서 강연을 하셨더라고요. 윤 감독님 팬카페에 그날 강연사진 수십 장이 떠 있고요. 아, 모르시겠지만, 저 윤 감독님 팬클럽 회원이에요. 아이디가 '태껸소녀'고요."

이 사람이 이른바 그 '클린 섀도'라면 무서운 일이다. 이런 사람을 매번 떨쳐 놓고 남자를 만나러 다닌 서혜우는 얼마나 무모한가. 그렇게 무모한 사람이라 나를 만나고 임신을 한 것이다.

"그러시군요. 고맙습니다. 어쩌다 보니 부산에 지인들이 많습니다. 부산영화제가 국제행사인 데다 제가 영화를 만들다 보니 부산에 갈 일이 잦고 그 덕에 부산방송국 강연 같은 것도 했지요. 남은영 씨께서도 아시는 임해철 피디가 제 대학 선배시라 그 인연으로요. 그래서 그날 강연한 건 맞는데 그 무렵에 제가 서혜우 선생님과 개인적으로 만났을 거라는 유추는 비약 같습니다. 또 경산대 근방 식당에서 제가 그분과 수화를 나누었다고 보신 것도 이해하기 어렵고요. 저는 물론 수화를 합니다만, 서 선생님도 수화를 할 줄 아십니까?"

"이사님은 대학시절에 수화 동아리 활동을 하셨죠. 그 덕분에 서 이사님의 기부활동이 시작된 거고요."

"아, 그런가요?"

"역시 부정하시네요. 당연하시죠. 제 직업상, 추리력이나 직관 등이 그렇게 떨어지는 사람이 아니라고 자부하지만 윤 감독님이 부정하시니 수긍해야지요. 암튼 저는 곧 실업자가 됩니다. 오늘 굳이 뵙자고 한 이유는 혹시 저한테 일자리를 주실 수 있는지 여쭤보고 싶어서입니다. 제가 자격이 될지 모르지만 몸으로 하는 건 다른 사람보다 빨리 배우는 편이니까, 가능하다면 단순 임시직이라도 자리를 주십사 하고요."

"공인무술이 8단에 이르신다고 들었습니다. 그런 전문가를 경호원이 필요하지 않은 저희 회사에서 어떻게 모시겠습니까."

"저, 경호원 노릇을 꽤 오래 했어요. 이제 다른 일 좀 하고 싶어요. 새 영화를 만들고 계시다고 들었습니다. 저를 엑스트라로 써주실 수는 없나요? 물론 엑스트라도 나름 전문 연기인들이 하는 거라고 듣긴 했습니다. 저처럼 전혀 다른 계통에서 일해 온 사람이 쉽게 할 수 있는 일이 아니라고요. 그렇더라도 제가 할 수 있는 일도 있지 않을까요?"

〈돈 세이 워드〉의 내용은 아직 극비다. 주연들과 조연급들에게까지만 전체 시나리오를 주었고 단역배우들한테는 얼개와 각 상황 대본들만 안겼다. 어떤 역이든 촬영과 편집이 끝나고 시사회 열릴 때까지 내용을 발설하지 않는다는 서약서를 받았다.

"들어서 아시겠지만 영화계 쪽은 주연급과 조연급 배우들을 빼고는 임금이 아주 박합니다. 단역배우들은 전부 일당직이고요. 어떻게 남은영 씨한테 단역배우라도 하시라고 하겠습니까, 제 팬이시라는 분을요. 게다가 촬영이 삼분의 이쯤 진행된 상태입니다. 국내촬영이 몇 차례 남지 않았어요."

"다른 세상 구경하는 마음으로 감독님의 이번 영화촬영 끝날 때 까지만 할게요. 몇 차 되지 않더라도 저한테는 커다란 경험이 될 거 니까요. 그렇게 숨 돌리면서 다른 일을 차분히 생각하고 싶어요. 기회를 주세요."

가까이 하기 어려운 사람은 멀리 두지도 말라고 했던가. 이 사람 이 클린 섀도로서 이렇게 접근하고 있다면 오히려 시야에 두는 게 나을지도 모른다.

"일단 이렇게 하지요. 오늘 잘 생각해 보시고 내일 아침 9시에 제 조감독 백강원 씨한테 전화를 주십시오. 백 감독이 단역배우들을 지휘합니다. 단역 배역도 그가 정하고요. 단역배우들일지라도 캐 릭터들이 정해져서 촬영이 진행돼 온 상황입니다만, 백 감독이 남 은영 씨를 만나 보고 단역배우로서 가능하겠다 싶으면 여러 조건을 말할 겁니다. 그 조건들을 남은영 씨가 수락한다면 남은영 씨가 등 장할 대목의 시나리오가 일부 수정될 수도 있을 거고요. 제가 이따 전화해 놓겠습니다. 남은영 씨의 경력을 말해 놓겠고요. 하지만 숙 고하시기 바랍니다. 밖에서 보는 것보다 훨씬 고된 일입니다. 무한 한 인내가 필요하고요."

"인내라면 오랫동안, 어쩌면 제 평생 동안 충분히 길렀는걸요. 해 볼게요. 백강원 감독님의 전화번호를 알려 주세요."

"그럼 메모하십시오."

남은영이 전화기를 꺼내 내가 읊어 주는 번호를 입력시킨다. 저 장해 놓고는 나를 건너다본다.

"전화번호를 외고 계세요?"

"전화기 잃어버렸을 때를 대비해 가까운 몇 사람 번호는 외고 있지요. 일부러 외려 하지 않아도 저절로 외워질 만큼 통화가 잦은 사람들이 대부분이고요."

외고 있는 전화번호가 몇 개나 될까. 몇 개든, 내가 혜우한테 줬던 번호는 이제 필요 없게 됐다. 그 번호는 서랍 속에 내버려진 쓸모없는 열쇠처럼 기억의 어느 곳에 붙어 녹이 슬어갈 것이다.

"이제 저는 가 봐야죠? 주점에서 술 한 잔 안 마시고 일어나는 것도 재미있네요."

"제가 한 시간 후부터 강의가 있어서요. 또 뵙게 되겠지요."

"꼭 뵐게요."

남은영을 출입문 앞까지 배웅하고 지하주차장으로 향한다. 오늘 벌어진, 그래서 앞으로 커질 일을 문 대표한테 말해야 하는 건지도 모른다. 문 대표는 자신의 예상범주 밖에서 일어나는 일들을 몹시 싫어한다. 혜우와의 일이 터지면 문 대표가 나를 먼저 죽이겠다고 나설 것이다.

"보고 싶다."

보고 싶다, 소리 내고 나니 정말 보고 싶다. 혜우의 친정이 서초동 어디쯤인지 남은영한테 물어볼 걸 그랬다. 깊은 밤에 그집 앞 골목이라도 거닐면 혜우 냄새가 날지도 모르지 않는가. 어이없어 실소가 난다. 아무 때나 아무 곳에서나 단비나 소나기가 내린다. 정말 돈 거 같다. 이제 쌍둥이들도 내리게 생겼으니 더 돌지 모른다. 무등과 백아. 운전석에 앉아 시동을 걸다가 또 중얼거린다. 보고 싶다.

❦ 헤븐 스트리트

"재륜이 그놈이 그런 걸 모르고 결혼시킨 것은 아버지 책임이다. 그런 걸 상상인들 해 봤겠니? 너도 잘 한 것은 없다. 그런 사실을 알게 됐을 때 즉각 말했어야지. 그런 걸 참으며 살라는 식으로 너를 키우진 않았으니 말이다. 시작이 잘못된 걸 깨달은 즉시 움직였더라면 바로잡기가 더 쉬웠을 거라는 거다. 이 일로 이 아버지는, 또 네 어머니도 큰 대가를 치러야 할 게다. 포기해야 할 것들도 많을 테고. 우리가 어떤 대가를 얼마만큼 치르며 뭘 포기해야 할지는 차차 알게 되겠지. 그에 앞서 저쪽에서는 우리를 아주 많이 기만했다. 재륜이 그놈은 더욱 그렇고. 그놈도 제가 한 짓에 대해 어떻게든 책임을 지게 될 것이다.

아버지는 너한테 양재륜 그놈과 계속 살라고는 하지 않겠다. 네가 다른 사내의 아이들까지 가졌다고 하니 그럴 수도 없게 되었지. 너한테 더 이상 몹쓸 짓을 강요하지는 않으마. 하지만 나는 애들 아비가 누군지, 지금은 묻지 않겠다. 지금 그건 중요하지 않거니와 애들 아비인 그놈한테도 이로울 게 없으니까. 분명한 것은 현재 상황에서 너의 가장 현명한 처신은 네가 옥스퍼드로 가서 세상에 없는 듯이 지내는 것이다. 이혼이니 혼외 임신이니 하며 소란 피우지 말라는 게다. 이혼은 급할 거 없어. 기어이 하겠다고 작정했더라도 때가 올 때까지 찍소리도 내지 말고 기다려라."

그렇게 말한 아버지는 직접 성북동에다 전화를 걸었다. 혜우가 몸이 좋지 않으니 당분간 영국 외숙 집에서 지내며 요양하고 공부도 하게 되었노라고 선언했다. 양쪽 집안의 관계를 조용히 끝내자는 제의이자 그렇게 해야 할 것이라는 엄포였다.

사흘 뒤, 내가 탄 영국행 비행기가 이륙한 즈음에 아버지는 기자회견을 열었다. 기자회견에서 아버지는 신병을 이유로 여당대표직과 아울러 국회의원직을 사퇴하노라 발표했다. 대중의 눈에서 비켜난 것이고 오래지 않아 터질 딸의 스캔들에 대비하기 위함이었다. 아버지가 져야 할 책임과 치러야 할 대가를 준비하는 것이되 집안이 딸자식의 스캔들에 말려들 것을 차단한 것이었다. 나로서는 아버지가 그렇게나마 움직여 준 게 다행이었다. 아버지의 물러남이 차후의 복귀를 염두에 둔 포석일지라도 내 부담은 줄어들었다.

워싱턴 D. C. 헤븐 스트리트 2701번지 앞에서 택시가 멈춘다.

녹회색 벽돌집, 서가 하우스.

은행나무 이파리가 듬성듬성해진 11월 중순 헤븐 스트리트는 늦가을 색으로 소쇄하다. 내가 어린아이였을 때 가을이면 헤븐 스트리트 은행나무들이 열매를 떨어뜨렸다. 이상한 냄새가 나는 흐물흐물한 열매였다. 나는 은행열매 밟기가 재미있었다. 물컹한 껍질에 싸인 그걸 밟으면 희누렇고 단단한 열매가 나타났다. 안나 아줌마는 내 신발이며 몸에 냄새 밴다고 질색하면서도 내가 밟은 은행을 소쿠리에 쓸어 담아 뒤뜰의 수도꼭지 밑에서 씻곤 했다. 말갛게 씻긴 은행은 희부옜고 아직 냄새가 났다. 바깥에서 며칠 햇빛과 바람을 쐬고 나면 말끔해졌다. 녹회색 외피를 깬 프라이팬에 구우면 얇은 진피를 벗으면서 나타나던 투명한 초록빛 알맹이. 쫄깃하고 고소한 그 알맹이를 대개의 미국 사람들은 못 먹는다는 걸 알게 됐을 때 나는 내가 한국인이라는 걸 깨닫게 됐을 것이다.

고등학교 때 왔더니 가을에도 은행나무에 열매가 맺히지 않았다. 거리관리소를 찾아갔다. 열매가 맺히지 않은 걸 보니 나무가 병든 것 같다고 따졌다. 관리소 사람은 은행열매 냄새가 고약해서 봄에 꽃이 피지 않는 약을 뿌리기 시작한 지 여러 해 됐노라고 했다.

워싱턴 고교 1년생이었던 그 시월 내 글짓기 숙제의 주제는 '은행나무 열매'였다. 인간의 관상을 위해 나무의 본성을 억제함이 마땅한가. 나름대로 따져가며 글을 썼다. 그 숙제로 에이플러스를 받았지만, 헤븐 스트리트 은행나무들의 열매가 되돌아오지는 않았다. 안나 아줌마가 나한테 해 주던 은행구이도 맛볼 수 없게 됐다.

대학 출강하기 전에 다녀갔으니 4년 만이다. 4년 전에 왔을 때는 일주일쯤 눈에 갇혀 지냈다. 눈을 구실로 집 안에서만 지낼 때 소설을 쓰기 시작했다. 그 무렵에 느꼈던 평화와 어린 날의 일상이 그리워 찾아온 셈이다.

택시 기사가 서둘러 내리더니 내 쪽의 문을 열어 놓고 트렁크에서 가방들을 내린다. 공항에서 택시에 오르자마자 졸기 시작했던 안나 아줌마가 눈을 뜨더니 하품과 함께 기지개를 켠다.

"아줌마, 잘 주무셨어요?"

"피곤해서 눈만 감고 있었지, 자기는 뭘 자오? 다 왔소?"

"다 왔어요."

"아이구, 멀어라. 한국서 런던, 런던서 옥스퍼드, 옥스퍼드서 런던, 런던서 워싱턴! 나 늙어서 더는 애기씨 못 따라 다니겠소. 우리가 무슨 집시족도 아니고. 이제 여기서 꽉 박혀 삽시다."

외숙부 댁에서 3주가량을 보내다 어제 오후 옥스퍼드를 나섰고 런던에서 야반도주 하듯이 비행기를 탔다.

"일단 내리기나 하세요."

두 사람이 차에서 내리니 집 안에 있던 관리인 세스 번이 마중 나온다. 일흔 살쯤 됐을 세스 번은 서가 하우스를 포함한 인근 열 집 정도를 관리하는 하우스 매니저다. 20년 전쯤부터 서가 하우스를 관리했다. 오늘은 모처럼 서가 하우스 주인이 온다는 연락을 받고 아침부터 기다렸던 것이다.

택시 기사가 짐을 현관 앞까지 옮기는 사이 세스 번이 오른 손바닥을 왼 가슴에 붙이고 고개 숙이는 예의를 갖춘다. 한국식 인사랍시고 하는 것 같다. 주름살은 늘어났지만 깨끗이 다듬은 코 밑 팔자수염은 여전하다. 파란색에 가까웠던 그의 눈동자가 회색빛으로 보이는 건 노화의 증거인지도 모르겠다.

"오랜만이에요. 미스터 번. 잘 지내셨어요?"

"미세스 서, 반갑습니다."

나한테 한국식으로 인사한 세스 번이 안나를 향해서는 중세의 기사처럼 한 무릎을 꿇으며 손등에 키스하게 해 달라는 시늉을 한다. 안나는 이자가 무슨 짓을 하는가 싶은 눈으로 나를 쳐다본다.

"아줌마 손등에다 키스하고 싶다는 거잖아요. 서양 신사들처럼."

"염병하네! 젊을 적에는 소 닭보듯 하더니만 다 늙어서 지랄이래. 염소처럼 생겨 가지고 이제 쳐다볼 여자도 없는 모양이네. 됐다고 전하시오. 나도 이상형이 있다고요."

안나 아줌마의 이상형은 미국 배우인 그레고리 펙이다. 그레고리 펙과 세스 번 간의 머나먼 거리 때문에 나는 한바탕 웃는다. 세스 번에게 아줌마가 오랜만에 와서 낯선 모양이라고, 젊을 때 좀 잘하지 그랬냐고 전해 준다. 염소처럼 생긴 세스 번이 대꾸한다.

"몇 년 전에 왔을 때 내가 미스 고한테 데이트 청했더니 화를 내던데요?"

"다시 데이트 청하시려면 유자 씨라고 부르세요. 미스 고의 퍼스트 네임이 유자예요. 유자 안나 고. 한국식으로는 고유자 씨라고 불러요."

안나는 나만 부르는 이름이다. 어릴 때 아줌마가 잠자리에서 바스콘셀루스의 〈수정돛배〉를 읽어 준 게 계기였다.

여고 졸업하자마자 열 살 많은 남자와 결혼했던 아줌마는 8년이 되도록 아이를 낳지 못했다. 죄스러워하며 맞이한 그해 설날에 열두 살이나 된 사내아이가 집으로 들어왔다. 남편이 결혼 전에 낳았던 아이였다. 그 사이 남편이 아이와 그 엄마와 내왕하고 있었던 사실을 알게 됐다. 그길로 이혼한 아줌마는 알음알이로 우리 집에서 일하게 되었고 머지않아 태어날 내 보모로 정해져 미국으로 왔다. 그때 처음 비행기를 탔다는 아줌마는 내가 외국으로 나설 때마다 비행기를 타게 되었다. 내가 필명을 유자와 안나를 합성한 '유안나'로 삼은 이유도 〈북두칠성〉을 시작할 무렵에 서가 하우스에서 아줌마와 함께 지낸 덕이다.

"예, 미세스 서. 고마워요."

세스 번이 환하게 웃으며 택시 기사로 하여금 짐을 들여놓게 한다. 50여 년 전에 지어진 회색 벽돌집을 36년 전에 내 할머니가 샀다. 당시 며느리 정혜식이 조지워싱턴대학에 유학 오자 마련해 준 집이었다. 할머니 명의로 샀으나 내가 태어나자 공동소유자로 등재하였고, 할머니가 돌아가시면서 저절로 내 소유가 됐다.

이따금 보수는 했을지라도 크게 손본 적이 없는 집은 아직 튼튼하다. 문 열린 집 안에서 훈기가 풍긴다. 택시 기사한테 팁을 주어 보내고 집 안으로 들어선다. 안나는 거실에 들어서자마자 소파에 씌워져 있던 먼지방지 덮개부터 손을 댄다. 먼지 날리지 않도록 살살 뭉쳐 나간다.

"아줌마, 서재부터 정리해 주세요."

"그리는 하겠소만 오늘은 먼 길 오느라 고생했으니 아침 먹고 좀 쉬시구려. 홀몸이 아니잖아요?"

"기내식 괜찮았잖아요. 아침은 천천히 먹기로 하고 서재 정리해 주시면 거기서 쉬고 있을게요."

"알았수."

안나가 2층으로 난 계단을 올라간다. 나는 소파에 앉아 숨결을 다스린다. 태중의 쌍둥이는 16주에 이르렀다. 지난주에 태동을 처음 느꼈다. 미세했으나 분명한 움직임이었다. 아이들의 태동을 느낀 순간 헤븐 스트리트로 가야겠다는 생각이 들었다. 몸이 무거워지기 전에 가자 싶었다. 잘 온 것 같다. 여독으로 몸은 피곤해도 비로소 여유롭다. 이제 글도 쓸 수 있을 것 같다.

지난 9월 하순, 〈달의 습격〉 원고를 마무리 지어 글의 강 출판사로 보냈다. 마침내 탈고했다는 뿌듯함보다 허전함이 컸다. 그 허전함을 메우고 싶었던지 소설 〈북두칠성〉을 영문으로 번역하자는 생각이 났다. 임신을 느끼긴 했으되 확인하지 않고 지낼 때였다. 번역을 시작하려면 몸부터 점검해야겠다 싶었다.

도서관에 책을 펼쳐 놓은 채 산부인과 진료를 예약하고 남은영도 모르게 나가 미리 부른 택시를 탔다. 부산중앙산부인과로 가서 임신을 확인했다. 쌍둥이라 했다. 임신을 예상하고 있었음에도 확인하기 전과 후는 매우 달랐다. 더구나 쌍둥이라니. 내 몸이 거대한 두 바위 사이에 낀 것 같았다. 어마어마한 사태에 직면한 기분으로 도서관으로 돌아왔다.

책을 펼쳐 놓고 꼼짝도 하지 않은 채 온갖 생각을 했다. 임신 기간 중에 〈북두칠성〉과 〈달의 습격〉을 영문으로 다시 쓰리라 작정했다. 이혼소송과 쌍둥이 보호를 병행해야 하는 기간에 스스로를 다스리며 차분한 시간을 보낼 수 있으리라 싶었다. 그 자리에서 번역을 시작했다. 번역인 동시에 다시 쓰기였다.

다시 쓰는 것일지라도 이미 출간한 작품을 손보는 정도인지라 쑥쑥 진도가 나갔다. 한 달 정도 만에 〈북두칠성〉 번역 원고를 마쳤다. 글의 강 출판사로 보냈다. 보내고 전화했더니 글의 강 왕영국 주간이 말했다.

"솔직히 우리 회사에 유안나 씨가 쓴 이 영문 원고를 검토할 편집부원이 없습니다. 외부 번역작가를 섭외하자면 시간이 오래 걸릴 수밖에 없고요. 유안나 씨가 스스로 쓴 것이니 믿고 영문원고 상태 이대로 영국과 미국 출판사들에 보내 출판섭외를 해 보겠습니다. 〈달의 습격〉을 번역하신다면 그것도 그렇게 하겠고요."

홀가웠다. 이제 천천히 영문 〈달의 습격〉을 쓰리라 작정했다.

성북동 본가의 모임에 맞춰 서울로 갔다가 양재륜과 충돌했다. 구기동 집에서 양재륜이 나를 범하려 들었을 때 그에게 네 동성연애를 알고 있노라 소리쳤던 건 우발적인 사고였다. 무의식중에 마침내 때가 온 것이라고 여기고 일을 키운 성싶기도 했다.

덕분에 옥스퍼드로 갈 수 있었다. 옥스퍼드에서는 관광객처럼 날마다 대학과 미술관과 박물관 등을 쏘다니며 소일했다. 글을 쓰지는 못했다.

옥스퍼드를 떠나오기 일주일 전쯤 한국 인터넷 포털사이트에는 양재륜의 정사 장면으로 추정되는 동영상이 떠올라 소란스러워지기 시작했다. 휘와 김보늬 등이 일을 시작한 것이었다. 신헌 변호사가 서혜우의 법률대리를 수락했다는 김보늬의 연락도 받았다.

나는 신헌 변호사 사무실의 홈페이지로 들어가 스스로를 밝히고 연락을 주십사 청하는 메시지를 남겼다. 신헌 변호사가 전화를 해왔다. 신 변호사는 하장욱과 김보늬와 윤휘를 만났고, 저간의 이야기를 들었으며, 내가 김보늬한테 보낸 편지도 읽었노라 했다. 나는 그에게 정식으로 법률대리인이 되어 달라 청했다. 신헌 변호사는 김보늬 기자를 통해 수임료를 전달받았다는 말로 수락했다.

신헌 변호사가 받았다는 수임료는 휘의 돈이었다. 휘는 내가 쓰든지 안 쓰든지 상관치 않고 매달 백만 원씩 자동이체 되게 해 놓고 있었다. 나는 〈북두칠성〉 당선으로 받은 상금도 아까워 쓰지 못하고 고스란히 두고 있던 차였다. 이따금 산보하듯이 교내에 있는 은행의 365코너에 들러 건드려 본 적 없는 상금과 시간 강사료와 함경박물관의 학예사 월급과 경산재단의 이사 연봉 등이 입금되는 통장에서 돈을 뽑았다. 딱 그만큼의 돈을 윤휘 명의로 된 계좌에다 저금하듯 차곡차곡 입금했다. 그렇게 일 년쯤 지나는 사이에 내가 움직일 수 있는 돈이 휘의 계좌로 전부 옮겨졌다. 윤휘 계좌에 윤휘가 저금하는 양상이므로 내 행적은 거기 새겨지지 않았다.

아이들의 태동을 느끼고 워싱턴으로 옮겨갈까 생각은 했으나 당장 움직이기엔 걸리는 게 많았다. 다들 내가 옥스퍼드에 있는 줄 알므로 그냥 여기 있는 게 낫지 않나. 그게 더 안전하지 않을까. 머뭇거리고 있는데 안나 아줌마가 염도진 수석이 자신의 전화기로 연락을 해 왔다며 받겠느냐고 물었다.

옥스퍼드에 도착해 바뀐 내 번호를 아직 모르므로 안나한테 전화한 것이었다. 양재륜 스캔들과 이혼소송 때문일 게 뻔했으므로 받기 싫었지만 무슨 타협점을 찾아보자는 것일지도 모르겠다 싶었다. 소송 같은 거 벌이지 않고 이혼하는 것이야말로 바라는 바였다.

전화를 받았더니 외숙부 집 근처라며 만나자 했다. 집에는 안나와 나뿐이었다. 가사도우미는 시장 보러 나갔고, 외숙부는 학교에서 아직 돌아오지 않았다. 외숙모는 런던 소재 외국인학교 한국어과 교사로 일주일에 이틀은 80킬로 너머 런던에서 지냈다. 집으로 돌아오기로 돼 있던 그날, 외숙모도 아직 귀가 전이었다.

대학도시인 옥스퍼드는 지역 전체가 대학교정이자 공원 같았다. 외숙부 댁은 보들리안 도서관과 가까웠다. 염도진은 집 앞 도로 너머 벤치 앞에 서 있었다. 얼굴 본 지 한 달도 채 못 됐는데, 한 세기 전쯤에나 보았던 사람인 양 낯설었다. 그렇게나 낯선 사람이 하는 말은 예상했던 내용과 똑같아 맥 빠질 정도였다.

양재륜을 음해하는 이상한 동영상이 인터넷에 떠돌아다닌다.

이런 시국에 이혼소송을 제기하면 양재륜이 곤란하지 않은가.

그러지 말고 귀국해서 대화로 해결하자.

염도진의 말에 화가 나지도 않았다. 양쪽이 원하는 게 같으면서 방법이 다를 때 화도 내는 것일 터. 나는 이혼소송을 시작했는데 그쪽은 내게 돌아와 저를 덮어 달라니. 화낼 필요조차 없었다. 의문이 들긴 했다. 양재륜이 보내서 온 것인지, 염도진 스스로 온 것인지. 염도진이 양재륜한테 붙어 있는 이유가 무엇 때문인지.

남은영이 알아본 바에 따르면 염도진은 초등학교 5학년쯤부터 고등학교 때까지 시설에서 살았다. 염 씨라는 성은 시설 원장의 성을 따른 것이었다. 염도진은 고교 때 모의고사를 치를 때마다 만점을 받던 천재였다. 4년 장학생으로 뽑혀 서울대 경영학과에 입학했다. 학교를 두 해 다니다 군대 다녀왔는데 복학하는 대신 하버드대학으로 갔다. 하버드대학 학비를 DH그룹에서 댔다. 거기서 공부하던 양재륜을 만났고 이후 내내 같이 있게 됐다. 한 사람의 이력으로서는 참 단순했다. 타인이 알아볼 수 있는 게 그 정도뿐이라는 뜻일 터였다.

내가 외숙부 집 앞에서 비로소 갖게 된 의문도 단순했다. 어째서 염도진은 그 혼자일 뿐인가. 누구나 가족이 있고 가족과 맺힌 것이 있지 않은가. 아기 때부터 가족이 없었다면 가족 없이 자란 기억이라도 있을 게 아닌가. 또한 시설에서 더불어 지낸 사람들과의 기억도 있어야 하지 않은가. 말은 하지 않더라도 저절로 풍기는 그 어떤 것이라도.

윤휘는 기억에 없는 부모를 끊임없이 되살려 낸다. 그들이 분명히 이 세상에 존재했고 세상의 폭력에 의해 사라졌음을 상기시킨다. 무당 할머니를 되살리고, 그 무당 할머니에게 딸 용화를 낳게 한 남자를 유추해 내기까지 한다. 전쟁 와중에 할머니가 만났을 그 남자는 아마도 북한에서 내려온 군인이었거나 북한으로 돌아가지 못한 패잔병이었거나 남녘의 산 속으로 들어가 빨치산으로 생애를 마친 남자였을 거라고.

기억은 어떻게든 작용하여 기억을 지닌 그 사람을 형성한다. 염도진은 어떻게 형성됐는지 비치는 게 없었다. 그런 그가 나한테는 신비해 보이거나 호기심을 자아내는 게 아니라 음충맞아 보였다. 그와 내 관계가 특수한 탓이겠으나 그와 양재륜의 사이를 몰랐을 때도 속을 알 수 없는 그가 언제나 싫었다.

"염도진, 당신은 어째 오로지 혼자인 양 살아요?"

내 질문에 염도진의 표정이 변했다. 좀 전까지 아랫사람 같았다면, 변한 그의 표정에는 한심한 여자를 바라보는 싫증이 드러났다.

"천애고아로 자라난 놈에게 가족을 물으십니다. 저는 태어나자마자 고아원 앞에 버려진 놈이었습니다. 다섯 살쯤인가에 입양됐다가 이태 후에 파양돼 시설로 갔죠. 일 년 뒤에 다시 입양됐다가 반년 만에 파양됐고 초등학교 3학년 때 세 번째 입양이 됐습니다. 4학년 말경에 또 파양됐고요. 이후 고교를 졸업할 때까지 시설에서 자랐습니다. 다시는 가족 같은 걸 꿈꾸지 않게 됐고요. 궁금증이 해결되셨습니까?"

"어떻게 그렇게 됐는지 물어도 될까요?"

"번번이 파양당한 이유 말인가요?"

"네. 염도진 씨는 인물도 잘 생겼고 DH 장학생이 될 만큼 공부도 잘했잖아요. 양재륜 씨한테 하는 걸로 보면 착한 소년이기도 했을 거고요."

"그렇게 단정하시는 건 이사님 자유입니다만 제가 파양당한 이유는 말씀드릴 수가 없겠습니다. 왜냐하면 저도 잘 모르기 때문입니다. 제 얘기는 충분히 한 것 같고, 한국으로 돌아오시겠습니까?"

"아니오. 이혼 성사되면 가든지 말든지 할 거예요."

"알겠습니다. 저는 여기까지 찾아와서 이사님 뵌 걸로 제 도리를 한 것으로 여기겠습니다. 저, 의원님이 보내서 온 거 아닙니다. 자의로 왔습니다. 이렇게 뵌 김에 말씀드리지요. 이사님의 힘으로는 이혼, 못 하실 겁니다. 누가 어떻게 의원님을 모략하더라도 그게 두 분의 이혼사유가 될 수 없고요. 그 모략도 금세 사라질 겁니다. 양 의원님이 원하지 않는 한 이혼 못 하실 거니, 괜한 일 벌이며 힘들게 사시지 말라고 말씀드리러 왔습니다. 그만 가 보겠습니다."

내가 동영상 찍던 밤에 내가 거기 온다는 정보를 입수한 네가 일부러 커튼을 열어 놓고 나에게 보게 한 거냐. 그랬다면 무엇 때문에 굳이 너희 섹스를 나한테 보여 준 거냐. 나로 하여금 양재륜한테서 떨어져 나가라고? 난 그때 이미 떨어져 나온 상태였고, 나의 그 상태는 네가 의도했던 거 아니었냐. 새삼 그런 이유가 뭐냐.

난 묻지 못했다. 염도진은 공원 같은 외숙부 집 앞에서 한참을 걸어 나가 사라졌다. 그 뒷모습이 고독했다. 그 고독이 나는 무서웠다. 옥스퍼드를 떠나기로 결정했다.

세스 번이 이태쯤 차고에 박혀 있던 차를 점검해 주었다. 재작년 겨울 입대 전의 관우가 와서 겨울을 보낸 이후 묵혀 있던 차가 세스 번 덕에 햇빛을 보게 되었다. 세스 번은 안나의 한국 운전면허증을 미국에서도 쓸 수 있도록 절차를 밟아 주었다. 나도 따라가 한국에서 취득만 해 놓은 운전면허를 미국 운전면허증으로 바꾸었다.

조지타운에 있는 메모리얼병원 산부인과로 찾아가 태아검진을 받았다. 태아들의 생물학적 아버지를 쓰는 란에 윤휘, 1980년 7월 7일생, 한국인이라고 명시했다. 병원에 들렀다가 나온 뒤 조지타운 대학 도서관으로 찾아가 출입증을 발급받았다. 은행에 들러 새 신용카드를 발급받고 현금을 좀 찾았다.

미국에서 살 채비를 마치고 나니 집 안에서만 지내도 될 것처럼 느긋해졌다. 책을 읽고 〈달의 습격〉을 영문으로 번역하며, 하루 한 차례는 집 앞의 거리를 산책했다. 텔레비전은 보지 않았고, 안나가 자신의 방에서 텔레비전으로 보는 한국 이야기도 일체 전하지 말아 달라고 청했다. 한국에서 진행되고 있을 일들에 신경 쓰며 안달하기 싫어서 인터넷도 열지 않았다.

한 달이 금세 흘렀다.

헤븐 스트리트의 겨울이 시작됐다.

겨울이 되면 헤븐 스트리트 집들의 삼분지 일가량이 빈다. 노인들은 따뜻한 곳으로 가고 헤븐 스트리트 집을 세컨 하우스로 사용하던 사람들은 본가로 돌아간다. 오른쪽 옆집인 모어 씨네 같은 경우다. 모어 씨는 상원의원이다. 헤븐 스트리트의 모어 하우스는 회기 중에만 사용하고 보통은 지역구인 덴버에서 지낸다.

관우가 제대했다며 전화를 해 왔다.

"내가 금세 헤븐 스트리트로 슝 날아갈게. 이번 주말에 광화문에 가서 한 번만 놀고."

"웬 광화문? 요새 광화문에 뭐 생겼니?"

"요새 주말마다 광화문광장에서 거대 공연이 펼쳐지잖아. 근데 누나, 양 씨 아저씨가 진짜 게이야? 누나 몸속에서는 다른 아저씨 아기들이 융합을 일으키고 있고?"

나와의 터울이 10년인 관우는 내가 휘와 두 차례 혼례식을 치르며 여름을 지낼 때 어머니 몸속에 있었다. 이듬해 2월에 태어났다. 녀석은 제 누나보다 일곱 살이 많은 매형을 처음부터 아저씨라고 불렀다. 호칭 앞에다 성씨를 붙이는 건 녀석이 누군가를 싫어할 때 나타나는 버릇이다. 나한테 불만이 생기면 '서 씨 선생', 어머니한테 화가 나면 '정 씨 박사'라고 부르는 식이다.

"누가 알려 줬어?"

"양 씨 아저씨 소문은 인터넷에 났고, 누나 아기 이야기는 엄마가 말씀해 주셨어. 나더러 누나한테 가서 좀 지내라고 하시면서. 쌍둥이라며? 맙소사! 내 주변에 괴생물체가 한꺼번에 두 개나 생기다니. 유튜브에 올려야겠어."

"서관우, 쌍둥이는 아기들이지 괴생물체가 아니야. 네 얼굴도 닮아 나올 네 조카들이야."

"내 얼굴도 닮아 나와? 진짜?"

"혈육이니까 어떻게든 닮아 나와. 잘 들어, 서관우. 애들은 이란성 쌍둥이고 성별이 달라. 누가 먼저 태어날지는 몰라도 사내아기 이름은 무등이고, 계집아기 이름은 백아야."

"오오! 서무등, 서백아? 완전 멋진데!"

천진한지 천치인지, 군복무까지 마치고 나온 놈이 누나 몸속에 든 아이들 이름 앞에 제 성씨를 갖다 붙인다.

"서관우, 애들은 서가가 아니라 윤가야. 윤무등, 윤백아라고."

"그, 그래? 그건 좀 당황스럽고 애석한데! 누나, 그냥 서무등, 서백아라고 하면 안 돼?"

"서관우, 바보같이 왜 그래! 여기 메모리얼병원에 윤가인 애들 아빠 이름을 명백하게 새겨 놨어. 애들 성씨는 윤이야. 그렇지만 네가 유일한 삼촌이니까 앞으론 애들을 무등, 백아라고 예쁘게 불러 줘."

"내가 삼촌이야?"

"그럼 네가 사촌이겠니?"

"그, 그러니까 쌍둥이가 태어나면 나를 삼촌이라고 부른다고?"

"그래, 네가 유일한 삼촌이야. 명심해."

"으흠! 명심, 알았어. 그래도 누나, 애들이 우리처럼 서가가 아닌 건 이상해. 서무등이 아니라 윤무등이고, 서백아가 아니라 윤백아라니. 이상해. 이상하잖아!"

"너랑 내가 정가가 아니라 서혜우, 서관우인 것과 같은데 뭐가 이상해."

"그, 렇기는 하지."

"엉뚱한 소리 그만하고, 요새 아버지는 어떻게 지내시는 것 같니? 엄마는?"

"에? 아버지는 한 달 전, 내가 휴가 나왔을 때 부탄 왕국으로 가셨는데? 거기서 엄마 기다리고 계신다고. 몰랐어?"

"몰랐어. 옥스퍼드에 도착했다는 전화 드리고 나서 일체 연락하지 않았거든. 외숙모하고 엄마가 통화하면서 내 이야길 한다는 건 알고 있었지만 듣고 싶지 않아서 여쭤지도 않았어."

"그렇구나. 엄마가 내년에 안식년인데, 이번 학기 정리되면 아버지가 가 계시는 부탄으로 가실 거래. 그 나라 태후마마가 엄마랑 친구시라는데, 누나 알고 있었어?"

"몰랐어."

몰랐다고 하니 알고 있었다는 게 생각난다. 정혜식 박사는 부탄 태후가 왕후였을 때 만든 그 나라 여성단체에 후원금을 내고 있다.

"엄마가 학부 때 버킹엄대학에서 두 학기 지냈는데, 와중에 부탄 세자비랑 친구가 됐대. 그 세자비가 왕비가 되시고 이십여 년 후에 태후마마가 되신 거지. 부탄 태후께서 엄마한테 왕실 게스트룸을 내주셨대. 부탄에서 아버지랑 도킹해 네팔, 인도, 중국을 거치면서 안식년을 보내실 모양이야. 이번 학기는 사실상 정리됐고 엄마는 사흘 후, 16일 아침에 출국하신대. 겨우내 거기서 지내시다 움직이실 거 같고."

하필이면 이즈음에 어머니가 안식년을 지낸다는 건 학장직을 내놓는다는 의미다. 아버지처럼 어머니도 세상 이목에서 빠져나가기로 결정한 것이다. 어머니 아버지가 세웠던 일생의 계획을 대폭 수정했다는 뜻이기도 하다. 수정이 무산으로 이어질 수도 있겠지만 나는 담담하다.

페미니즘의 미래는 휴머니즘이어야 한다고 논문으로 설파한 내 어머니 정혜식 박사에 의해 내 인권은 죽었다. 딸로서의 의무는 내 스스로 소멸시켰다. 내 인권과 딸의 의무가 소멸된 덕분에 나는 엄마로부터 독립했다. 아버지와도 마찬가지다. 어머니와 아버지가 세웠던 계획들이 어떻게 수정되었든 그들의 삶이다. 어떤 식으로 살든 누구나 자신의 삶을 사는 것이다.

"일 년을 꼬박 그쪽으로 외유하신다고?"

"잘 모르지만 설마 그러시겠어? 서울이 시끄러우니까 일단 나가시는 거지만, 여기저기 거쳐서 누나한테로 가시겠지. 어찌 됐든 쌍둥이 손자들이 궁금할 테니까. 나도 무지 궁금한데. 누나, 무등과 백아의 아빠는 누구야?"

"만나면 알려줄게."

"양 씨 아저씨보다는 멋지지?"

"네 멋짐의 기준이 뭔데?"

"애인 두고 결혼하고, 결혼하고도 애인 만나는 치사함과 비열함에서 비켜있는 것? 설마 무등, 백아의 아빠, 그 아저씨도 결혼한 건 아니지?"

"그 아저씨는 결혼 안 했어. 내가 결혼한 상태라서 그 아저씨를 아주, 몹시 곤란하게 만든 거야."

"으음, 그렇다니 쫌 미안하군. 알았어. 그 아저씬 멋진 걸로 해. 멋지니까 나는 일단 그 아저씨 편으로 할래."

"그 아저씨가 암만 멋져도 너는 누나 편을 해야지."

"그 아저씨 편이 누나 편이잖아! 그건 그렇고, 아기들이 거기서 태어날 거니까 미국 시민이잖아? 누나가 팀리 제이 서인 것처럼 무등과 백아의 중간 이름에도 서씨를 넣으면 어때? 무등 서 윤, 백아 서 윤, 그렇게?"

애들이 서씨가 아닌 게 아무래도 섭섭한 모양인 관우의 천진함 덕분에 웃음이 터진다.

"그렇게 할게."

"좋았어. 암튼 누난 거기 가만히 있어. 요새 서울은 진짜 시끄러우니까. "

"양재류 때문에?"

"으음, 누나 진짜로 인터넷이랑 티비 딱 끊고 사는구나? 됐어, 그냥 암것도 보지 마. 내가 다 보고 가서 말해 줄게."

관우와 통화를 끝내고 나니 해질녘이다. 바깥에 눈발이 날리는 참이다. 워싱턴 D. C. 의 첫눈이 금세 거센 눈발로 변했다. 인터넷을 열어보지 않은 채 밤이 깊었다. 그냥 잠자리에 든다. 임신하고 좋은 점 한 가지는 누우면 쉽게 잠이 든다는 것이다. 몸이 무거워질수록 잠드는 시간이 짧다는 것.

뜰에 눈이 30센티는 될 만치 쌓여 있다. 현관 앞에다 자그만 눈사람 두 개를 만들어 놓고 들어와 아침을 먹는데 집 앞 도로가 소란하다. 제설차다. 눈을 분수처럼 양쪽으로 품어 내며 시원시원하게 길을 낸다. 도로 양쪽 집들의 차고 앞 눈도 치운다. 제설차 움직이는 걸 한참이나 구경하다가 돌아선다. 어제 관우는 인터넷을 열어 보지 말라고 했다. 그 말이 무서워 아침까지 버텼다.

맙소사!

포털 사이트의 머리기사들을 본 순간 신음이 난다. 한국에 최강의 스캔들이 발발했지 않은가. 정말 의외의 사태다. 대통령과 그 측근에서 터진 국정농단 스캔들. 한 달여 전 염도진이 옥스퍼드까지 찾아와서 했던 말이 이것이었다. 모략은 사라질 테고 이혼은 못할 것이다!

이른바 '청와대 스캔들'이 한국의 현대사를 쓸어 담아 회오리치고 있었다. 비선실세로 군림하던 최 씨가 독일에서 귀국하여 구속되면서 국정농단 스캔들이 걷잡을 수 없이 커졌다. 대통령을 탄핵하라는 촛불시위가 벌어졌고 촛불은 산불처럼 번졌다. 두어 해 전 진도 앞바다에서 침몰하여 해류에 씻겨 가던 세월호가 광화문광장에 나타나 울부짖었다. 세월호가 침몰하던 시각에 대통령은 무얼 하고 있었는가. 시민들이 청와대를 향해 물러나라고 외쳐 댔다.

몇 주째 주말마다 수만, 수십만의 시민들이 광화문광장으로 모여들었다. 전국 각 도시마다 같았다. 모든 광장에 모인 시민들 손에서 촛불이 횃불인 양 흔들렸다. 국회에서 대통령 탄핵소추안이 가결됐다. 대통령은 모든 직권을 정지당했고, 탄핵소추안은 심의를 위해 헌법재판소로 넘어가 있었다.

양재륜 스캔들은 완전히 묻혔다.

하필이면 이때 대통령 스캔들이 터졌을까, 왜, 어떻게.

염도진의 예고가 아니었더라도 나한테는 대통령 스캔들이 양재륜의 정사를 덮기 위한 DH그룹의 공작으로 생각됐을 것이다.

대통령과 비선실세였다는 최 씨의 관계를 어지간한 그룹들에서는 이미 알고 있다고 들었다. 성북동 본가에서 이따금 주워듣던 소리였다. 젊을 때부터 비천한 집안 족속을 가까이 해 온 여성 대통령. 독재자였던 부친 덕에 그 자리에 오르긴 했으나 역량 부족인 허수아비 대통령. 그러면서도 십대 재벌의 실질 권력을 청와대로 불러들여 각종 프로젝트에 '헌금'을 요구한다던 그이.

성북동 본가에서는 대통령의 독대 요구를 피하기 위해 궁리하는 것 같았다. 대통령이 요구한 '프로젝트'에 합법적인 자금은 출연하되 독대 요구에는 응하지 않고 지켜보자는 식이었다. 그룹들마다 대통령의 실책을 그러모으고 있다고도 했다. 한 그룹이 대통령을 만들어 내기는 어려울지라도, 작정하고 나서면 끌어내릴 수는 있다는 말이었다.

그룹들은 방패삼아 대통령의 실책을 수집하는 것이고, 방패로서 수집한 기록들은 언제든 공격용 무기로 전화될 수 있다. 그동안 DH그룹에서 모은 대통령의 실책을 양재륜 정사 스캔들을 덮어버리는 데 썼다. 짐작이 사실이든 아니든, 나한테는 그렇게 느껴진다. 어떻든 내가 그토록 힘들게 작정한 이혼도 너무 쉽게 생각한 것이 되고 말았다. 대통령 스캔들을 일으켜 양재륜 스캔들을 덮어 버릴 수 있는 DH그룹의 힘을 간과했다. 아니, 나는 무슨 일이든 할 수 있는 DH그룹의 힘을 알았다. 알면서도 머리로 암벽을 들이받듯이 덤빈 것이었다.

'길어지겠다!'

중얼거리고 나서 세스 번에게 전화를 건다. 서가 하우스를 요새처럼 튼튼하게 만들어야 할 필요가 생겼지 않은가.

🌿 성탄절 전야

서혜우의 이혼청구소송은 객관적인 이혼사유 불충분으로 기각되었다. 서혜우 관련 카페는 인터넷상에서 사라졌다. 서혜우 이혼소송을 다시 준비하던 신헌 변호사와 사무장이 탄 승용차가 트럭과 충돌하는 사고가 났다. 두 사람 다 중상을 입고 입원했다. 신헌 변호사가 훨씬 심하게 다쳤다. 의식불명이 된 것은 아니지만 최소한 석 달은 병상에서 일어날 수 없게 되었다. 트럭 운전사는 졸음운전으로 사고를 낸 것으로 알려졌다.

신헌 변호사가 사고를 당한 지 일주일 후 국회에서는 대통령 탄핵소추안을 가결했다. 시민들의 광장 운집과 함성은 계속됐다. 기자들도 자꾸 광장으로 향했다. 〈인사이드 한누리〉의 김보늬 기자는 해커 최범을 데리고 광화문광장으로 가기 위해 신문로에 있는 그의 집 앞으로 갔다. 최범이 나오길 기다리며 손목시계를 들여다보는데 한 남자가 시각을 물으며 다가들었다. 날카로운 칼이 김보늬의 두꺼운 겨울옷을 뚫고 복부까지 들어왔다.

그 시각에 최범은 자신의 집 안에서 두 명의 침입자한테 곤죽이 되게 얻어맞아 기절해 있었다. 14군데에 골절상을 입었다. 테러를 당한 김보늬와 최범은 수술 뒤 병실에 누웠다. 경찰들은 모자와 선글라스를 쓴 세 명의 범인들을 잡지 못하거나, 잡지 않았다. 일련의 사건들은 청와대 스캔들과 대통령 탄핵소추안 가결 등에 가려서 모두 단발성 보도에 그쳤다.

〈한누리신문〉과 하장욱 기자는 그동안 쓴 DH그룹과 양재륜 관련 기사로 12건의 명예훼손과 허위사실 유포 혐의로 피소되었다. 재판과 판결에 몇 달, 몇 년이 걸릴지 몰라도 저들이 승소한다면 하장욱과 〈한누리신문〉이 물어야 할 배상금이 20억이 넘었다.

서혜우와의 일대일 취재로 기사를 썼던 기자들에게도 크고 작은 사건들이 일어났다. 동시다발한 일들로 몸을 크게 다친 기자는 김보늬뿐이었다. 그러나 서혜우 관련 기사를 쓴 기자들에게 공통으로 발생한 일이라는 사실로 미루어, 서혜우와 양재륜에 관한 불미스런 내용의 기사를 쓰는 기자는 다시는 없을 듯했다.

양재륜이 게이라는 소문은 여전했다. 그로 인해 이혼소송 중이라는 말도 무성했다. 양재륜 측에서는 작금 시중에 떠도는 동영상이나 사진 속 인물은 양재륜이 아니라고 정면으로 반박했다. 동시에 시중에 떠도는 동영상, 사진들과 관련해 양재륜이라는 이름을 거론한 네티즌을 명예훼손으로 모조리 고소했다. 고소당한 사람들은 명예훼손 정도에 따라 몇백에서 몇천만 원씩의 벌금을 내게 될 것이며 앞으로도 그렇게 될 것이라고 으름장을 놓았다.

또한 양재륜은 기자회견을 열어 자신이 이혼소송을 당했으나 기각되었다는 보도들에 맞섰다. 이혼소송은 실제였으나 부부간에 생긴 해프닝이었다. 워싱턴에 체류 중인 아내 서혜우는 평소 혼자 외출을 못할 정도의 신경성 불안증을 앓던 사람이다. 그런 와중에 쌍둥이를 임신하는 바람에 신경증이 심해져 요양 중이다.

　그렇게 발표할 때 쌍둥이 아버지가 자신이라 말한 건 아니었으나 그가 아내의 임신을 거론함으로써 쌍둥이는 그의 아이들이 되고 말았다. 서혜우의 친가에서는 일체 응대하지 않았을 뿐만 아니라 내외가 출국해 버린 것으로 밝혀졌다.

　그 모든 일이 11월 초부터 12월 24일 사이에 일어났다.

　저들은 옥스퍼드에서 워싱턴으로 옮겨 간 서혜우를 고립시켰다. 혜우의 임신을 동성섹스 스캔들을 덮는 데 이용했다. 그걸 위해 나를 모른 체할 뿐만 아니라 오히려 은폐했다. 철저하게 무시했다. 내가 거론되는 순간 즉각 서혜우의 남자로 연결되기 때문이다. 그렇게 되면 내가 쌍둥이의 아버지이며 양재륜이 결국 게이였다는 것으로 귀착되는 것이다.

　저들이 나를 무시할지라도 방심할 수는 없었다. 나로 인해 화를 입은 사람이 이미 열 명이 넘었다. 서혜우의 쌍둥이가 양재륜의 아이들이라는 저들의 발표가 거짓이라는 사실이 드러나기 전에 저들은 나를 반드시 죽이려 들 것이었다.

　이번 영화에 매달린 국내외 스태프가 백여 명에 달했다. 주, 조연 배우가 20여 명, 단역배우가 연인원 1,200여 명이었다. 투자사들 자금 370억 원에 문달희 대표가 투자한 금액 180억 원이 더해졌다. 재벌기업 투자가 아니라 영화 전문 투자사들이 결집한 것이기에 이번 영화가 망하면 문 대표는 물론이고 다른 투자사들도 폭삭 무너질 참이었다. 죽더라도 이번 영화는 끝내 놓고 죽어야 했다. 어쩔 수 없이 문 대표에게 저간의 일을 토설했다. 지난주 초였다.

성탄절 전야　243

문 대표는 나한테 대노했다. 그런 멍청한 연애를 시작한 것, 그런 위험한 연애를 금세 접지 않은 것, 그런 연애를 하면서 자신으로 하여금 수백억을 끌어들여 〈돈 세이 워드〉를 시작하게 한 것. 그 모든 짓을 하면서 문 대표 자신에게 일언반구도 하지 않은 것에 대해 가장 크게 화를 냈다.

"내가 다시 너하고 영화를 만들면 네 딸이다. 이 영화를 끝으로 너랑 나랑 영원히 끝이야. 알겠니?"

길길이 날뛰던 문 대표는 문장달 씨의 경호회사 '해피 휴먼'을 불러들여 내 경호를 시작했다. 나는 〈돈 세이 워드〉를 개봉할 때까지 혼자서는 화장실도 다니지 못하게 되었다. 동시에 문 대표는 투자사 대표들과 은밀히 회동했다. 투자자들이 회동해서 무슨 얘기를 했는지 나는 몰랐다. 짐작은 한다.

이왕 이렇게 된 바에 윤휘와 서혜우의 스캔들을 키워 홍보에 이용하자고. 〈돈 세이 워드〉가 배급단계에 이르면 영화가 상상으로 만들어진 로맨스 액션이 아니라 현재 진행 중인 실제 러브스토리를 바탕으로 하고 있다는 소문을 흘리자고.

소문이 사실일 수도 있으리라고 추측할 만한 일들은 이미 충분히 일어났다. 직간접적으로 일을 당한 사람들은 물론 네티즌들도 바보는 아니었다. DH그룹의 힘이 아무리 막강해도 모든 사람을 뜻대로 움직일 수는 없다는 걸 증명하는 일들이 반작용처럼 일어났다.

〈한누리신문〉에서는 하장욱 기자가 기소된 명예훼손과 허위사실 유포에 관한 소송에 대응하여 병상에 있는 신헌 변호사를 선임했다. 노구에 중상을 입고 치료 중인 신헌 변호사는 뜻 맞는 후배 변호사들을 병실로 불러들였다. 변호사 두 사람이 꾸리던 법률사무소가 변호사 여덟 명으로 구성된 법무법인 '신의'(信義)로 커졌다. 신의 로펌은 〈한누리신문〉과 하장욱 기자가 기소된 건들에 대한 변호인단을 꾸렸다. 기각당했던 서혜우 이혼소송도 재개했다. 앞서 조용히 진행되었던 소송이 이번에는 공공연하게 시작되었다.

일시에 사라졌던 두 개의 서혜우 관련 카페는 되살아났을 뿐만 아니라 다섯 개로 늘어났다. 새로 만들어진 서혜우 관련 카페들에는 이전 카페와 더불어 사라진 내용들이 돌아와 마구 증식되는 참이었다.

양재륜 관련 동영상은 처음 유포된 것 외에도 두 개가 더 떴다. 사진은 수십 장이 올랐다. 양재륜과 염도진 커플이 유학 중에 찍힌 동영상과 사진들이었다. 정사 장면은 아니어도 양재륜과 염도진이 게이 커플이라고 알고 보면 그렇게 보였다. 뿐만 아니라 양재륜이 다른 남자와 키스하는 것처럼 밀착돼 있는 사진도 여러 장이었다. 그 사진들에서 양재륜의 표정은 취한 듯 몽롱했다. 상대 남자는 사진마다 달랐으나 멀리서 찍은 두 남자의 옆모습이 나온 구도는 비슷했다. 누군가가 양재륜을 겨냥해서 찍은 사진이 분명했다.

누가 십여 년 전에 사진을 찍어 뒀다가 지금 올려 대는가. 양재륜 게이설을 이미 기정사실로 여긴 네티즌들은 인터넷에 기사를 올리고 답글이며 댓글을 달면서 양재륜이라는 이름을 사용하지 않았다. 명예훼손으로 고소당하지 않기 위해 주어를 생략하고 원색적인 욕설을 삼가면서도 할 건 다했다. 양재륜 사진을 찍은 사람과 올린 목적을 궁금해했다. 동시에 서혜우의 남자가 누구인지에 대한 의문과 추측이 난무했다.

문 대표를 위시한 투자사 대표들은 이미 붙은 불에다 기름을 끼

없는 방식으로 대응하자고 결정한 듯했다.

국내촬영이 얼추 끝나면서 나의 이번 학기 강의도 마감됐다. 내 학생 대부분이 직간접적으로 영화에 참여했다. 끊임없이 사건사고가 터지고 주변에는 전쟁이 나 있지만 학생들은 내가 서혜우의 남자라는 사실을 알지 못했다. 학생들은 새 영화에 대해서만 궁금해했다. 로맨스 액션으로 알려진 〈돈 세이 워드〉의 진짜 의도는 러브스토리에 가려져 있는 상태였다.

촬영 중간에 캐릭터가 바뀐 배역이 있었다. 여주인공 여강아의 남편과 그의 친구 역. 원래 시나리오에서 그 두 사람은 함께 법대를 다니고 두어 해 간격으로 사법고시를 통과해 선후배 검사가 되었다. 바뀐 시나리오에서 그들은 대학시절부터 연인관계였고 더불어 정치계로 나아갈 동반자였다.

그 내용은 개봉할 때까지 비밀이므로 나는 학생들이 영화 세부에 대해 물을 때마다 '쉿, 비밀이야' 하며 질문을 막았다. 학생들은 내가 영화제목에 빗대어 하는 농담에 웃곤 했다. 사실 〈돈 세이 워드〉는 영화 제작과정에 알려 놓은 제목일 뿐 국내에서 개봉할 때는 〈쉿, 비밀이야〉라는 제목을 달고 나타날 것이다. 소설 〈쉿, 비밀이야〉도 영화 개봉에 맞춰 글의 강 출판사에서 출간하기로 됐다.

남자 주인공 김하승과 여자 주인공 여강아가 만나는 장면에 필요한 폭설 장면을 잡기 위해 기상청 예보에 극도로 주의를 기울였다. 사나흘의 유예를 둔 것도 그 때문이다.

12월 21일, 마침내 여주 땅에 눈발이 날리다가 폭설로 변했다. 전날부터 세팅을 마쳐 놓고 리허설 하면서 눈이 쏟아지기를 기다렸던 장비들과 스태프들과 배우들이 내 신호에 맞춰 움직였다.

사흘이 걸렸다.

밤 촬영에 새벽 촬영까지 강행하고 나니 24일 아침이 되었다. 토요일이기도 했다. 촬영을 마친 배우들이 집으로 돌아가 쉰 뒤 저녁참에 광화문광장에서 만나 놀자며 현장을 떠났다. 스태프들은 남아할 일이 많았다. 현장을 정리해야 하고 다음 촬영을 대비해야 한다.

달궁 생활사박물관 촬영에 이어 찍기로 한 것은 인천공항 장면들과 비행기 안에서 주인공들이 재회하는 장면이다. 항공사와의 협약으로 비행기를 여덟 시간 동안 빌렸다. 26일 새벽에 인천공항에서촬영을 재개하기로 했다. 공항 장면이 국내의 마지막 작업이다. 해외 첫 촬영은 교토이다. 교토에서 베이징, 파리, 이스탄불을 거쳐뉴욕에서 해외 로케이션이 끝나게 될 것이다.

여주 현장을 마무리하고 해질녘이 되어서야 회사로 왔다.

일하다 보니 자정이 되었다.

스튜디오에서 함께 나온 스태프들이 아직 열려 있는 오 여사네로내려가자 청하는 걸 거절하고 건물 밖으로 나선다. 오 여사네는 손님이 많이 빠진 성싶지만 불빛은 밝다. 화단에 만들어 놓은 크리스마스 장식들이 어지러이 반짝인다. 잔뜩 무거운 밤하늘에서는 금세라도 눈이 쏟아질 것 같다.

경호팀장 김동석은 내 곁에 바짝 붙어 걷는다. 김동석이 소속된경호회사 '해피 휴먼'은 대부업체 '해피론', 부동산 관리회사 '해피랜드' 등을 아우른 '장동그룹'에 속한 회사다. 장동은 광주광역시에있는 동의 이름이다. 내 어머니 은용화가 오래도록 살았던 동네.역시 그 동네에서 나고 자랐던 문달희의 부모는 회사 이름을 '장동'

이라 붙여 키웠다. 그 내외는 달희 이후로 세 번의 유산을 겪은 모양이었다. 문달희가 무남독녀가 되고 만 까닭이었다.

"내 어머니와 아버지는 평생 서로한테 미친 남녀야. 장동 골목에서 건달과 여고생으로 만난 순간에 눈이 먼 거지. 지금도 잠깐만 떨어졌다가 만나면 입을 맞춰. 눈꼴시어 못 본다니까. 같이 장을 보러 다니고 심지어는 마흔 넘은 딸년 신발을 사기도 해. 바람? 외도? 그건 내가 모르지만 내가 태어난 이래로 엄마가 아버지 때문에 내 앞에서 얼굴 찌푸린 적이 없다는 건 알지. 아버지가 엄마한테 큰소리 내는 걸 본 적도 없고. 무엇보다 문장달 씨 앞에서 여명희 씨는 참 귀엽고 고운 여자야. 문장달 씨도 여명희 씨 앞에서 평생 씩씩하고 멋진 남자고. 나는 내가 결혼할 때까지 세상 대개의 부부가 내 엄마 아버지 같은 줄 알았잖아. 텔레비전에 나오는 극악한 부부의 모습은 텔레비전에 나올 만큼 드문 예라고 여겼다니까.

내가 그래서 일찌감치 결혼한 건데, 하고 보니 남편이란 위인이 어찌나 통속적인지. 내 아버지의 발바닥 각질만큼도 안 되더라니까. 이혼하쟀더니 무식한 졸부 딸 때문에 제 인생 망쳤다고 위자료로 100억을 내래. 그러면 이혼해 준다고. 내가 멍청해 저를 잘못 본 것처럼 그 또한 멍청해 문장달의 딸을 잘못 본 거지."

그때 문달희는 3층에서 뛰어내렸다. 다행히 화단의 측백나무를 거쳐 떨어졌다. 119에 실려 간 병원에서 심각한 뇌진탕에 골절 부위가 스무 군데나 된다는 진단을 받았다. 이틀간의 혼수에서 깨어난 문달희는 온몸에 깁스를 두른 채 남편이 자신을 창밖으로 떠밀었다고 진술했다. 남편은 폭행치상에 살인미수까지 걸려서 구속됐다. 텔레비전 뉴스에도 나올 만치 떠들썩했다. 남편이 아내를 창밖으로 떠밀고 자살로 위장하려던 사건으로.

문달희 가족과 동향 출신인 덕분인지, 팔자에 귀빈이 될 영광이 있었던지. 요즘은 촬영장에서건 사무실에서건 집에서건 내가 열어야 할 모든 문들을 해피 휴먼의 경호원들이 열어 주고 닫아 준다. 차 문도 마찬가지다. 박 경호원이 지하주차장에서 나와 도로 가에서 기다리던 차의 문을 열고 있다. 문 대표가 나한테 경호원들과 함께 임시로 내준 벤츠 S클래스다. 중고 갤로퍼를 구입해 5년째 몰고 다니던 나한테 자신의 차를 내준 문 대표는 요즘 스포츠카를 임대해 타고 다닌다. 차에 들어앉으려는 찰나 누가 나를 부른다.

"윤 감독님!"

오 여사네에서 나온 것 같은 목소리의 임자는 남은영이다. 남은영은 〈돈 세이 워드〉의 단역배우로 네 차례 촬영에 참여했다. 해외 촬영에서는 현지 단역배우를 쓸 것이므로 남은영의 출연은 끝났다.

편집과정에서 어떻게 될지 알 수 없어도 남은영이 등장하는 장면은 십여 컷에 달한다. 주인공들을 추적하는 무리의 일원으로 참여한 덕이다. 대사는 거의 없어도 날렵한 몸짓이며 표정에 서린 분위기가 제법 어울렸다. 스턴트의 박 감독은 남은영을 아예 자신의 스턴트 회사로 영입할 기세였는데, 정말 영입했는지 아직 나는 모른다.

"남은영 씨!"

다가오는 남은영을 향해 내가 돌아서자 박 경호원이 내 앞을 막아선다. 김 팀장은 남은영을 막아섰다. 며칠간 잠을 제대로 못 잔 탓에 어지럽다. 인사 잠깐 나누지 못할 정도는 아니다. 나는 경호원들에게 잠시 비켜서라 하고 인도로 올라서다 남천이 심긴 목재 화분에 무릎을 찧는다. 계면쩍다. 무릎을 쓰다듬으며 괜히 노상 보며 지나치던 화분 크기를 계량해 본다. 가로 1미터, 세로 40센티, 높이 60센티쯤 되겠다.

검정 오리털 코트를 입은 남은영이 다가들었다. 나와의 거리가 2미터 남짓한 가로수 앞에서 김 팀장한테 막힌 남은영이 웃는다.

"작업하느라 고생이 많으시지요?"

"별 말씀을요. 잘 지내십니까? 이 시각에 어떻게 여기 계십니까?"

"서울 사는 친구들하고 여기서 만나 술을 마셨어요. 크리스마스 이브잖아요. 밖에서 담배 피우다가 감독님이 나오시는 걸 보고 인사하고 싶어 쫓아왔죠."

크리스마스와 관련된 기억이 별로 없는 나는 크리스마스트리를 겨울이면 으레 나타나는 거리 장식품이거니 여겨 왔다. 부처님 오신 날 한 달 전쯤부터 방방곡곡에 연등이 내걸리는 것과 같은 계절 행사거니.

"고맙습니다. 그런데 오늘은 많이 늦었습니다. 나중에 기회 되면 차분하게 뵙기로 하지요. 조심히 들어가시고요."

"네. 그런데 저, 감독님 덕분에 스턴트 회사에 취직했어요. 알고 계시지요?"

그러시냐, 잘 되었다, 응수하려다 보니 등골에 한기가 훅 끼친다. 남은영이 이 시각까지 오 여사네에 있었다는 게 예사롭지 않거니와 6차선 도로 건너편 건물을 힐긋 쳐다보는 것 같지 않은가. 게다가 이 상황은 내가 이미 겪어 본 것처럼 익숙하다.

소음기를 끼운 원거리 총격. 총격이 실패한 뒤 곧장 벌어지는 정면 습격.

〈돈 세이 워드〉의 주인공 김하승이 취재차 간 뉴욕에서 갱들로부터 습격당할 장면이 이와 같다. 찰나간에 닥친 불길함에 나는 남천 화분 안쪽으로 몸을 숙이며 소리친다.

"숙여요!"

박 경호원이 내 어깨를 짓누르며 몸을 움츠린다. 순간 머리 위로 뭔가 휙 지나갔다. 턱 소리와 함께 가로수가 흔들린다. 동시에 내가 엄폐물로 삼은 목재 화분이 기우뚱거리며 저쪽에서 판재 터지는 기색이 난다. 자동차에서도 튀는 소리와 뚫리는 소리가 나고 유리가 깨져 나간다. 연이어 총탄이 마구잡이로 날아든다. 또 가로수가 흔들리고 보도블록이 뒤집히고 깨진다. 삽시간에 수십 발이 난무한다. 권총이 아니라 기관단총이고 영화 촬영장에서는 쓰지 않는 진짜 총알이다. 총알은 도로 건너편 숯불갈비집이 든 6층 건물 옥상에서 날아오는 것 같다.

보통 권총 탄창에는 6개의 총알이 들었고, 기관단총에는 30개의 총탄이 장전된다. 기관단총이라면 구형인가. 구형 기관단총의 사정거리는 100미터에서 120미터라고 책에서 읽었다. 이쪽과 저쪽 사이에 가로놓인 도로의 폭은 사정거리보다 짧을 것이다. 목재 화분이 나와 박 경호원을 살렸다.

어쨌든 이 정도면 나를 기어이 죽이려 작정했다는 건데 삽시간에 일어난 일이라서인지 무서운 줄 모르겠고 떨리지도 않는다. 상황도 끝난 것 같다. 서른 발을 다 쓰고 저격에 실패한 걸 깨달았는지 조용하다.

나와 박 경호원을 가려 준 남천 화분은 터져서 흙더미로 주저앉았다. 들쭉날쭉한 대궁이들에 울긋불긋한 이파리를 달고 있던 남천나무 무더기는 도로 쪽으로 넘어졌다. 문 대표의 벤츠가 엉망이 됐고 가로수는 가지가 떨어지거나 너덜댄다. 몇 발은 오 여사네 앞쪽 창 밑 벽으로 날아간 것 같고 남은영도 맞췄다. 오 여사네에서 나오던 취객들이 뒤늦게 무슨 일인가 싶은지 나와 보거나 창을 내다보고 있다.

일반인들이 실제 총격을 상상할 수 없는 나라에서 살듯이 개인경호원들도 총을 소지하지 않는다. 박 경호원이 부서진 남천 화분 옆에 거북이처럼 웅크린 채 112에 신고하고 있다.

신촌로터리에서 서강대 방향으로 있는 오 여사네 앞에서 총격이 났다는 말을 저쪽에서 못 알아듣는지 박이 소리를 질러댄다.

"여긴 영화사 시네마 연 앞인데, 건너편 갈비집 옥상에서 총알이 마구 날아온다고요. 영화가 아니라 진짜, 실제 상황이라니까요. 진짜라고요. 맞은 사람도 있어요!"

김 팀장은 119에 신고하며 남은영을 살피다가 오 여사네 출입문 근방에서 서성거리는 사람들한테 들어가라고 소리치고 나한테도 괜찮냐고 소리쳐 묻는다.

"괜찮습니다. 남은영 씨는요?"

"병원에 가 봐야 알겠지만 심장 쪽에 한 발, 복부에 한 발 맞은 것 같습니다. 일단 수그린 채 건물 안으로 들어가시죠."

"그럴 필요 없을 것 같네요. 저쪽은 이미 피하느라 바쁠 테니까요. 오 여사네 손님 중에 혹시 의사 있는지 좀 물어보세요. 나는 남은영 씨 좀 볼게요."

최 경호원이 오 여사네로 달려가는 사이 김 팀장은 길을 건너고 있다. 총알이 날아온 건너편 건물로 가는 것 같다. 나는 남은영에게 다가든다. 박 경호원이 내 뒤를 경계하며 섰다.

모로 누운 남은영의 가슴 앞쪽으로 피가 흥건하게 흐른다. 아직 숨을 쉬기는 해도 몹시 헐떡거린다. 남은영의 상태를 몰라 만질 수도 없다. 고작해야 '금세 구급차가 올 거예요', 할 수 있을 뿐이다. 〈돈 세이 워드〉에서도 남은영이 맡은 배역은 자기 동료가 쏜 총에 잘못 맞아 한없이 쓸쓸한 표정으로 죽는 역인데 현실에서도 같은 일이 일어났다.

영화에서는 총에 맞은 사람이 즉사하거나 할 말 다하거나 한없이 쓸쓸한 표정을 짓기도 한다. 같은 상황일 때 현실에서는 즉사하기 어렵고 말도 하지 못한다. 쓸쓸한 표정을 지을 여력도 없다. 남은영도 오늘 밤 자신이 왜 표적이 되었는지 말할 상태가 못 된다.

오 여사네 손님 중에 의사는 없는 모양이다. 호기심을 참지 못한 오 여사를 비롯한 손님들만 줄줄이 나와 이쪽으로 다가오지도 못한 채 구경꾼 노릇만 하고 있다. 서강대 쪽에서 구급차 소리가 난다. 경찰차도 줄줄이, 허둥지둥 달려온다. 남은영이 나를 부르며 다가든 지 5분도 못 되었을 텐데 몇 시간쯤 지난 것 같다.

회사 건물 내 각 방에는 출입가능한 사람들의 지문이 입력돼 있다. 모든 방을 출입할 수 있는 한 사람이 문 대표다. 사무실에 들어선 내가 가방을 내려놓기도 전에 스르륵 문이 열리더니 문 대표가 들어선다. 간밤에 일어난 총격사건 때문에 출근해 있었던 모양이다. 문 대표가 다짜고짜 말한다.

"서혜우 사진 내놔."

"그 사람, 무슨 사진이요?"

"윤휘와 서혜우가 연인인 걸 증명할, 서혜우의 아기들이 윤휘 자식이라는 걸 증명할 사진을 내놓으라고."

"어쩌시려고요?"

"알면서 뭘 물어?"

"그 사람 이혼판결 나면 내놓을게요. 조금만 기다려 주세요."

"조금만 기다려? 웃기고 계시네요, 윤 감독님. 그 이혼이 될까 봐? 헌재에서 대통령 탄핵 결정이 나도, 새 대통령이 뽑히더라도 서혜우 이혼이 가능할 줄 알아? 어림도 없어."

"그렇다면 더 기다려야죠. 저는 어떻게 될지라도 그 사람하고 애들은 최대한 보호해야 하니까요."

애들이라 말은 하지만 혜우 몸속에서 22주가 됐을 뿐인 태아들이다. 나는 태아들의 존재를 알게 된 이후 혜우를 한 번도 못 만났다. 한 몸인 그 셋은 숨결을 다스려 가며 간당간당 지내고 있다. 살펴 줄 수도 없는 처지에 나를 공표하고 나서면 그들에게 무슨 일이 생길지 모르지 않는가. 나한테 드러나지 말라 한 혜우의 말은 아직 유효하다. 더구나 양재륜 측에서 태아들을 제 자식인 양 발표한 마당에 내가 반박하고 나서는 건 혜우와 쌍둥이를 위태지경에 빠뜨릴 게 뻔하다.

"총알 한 번 피했다고 불사조라도 된 줄 알아? 넌 어차피 죽은 목숨이야. 네 입장에서는 죽기 전에 찍소리라도 내야지."

어젯밤 남은영은 엎어지면 코 닿을 데 있는 세브란스병원 응급실에 도착하자마자 숨을 놓았다. 남은영의 주검은 오늘 국립과학수사연구원으로 넘어갈 것이라 했다. 병원에서 경찰서로 가서 상황 진술을 마치고 나니 새벽 세 시였다. 집으로 가기 꺼림칙해서 호텔로 갔다. 잠을 못 잘 것이라는 우려가 무색하게 눕자마자 잠들었다. 깨어나니 아홉 시였다.

텔레비전을 켰더니 간밤 서울 도심 한복판에서 일어난 총격사건에 대해 보도하고 있었다. 표적은 내가 아니라 남은영인 것처럼 되었다. 한편으로는 사이코패스에 의한 무작위 총격일 거라는 추측도 진행되는 참이었다. 총격이 일어난 놀라운 사태는 만연하는 폭력게임과 폭력을 조장하는 영화나 드라마 탓이라는 분분한 시론을 펼쳐댔다. 총격사건이 하필이면 영화사 앞에서 일어난 까닭도 상징성이 있다는 패널이 있는가 하면, 그렇게 비약할 게 아니라 단순히 술집 앞에서 일어난 사건으로 봐야 한다는 패널도 있었다. 어떤 패널은 요즘 세계 곳곳에서 일어나는 테러와 같은 성격의 사건이므로 우리나라의 테러 대응상태를 점검해야 한다고 주장하기도 했다.

회사 앞에 도착하니 오 여사네 마당 쪽에서는 수사관들이 간밤에 수거하지 못한 탄알을 찾느라 기웃거리고 다녔다. 탄피는 간밤에 숯불갈비집 옥상에서 모조리 수거했다고 들었다. 저격범은 아직 잡히지 않았다. 앞으로도 잡힐 리 없다. 저격수가 사용한 총은 구형 엠피파이브(MP5)였던 것으로만 밝혀졌다.

"저한테는 죽기 전에 찍소리 내는 게 중요하지 않아요. 그 사람하고 아이들만 중요하다고요."

"어쨌든 내놔 봐. 구경이나 해 보게."

구경이나 하자고 사진 내어놓으라 할 문 대표가 아니지만 나는 더 이상 뻗댈 수 없게 됐다. 파일북이 조르라니 꽂힌 서가에서 한

권을 빼낸다.

"그 시끄러운 여자 사진을 거기다 뒀어? 겨우?"

"저한테는 제일 안전한 곳이라 여기 뒀던 거죠. 그렇더라도 여긴 사본들만 넣어 놨어요. 보세요."

파일북을 문 대표에게 건네고는 책상 앞으로 옮겨 앉아 담배를 꺼내 문다. 촬영장에서만 피우던 담배가 두어 달 전부터 상습이 되었다. 원탁 앞에 앉아 파일북을 넘겨보던 문 대표가 묻는다.

"지금 서혜우는 워싱턴에 누구랑 있는 거야?"

"안나 아줌마라고, 그 사람 태어날 때부터 키우던 보모와 지내는 모양이에요. 저도 김보늬 기자의 블로그를 통해서만 보고 있어요."

"그렇겠지. 그래서 그건 됐고, 내가 이 파일북 가져갈게."

"어쩌시려고요?"

"영화감독 윤휘가 〈돈 세이 워드〉, 아니 〈쉿, 비밀이야〉 작업 중에, 가령 어젯밤처럼 총에 맞아 죽든가, 트럭에 받혀 죽든가, 칼에 찔려 죽는 등 어떻게 죽어도 영화는 완성될 거고 개봉도 될 거야. 알지?"

"알지요."

"그렇게 되면 나는 윤 감독의 죽음을 광고로 실컷 써먹을 거고."

"그러시겠죠. 그래야 하고요."

"서혜우와 관련된 윤휘는 영원히 묻히겠지?"

"그렇겠죠."

"서혜우는 외국 어디선가 쌍둥이를 낳아 키우면서 살 거고."

"그러기를 바라죠."

"나는 그런 게 아주 딱 싫어. 늘 떠드는 말이지만 나는 지금의 영화감독 윤휘를 내가 만들었다고 자부해. 나와 평생 갈 동지이면서 내 기본자산이라 여기기도 해. 난 장사꾼이야. 장사꾼한테 기본자산은 마지노선이지. 내 마지노선이 다른 장사꾼한테 위협당하면서 무너지는 꼴을 보고 있을 수만은 없어. 감히, 내 마당에 와서 내 자산에다 총질을 해? 총질이나 하라고 비싼 땅 비워 마당 만든 줄 아냐고. 기가 막혀서 죽겠어, 정말."

"재산이라는 말씀보다는 낫네요, 자산이."

"또, 양재륜이 서울시장이든, 대통령이든 되는 꼴은 보기 싫어. 서혜우가 이혼하자 했고, 이혼하겠다는 이유가 뭔지 지가 젤 잘 알잖아. 그냥 이혼하면, 이혼한 것만 흠이지 누가 저한테 나쁜 놈이라고 손가락질 하겠어? 서혜우만 화냥년 만들면 되잖아. 서혜우가 그러겠다고 했고. 그랬으면 지가 게이인 거나 게이인 걸 속이고 결혼한 사실도 묻힐 거 아냐? 그런데 멍청하게 판을 키웠어. 그건 자기들을 제외한 모든 사람을 발밑에 깔고 살아왔다는 것이고, 여태 그래도 되었기 때문이지. 그놈이 그런 건 물론 제 배경에 DH그룹이 있다는 거고. 난 양재륜만큼 DH도 정말이지 싫증나고 넌더리 나."

"그러게요."

"더해서 나는 서혜우가 아무 일도 겪지 않은 것처럼 고고하게 혼자 아이들 낳아 키우면서 사는 꼴도 보고 싶지 않아. 이렇게 된 바에는 서혜우가 윤휘와 더불어 난리법석 치르고, 새끼들 키우면서 서로 싫증날 때까지 붙어사는 꼴을 보고 싶어. 평강공주하고 바보 온달도 아니고, 둘이 붙어살면 금세 싫증날걸! 서로 못 잡아먹어서 난리일 거고, 결국은 성격 차이 운운하면서 찢어진다고 나설 거야. 나는 기어이 그런 꼴을 보고 싶어."

"악취미세요."

"나 못돼 처먹은 거 영화판 사람들은 다 알아. 아무튼! 그래서 저들이 한사코 무시하고 있는 서혜우의 남자가 윤휘라는 사실을 윤휘가 살아 있을 때 세상에다 떠벌려야겠어. 그래야 죽었을 때 써먹을 수 있지 않겠어? 가만있어도 총질을 시작한 저치들이니 한번 붙어보는 거지. 물론 이번 영화를 잘 팔아먹기 위한 공작이야. 죽은 감독의 작품보다 떠들썩한 연애 주인공으로서의 감독이 훨씬 잘 팔릴 테니까. 영화 내용도 딱 그거잖아? 대신 이제 대학교수로서의 윤휘는 포기해야 할 거야. 이 대한민국 땅에서 아직 기혼인 여자와의 연애질이 불법은 아닐지라도 비도덕이고 불륜이라 불리는 건 사실이니까."

"각오했어요."

"불륜이란 말, 정말 끔찍하지 않니? 엄마 아버지를 죽인 게 불륜이고, 게이가 여자한테 장가든 게 불륜이고, 딸자식한테 게이하고 살라고 말하는 게 불륜이고, 남의 새끼를 제 새끼인 것처럼 떠벌리는 게 불륜이지, 결혼한 여자하고 연애 좀 한 게 무슨 불륜이야? 암튼 그래도 불륜한 교수라고 트집 잡혀 잘릴 확률이 백 퍼센트니까 교수 노릇은 포기해야 할 거란 거지. 교수 노릇은 네 스스로도 이미 포기해 가는 과정일 거고. 그렇지 않아?"

"각오했다니까요. 이번 학기가 끝일 거라고 생각하고 있어요."

"선생질은 포기하고 영화감독으로 길게 살아갈 방법을 모색하자는 게 지금 내 말의 요지야. 그렇더라도 당당하게 나가자는 것이기도 하고. 서혜우의 남자, 쌍둥이 아빠가 윤휘라는 게 터진 다음에 자진 퇴직하고 그러지 말란 뜻이야. 기혼녀 좀 만났다고 자를 거면

학교 당국에서도 최소한 회의는 해야지. 고민할 기회라도 줘야 하는 거 아니겠어? 교수 윤휘가 한 짓이 범죄라고 기소되고 유죄 판결이 나야 지들도 자를 명분이 생길 거고."

"알겠어요. 그래도 조금만 더 지켜봐 주세요. 그 사람 이혼소송이 어떻게 되는지를요."

"지금까지 뭘 들었어? 게이 섹스 동영상이 난리를 치고 있는데도 양재륜 팬카페 회원이 2만 명이 넘어. 대통령이 탄핵되든 말든 상관없는 인간들에게 서혜우는 양재륜의 앞길을 가로막는, 아주 나쁜 년일 뿐이야. 호강에 초치며 살다 남편 삶까지 초치고 있는 썩을 년! 그들은 양재륜 섹스 동영상이 뜬 사이트마다 찾아다니면서 사이트 개설자를 무차별로 공격해 대. 죽여 버리겠다는 협박도 서슴없이 해 대고. 앞으로라고 달라질 거 같아? 인터넷에서 어떤 난리가 나든, 변호사 차가 트럭에 받치든 말든, 기자가 칼을 맞든 말든, 영화감독이 영화사 앞에서 총격을 당하든 말든 양재륜 팬들, 양재륜 팬을 가장한 권력집단 추앙자들은 양재륜을 옹호해. 지금 이대로라면 그 이혼소송 절대 진행되지 않는다니까. 기관단총으로 난사당하고 난 이 마당에도 그걸 인정 못 하겠어?"

"인정해요. 그렇지만 제 입장에서는 제가 드러날 경우 그 사람과 아이들이 위험해질 수도 있지 않을까 염려하는 거죠. 그래서 저는 차라리, 헌재에서 탄핵 결정을 내릴 거니까, 새 정부 들어서고 나서, 그러는 과정에 그 사람 이혼이 진행되면 자연스레 제가 드러나는 게 낫지 않을까 생각하는 거고요."

"대통령 탄핵 결정이 윤휘, 서혜우와 무슨 상관이라고?"

"그렇게 되면 아무래도 저쪽의 기세가 좀 꺾이지 않겠어요? 일단

한발 물러나 있자고 결정하고 이혼에 찬성할 수도 있겠죠."

"저쪽 사람들이 바라는 게 딱, 지금 윤 감독처럼 생각하고 움직이는 거지. 찍소리 말고 죽은 듯이 있으라고. 지금까지 윤 감독 주변 사람들만 건드리면서 위협하더니 이제 윤 감독을 겨누고 나섰어. 남은영? 그 친구는 총잡이 놈이 실수로 쏜 총알에 맞았을까? 아닐걸. 이왕 총질한 김에, 서혜우에 대해 너무 많이 아는 그 친구도 제거하기로 된 거 아니겠어? 헌재에서 탄핵 결정을 내린다고 자신할 수도 없어. 탄핵 결정이 난다고 해도 마찬가지야.

새 대통령이 이른바 촛불 측에서 나온다고 희망적으로 가정해 보지. 그래 봤자야. 태극기 흔들면서 '우리 여왕마마'를 부르짖는 사람들, 저들을 움직이는 배후에 DH그룹 같은 세력이 있고, 그들은 이 나라를 자신들이 세우고 지키고 있다고 생각해. 너나 나 같은 족속이 그걸 뒤흔든다고 여기고. 저들은 그 족속들, 즉 우리가 뽑은 대통령을 봐 내지 못하지. 우리 이미 겪어 봤잖아? 재임기간 내내 흔들어 대다가 퇴임하자마자 저 세상으로 몰아 버리는 거! 촛불이 전국에서 타올라도 그쯤 바람 불어 꺼 버리면 그만이라고 말하는 게 저들이라고. 어젯밤의 총질을 비롯해서 지난 달포 사이에 네 주변에서 일어난 일들이 바로 그 촛불 끄는 작업이지. 다시 촛불 따위 켤 생각 말라는 위협인 거고."

숨이 차는지 한숨을 내쉰다. 그렇지만 내가 반박하기 전에 다시 시작한다.

"그러니까 이대로라면 윤 감독, 너는 청와대에서 떨고 있는 그 여인의 탄핵 결정이 날 때까지 못 살아. 길어도 그 여인이 청와대에서 나올 수밖에 없게 되고 새 대통령이 뽑힐 때까지 못 산다고. 내가 경호원 몇 명을 붙여 놓든지 상관없이 너는 죽는단 말야. 내가 너한테 탱크를 타고 다니게 해도 소용없을걸.

새 정부가 들어선다고 달라질 것 같아? 네가 죽고 나면 서혜우는 무사할까? 어디인지 모르는 거기서 무사히 애들 키우면서 참한 얼굴로 조용히 살아질 것 같아? 천만에. 양재륜의 엄마가 예전에 바람피운 둘째 며느리를 샌프란시스코에서 사라지게 만든 건 알 만한 사람들은 다 알아. 자식을 둘이나 낳은 며느리였는데도 말이지. 내가 양재륜 엄마래도 서혜우를 가만두지 않아. 남의 새끼를 가졌잖아? 그것도 모자라서 집 나가 이혼하겠다고 날뛰고 있고. 이왕 이렇게 된 마당에 말끔히 치워 버리고 새 며느리 얻으면 되는데 뭣 때문에 우환거리를 살려 두겠어? 탕 쏴 버리거나 혹 불어 버리면 그만인데?"

"그렇다면 지금 새삼스레 뭘 해도 결과는 마찬가지잖아요."

"네가 그렇게 말하면 내가 또, 기분이 무지하게 나쁘지. 양재륜 엄마만 한 힘은 못 가졌을지 몰라도, 솔직히 그 발톱의 거스러미만 한 힘도 못 되겠지만, 나도 오기가 있어."

참 실감나는 비교다. 심각한 와중에도 소설은 문 대표가 써야겠다 싶어 웃음이 난다.

"암튼 나, 머리 나쁘다는 소리 들어 본 적 없어. 미련하게는 안 할 거니까 그 걱정은 마. 게다가 이쯤 됐으니 너도 사내로서든 아비로서든 나서야 하는 거 아니야? 안전을 지켜 주기 위해서 남자가 숨고 아비가 숨어? 그따위 안전이 여자한테, 또 애들한테 무슨 의미가 있는데? 그따위 안전을 운운하는 건 아무렇지 않게 총질하는 저들의 논리 아니야? 네 아버지, 네 어머니를 세상에서 사라지게 만들고도 대대손손 아무렇지 않은 저들을 용인하는 거 아니냐고. 촛불쯤 꺼버리면 그만이라는 저들과 뭐가 달라."

"말씀 참 잘 하시네요. 다 맞는 말씀이시고요."

"그러니까 이 문제는 나한테 맡기고, 윤 감독은 부디 죽지 말고 영화나 잘 끝내. 아! 김보늬 기자, 다음 주부터 우리 회사 홍보부로 정식 출근할 거야."

"우리 회사에 홍보부가 어딨어요?"

지금까지 총무부 한 팀에서 홍보 일을 해 왔다.

"홍보부를 만들기로 했어. 진작부터 필요하다 싶었으니까."

"완전히 엿장수시네요."

"엿장수건 비단장수건 내 맘이지. 난 김보늬 글이 아주 마음에 들어. 그 친구 사고방식은 훨씬 더 마음에 들고."

"그 친구는 한누리에 소속된 걸 자랑스러워하는걸요."

"자랑스러운 건 자랑스러운 거고, 〈한누리신문〉, 〈인사이드 한누리〉, 〈한누리 시네마〉 등등이 전부 간당간당한 건 현실이지. 한누리의 모든 직원이 스스로 연봉을 10프로씩 깎으며 긴축상태로 들어간 지 여러 해 되었어. 개인 소유 신문사가 아니라서 마구잡이로 해고되는 일 없고, 중견 이상 기자들은 돌아가면서 무급 휴직도 한다지만 몇 해 동안 연봉은 오르지 않고 있어. 김보늬가 나와 주면 하장욱이 남아 있을 한누리에 좋고, 한누리에서 나온 김보늬한테는 훨씬 더 좋을걸. 나는 김보늬한테 연봉 빵빵하게 챙겨줄 거니까. 더불어, 김보늬의 요청으로 최범도 채용했어. 최범은 김보늬 홍보부장 아래서 자료관리를 맡을 거야."

"해커를 채용해도 괜찮으시겠어요?"

"혼자서 해킹만 하고 지내다가 뜨거운 맛을 봤으니 조직에 속해 조직을 위해 일하는 맛도 알게 되겠지. 나흘 후 29일 아침, 너 출국 직전에 기자회견 할 거야. 단빈지 소나긴지한테 미리 말해도 좋겠지. 단빈지 소나긴지가 네 기자회견을 허락하지 않는다고 해도 나는 할 거지만 알려 두기는 해."

기자회견을 한들 소용이 있을까. 동영상처럼 쓸데없이 되고 말 텐데. 내가 말하기 전에 문 대표가 파일북을 들고는 쌩하니 나간다. 나는 또 담배 개비를 입에 문다. 저들은 양재륜이 게이임을 증명하는 명백한 동영상도 쓸모없이 만들었다. 쌍둥이를 제 자식인 양 발표하고, 임신한 여자를 신경증을 앓는 여자로 둔갑시키고, 변호사와 기자와 영화감독을 죽일 수 있다는 걸 보여 줬다. 자신들의 정의를 따로 가진 저들에게 서혜우가 살아 있는 게 득이 되지 않을 때 일어날 일은 문 대표 말대로 우환의 불씨를 꺼버리는 것일 터이다.

사랑이 이토록 힘없는 것인 줄 이제야 알아가는 나는 어째야 할까. 혜우는 알까. 회사 전화의 수화기를 집어 든다. 저들이 메모리얼병원의 검진기록까지 들여다보는 마당에 내가 회사 전화로 안나 아줌마한테 연락하는 게 무슨 소용이 있을까만 지금으로선 하던 대로 해 보는 것이다.

기자들로 꽉 찬 강당으로 들어서서 마이크 앞에 앉는다. 김보늬는 맨 앞자리에 있고, 그 곁에서 최범이 노트북을 펴 놓고 있다. 피피티를 조정하려는 모양이다. 최범은 뼈가 열댓 군데나 부러지며 전신에 타박상을 입었다고 했는데 AS센터 다녀온 컴퓨터처럼 최소한 겉으로는 말짱해졌다. 하장욱은 맨 뒤에 나무처럼 서 있고 내 경호원들은 강당의 사면에 포진해 있다. 옆자리에 앉은 문 대표가 나한테 회견문을 건네주고 먼저 입을 연다.

"시네마 연의 문달회입니다. 이렇게 와 주셔서 고맙습니다. 저희 회사 앞에서 일어난 총격사건에 관한 입장과 아울러 표적이었던 게 분명한 윤휘 감독의 입장을 알려드리기 위해 모셨습니다. 궁금하신 사항이 아주 많으실 겁니다만, 일단 정리를 하고 윤휘 감독의 말씀을 듣겠습니다.

윤휘 감독은 몇 시간 뒤에 〈돈 세이 워드〉 해외 로케이션을 위해 출국합니다. 오는 2월 하순, 해외촬영을 마친 뒤에 귀국할 거고요. 해서 부탁드립니다. 한 기자님 당 질문은 한 가지씩만 해 주십시오. 윤 감독이 답할 때는 중간에 치고 들어오지 마시길 부탁드리고, 중복된 질문은 삼가 주시길 청합니다. 마지막으로, 윤 감독이 노코멘트 하는 사안에 대해서는 수긍해 주시길, 부디 청합니다.

윤 감독이 먼저 회견문을 읽을 텐데요, 저와 윤 감독 뒤쪽 화면에 회견문의 내용에 따른 자료화면들이 차례로 나타날 겁니다. 화면에 나타날 자료들은 이미 인터넷에 떠오른 것들과 저희가 가지고 있던 자료들을 순서대로 편집한 것입니다. 이 회견은 화면에 나타나는 해당자의 허락하에 이루어지는 것임을 분명히 밝히는 바입니다. 이 회견이 끝난 뒤 따로 자료화면을 요청하시면 내 드리겠습니다. 그럼, 윤 감독이 현재 상황에 대한 기본적인 내용들을 발표문 형식으로 읽는 것으로 이 회견을 시작하겠습니다."

인사말을 마친 문 대표가 나를 향해 미소를 지어 보이곤 고개를 끄덕인다. 회견문은 아마도 이번 주부터 시네마 연의 홍보부장으로 출근한 김보늬가 썼을 것이다. 보늬는 배꼽 왼쪽에 생긴 상처가 덜

아물어 복대를 두르고 있을 터이다.

장욱은 보늬가 수술을 받고 병상에 누워 지내는 동안 병원을 집으로 삼고 출퇴근 했다. 장욱은 제대하고 복학하여 보늬를 처음 만난 순간 푹 빠졌다. 이후 내내 설설 기는 식으로 연애를 했다. 혼인 신고나마 하고 살기 위해 애걸복걸했다. 그런 아내한테 칼을 맞게 한 나 같은 친구를 나라면 당장 버렸을 것이다. 보늬 입장에서도 나 같은 선배, 무서워서라도 떠나겠다고 나서는 게 맞을 것 같았다.

장욱과 보늬는 좀 이상한 행성에서 날아온 족속 같았다. 겁이 없었다. 포악하고 무도한 저들이 원하는 대로 되어 가지 않겠다는 게 그 부부의 생각이었다. 병실의 자그만 침상에 둘이 붙어 누워 인간의 올바른 처신에 대해, 현재 문제가 뭔지, 그걸 어떻게 해결하는 게 현명한지를 논한다 했다. 병문안 갔을 때 제게 미안해서 몸 둘 바 모르는 나를 보늬가 질책했다.

"내가 선배를 위하다가 테러 당했다고 착각하지 마요. 누구나 다 다른 누구를 위해, 그 무엇을 위해 사는 게 아니라 결국 자신을 위해 사는 거잖아. 나나 욱 씨도 우리 삶을 우리 방식대로 사는 것뿐이에요. 우리가 애를 낳아도 괜찮겠다 싶은 세상! 그 세상을 향해 한 발이라도 나아가 보자는 게 나나 욱 선배의 생각인 거고요. 선배도 그렇잖아. 선배 회사 문 대표님도 그렇고, 촛불 하나 켜들고 혹한의 거리에 나서는 수십, 수백만의 사람들도 그렇고요. 누군가를 위해서가 아니라 자신을 위한 실천인 거죠."

보늬가 팔에 링거 주사를 꽂은 채 그렇게 설파할 때 장욱은 자신은 모르는 일이라는 듯이 딴전 피웠으나 얼굴에는 미소가 어려 있었다. 지금 강당 끝에 서 있는 장욱의 표정은 굳어 있다.

장욱은 제 집에서 술자리를 가진 어젯밤까지도 이 회견을 반대했다. 반년 뒤쯤 개봉할 영화에는 도움이 될지 모르지만 나나 서혜우, 애들한테는 득 될 것이 없다는 생각 때문이었다. 나도 그랬다. 혜우가 허락했어도 지금은 때가 아니라는 생각을 떨칠 수가 없었다.

　모처럼 돼지고기 볶아 김치며 두부로 한 접시 만들어 술상 차렸던 보늬가 바락 소리 지르며 나섰다.

　"뭘 해야 득이 되는데? 지금 아무것도 안 하면 득이야? 뭐에? 다 냅두고, 무등과 백아가 양재륜의 새끼들로 둔갑한 이 마당에도 우리가 닥치고 있어야 해? 닥치고 있으면 애들이 저절로 윤휘 새끼들로 돌아올까? 정말 닥치고 살면서 애들이 재벌집 아이들로, 대통령 자식으로 크게 할까? 애들한테 그게 좋을 것 같아? 어? 그걸 바래? 둘 다? 그걸 바란다면 둘 다 당장 내 앞에서 꺼져 버려. 난 둘 다 안 보고 살 거니까."

　"아냐, 마누라. 그러지 말고 사이좋게 살면서 애들 찾아오자."

　장욱이 설설 기며 보늬를 달랬다. 그래 놓고는 저 얼굴이다. 내 얼굴도 비슷할 것이다.

　"윤휘입니다. 여러분 모두 아시다시피 지난 24일 밤 자정 즈음에, 저희 회사 앞 도로가에서 총격사건이 벌어졌습니다. 당시 현장에는 저와 제 경호팀원 네 분과 남은영 씨가 있었습니다. 그 시각까지 일하다 귀가하려던 저를 남은영 씨가 불러 세운 것이었죠.

　남은영 씨는 요즘 제작 중인 저희 영화에 단역으로 출연 중인 액션배우였습니다. 제 영화에 출연하기 전에 남은영 씨는 경산대 보안팀에서 4년을 일했고, 고용계약 연장이 되지 않는다며 저를 찾아와 영화 스턴트 출연을 청했습니다. 저는 이번 영화에서 단역배우들을 지휘하는 저희 회사 백강원 감독에게 남은영 씨를 소개했고요. 그 결과 남은영 씨가 저희 영화에 출연하게 되었던 겁니다. 그밤에 유명을 달리하신 남은영 씨의 명복을 빕니다.

여기까지는 제가 경찰에서 진술했고 여러 매체에서 기사화된 내용입니다. 부산 경산대에서 일하던 남은영 씨가 어떻게 저와 연결되었는지를 말씀드리겠습니다. 경산대 보안팀에서 재직하던 당시 남은영 씨가 수행 겸 경호하던 사람이 서혜우 씨입니다. 남은영 씨는 서혜우 씨를 경호하면서 저를 만난 적이 있었습니다. 즉, 저와 서혜우 씨가 오래전부터 알고 지낸 사이라는 겁니다.

제 뒤쪽에 드리워진 사진은 저희 회사 홍보팀에서 운영하는 저의 인터넷 카페에 올려진 것입니다. 소년소녀의 결혼식 사진이지요. 이 사진에 대해 먼저 말씀드리겠습니다. 제 영화 〈샤먼〉에서 소년의 할아버지 북두도사는 무당이었고, 영화 속 북두도사의 모델은 무당이었던 제 할머니였습니다. 소녀의 할머니는 무당의 오랜 손님이셨고요. 옛날 분들이라 팔자나 운명을 믿었던 것 같습니다. 혼인을 세 번 하는 걸로 나타난 소녀의 팔자땜을 위해서 할머니들은 각기의 손자손녀를 실제 초례청 앞에 세우고 혼인을 시켰습니다. 소년이 열두 살, 소녀가 아홉 살 때였습니다. 서로 까맣게 잊고 살던 소년 소녀가 23년 뒤에 한 기차 안에서 우연히 만났습니다. 영화가 아니라 실제 만난 그 소년이 저고, 소녀가 서혜우 씨입니다.

기차에서 남자가 여자 손을 잡고 나가는 사진은 최근에 제 인터넷 카페에 올라온 것입니다. 그 기차에 있던 어떤 분이 찍어 놨다가 제 인터넷 카페에다 올려 주신 모양인데, 저와 서혜우 씨가 23년 만에 다시 만난, 작년 봄 사진입니다.

저는 미혼이지만 서혜우 씨는 결혼 상태였지요. 그럼에도 불구하고 저는 서혜우 씨를 잊지 못하고 거듭하여 만나기를 청했고, 서혜우 씨도 제 청에 응해 주었습니다. 서혜우 씨가 이혼을 작정한 시기는 지난 설 무렵인 2월쯤인 것으로 알고 있습니다. 저와의 만남 때문이라기보다 서혜우 씨 본인의 개인적, 내적 동기에 의한 이혼 결심이었을 거라고 생각합니다.

지금 제 뒤에 있는 사진은 그 무렵 서혜우 씨 사진입니다. 이 사진이 찍힐 때 저는 뉴욕필름아카데미에서 겨울 강좌를 맡았던 상태라 국내에 있지 않았습니다. 서혜우 씨가 비어 있던 제 집에 들렀다가 컴퓨터를 열면서 컴퓨터 카메라에 잡힌 모습입니다.

서혜우 씨가 부군께 이혼을 정식으로 청한 시기는 지난 10월 말경입니다. 그때 서혜우 씨는 임신 9주 차였습니다. 지금 나오는 태아 초음파 사진과 부산중앙산부인과에서의 검진 기록에 그 사실이 명시되어 있습니다.

그 다음 주에 서혜우 씨는 머물고 있던 서초동 친가에서 저한테 자필 편지를 보내 왔습니다. 그 일부분이 지금 제 뒤 화면으로 나오고 있지요. 겉봉 수신자란에는 제 대학 후배이자 〈한누리 인사이드〉 기자였던 김보늬의 이름이 적혀 있습니다. 김보늬 기자가 받아 저한테 전달한 편지의 일부에 이렇게 씌어 있습니다.

휘! 내 몸에 쌍둥이가 깃들었답니다. 동봉하는 사진이 임신 9주 차의 쌍둥이 모습이에요. 당신한테 미리 알리지 못하고 이렇게 전하게 돼서 미안해요. 나는 그 어떤 때를 기다렸던 거예요. 태명은 '무등', '백아'라고 우리 어릴 때 기억과 관련된 산 이름을 따서 지었어요. 나무 하나가 숲 같다고 했던 어린 날의 우리 대화를 떠올리면서요.

어쨌든 친정에 와서 엄마한테 임신했다고 말했어요. 임신 13주째라고, 쌍둥이를 가졌다고, 그렇지만 남편의 아이들이 아니라고요.

마지막 대목에 다른 필체로 '남편'이라 돼 있는 부분이 보이실 겁니다. 그 자리에 원래는 서혜우 씨 부군의 실명이 적혀 있었습니다만 저희가 가렸습니다.

서혜우 씨가 김보늬 기자를 통해 저한테 이런 편지를 보낸 까닭은 물론 쌍둥이가 저와의 사이에서 생겼기 때문입니다. 무등산과 백아산은 제 원적지, 고향과 관련이 있고요. 다시 말씀드리면 쌍둥이는 서혜우 씨와 저 사이에서 생긴 아이들입니다.

그래서 서혜우 씨는 영국 옥스퍼드를 거쳐 미국 워싱턴 D. C. 로 건너가 체류하게 되었습니다. 옥스퍼드에서의 사진들은 그 무렵 인터넷의 서혜우 씨 팬카페, 안티카페에 많이 떠올랐지요. 그 전에 서혜우 씨는 신의 로펌 신헌 변호사님을 이혼소송 대리인으로 선임한 상태였습니다.

서혜우 씨가 옥스퍼드에 체류하는 동안 신헌 변호사는 이혼소송을 시작했으나 이혼사유 불충분으로 기각되었습니다. 그리고 다들 아시다시피 서혜우 씨의 이혼소송을 다시 준비하시던 중에 신헌 변호사와 최영호 사무장께서는 사고로 전치 3개월 이상의 중상을 입으셨습니다. 근래 신의 로펌에서 서혜우 씨 이혼소송을 다시 시작해 현재 법원에 계류 중인 것으로 알고 있습니다.

지금 제 뒤 화면에 나타난 서류는 서혜우 씨가 워싱턴 D. C. 로 옮겨간 직후 그쪽 메모리얼병원에서 검진받은 기록입니다. 서혜우 씨는 이중국적자로 미국 이름이 '팀리 제이 서'입니다. 팀리 제이 서의 임신 검진기록에, 쌍둥이 태아의 생물학적 아버지로 제 이름이 기록되어 있습니다.

사흘 전에 제가 서혜우 씨한테 총격사건과 이 회견에 관해 말하고 허락을 구했습니다. 이 검진기록은 서혜우 씨가 회견에서 자신의 실명을 거론해도 무방하다는 허락과 함께 전송해 온 것입니다.

사실에 관한 기본적인 사항은 여기까지입니다.

서혜우 씨는 아직 법적으로 결혼 상태라 저와의 관계가 드러났을 때 법적인, 도의적인 책임을 감당해야 한다는 사실을 압니다. 저 또한 기혼자와의 관계로 인해 져야 할 법적인, 도의적인 책임이 막중한 걸 잘 알고 있습니다. 그래서 서혜우 씨와 저는 저희들의 비합법적인 관계로 인해 감당해야 할 책임을 감당하기로 했고, 서혜우 씨의 이혼소장에 그 사실을 명시한 바 있습니다. 이 회견도 그 연속선에서 이루어지는 것이고요.

총격사건으로 고인이 되신 남은영 씨를 비롯하여 여러 분들이 저와 서혜우 씨로 인해 상처를 입었다는 사실을 현실적으로 증명할 수는 없습니다. 하지만 저희 주변에서 연이어 발생하는 일인지라 달리 생각하기 어렵습니다. 때문에 저와 서혜우 씨는 그분들께 죄송한 마음을 평생 간직하며 살게 될 겁니다. 정말 죄송합니다.

서혜우 씨와 별도로, 저는 제가 속한 대학과 학생들에게 누를 끼치게 된 점을 깊이 사과드립니다. 저의 개인적인 관계와 행동으로 인하여 대학당국에서 저를 해고하신다면, 그리고 명예훼손에 대한 책임을 물어 고소하신다면 기꺼이 받아들이겠습니다.

270

그렇지만 저는 서혜우 씨와 저의 관계가 범죄라고 여기지 않습니다. 하여 스스로 사직하지는 않고 대학당국의 결정을 기다리겠습니다. 이상입니다. 들어주셔서 고맙습니다.”

다 읽고 나니 목이 마르다. 물을 마신다. 한정 없이 이어질 질문들이 지레 겁난다. 공포에도 색깔이 있다면 회색빛일 거라고 느낀적이 있다. 지금 강당 안의 공기는 회색빛이다. 거대한 회색빛 덩어리가 나를 압박한다. 여기까지 와서 아직도 겁을 내고 있는 내가 한심하다 여기는데 곁에서 문 대표가 입을 연다.

“이제 질문 받겠습니다. 저한테 하실 질문과 윤 감독한테 하실 질문을 구분해서 해 주셨으면 좋겠습니다. 시작하지요.”

강당 중간쯤에 앉은 남자 기자가 손을 든 게 아니라 벌떡 일어나며, 저요, 하는 바람에 웃음판이 벌어진다.

“〈서울일보〉의 기정환입니다. 윤휘 감독께 질문하겠습니다. 서혜우 씨와의 관계에 대한 말씀은 충분히 들은 것 같구요, 서혜우 씨 부군이신 양재륜 의원이 게이라는 말들이 널리 유포되어 있습니다. 해서 그가 게이라고 생각하시는지를 묻는 게 아니고요, 서혜우 씨가 결혼할 때 상대가 게이인 걸 알고 결혼했는지, 윤 감독께서는 그에 대해 서혜우 씨한테 들은 적이 있습니까?”

“그에 대해 직접 들은 적 없습니다. 물어본 적도 없고요. 제 생각을 말씀드리자면 서혜우 씨는 살아온 환경의 특성상 통상적인 젊은 여성들보다 현실적인 감각, 경험치라고 해도 좋겠지요, 그런 게 좀 떨어진다는 것입니다. 가령 서혜우 씨가 작년 5월에 저와 만나게 된 밤기차를 탔을 때, 그건 서혜우 씨가 난생 처음 홀로 감행한 외줄이었습니다. 서혜우 씨는 친구들과 극장에 가 본 적이 없다고 들었습니다. 친구들과 술집에 들어가 본 적도 없고요. 기정환 기자님의 질문에 제가 답할 수 있는 건 이만큼인 것 같습니다."

문 대표가 나선다.

"기정환 기자님, 미진하시겠지만 앉아 주시고요, 다른 기자님들께서도 앉아서 질문해 주시기 바랍니다. 그리고 윤휘 씨와 서혜우 씨 이외의 실명은 거론치 마시고 질문해 주시면 고맙겠습니다. 저희들을 위해서나 기자님들을 위해서나 그게 바람직하지 않을까 합니다. 요즘 시국이 그렇지 않습니까?"

여러 기자가 손을 들자 문 대표는 좌석 네 번째 줄에서 손 든 기자를 가리킨다.

"〈대한신문〉 범순우입니다. 윤 감독께 여쭙겠습니다. 방금 윤 감독의 말씀에 따르면 서혜우 씨는 옥스퍼드에서 워싱턴 D. C. 로 옮겨갔습니다. 다른 보도에서 나온 사항이기도 하지요. 하지만 이후 서혜우 씨에 관한 어떤 행적도 알려지지 않고 있습니다. 서혜우 씨가 워싱턴 D. C. 에 있는 게 사실입니까? 윤 감독께서는 서혜우 씨와 계속 연락하고 있습니까?"

〈대한신문〉은 DH그룹 산하 매체다.

"좀 전에 문 대표께서 말씀드렸듯이 서혜우 씨의 법률대리인이신 신헌 변호사께서 하필이면 서혜우 씨 이혼소송을 재개하려던 참에 교통사고로 중상을 당하셨습니다. 사고를 낸 트럭의 기사는 삼십대 중반으로 부인과 세 아이를 둔 가장이라 하더군요. 세 아이를 둔 가장이 일으킨 그 사고를 불행한 우연이라 치더라도, 〈인사이드 한누리〉에서 일하던 김보늬 기자 등이 당한 테러며 제가 겪은 총격 등으로 미루어 볼 때 저는 이 모든 게 저와 서혜우 씨에 대한 위협이라 여깁니다. 때문에 서혜우 씨와 그 태중 아이들의 현재 거취에 관한 어떤 말씀도 드리기 어렵습니다. 양해하시기 바랍니다."

"서혜우 씨의 소재를 알고 계신 건 확실합니까?

"며칠 전 통화하여 오늘 이 회견에 관해 의논했고 검진 기록을 받았다고, 조금 전에 말씀드렸습니다."

문 대표가 끼어들어 다른 질문을 받겠노라 하고, 두 번째 줄에서 손을 든 기자를 가리켰다.

"저는 〈문화신문〉의 송진아입니다. 문 대표님께 여쭙겠습니다. 좀 전에 윤 감독께서 거론하셨듯 지난 24일 밤 자정 무렵에 이 건물 앞에서 총격이 있었고 남은영 씨가 사망했습니다. 근 며칠 인터넷에서는 저격범의 총구가 남은영 씨를 겨누었다는 설과 무작위 총질이었다는 설로 설왕설래하다가, 윤 감독을 겨냥한 것이었다는 설로 모아지는 것 같습니다. 문 대표께서는 어떻게 생각하시는지, 그리고 만약 윤 감독을 겨냥한 것이었다면 저격수가 누구의 청부를 받은 거라고 생각하시는지 말씀해 주시기 바랍니다."

"저는 윤 감독을 겨냥한 것이었다고 확신합니다. 고인이 되신 남은영 씨는 자정 넘은 시각에 윤 감독을 불러 세우셨지요. 윤 감독과 윤 감독 경호팀의 말에 따르면 그분은 저희 건물 1층에 위치한 오여사네에서 친구들과 술을 마셨다고 했는데, 총격이 있은 직후 오여사네에 남은영 씨의 친구라고 나서는 사람은 전혀 없었습니다. 최소한 스스로 남은영 씨 친구라며 나선 사람은 없었다는 거지요. 윤 감독이 경찰에 진술한 대로 남은영 씨는 혼자 윤 감독을 기다리다가 불러 세웠고, 차에 오르려다 멈춘 윤 감독과 얘길 나누게 됐습니다. 인사 몇 마디 나누는 사이에 기관단총인 엠피파이브에서 나온 서른 발의 총탄이 윤 감독과 주변으로 날아들었죠. 그 중 두 발이 남은영 씨한테 맞은 것이고요.

서혜우 씨 경호관을 지낸 인연으로 윤 감독의 새 영화에 단역배우로 출연하신 남은영 씨가 그 시각에 어떻게 홀로 있다가 윤 감독을 불러 세웠고, 왜 하필이면 그때 총탄이 날아들었는가 하는 의문은 제가 말씀드릴 수 있는 사안이 아닐 것입니다. 어쨌든, 삼가 그분의 명복을 빌고요, 이 모든 일이, 앞서 윤 감독의 회견문에서 밝힌 대로 윤 감독이 서혜우 씨를 비합법적으로 사랑했기 때문에 생긴 일이라고 봅니다. 저격수가 누구의 청부를 받은 것이라고 생각하느냐는 질문에는 답변할 수 없겠고요. 제가 답할 수 없는 이유는 여기 계신 모든 기자님들이 아실 거라고 생각합니다."

질문과 답이 번갈아 영원히 계속될 것처럼 이어진다. 문 대표는 자신의 직업에 자신만만한 사람답게 폭넓은 지식을 과시하며 시종 절제된 얼굴로 기자들을 다스려 가며 회견을 진행한다. 서중호, 정혜식, 양재륜, DH그룹에 관한 질문들이 나오면 나를 앞서 코멘트를 거절했다.

'그 질문에는 코멘트하지 않겠습니다. 그 건도 노코멘트입니다. 그분들 성함은 거론하시지 말아 주십시오. 노코멘트. 노.'

한 시간여 걸친 질의응답 끝에 기자회견이 끝났다. 문 대표가 나한테 먼저 퇴장하라 한다. 나는 옆문으로 나와 사무실로 올라온다. 일기예보에서 미세먼지 농도가 나쁨 단계라더니 창에 드리운 바깥 날씨가 온통 회색빛이다.

🌿 사라지지 않아

안나 아줌마는 세스 번이 자기 이상형이 아니라면서도 그가 오면 차를 대접했다. 세스 번이 끼니때 맞춰 오면 식사도 같이 했다. 세스 번이 부인과 사별하고 독신으로 지낸다는 건 4년여 전에 왔을 때도 알았다. 그때는 인사도 나눌까 말까 했는데 이번 체류가 길어지리라 여긴 탓인지 맘을 열었다. 간단한 생활 영어나 더듬더듬 하던 65세의 한국 여자와 한국어 몇 마디 간신히 하던 70세의 미국 남자가 한 달쯤 지나면서부터 나를 거치지 않고 대화했다. 세스 번은 안나의 손짓, 몸짓과 어우러진 한국말을 신기할 정도로 잘 알아들었다. 세스 번의 오전 방문이 잦아지는가 싶더니 여자 둘만 산다는 핑계로 아침마다 찾아와 간밤의 안부를 물었다.

관우가 와서 체류하는 동안에는 저녁마다 찾아와 함께 식사했다. 관우가 한 달 반을 머물고 어머니와 아버지가 있는 부탄으로 가고 나자 다시 아침에 왔다. 요즘은 안나의 시장 길에 세스 번이 동행하는 게 일상이 되었다.

"세스. 오늘은 스테이크용 안심을 사야겠어. 우리 쌍둥이가 아주 잘 먹어야 하거든. 우리 애기씨가 영어 소설을 다 썼기 때문에 축하도 해야 하고 말이지. 세스, 소설이 뭔지 알아? 소설을 읽어 본 적은 있어? 우리 애기씨는 곧 미국에서도 유명한 소설가가 될 거야. 그런 의미에서 시간 나면 오늘도 타운마켓에나 같이 갈까?"

아줌마는 한국말로 하면서도 다섯 살 많은 미국 남자한테 반말을 했다. 이번에 와서 알게 된 재미 같았다. 세스 번은 한국어를 반말로 익히는 중이었다.

"알았어, 안나. 애기씨, 트윈 베이비, 스테이크!"

세스 번은 '미세스 서'라 칭하던 나를 안나 아줌마처럼 '애기씨'라 불렀다.

"아줌마, 달달한 거 먹고 싶어요. 마트에 유자청이 있는지 좀 보세요."

며칠 전 마친 영문 〈달의 습격〉을 글의 강 출판사로 보냈다. 출판사에서는 영문 원고 잘 받았다는 소식과 아울러 한국어 판 〈달의 습격〉을 3월 말에 출간할 것이라고 답해 왔다. 또한 〈북두칠성〉이 영국과 미국에서 출간케 되었노라 했다. 내년 여름이나 가을쯤 영미에서 출간되고 나면 프랑스에서도 출간할 수 있게 하겠노라 하고, 〈달의 습격〉 영문 원고도 같은 과정을 거쳐 출간을 추진하겠다고 덧붙였다. 어제였다. 한껏 무거워진 몸이 모처럼 가벼워진 것처럼 느껴지기까지 했다. 쌍둥이의 존재를 느낀 이후 처음 느낀 가벼움이자 뿌듯함이었다.

"전라도 고흥서 만든 유자청이 이 워싱턴까지 왔을라나 모르겠소. 마트에서 한 번도 못 본 거 같은데."

안나는 내가 외간 남자와 바람을 피워 임신하고 소문날까 봐 외국으로 도망쳐 온 모든 과정을 아직 다 납득하지 못했다. 그러면서도 임신 자체에 대해서는 허물없이 대했다. 소설에 매달려 사는 중에 하루에도 몇 번씩 맛난 것 타령을 해 대는 사이에 내 배가 봉산만 해졌다.

와중에 사라졌던 내 팬카페, 안티팬카페는 다시 생겼을 뿐만 아니라 다섯 개로 늘어났다. 그렇지만 또다시 모조리 사라졌다. 숨바꼭질이라도 하는 것 같았다.

겨울이 거의 지나가고 있고, 한국에서 대통령 탄핵소추안은 헌법재판소에 계류되어 있었다. 헌법재판소의 결정이 아직 나지 않았지만 연인원 2천만에 가까운 국민이 겨울 내내 거리로 나서서 무능하고 부패한 대통령을 청와대에서 끌어내라고 소리쳤다. 그런 대통령을 옹호하는 목소리도 높고 날카로웠다.

먼 곳에서 지켜보는 한국 상황은 줄다리기판 같았다. 한쪽이 절대다수임에도 반대편의 소수들과 대등해 보였다. 소수파 쪽의 줄이 다수파 쪽으로 달려가지 않도록 어딘가에 묶인 것 같다고나 할까. 다수파가 든 건 촛불이고 소수파가 흔드는 건 태극기라서 그런가 싶었다. 태극기는 120년 전쯤의 대한제국에서부터 국기로 사용한 것으로, 태극문양은 몇천 년의 역사를 가졌다. 그들이 태극기를 흔들기 시작한 건 우연일지라도 태극기의 유구함에 편승한 힘이 2천만여의 촛불을 너끈히 상대하는 것이다.

"유자청 찾아보시고 없으면 레모네이드라도 사 오세요."

"우리 얼른 다녀오리다."

안나와 세스 번이 나간 뒤 나는 온 집 안의 문단속을 하고 다닌다. 쓰지 않는 방의 문들도 잘 잠겼나 다시금 확인한다. 관우가 가고 나서부터 생긴 습관이다. 와 있는 동안 관우가 집에서 보낸 시간은 많지 않았다. 아침 먹고 나면 대학도서관으로 가서 공부하고 저녁 무렵이면 사람들 만나느라 늦게 들어오기 일쑤였다. 몇 번은 못 들어간다는 전화만 해 오기도 했다. 나와 달리 관우는 사람들과 쉽게 어울리고 친해졌다. 카투사 복무하며 사귄 친구를 워싱턴대학 도서관 앞에서도 만날 정도였다. 그러느라 집에서는 잠이나 잔 셈인데도 관우가 머무는 동안에는 집이 성벽처럼 튼튼하게 느껴지곤 했다.

서재로 들어와 컴퓨터를 켜는데 어디선가 전화벨이 울린다. 주방 쪽이다. 무시할까 하다가 안나가 걸어온 전화일지도 몰라 느릿느릿 걸어 주방으로 향한다.

한국에서 온 전화다. 누군지는 알 수 없다. 워싱턴 와서 새로 구입한 전화기에 입력된 번호는 몇 개 되지 않는다. 안나가 아닌 건 분명하므로 전화기의 녹음 기능을 살려 놓고 소파에 앉으며 '네' 하고 대답한다.

"이사님, 저, 염도진입니다."

드디어 시작됐다 싶어 배를 쓰다듬으며 심호흡을 한다. 내가 원하는 건 오직 하나, 이혼뿐인데 그 때문에 여러 사람이 다치고 심지어 목숨도 잃었다. 저들이 원하는 게 그것이므로 저들이 원하는 대로 되어가지 말자. 하루에도 몇 번씩 스스로를 추슬러도 집 밖으로 나가기가 두려웠다.

휘와 그 주변에서는 동맹이라도 맺은 것 같았다. 신헌 변호사는 병상에 누운 채로 젊은 변호사들을 불러들여 로펌 신의를 설립하고 내 소송을 재개했다. 김보늬와 최범은 시네마 연으로 들어갔다. 하장욱 기자와 그가 속한 신문사에서는 신의를 지정해 DH의 고소에 대응했다.

그럼에도 나는 수시로 두려움에 소스라치고 그들에게 미안해 움츠러들었다. 그때마다 휘를 만나러 나선 스스로를 책망했다. 기차에서의 만남은 우연이라 칠 수 있었다. 우연을 빙자하여 기어이 그를 만나러 나섰던 내가 싫었다. 그를 그리워할 때마다 누렸던 아픔과 설렘, 그의 품에 안겨 누렸던 쾌락들이 서러웠다. 그 모든 것을 극복하기 위한 유일한 작업이 영문 〈달의 습격〉 쓰기였다.

"네, 염도진 씨. 제 전화번호를 또 어떻게 알아내셨네요. 어쩐 일이세요?"

"다음 주면 개강인데, 언제 귀국하실지 여쭤보라는 의원님의 명으로 전화 드렸습니다."

그 난리를 쳐 놓고도, 심지어 윤휘가 나와 연인관계이며 아이들의 아버지가 자신이라는 기자회견까지 했음에도 염도진은 아무 일 없던 것처럼 군다.

백 명 가까운 기자가 참석했다는 휘의 기자회견 내용은 거의 기사화되지 못했다. 몇몇 신문에서 다룬 내용도 영화사 앞에서 일어난 총격과 사망한 남은영이 윤휘 감독의 신작에 출연하던 단역배우라는 식의 인과관계를 설명하는 모양새로 그쳤다. 나와 아이들에 관한 내용은 전혀 언급되지 않았다. 신문에서 말하지 않으므로 공중파, 지상파 방송에서도 모르쇠 했다. 염도진이 이처럼 나올 수 있는 까닭이다.

"지난 가을에 염도진 씨가 옥스퍼드로 찾아오셨을 때 말씀드린 것 같은데요. 이혼이 성립되기 전에는 돌아가지 않는다고요."

내 목소리가 여상하다. 모처럼 내가 대견하다.

"기어이 이혼소송을 강행하실 작정이십니까?"

"의원님께서 합의하시면 소송은 멈추겠지요. 국회의원도 이혼할 수 있는 거 아니에요? 결혼 상태라야 정치가 가능하다면 다음 선거에 나서기 전에 다시 결혼하시면 될 테고요."

"그럴 수 없는 형편임을 아시지 않습니까. 더구나 현재 이쪽 상황이 몹시 좋지 않습니다. 잘 알고 계실 테지만요."

"잘 알지요. 그 때문에 제 아버지는 다 내려놓으신 상황이고요. 딸자식 잘못 키우고 결혼 잘못 시킨 책임을 지고 계신 거니까요."

"대표님께서는 그러실지라도 의원님 입장은 달리 있는 것 아니겠습니까. 도와주십시오, 이사님."

"당신들이 기어이 정치를 해야 하는 이유를 나는 이해하지 못하고, 이해하기 싫고, 이해하지도 않을 거예요. 그러니까 나한테 말씀하실 일이 아니죠. 그래도 굳이 정치를 해야겠다면 계획을 수정하셔야 하지 않겠어요? 지금까지 의원님의 정치 활동에 내가 한 게 없으니까 조용히 빠진다 해도 문제될 거 없을 성싶네요. 이제 겨우 마흔 한 살인데, 주변 정리해 가면서 좀 느긋이 하시라고 하세요. 염도진 씨 임무가 그런 거 아닌가요?"

"당 자체가 요즘 워낙 어려워 양 의원님의 사적인 사정으로 계획을 수정하기 어렵습니다. 이사님께서 누구보다 잘 아시지 않습니까. 이혼하더라도 이번 사태 지나고 난 다음에 차분히 절차를 밟자는 게 의원님 뜻이십니다."

"그 당의 대표였던 내 아버지는 딸이 저지른 짓에 대한 도덕적인 책임을 지느라 대표 자리는 물론 의원직에서도 물러나셨잖아요. 부탄에서 내내 지내시다 인도로 가셨고요. 그런 아버지한테서 나는

280

귀국하라는 말씀을 듣지 못했어요. 물론 아버지가 귀국하라 하셔도
안 할 거고요."

"최근에 의원님을 모략하는 모종의 움직임이 다시 생기고 있습니
다. 서 전 대표님께서는 아직 모르실 겁니다."

"다시 생긴 모략이라니요?"

"지난 가을과 겨울에 인터넷에서 퍼지다가 스러졌던 소문이 또
다시 살아났습니다. 인터넷에 자주 접속하시는 것 같던데, 그 건에
대해서 못 보셨습니까."

"인터넷에 접속해도 의원님에 관해서는 찾아보지 않아요. 여기
까지 와서 찾아볼 정도로 관심이 많았다면 여기 왔겠어요? 그리고,
의원님에 대한 무슨 새로운 모략인지는 모르지만 정치하는 사람들
한테 그런 일 흔하지 않나요? 이혼하겠다고 나선 나한테 그런 말씀
을 하시는 건 경우에 맞지 않는 거 같군요."

"이사님께서 귀국하셔야 할 일입니다. 모시러 가겠습니다."

"나를 억지로 끌고 가겠다는 말씀이세요?"

"아닙니다. 수행원 없이 가셨잖습니까. 불편하셨을 텐데, 이사
님께서 움직이시기 쉽도록 모시겠다는 겁니다. 이번 사태만 무난히
지나가게 도와주십시오."

"지금 협박하는 거예요?"

"협박이라니요. 그렇지 않습니다. 청을 드리고 있는 겁니다."

"의원님을 모략한다는 그 내용이 나하고 관련된 거예요?"

"의원님 일인데 당연히 이사님과 관련이 있지 않겠습니까?"

"뭔데요? 설마 또 양재륜, 염도진 정사 스캔들을 말하는 거예요?
나한테 그걸 덮어 달라고? 대통령 스캔들로 모자라서요?"

"그건 이사님께서 예민하셔서 크게 오해하신 겁니다. 절대 사실이 아닙니다. 그래서 이사님이 오셔 주셔야 한다는 겁니다. 이사님이 건재하신 모습을 보여 주시고, 두 분이 문제없다는 것도 보여 주시고요. 부디 귀국해 주십시오."

"이보세요, 염도진 씨. 내가 당신들에 대해 알고 있다고 양재륜 씨한테 분명히 말했어요. 이혼하겠다고도 했어요. 그쪽에서 내 이름으로 만들어 놓은 모든 것들에 대해 권리를 주장하지 않겠다고, 조용히 이혼만 하자고 했고요. 심지어 윤휘 씨한테 기자회견도 하게 했어요. 내 아이들이 그 사람과 사이에서 생긴 아이들이라고 밝혔어요. 그런데도 이렇게 나와요? 이게 대체 몇 번째예요? 내가 예민해요? 나를 끌고라도 가겠다는 거잖아요? 아, 지난 가을에 옥스퍼드에 찾아왔던 것처럼 이미 내 집 앞에 와 있는 거예요?"

"아닙니다. 그런 일 없습니다. 사모님께서 필요하시다면 귀국을 돕겠다는 의미입니다."

"양재륜 씨 바꾸세요. 이 마당에도 치사하게 보좌관 뒤에 숨어 있지 말고 전화 받으라고 하세요."

"의원님께서는 지금 지자체 관련한 포럼에 들어 계십니다. 이 전화는 제가 거는 겁니다. 정말입니다. 출발하지 않았습니다. 모시러 가기 전에 직접 와 주십사 하는 거고요. 부디 지금, 한 번만 여러 정황들을 살펴 주십시오."

"성북동에서, 나를 끌고 오라고 하시던가요?"

"그렇지 않다고, 이사님께서 스스로 귀국해 주시기를 바라 제가 드리는 전화라고 말씀드리지 않습니까."

"싫다고 했잖아요. 다시 한 번 분명히 말할게요, 염도진 씨. 그쪽에서 이혼에 합의했다는 사실을 내 변호사를 통해서 알려 오기까지, 그게 언론에 보도되기까지 나는 귀국하지 않을 거예요. 그런데 당신들이 내 귀국을 도와요? 나는 허락 안 해요. 싫어요. 당신들이 보낸 사람들이 이미 내 집 앞에 당도해 나를 끌고 갈 거라면, 나를 죽이라고 하세요. 그냥은 끌려가지 않을 거니까."

"그런 거 아니라고 말씀드렸지 않습니까. 진정하십시오. 진정하시고 잠깐 더 통화를 해 주십시오. 이번 사태만 지나가게 해 주세요. 부탁드립니다."

"싫다고 했어요. 그리고 염도진 씨. 나 지금 이 통화, 녹음하고 있어요."

"예?"

"사라져도 기어이 다시 살아나는, 아마 또 살아난 모양인 내 팬카페에 지금 이 녹취록 다 올려놓을 거예요. 내가 죽으면 언제, 어디서, 어떻게 죽어도 당신들이 죽인 거겠죠. 내가 당신들에 의해 죽고도 양재륜, 염도진, 당신들이 한국 정치계에서 계속 움직일 수 있다면, 그런 한국, 그런 한국이 있는 이 지구에 내가 미련 갖지 않게 될 거고요. 그러니까 나를 죽일 테면 어디, 죽여 보세요."

전화를 끊으면서 서재로 들어선다. 인터넷을 열고 내 이름을 검색하자 대번에 팬카페가 뜬다. 정말 또 살아난 것이다. 양재륜 측에서는 치가 떨릴 만하다. 나도 치가 떨린다. 클릭하는 손도 덜덜 떨린다. 그 사이에도 전화는 연신 울린다. 염도진 앞에서 한껏 뻗대기는 했지만 온몸이 두려움에 휘감겨 있다. 한 팬카페로 들어가니 46명의 회원이 진을 치고 서혜우 남편 양재륜의 동영상의 진위에 대해 와글거리는 참이다.

전화기와 컴퓨터를 연결한다. 틀림없이 염도진이나 DH에서 보낸 자들이 이 헤븐 스트리트에 들어섰을 것이다. 이제 망설이거나 주저할 겨를이 없다. 카페에다 염도진과의 녹음을 곧장 전송해 업로드한다.

엔터키를 치자마자 전화가 다시 울린다. 염도진이다.

전화를 받는 대신 전화기를 들고 서재를 나와 현관문이 잘 잠겼는지 확인한다. 너무 긴장한 탓인지 아랫배가 연신 당긴다. 쌍둥이가 놀란 것 같다. 당장 누가 들이닥칠지도 모른다는 두려움과 아이들이 나오려 할지도 모른다는 두려움이 겹쳐 몸이 걷잡을 수 없이 떨린다.

메모리얼병원에서는 쌍둥이라 40주를 채워 출산하기는 어려우리라고, 30주 넘으면서부터는 언제라도 출산을 대비해야 한다고 했다. 32주째였다. 가까스로 소파로 옮겨 앉으며 911에 전화를 건다.

"헤븐 스트리트 2701, 팀리 제이 서예요. 쌍둥이를 임신했고 32주 차인데 통증이 느껴져요. 도와주세요."

"네, 팀리. 지금 출발합니다. 5분 안에 도착해요. 팀리 제이 서, 동양 사람입니까? 중국? 한국?"

환자를 안정시키느라 말을 걸고 있다는 걸 느끼면서도 한국을 중국보다 나중에 거론하는 게 몹시 기분 나쁘다. 이 와중에도 그런 내가 우습다.

"한국계 미국 시민이에요."

"팀리, 몇 살이세요?"

"34살입니다."

"보호자는요? 결혼했습니까?"

"한국에서 이혼소송 중이고, 현재 보호자는 시장에 갔어요. 당신들 지금 오고 있는 거죠? 아, 나는 메모리얼병원 산부인과에서 검진 받고 있어요. 당신들 오고 있어요?"

"3분 안에 도착할 겁니다. 메모리얼병원에는 지금 연락하는 중입니다. 팀리, 문을 열어 줄 수는 있는 상황인가요?"

"그 정도는 가능해요."

전화기를 귀에 대고 현관문을 돌아보는 순간 초인종이 울린다. 놀란 내 손이 전화기를 놓친다. 안나 아줌마라면 이중 현관 자물쇠를 스스로 풀고 들어오려다 걸쇠가 걸린 걸 느끼고 초인종을 누르는 동시에 '애기씨' 하고 소리칠 것이다. 전화기 속에서 연신 팀리를 불러댄다. 911 안내원이 무슨 일이냐고, 통증이 심해진 거냐고 묻고 있다.

나는 덜덜 떨며 전화기를 주워 들고 누가 왔다고, 누가 왔는지 확인할 테니까 끊지 말아 달라고 대답한다. 거실에서는 현관문이 보이지 않는다. 전화기를 마이크처럼 잡은 채 기다려, 기다려 속삭이며 현관 쪽으로 나선다.

창구멍을 열고 내다본 밖에 한 남자가 길 쪽을 향해 서서 두리번거리고 있다. 덩치가 크고 머리가 텁수룩하다. 창구멍에서 보이지 않게 선 일행이 있을지도 모른다. 문에서 뒷걸음질을 한다. 밖에 있는 사람들이 안에 사람이 있다는 걸 이미 눈치챘을 테지만 3분, 아니 1, 2분만 안에서 버티면 구급차가 올 것이다. 또 초인종 소리가 난다. 문 안쪽에 붙박인 듯 서서 한 손으로 아랫배를 붙든 채 문을 노려본다. 이번에는 똑똑 두드리는 소리가 난다. 이어 말소리도 들린다.

"단비 씨. 단비 씨, 안에 있어요?"

단비! 단비가 누구인지 생각한다. 단비는 서혜우다. 윤휘만 부르는 이름이다. 그러니까 문 밖에 휘가 와 있는 것이다. 문을 향해 다가드는 걸음이 더 떨린다. 간신히 걸쇠를 풀고 두 개의 자물쇠를 돌려 문을 조금 연다. 정말 윤휘다. 순간 다리에 힘이 풀려 휘청거린다. 덜 열린 문을 밀며 휘가 들어와 주저앉으려는 나를 추슬러 안는다.

"왜 이래. 아파요? 아픈 거예요?"

"아파요. 당신 때문에 내가 정말 명대로 못 살 거 같아. 전화기 주워 줘. 911하고 통화하는 중인데, 침입자 든 줄 알고 경찰까지 오겠어."

휘가 나를 안은 채 손을 뻗어 전화기를 줍더니 911 안내원에게 환자의 남자친구라고, 구급차 언제 오느냐고 묻는다. 그러는 사이에 밖에서 구급차 소리가 난다. 구급차 왔다고, 고맙다며 전화를 끊은 휘가 나를 안아들고 구급차를 향해 나섰다.

구급 침상에 내려지다가 문득 이웃인 모어 씨의 집 앞 도로를 본다. 헤븐 스트리트는 집들이 드문드문하고 도로변의 가로수도 일정하다. 주변을 오가는 차들은 각종 배달차나 피고용인들의 차일지라도 대개 낯익기 마련이다. 그런데 이웃인 모어 씨 집 앞 도로에 낯선 회색 밴이 있다. 낯선 차라 눈에 띄는 것이다. 그 차 안에 있는 사람은 낯이 익다. 아는 사람이라 낯익은 게 아니라 한국 사람이라 익숙하다. 이국에서 느끼는 어쩔 수 없는 친연성이 있는 것 같았다. 임신한 뒤 천지에서 임신한 여자들이 눈에 들어오듯 이국에서 보는 한국 사람은 100미터 전방에서도 한국 사람이구나 싶었다.

그러고 보면 관우가 머물 무렵부터 가끔 낯선 듯 익숙한 차를 보았던 것 같다. 쳐다보고 있노라면 사라지곤 해서 유의하지 않았다. 내가 배부른 몸으로 이곳에서 스스로를 유폐한 듯이 지내고 있는데 설마 그런 나를 살피려고 사람을 보냈으랴. 방심했다. 나는 말없이 아무 눈치도 못 챈 듯 구급침대에 누운 채 구급차 안으로 들여진다.

뒤늦게 병원으로 쫓아온 안나 아줌마는 휘가 쌍둥이 아빠라는 말에 기겁했다. 연거푸 한숨을 쉬어 댄 아줌마가 휘한테 악수를 청하며 말했다.

"이렇게 된 이상 어쩌겠어요? 이제 뭐, 한통속으로 가는 데까지가 봅시다. 근데, 뭘 하시는 분이세요? 꼭 어디서 본 것 같은데, 영화배우세요? 탤런트?"

휘가 안나 아줌마 손을 잡으며 대답한다.

"저는 윤휘이고 영화감독입니다. 그동안 아주머니와 여러 번 통화했는데요. 뉴욕서 촬영 마치고 이쪽으로 왔습니다. 그리고 아주머니는 오래전에 저를 보신 적이 있으세요. 저도 아주머니를 뵌 적이 있고요."

"나는 텔레비전이나 극장에서 영화는 봤어도 영화 만드는 사람은 처음인데요?"

"기억하실지 모르지만 25년 전쯤에 뵀습니다. 전라도 광주 외곽의 시골마을 무당집에서요. 저는 단비의 꼬마신랑이었던 태산, 윤휘입니다."

"아이고 맙소사. 세상에! 이게 뭔 일이래? 대체 어떻게!"

"그러게요, 아주머니. 이렇게 되었습니다. 고맙습니다, 아주머니. 혜우를 보살펴 주셔서요. 그리고 저를 받아 주셔서요."

안나 아줌마가 휘의 손을 놓고는 도리질하며 물러난다.

"아니, 난 모르오. 난 그저 우리 애기씨만 볼 테요. 나는 아는 것이 하나도 없고, 오늘 지나면 감독도 모르고 영화도 모르고, 꼬마신랑도 모르고 그럴 테요."

안나 아줌마의 수선 속에서 나는 영양주사를 맞으며 잠이 든다. 다섯 시간 동안 자다 깨다 하고 나자 쌍둥이가 순해지면서 몸이 안정되었다.

휘에게 이끌려 다운타운 중심가에 있는 매디슨호텔로 왔다. 안나 아줌마는 우선 집으로 갔다. 그 옛날의 꼬마신랑과 애기각시가 만나 일을 벌였다는 사실에 놀란 아줌마는 짐을 챙겨야 한다는 휘의 말을 어렵지 않게 수긍했다. 지금쯤 넉 달 동안 벌여 놓은 살림을 정리하고 최소한의 짐을 싸느라 바쁠 것이다. 헤븐 스트리트를 떠나기로 했지만 내 전화기는 서가 하우스에 남겨두기로 하고 안나 아줌마한테 들려 보냈다. 염도진이 번호를 알고 있는 전화기를 들고 어디로 가랴.

휘가 룸서비스로 음식을 주문하는 동안 나는 창을 내다본다. 날이 흐리긴 해도 초저녁 거리는 사람들로 넘친다. 사람이 무서워 도망친 곳이 사람 많은 곳이라는 건 아이러니하다.

"밖에 뭐 있어?"

휘가 등 뒤로 다가와 감싸 안으며 묻는 말에 손가락으로 쪽창을 짚어 보인다.

"아까 우리 병원에 갈 때, 우리 오른쪽 집 앞 도로에 있던 회색 밴

봤어?"

"내가 택시 내려서 당신 집으로 들어갈 때 있던 차? 그 차가 왜?"

"옆집은 모어 씨네 세컨 하우스인데, 모어 씨는 상원의원이야. 모어 부부는 지역구인 덴버에서 주로 지내기 때문에 거의 비어 있어. 우리 집을 관리하는 세스 씨가 그 집도 관리해. 헤븐 스트리트에 사는 사람들은 10분 이내 주차할 때를 제외하고는 집 앞 도로에 차를 세워 두지 않지, 어느 집의 손님들이나 피고용인들도 그렇고. 거리관리소에서 벌금을 매기니까. 어느 집에 큰 연회라도 생겨서 손님들 차를 자기 집 뜰에 다 수용하지 못할 때에는 사전에 거리관리소에 신고하고 도로점거료를 내야 해. 또 관리소에 등록되지 않은 차가 도로에서 10분 이상 주차하고 있으면 단속반이 오고, 운전자 없이 주차된 차는 불법주차차량으로 끌고 가. 아까 봤던 차는 헤븐 스트리트의 도로 사용 규칙을 모르는 것 같았고, 그 안에는 한국 사람이 타고 있었어. 워싱턴 주재 DH 사람이거나 주재 기자일지도 몰라. 당신을 봤을 거야."

휘가 나를 돌려세우고 눈을 맞추고 입을 연다.

"그럴 수도 있지만 아닐 수도 있어. 어쨌든 나는 더 이상 숨어 있는 사람 아니야. 내가 당신 남자라는 거, 쌍둥이 아빠라는 거, 당신을 아는 사람은 다 알고 있어. 물론 내가 쌍둥이 아빠라는 사실을 믿기 싫어하는 사람들도 있긴 하지. 그렇지만 아까 메모리얼병원에서 아이들 유전병 검사한다고 채혈하라기에 했어. 내가 DNA상으로도 우리 애들 아빠라는 사실이 명백히 기록되었다는 거야.

이제 터질 건 다 터졌어. 인터넷상에서 사라졌던 동영상이 다시 떠올랐고 당신 이혼청구소송이 두 번이나 기각된 사실은 한국 언론에 보도되고 있어. 세 번째 이혼소송이 시작된 사실도. 이번 당신 이혼청구소장에도 당신이 이혼하려는 사유가 기록되어 있고 혼외 임신한 사실도 기록되었기 때문에 나도 아이들의 아버지로서 재판에 나서게 될 수도 있다고 해. 더구나 오늘 당신은 당신 팬카페에다 염도진과의 대화 내용을 올려놨어. 그건 당신 자신도 어쩔 수 없는 일이었지. 우리 둘 다 예상치 못한 일이었고. 그렇지만 당신 관련 카페들, 다시 이미 전부 없어졌을 수도 있어."

"겨우 예닐곱 시간 전인데?"

"저들은 당신 관련 카페들의 개설자들을 벌써 파악하고 있었을 거니까. 가령 저들이 카페 관리자를 찾아서 협박이든 협상이든 해서 카페를 없애게 했다면, 1분이면 충분하잖아. 지난 두 번을 그랬던 것처럼. 그래도 인터넷에 한번 올라간 게 아주 사라지는 법은 없어. 어딘가에는 반드시 남아 있기 마련이야. 당신이 올렸던 염도진과의 통화는 누군가가 잡아서 다시 퍼뜨리기 시작할 거야. 이제 누구라도, 설령 당신 부모님이시라도 당신을 억지로 데리고 들어가실 수는 없게 되었어. 부모님께서는 오히려 당신을 적극 보호하셔야겠지. 우린, 계속 조심은 해야겠지만, 세상 눈치 볼 시간은 이미 지났다는 거야. 나는 그래서 당신을 은신시키기로 했어. 물론 당신이 찬성해야 하지만."

"나도 이제 헤븐 스트리트에서 아줌마와 둘이 지내는 거 못하겠어. 남도 무섭고, 나도 무서워."

"당신도 알겠지만 두 달 전 내가 벌였던 기자회견이 없던 일처럼 되었어. 그렇게 만들 수 있는 저들이 나도 무서워. 그래서 지난 두 달 가까이 해외촬영하면서 당신 은신처를 궁리했어."

290

"어딘데?"

"내 뉴욕 친구들 중에 카이라와 마야라는 레즈비언 커플이 있어. 카이라는 뉴욕필름아카데미에 출강하는 시나리오 작가이고, 마야는 제법 알려진 화가야. 그들은 맨해튼에서 북쪽으로 한 시간쯤 걸리는 콜드 스프링이라는 허드슨 강가 마을에서 살아. 카이라는 매주 허드슨 레일을 타고 뉴욕에 강의하러 다니고, 마야는 집에서 작업하지. 이번에 뉴욕서 작업하면서 그들을 만나 내 사정을 다 말했어. 당신을 숨겨야 하는데 도와 달라고. 그들이 기꺼이 동의하고 마야 명의로 밴을 렌트해 줬어. 먼 길에 당신을 태우고 가야 하겠기에 장욱의 동생 신욱을 데리고 왔지. 신욱이는 〈돈 세이 워드〉에서 주인공 김하승의 동생 역할을 하고 있어. 지금 이 호텔에 있고."

"신욱은 믿을 만해?"

"물론이야. 신욱이 마야가 렌트해 준 밴을 몰고 뉴욕서 사흘 전에 출발했어. 나는 촬영 마치고 팀들 귀국시킨 뒤에 오늘 비행기를 타고 온 거야. 신욱은 어제 여기 도착했대. 나는 공항서 곧장 당신한테로 간 거고. 내일 새벽, 우리는 밴을 타고 워싱턴을 나가 콜드 스프링으로 갈 거야. 상당히 먼 거리인 건 알지? 아줌마와 당신과 나와 신욱이 여행하는 셈치고 천천히 가기로 해."

"뉴욕에 한국 사람이 바글바글한데, 뉴욕서 겨우 한 시간 거리 근교라면 한국 여행객이 많지 않을까?"

"그리 유명한 마을이 아니라 원래 관광객이 많지 않대. 또 관광객이 오래 머물 만큼 마을이 크질 않아. 호텔, 모텔 없고, 민박집이 3개밖에 안 될 정도로 조용해. 모든 가게가 단층으로 늘어서 있는 메인 스트리트가 2백 미터 정도야. 그나마 친구들 집은 메인 스트리트에서 벗어난 숲속에 자리해서 관광 코스에 들어 있지 않아. 내가 예전에 두 번 가 봤기 때문에 이번에 거기가 떠오른 거거든. 무엇보다 카이라와 마야가 믿을 만한 사람들이야. 그리고, 당신이 홑몸이 아니기 때문에 더 외진 곳으로는 못 가."

"카이라와 마야는 몇 살쯤 됐어?"

"카이라는 서른아홉, 마야는 마흔두 살인가 그래. 정말 괜찮은 사람들이야. 밴으로 콜드 스프링까지, 당신 컨디션을 감안하면 나흘쯤 걸릴 거야. 그러니까 우선은 좀 누워. 쉬고 나서 의논합시다."

오늘 오전에 염도진과의 통화 내용을 카페에 올려 버린 것은 염도진의 도발에서 비롯된 돌발 사태였다. 조용히 진행될 수도 있었을 여러 일들을 떠들썩하게 만들어 버린 셈이다. 지금쯤 헤븐 스트리트에 워싱턴 주재 한국 기자들이 모여들고 있을지도 몰랐다. 양재륜을 보호하기 위해 DH그룹에서 다시 어떻게 움직일지는 상상하기 어렵다.

휘를 향한 총격이 있기 전까지 나는 DH그룹의 양지 쪽만 알았다. 클린 섀도라는 사람들에 대해서도 아는 바가 없었다. 휘도 그들에 대해 알 리 없다. 모르지만 그들이 분명히 존재하며 갖가지 양상으로 움직인다는 사실은 충분히 알게 되었으므로 휘는 친구들과 동료들한테 도움을 청한 것이다.

침대에 걸터앉은 휘가 내 웃옷 속에 손을 넣는다. 손바닥으로 배를 덮고 나를 바라본다. 말은 없지만 손바닥으로 아이들의 움직임을 느끼는 듯하다.

"아까 병원에서 초음파 할 때는 막 움직이는 것 같던데 지금은 조용하네?"

"자는 모양이지. 인사나 해요."

"애들은 내가 아빠인 걸 알까?"

"이제부터 알게 되겠지. 용감하고 멋진 아빠라고 좋아할 거야."

휘가 내 배를 어루만지며 가까이 다가들어 뽀뽀를 두 번 하고 말한다.

"무등이, 백아. 아까 병원에서, 잘 크고 있는 너희들 봤다. 고마워, 무등아, 백아야. 그리고 내가, 아빠가 미안해. 오늘 놀라게 한 거랑, 엄마와 너희들 곁에 있어 주지 못한 거랑 많이 미안해. 내일부터 삼사 일간 고생시키게 될 거고, 앞으로도 얼마 동안은 또 이렇게 드문드문 보게 될 거라 그것도 정말 많이 미안하고. 사랑해. 너희들 엄마는, 사랑한다는 말도 하지 못하게 해서 아빠가 말 못 했는데, 너희들한테는 맘껏 할게. 사랑해 무등, 사랑해 백아. 엄마가 잘 놀라는 사람이지만 너희들은 놀라지 말고 씩씩하게 잘 자라야 해. 그 안에서 최대한 오래 있다가 튼튼한 모습으로 만나자 무등아, 백아야."

나직나직 말하는 휘의 목이 메고 눈시울이 붉어지는가 싶더니 눈물이 흐른다. 그의 눈물에 전염된 나도 눈물이 난다. 오늘 하루는 이렇게 무사히 넘어가겠지만 내일은 어떻게 될지 두 사람 다 모른다. 뉴욕 북쪽 근교에 있다는 콜드 스프링까지 갈 수나 있을지.

정말 터질 건 다 터졌다. 새삼 터진 일이 아니라 두 사람이 원래 안고 시작한 폭탄이었다. 밖을 향해 던진다고 던진 여러 개의 폭탄들이 두 사람 위에서 터지고 있는 중이었다. 무사히 아이들을 낳을 수 있을지, 낳은 아이들을 둘이 키우며 살 수 있을지. 한 치 앞이 안 보이는 상황이 되었다.

　누운 채 손을 뻗어 그의 눈물을 닦아 준다. 눈물을 닦아 주다 '사랑해', 속삭인다. 휘에게 처음 하는 말이자 남자한테 난생 처음으로 한 고백이다. 휘의 입술이 다가와 내 눈물을 받아 낸다.

🌿 논리적이거나
창의적이거나

헌법재판소에서 대통령 탄핵을 결정했다. 즉시 새 대통령 선출을 위한 두 달간의 선거전이 시작되었다. 새 학기도 되었으므로 나는 강의시간에 맞춰 학교로 출근했다. 이외의 시간에는 영화 후반작업에 매달렸다. 틈틈이 카이라의 블로그에 들어가 콜드 스프링의 상황을 살폈다.

백아와 무등은 지난 3월 3일 밤에 40초 간격으로 태어났다.

콜드 스프링에 도착한 날 저녁에 혜우에게 산통이 왔다. 워싱턴에서 콜드 스프링까지, 나흘간의 여정에 시달린 몸이 태중의 쌍둥이를 견디지 못한 것이었다. 다행히 콜드 스프링에 소방서와 구급차가 있어 탔다. 한 시간을 달려 뉴욕 링컨메디컬센터에 닿자마자 수술실로 들어갔다. 아이들은 예정일보다 7주나 이르게 세상에 나왔다. 마취에서 깨어난 혜우가 백아가 먼저 태어난 걸 알기라도 하는 듯 물었다.

"우리 백아랑 무등은?"

혜우의 그 첫마디로 아이들의 이름이 확정되었다.

혜우는 일주일 만에 퇴원했다. 인큐베이터에서 지낸 아이들은 한 달 만에 3킬로그램을 넘기고 나와 콜드 스프링으로 들어갔다. 나는 혜우가 퇴원할 때까지 곁에 있다가 귀국했다. 학기가 이미 시작되어 버린 터라 더는 지체할 수도 없었다.

콜드 스프링에서 그러했듯 돌아온 즉시 생부가 기록된 두 아이의 출생증명서를 가지고 동사무소로 가서 윤휘의 딸과 아들로 입적시켰다. 이중국적을 가지게 된 아이들은 카이라의 블로그 속에서 팝콘 튀듯 자라는 중이다.

카이라에 따르면 아이들은 먹성 좋은 새끼수리 같았다. 끊임없이 먹고 싸고 울고 잤다. 혜우와 안나 아줌마와 카이라와 마야는 한 시간 반 간격으로 아이들한테 분유를 먹였다. 아이들은 하루에 한 주먹만큼씩 크는 것 같았다. 네 여자는 하루에 두 주먹만큼씩 쪼그라드는 성싶었다. 아이를 낳지도 키워 보지도 않은 카이라와 마야에게는 백아와 무등이 난생 처음 맞닥뜨린 기이한 생물이었다. 혜우와 열 살 터울의 관우를 키우고 나이가 든 안나 아줌마한테도 쌍둥이는 숨찬 존재들이었다. 혜우는 말할 것도 없었다.

카이라는 요즘 혜우를 걱정하고 있었다. 혜우는 출산 3주 만에 임신 전 체중으로 내려갔다. 아이들이 집으로 오고 보름쯤 되면서 혜우의 뼈마디들이 드러났다. 피부가 부석해지고 주름살이 생겼다. 시력도 나빠졌다. 급기야 카이라는 혜우를 데리고 링컨메디컬센터로 갔다. 병원에서 혜우는 산후우울증 진단을 받았다. 우울증 증세는 다양한데, 혜우의 우울증은 주로 식욕저하로 나타난다 했다. 식욕저하 정도가 아니라 어떤 음식도 입에 넣기 싫어하는 모양이었다. 먹고 싶지 않은데 어쩔 수 없이 먹으면 체하고, 체할 때마다 토한다고. 항우울제를 복용하고 있지만 낫는 기색이 없다고도 했다.

혜우는 나와 통화할 때마다 걱정 말라고, 일시적인 증세일 뿐이라 하면서도 내가 걱정하는 말을 듣기 싫어했다. 운동을 좀 하면 어떻겠냐는 말, 글을 쓰면 어떻겠냐는 말, 산보를 하면 어떻겠냐는 말 등. 내 권유에 알았다고 할 때 혜우의 어조에는 아무 의욕이 깃들어 있지 않았다. 기말고사 기간에 내가 그쪽으로 가겠다고 할 때는 거부했다. '당신 일이나 잘 해요. 영화 개봉하고 난 뒤에나 다녀가던가요.'

"감독님, 전화가 왔는데요. 염도진 씨라 합니다. 연결할까요?"

어린이 날이지만 영화 후반 작업으로 정신없는지라 직원들 다수가 출근했다. 대표실 비서인 채진나도 물론이다.

채진나가 내선 전화로 해 온 말에 갸웃한다. 염도진이 누군지 떠오르지 않아서다. 한 박자 늦게 그가 누군지 생각난다. 요즘 염도진은 여당 대통령 후보의 선거캠프에서 활동하고 있다. 장미가 피는 철에 치르게 됐다 하여 '장미 대선'이라 불리는 이번 대통령 선거일이 나흘 후다. 대세는 이미 진보야당 후보 쪽으로 기운 것 같았다. 그 사실을 인정하지 못하는 이들은 태극기를 휘두르며 2천만 가까웠다는 지난겨울의 촛불물결을 위협해 대고 있다.

그런 판세에 여당 후보 선거캠프에서 움직이는 염도진이 개인적용무로 연락해 올 리는 없다. 결국 양재륜의 뜻을 전하자는 것일 텐데 그가 무엇 때문에? 아내의 외간 남자나 만나고 있을 때가 아니지 않은가.

"연결해 주세요."

녹음 버튼을 누르면서 수화기를 집어 올린다.

"네, 윤휘입니다."

"저는 양재륜 의원의 수석보좌관, 염도진입니다."

"네, 염도진 씨."

"저희 의원님께서 윤 감독 뵙기를 청하십니다. 시간 좀 내 주시겠습니까?"

서혜우의 남자가 나이며 쌍둥이의 아버지라고 밝힌 게 지난 연말이다. 그 사이 아이들이 태어났고 〈달의 습격〉이 출간됐다. 유안나의 〈달의 습격〉은 가만가만 주목받기 시작했고, 〈돈 세이 워드〉가 완성되어 가고 있으며, 혜우는 병들었다. 혜우의 우울증은 세상 밖으로 밀려난 채 끊임없이 위협당하는 상황 때문에 발생한 것이라 봐야 했다. 직접, 간접, 수시로 닥쳐드는 위협은 혜우가 감당할 정도를 넘어선 것이다.

"만나겠습니다. 시각은 그쪽에서, 장소는 제가 정하지요."

"오늘 저녁 일곱 시, 가능하십니까?"

두 시간 뒤다.

"예, 일곱 시, 저희 회사로 오시면 되겠습니다. 일층에 오 여사네라는 주점이 있는데 거기서 뵙도록 하지요."

"주점이라면 이목이 번다하고 시끄럽지 않겠습니까?"

"이목은 번다할지 몰라도 대화를 나눌 수 있는 공간은 따로 있습니다. 거기서 뵙지요."

"알겠습니다. 의원님께서는 수행 없이 가실 겁니다."

"예."

먼저 전화를 끊고 오 여사네에 연락해 1번방을 예약해 놓는다.

녹음을 되돌려 들어 보려는 참에 사무실 문이 스르륵 열리더니 문 대표가 들어선다. 퇴근할 참이었는지 가방을 멨다.

"염도진이 전화했다면서? 뭐야, 무슨 일이래?"

염도진과의 통화 내역을 재생시켜 들려준다. 통화하는 동안 길게 느꼈던 것에 비하면 몹시 간단하다. 문 대표가 직접 재생 버튼을 눌러 다시 듣고는 묻는다.

"이게 무슨 수작이지?"

"글쎄요."

"이 인간들이 서혜우가 어디 있는지 알게 된 건가? 쌍둥이 태어난 거랑? 아니면 〈돈 세이 워드〉 내용을 파악한 건가?"

"만나 보면 알겠죠. 퇴근길이세요?"

"투자사들 미팅 있어. 개봉 날짜 결정하려고."

개봉 날짜를 정하면 그에 따른 작업이 본격적으로 진행된다.

"가 보세요. 저는 여기서 좀 쉬다가 그 사람 만나 볼게요."

"아니, 아니, 아니야. 이건 심상찮아. 둘이 만나 무슨 거래나 타협을 할 것도 아니고, 시기도 그래. 대선이 나흘 후야. 지난 두 달 가까이 유세장을 죽어라고 갈고 다니던 '엑스'가, 지금도 거리거리, 골목골목 찾아다니며 한 표라도 더 구걸하고 다녀야 할 때 너를 만나자고 한 거잖아. 이건 뭔가 있어."

"사안도 많은데, 거래하자는 것일 수도 있지 않아요?"

"사안이 몇 개건 거래, 타협 같은 거 없어."

"당사자는 저예요."

"그래서 하는 말이야. 손톱만 한, 겨자씨만 한 거래라도 했다간 내가 즉시 널 죽일 거야."

"지난 몇 년간 저를 백 번쯤 죽이신 거 아세요?"

"정말 그렇게 되지 않도록 조심해. 윤휘 넌, 아니 지금은 예의 갖춰서 말할게. 거듭 하는 말이지만 윤휘 감독, 당신은 나의 바른 자산이야. 여러 번 말했지. 난 젊을 때 바르지 않게 돈 번 내 아버지의 일생을 세탁하는 딸이자, 장동그룹의 차기 주인이야. 당신을 내 회사로 영입해서 공동대표로 앉힌 까닭도 그것이야. 당신의 첫 영화에서부터 보여 준 그 올바름 때문에. 자신만의 존재 이유가 아니라 공동체의 의미를 생각하는 그 자세, 혹은 실천성 때문에.

그게 아니었으면 내가 하고 많은 영화쟁이들 가운데서 윤 감독을 택할 까닭이 없어. 윤 감독이 나와 동향 출신이라는 것, 윤 감독의 어머니와 내 어머니가 여고 친구였다는 사실만으로 내 회사의 공동대표로 영입한 게 아니란 말야. 거래, 타협, 굴복. 이딴 건 필요하다면 내가 다 해. 당신은 누구에게도 머리 숙이지 말고, 무릎 접지 마. 그래서 죽게 된다 하더라도 절대 하지 마. 그런 거 안 해서 당신이 죽고 서혜우도 죽어 애들만 남게 된다면, 내가 데려다가 키워 줄게. 아주 잘, 제 엄마 아빠처럼 멋있고 아름답게. 알겠어?"

"무시무시하네요만 알아들었어요. 뭔가 있을지도 몰라서 엑스를 오 여사네로 오라고 한 거예요. 수행원 없이 올 거라는데 무슨 일이 생기겠어요?"

"가만, 가만있어 봐봐. 하필이면 이 시각에 윤 감독이 그 어느 곳도 아닌 이 사무실에 있다는 걸 염도진이 어찌 알았지? 우린 대표전화도 없고, 팀마다 전화번호를 달리 쓰는데? 윤 감독과 내가 같이 쓰는 번호는 외부에 알려져 있지도 않아."

"그, 렇죠."

"우리는 회사 전화를 주로 내선으로 쓰잖아. 바깥과 연결된 일은 각자 핸드폰으로 하고."

"듣고 보니 그러네요."

"윤 감독은 요즘 거의 스튜디오에서 지내는 셈이고. 스튜디오에는 온라인 전화가 없고 거기서 윤 감독은 핸드폰을 끄고 있지. 게다가 오늘은 공휴일이잖아! 내가 악덕사장이라서 공휴일에도 직원들 태반이 출근해 일했지만, 그런 사실을 밖에서는 모르잖아? 이건 뭔가 이상해. 내 밥그릇에서 구더기를 발견한 기분이야."

그저께가 부처님 오신 날이었다. 다음 주 화요일이 대통령 선거일이라 또 공휴일이 됐다. 문 대표가 악덕사장이라서가 아니라 자기 일이 바쁜 직원들이 출근했다. 오늘 근무한 직원들은 자신이 필요한 날에 대체휴무를 할 수 있다.

"우리 회사의 아무 번호나 눌렀다가 마침 여기 와 있던 저하고 연결된 것이겠죠."

"그럴 수도 있겠으나, 그 정도로 넘어가고 살았으면 내가 지금의 문달희겠어? 잠깐만, 지난 번 총격 때도 이상했어. 윤 감독이 그날 스튜디오에 늦게까지 있던 걸 남은영이 어떻게 알았을까? 성탄 전야에 사무실에서 자정까지 일하는 미친놈이 어디 있다고?"

"편집 작업하는 스태프가 회사에서 밤새는 게 일상인데, 무슨 생각을 하시는 거예요?"

"나도 모르겠는데, 기다려 봐. 윤 감독, 여기 올라온 지 얼마나 됐어?"

"이십 분쯤?"

문 대표가 핸드폰을 꺼내더니 단축키 1번을 누른다.

"최타쿠, 현재 회사에 있는 직원들이 한 시간 전부터 사용한 핸드폰 내역을 추적할 수 있나?"

단축번호 1번이 자료관리실에 박아 놓은 해커 최범인가 보다. 최신 장비를 잔뜩 들여 준 덕에 그는 자료관리실의 제 부스 안에서 살다시피 한다. 퇴근도 안 하는 날이 허다한 것 같았다. 회사 사람들은 그를 최범과 오타쿠가 합성된 '최타쿠'라 불렀다.

"그래, 최타쿠. 지금 윤 감독 메일로 보내 줘."

문 대표가 나한테 컴퓨터를 켜라고 손짓한다. 정말 무서운 세상이고 문달희는 더 무서운 사람이다. 문달희의 자산이 되길 잘했다고 생각하며 카이라의 블로그를 닫고 메일함을 연다. 메일함을 띄우자마자 메시지가 들어온다. 1분도 되기 전에 현재 회사 안에 있는 직원들의 핸드폰 사용 내역이 파악됐다.

수신과 발신 상황이 팀별로 줄줄이 나타난다. 문자로 이루어지는 SNS는 내용까지 드러나 있다. 시네마 연과 카이트 매니지먼트를 합쳐 직원이 42명인데 퇴근 시각이 가까운 현재 회사 내에 있는 사람은 16명이다. 그들 중 근 한 시간 내에 핸드폰을 사용한 사람은 12명이고 12명 중에는 문 대표와 나의 공동비서 채진나도 포함되어 있다.

곁으로 다가와 있던 문 대표가 채진나 대목에서 손가락으로 화면을 튕긴다. 채진나는 한 시간 동안 친구 다섯 명과 퇴근 후에 홍대 앞에서 만나자는 단체 카톡을 주고받았다. 또 '문윤'이라고 표시된 사람한테 문자 메시지 2건을 발송했다.

문 대표께서는 6시에 투자사 대표들과 미팅하세요. 미팅 장소는 안국동의

'미가'라는 식당이고, 개봉 날짜를 결정하는 모임 같습니다. 다섯 시 반쯤 출발하실 거예요.

윤 감독이 올라와 자기 사무실로 들어갔네요. 좀 쉬고 저녁을 먹은 후에는 다시 스튜디오로 내려갈 거예요. 윤 감독이 스튜디오에서 전화기를 꺼 놓는다는 사실은 이미 말씀드렸고요.

"와, 와! 와, 문윤이래. 나 문, 너 윤! 와아, 진짜 멋지다!"
감탄사를 연발한 문 대표가 자신의 왼뺨을 사정없이 친다. 오른뺨도 친다. 대번에 붉어진 양 볼을 쓰다듬며 소파로 가서 털썩 주저앉더니 담배를 꺼내 문다. 불을 붙이고는 담배 한 개비를 다 피울 때까지 말이 없다. 그 사이 나는 채진나의 카톡과 문자 내역을 프린트했다. 문 대표 건너편에 앉으며 출력한 용지를 탁자에 놓고는 담배를 꺼낸다.
"내가 지난 3년간 내 방 앞에다 간첩을 앉혀 놓았던 게 맞는 거지? 그런 거지?"
"3년은 아닐 것 같은데요. 작년 시월, 김보늬가 단비와 연락이 끊겼다고 해서 제가 남은영한테 연락을 하고, 남은영이 오 여사네로 와서 만났던 그즈음. 그때 남은영이 서혜우가 만나는 남자가 저라는 사실을 알고 있었다고 가정하면 단역배우로라도 제 주변에 있으려고 했던 게 납득이 돼요. 그쯤에 저쪽에서 제 주변을 훑었고 대표님과 저의 가장 가까운 곳에 있는 채 비서를 포섭했다고 가정할 수 있고요."
"연기 못해서 배우가 될 수 없던 친구였지. 오디션에 나타난 친구가 연기는 못해도 대사는 금세 욀 정도로 기억력이 좋기에 내가 비서로 뽑아 영화 행정을 가르쳤어."

"그러셨죠."

"그렇지만 창의성이 제로에 가까워 단순 업무만 맡겼고."

"그랬고요."

"어쩐지 몇 달 전부터 입성이 달라지고 일에도 열을 올리는 것 같더라니. 대외비라 내가 직접 처리하는 내역들을 알려고도 들고."

남은영에 이어 채진나까지 저들에게 포섭되어 움직여 왔다면 이 회사 안에 또 다른 간첩이 없으리라 보장하기 어렵다. 영화가 손익 분기점을 넘으면 사원들에게 특별 보너스가 지불된다. 수십, 수백 명이 길어야 일 년 새에 전생을 탕진하듯 매달려 영화 한 편을 만들기는 해도 흥행 여부는 누구도 장담하지 못한다. 〈샤먼〉만큼 성공한다고 해도 회사 직원이 받는 보너스는 잘해야 자기 월급의 한두 배 정도다. 외부의 누군가가 첩자 노릇의 대가로 5천만 원, 3천만 원을 주겠다고 하면 쉽게 넘어갈 수 있을 것이다.

"이제 채 비서를 어쩝니까?"

"직접 들어 보고 나서 결정해야지."

"오너라 해도 직원의 전화 내역을 본 것은 불법입니다."

"아니, 우린 아냐. 우리 직원들의 입사계약 서류에는 기밀준수 서약 항목이 있고, 그 아래 갑이 필요할 때 을의 컴퓨터나 전화기를 볼 수 있고 을은 동의한다는 항목이 있어."

나는 몇 해 전에 읽고 사인한 뒤 한 부를 가진 내 계약서에서 그런 내용을 봤던 기억이 나지 않는다.

"제 계약서에도 그런 게 있어요?"

"공동대표인 윤 감독 계약서에는 넣을 필요가 없는 항목이지. 이 회사 기밀의 대부분은 윤 감독한테 있으니까. 암튼, 채진나 건은 내일까지 미뤄 두기로 하지. 난 자료실 들러 최범한테 채진나와 채진나의 '문윤'이 누군지 파라고 일러 놓고 미팅 갈게. 윤 감독은 할 일 해. 경호팀한테는 내가 당부하고 갈 거지만 특별히 조심하고."

"대표님도 조심하셔야 할 것 같은데요. 대표님한테 무슨 일이 생기는 거나 저한테 무슨 일이 생기는 거나 우리 영화에는 똑같이 나쁘니까요."

"영화는 이제 우리 둘 다 죽어 없어져도 나오게 돼 있어. 투자사 대표들이 한꺼번에 죽어 버려도 나오게 돼 있고. 그렇지만 나도 조심할 거야. 모임 장소를 바꿔야겠어."

문 대표가 나가고 나는 다시 담뱃불을 붙이며 채진나의 문자 메시지 내용을 들여다본다. 채진나가 문달희와 윤휘의 동향을 보고하는 저편의 누군가를 '문윤'이라 표시한 건 창의적인지 논리적인 알 수 없다. 사무실 앞에 두고 3년 넘게 살아온 채진나에 대해 아는 것이 없다. 문 대표가 곁에 뒀으니 당연한 존재로 여겼다. 엘리베이터인 양, 문인 양, 책상인 양. 무엇보다 문달희한테 속한 사람이 다른 생각을 하고 있으리라는 상상을 해 본 적이 없다.

자칭 악덕사장인 문달희는 윤휘나 고하경 등을 자산으로 여기는 것처럼 직원들 전부를 그렇게 대한다. 자기 자산이므로 아꼈다. 모두 정직원이다. 문달희가 스물세 살에 결혼하고 여덟 달 만에 이혼하면서 설립한 시네마 연에 입사하는 사람만 있을 뿐 떠난 직원이 없는 이유다. 채진나가 이 회사를 떠나는 첫 번째가 되게 생겼다.

오 여사네의 1번방으로 들어선 양재륜은 온갖 매체에 비치던 모습보다 훨씬 젊어 보인다. 연파랑 빛깔의 반소매 남방셔츠에 회색 면바지를 받쳐 입었는데 날렵하고 세련된 인상이다. 나는 어제 강의실을 나와 내내 회사에서 지냈던 내 허술한 입성을 비로소 깨닫는다. 면도는 그저께 아침에 했다.

"먼저 와 계셨군요, 윤휘 감독님."

"양 의원님께서 정확히 오셨습니다."

피차 악수하자고 손 내밀 사이는 아님을 알므로 8인용 탁자를 가운데 두고 마주앉는다. 홀 쪽이 유리벽이라 광장에 나앉은 것과 다름없어도 방음은 잘 되어 조용한 편이다.

"술집에 앉았으니 자릿값을 하자면 뭐라도 주문해야겠지요?"

양재륜의 말에 나는 탁자 한쪽에 놓여 있던 메뉴판을 그에게 건넨다.

"술은 어느 주점에나 있을 법한 종류가 다 있고, 보고 계시다시피 안주는 스물다섯 종입니다."

"나는 여기 있는 와인과 굴튀김을 주문하고 싶은데, 요새 굴이 나는 철입니까?"

"겨울에 손질해 냉동 보관한 굴일 겁니다. 영하 60도로 급속냉동한 거라고 들었습니다."

"그럼 와인과 굴튀김으로 하겠습니다. 윤 감독께서는?"

"저는 소주와 모듬전으로 하려고요. 그럼 주문하겠습니다."

벨을 눌러 직원을 부르곤 두 사람의 술이며 안주를 주문한다. 직원이 주문을 받는 사이 문을 열어 놓아 홀의 손님들이 내는 온갖 소리가 왁자지껄하게 밀려들어온다. 직원이 나가고 나자 조용하다.

"술과 안주가 함께 나오는데 보통 10분가량 걸립니다. 기다릴까요, 의원님?"

"음식은 때 되면 나올 테지요. 우선, 양쪽의 전화기를 꺼내서 같이 녹취하는 게 어떻겠어요? 내가 언젠가부터 그런 것에 워낙 시달려서 말입니다."

"그렇게 하지요."

양쪽의 전화기가 세팅되자 양재륜이 앞서 포문을 연다.

"내가 윤 감독께 만나자고 청한 이유부터 말씀드려야겠지요. 먼저 어떤 분인지 직접 보고 싶었습니다. 두 번째로는 서혜우가 유안나라는 필명으로 두 권의 소설책을 발간한 걸 윤 감독이 알고 있었는지 묻고 싶었고요, 세 번째로는 윤 감독의 생각을 들어 보자는 것이었습니다. 마지막은 우리 얘기가 어떻게 진행되는지에 따라 부탁을 드릴 수도 있을 겁니다."

보고 있으니 먼저 것은 해결되고 있고, 두 번째 사안을 묻지요. 서혜우 씨가 소설 〈북두칠성〉과 〈달의 습격〉을 쓴 작가 유안나라는 걸 윤 감독께서는 알고 계셨습니까?"

"예."

"서혜우 씨가 직접 알려 주던가요?"

"제가 재작년 이맘때 우연히 서혜우 씨를 만났다가 헤어진 며칠 후에 회사 도서실에서 〈북두칠성〉을 보게 됐습니다. 상 받은 작품이라 회사 도서구입 목록에 포함됐던 모양입니다. 저는 제목이 좋아서 넘겨보게 됐고 앉은자리에서 끝까지 읽게 됐습니다. 읽다 보니 여주인공 모습에서 어쩐지 서혜우 씨가 자꾸 연상됐습니다. 여러 달 뒤 서혜우 씨를 다시 만났을 때 제가 물었습니다. 작가 유안나냐고요. 서혜우 씨가 그렇다고 했고요. 제목을 〈달의 습격〉이라 정한 새 소설에 대해서도 그때 얘기했습니다."

"그때 〈달의 습격〉 내용도 들으셨습니까?"

"작가들은 활자로 발표하기 전의 작품 내용을 발설하지 않는다고 들었습니다. 서혜우 씨는 내용을 말하지 않았고 저는 묻지 않았습니다."

"〈달의 습격〉이 나왔는데, 읽어 보셨습니까?"

"읽었습니다. 의원님께서도 읽으셨습니까?"

"〈북두칠성〉, 〈달의 습격〉. 두 권 다 읽었습니다."

"유안나가 서혜우 씨라는 걸 의원님께서는 어떻게 아셨는지 여쭤도 되겠습니까?"

"지난 3월말 여러 신문의 주말판에서 유안나라는 작가의 신간인 〈달의 습격〉을 다뤘더군요. 간략해 놓은 줄거리를 읽는데 어쩐지 등골이 저리는 것 같았어요. 머리끝에서 연기가 피는 느낌이기도 했고요."

〈달의 습격〉의 시공간 배경은 모호하다. 원시시대 같기도 하고 고려나 조선시대 같기도 하고 아마존 밀림의 숨은 장소 같기도 하다. 지구별이 아닌 다른 행성으로 추정할 수도 있다. 주인공의 이름은 '달이'이다. 소설 속에 직접 등장하는 인물은 달이 뿐이다. 달이는 하늘의 달처럼 혼자 떠서 허공인지 숲인지 혹은 지하세계 어디인지를 돌아다닌다. 잃어버린 자신을 찾아다니는 건데 자신을 잃어버린 과정이 생각나면 괴롭고 자신이 무얼 찾는지 몰라 외롭다. 자신을 영영 찾을 수 없으리라 여기므로 슬프다. 그 슬픔과 외로움과 괴로움을 겪으면서 달이 다다른 곳은 거대한 절벽으로 둘러싸인

308

광활한 연못이다. 그 연못 안에 달이 떠 있다. 자신이자 자신의 빛이다. 달이는 자신과 합치되기 위하여 연못을 향해 떨어져 내린다.

"저는 읽으면서 환상소설인가 싶었고, 현실을 느끼기에는 은유가 너무 깊이 박혀 버린 게 아닌가 했는데요. 의원님께서는 리뷰기사에서 모골이 송연할 정도의 감상을 느끼셨다니. 소설이란 역시 독자에 따라 달리 읽히는 것인 모양입니다. 실제 작품을 읽으셨을 때도 리뷰기사 읽으실 때와 느낌이 같던가요?"

"소설을 읽을 때는 더 놀랐죠. 유안나, 아니 서혜우 씨가 은유한 대목들의 실제 내용들을 저는 알 수 있었으니까요. 가령 이런 문장이 있습니다.

'마미는 달이한테 말했다. 은하처럼 보이는 이 평원 끝까지 무지개가 걸쳐 있는 걸 너도 알지? 이 무지개 건너에 네 삶이 있으니 이제 무지개 드리워진 은하 평원을 걸어가 네 미래를 만나렴. 잊지 않아야 할 것은 무지개로 연결된 이쪽과 저쪽이 한 세상이라는 거다. 너는 우리의 달이라는 거지. 이제 가게 될 저쪽에서도 너를 우리의 달이라 할 것이다. 너는 저쪽의 우리 달이 아니라 이쪽과 저쪽이 하나인 세상의 우리 달이라는 걸 늘 생각하고 살아야 해.'

이 대목은 서혜우 씨가 저와 결혼할 당시의 상황을 묘사한 것입니다."

그 우리 타령, 자신들만의 그 무지개 타령 때문에 달이는 점점 자신을 알 수 없게 되어 간다. 달이는 달처럼 홀로 돌 뿐 무지개에 가려 빛을 내지 못한다. 그런 달이를 달처럼 허공에 걸어둔 채, 달이 없는 듯이 달이 보는 앞에서 사람들은 제 욕망대로들 움직인다. 달이가 다다른 끝점이 만경창파와 같은 호수를 둘러싼 무한 높이의 절벽인 까닭이다. 달이 절벽 아래로 투신하자 호수에 뜬 달이 달이를 품어 안듯 삼킨다. 그건 사람 달이의 죽음이다.

"은유란 글을 읽는 사람으로 하여금 자신의 생각과 같다고 느낄 수 있게 하는 장치라고 알고 있습니다. 의원님께서도 유안나가 서혜우 씨인 걸 알고 있으셨기에 그런 해석이 가능하신 게 아닐까요."

"그렇게 말씀하시는 것 또한 윤 감독의 해석이겠지요. 나는 서혜우 씨가 그처럼 멋진 글을 쓰고 있는 줄 전혀 몰랐던 게 그 사람한테 미안하고, 안쓰럽기도 했습니다. 이 사람이 참 힘들었구나, 오죽했으면 소설 쓴다는 사실을 감췄을까, 그랬어요. 사실 그동안 그 사람이 고역이다, 노역했다, 넌더리난다, 이혼하자는 등의 이야길 많이 했을 텐데 나는 거의 기억하지 못하거든요. 한 번도 제대로 듣지 않았던 것이죠."

나는 지금 그의 변명을 듣고 싶지 않다.

"유안나가 서혜우 씨라는 걸 어떻게 확인하셨을지 궁금합니다."

"아! 〈달의 습격〉 리뷰기사 다 찾아 읽고 나서 글의 강 출판사에 전화했어요. 전화받은 직원한테 '나는 유안나 작가, 아니 서혜우 씨 사촌 오빠'라고, 서혜우 씨 책 1천 권을 한꺼번에 사서 마을 도서관들에 기증하고 싶은데 일일이 우송해 줄 수 있는가, 했죠. 직원이 의심 없이, 감격하여 대답하더군요. 물론이라고, 유안나 작가를 통하면 정가의 팔 할로 살 수 있을 거라는 친절도 베풀었고요. 내가 정가대로 살 테니 서혜우 씨 모르게 전달이나 잘 해 달라고 했죠.

그렇게 직원과 얘기 나누는데 문득 우리 유안나 작가는 책이 참 안 팔리는 작가인 것 같다 싶더군요. 책 사재기 어쩌고 하는 논란을 들은 적이 있어서 좀 망설이긴 했습니다만 〈달의 습격〉과 함께 〈북두칠성〉도 1천 권을 사기로 했어요. 두 종 다 천 권씩 구입해 각 동 사무소 부속 도서실로 보내게 했죠. 어지간한 도서관에는 어지간한 책들이 들어오지만 동사무소 부속 도서실에는 책이 거의 들어오지 않는다는 얘길 들은 적이 있어서요. 그리고 나는 광화문에 있는 큰 서점 가서 〈북두칠성〉과 〈달의 습격〉을 샀죠. 이십여 년 만에 직접 서점에 가서 책을 사다가 읽은 겁니다. 모처럼 특별한 경험 했어요. 그 과정에 거짓말을 살짝 하긴 했어도. 윤 감독의 질문에 대한 답은 됐지요?"

참 할 말 없게 만드는 사람이다.

"예."

"그렇다면 오늘 만남의 세 번째 목적을 향해 나서 보겠습니다. 윤 휘 씨! 내 아내인 서혜우 씨와 어떻게 하려는 것입니까?"

그가 사용한 '내 아내'라는 단어가 몹시 부당하게 느껴진다. 그가 정당하지 않다는 게 아니라 내가 할 수 없는 말이라 가슴이 아픈 것 같다.

"제 대답이 양 의원님께서 취하실 행동, 혹은 입장에 어떤 작용이 라도 합니까?"

"그렇다 하면 윤 감독의 대답이 달라집니까?"

"다를지도 모르겠습니다. 어떻게 다를지는 모르겠습니다만."

"윤 감독이 어떠한 말씀을 하시더라도 내 입장이 달라질 건 없을 것 같습니다."

"그러시다니 말씀드리겠습니다. 저는 서혜우 씨를 사랑합니다. 언젠가는 같이 살고 싶습니다. 서혜우 씨가 거절한다면 물론 함께 지내고 싶다는 생각만 하면서 지금처럼 살아가게 될 것이고요."

"가끔 만나면서 말이지요?"

"그렇겠지요."

"서혜우 씨는 윤 감독과 함께 살고 싶어 합니까?"

"그렇게 느낍니다만 그 말을 서혜우 씨한테서 직접 들어본 적은 없습니다."

"솔직하시네요, 윤 감독. 그런데 서혜우 씨가 그렇게 말하지 않은 까닭은 그 자신에게나 윤 감독한테 확신이 없어서가 아닐까요?"

"저는 서혜우 씨가 느끼는, 서혜우 씨한테 체득되어 있는 두려움, 공포 때문이라고 여깁니다. 자신에게 정해진 길로 가야 한다고 여기며 살던 사람이 그 길에서 벗어나고 싶을 때 느끼는 두려움과, 그 길을 벗어나지 못하도록 완강하게 막아서는 포악한 힘들에 짓눌리는 공포 말입니다."

"포악이라는 표현이 불편하군요."

"서혜우 씨가 〈달의 습격〉에서 표현한 것도 무지개를 벗어날 수 없는 그 공포라고 여겼습니다."

"독후감은 모든 독자가 각기 느끼는 거라고 좀 전에 윤휘 씨가 말했어요."

"한 사람이 길을 걷다가 갈림길을 만났을 때, 원래 가려던 길이 아닌 다른 길로 접어들 수도 있습니다."

"가보지 않은 다른 길이 아름답다는 시 구절이 있지요."

"멀더라도, 낯설지라도 다른 길로 가보자고 접어들었을 때 잡아채며 원래 길로 가라고 위협하는 손길들이 있는데, 그 손길들이 평생 자신을 보호하고 있다고 믿었던 그 손들이라면 당연히 두렵지 않을까요. 그 손들의 실체를 알았으므로 돌아갈 수도 없으니 공포를 느낄 수밖에 없고요. 서혜우 씨가 저를 사랑하면서도 함께 살자는 말을 직접 못하는 이유를 저는 그렇게 느낍니다. 물론 상황이 여의치 않은 게 결정적 이유라고 여기고요."

"시나리오 쓰고 영화 만드는 분이라 수사가 화려하면서도 논지가 정교합니다."

"국회에 계시는 분들만이야 하겠습니까."

"신랄하시고!"

분위기가 거칠어지려는 참에 술과 안주가 들어온다. 양쪽에다 각자의 음식을 차려 준 일꾼이 와인 병을 따 놓곤 어디서 본 사람이지 하는 얼굴로 양재륜을 곁눈질하며 나간다.

양재륜이 와인을 따라 맛을 보더니 낯을 찡그린다. 5년쯤 묵은 평범한 와인이 입맛에 맞지 않은 모양이다. 나는 소주를 따라 마시고 생선전과 고기전과 야채전이 서너 점씩 놓인 안주 접시에서 고기전을 집어 먹는다.

양재륜 앞에서 몹시 긴장할 줄 알았더니 그럭저럭 괜찮은 것 같다. 혜우가 의욕을 상실하고 피폐해져 가는 것을 느끼면서 나도 막다른 길로 내몰리고 있다. 〈달의 습격〉의 주인공 달이를 작가의 분신으로 여긴다면, 서혜우는 지금 피 흐르는 맨살로 비칠거리며 절벽을 향해 다가가고 있는 셈이다. 정작 혜우가 절벽에서 뛰어내린다면 나는 따라 뛰어내릴 수 있을까. 〈달의 습격〉을 읽고 나서 생각했다.

아니었다. 나는 혜우를 따라 뛰지 못할 것이다. 안 한다가 아니라 못 한다, 였다. 따라 죽어 버리는 사랑! 나는 서혜우를 사랑하지만 그런 방식으로 사랑하는 게 아니기 때문이다. 나는 절벽 끝에 선 서혜우를 되돌려 세워 무지갯빛으로 장막을 친 그 세상 밖으로 끌어낼 것이다. 그러고 싶다고 생각했다.

혜우는 영화 개봉한 후에나 오라 했지만 기말고사 기간에 맞춰 뉴욕행 비행기 좌석을 예약해 놓은 상태다. 혜우를 다독여 일으킬 수 있을지 걱정스러웠다. 아이들을 볼 때마다 운다고 하지 않는가. 웃지 못하고, 글을 못 쓰고, 밥도 못 먹는다는 여자를 떠올릴 때마다 나도 무력해졌다.

"윤 감독, 좀 전에 하던 얘기로 돌아가 보지요."

"말씀하십시오."

"윤 감독의 대답 여하에 내 입장이 달라진다면 달리 하실 말씀이 있다고 했어요. 내가 입장을 달리 한다 가정하면 어떤 대답을 하시려 했는지, 다시 말씀하실 수 있습니까?"

다시 말할 수 있냐는 질문은 여유롭고 공교하다. 유혹 같다. 약간만 취했다면 그가 원하는 대답이 무엇이든 내놓고 싶을 것 같다. 나는 지켜야 할 게 없다고 여기며 살아오는 동안 거칠 게 없었다. 지킬 게 서혜우 당신뿐이라고 말하던 그때는 그 맘만 내게 있다면 두려울 것 없다고 여겼다. 서혜우가 통째로 내게 있다고 여기게 된 이래, 더하여 지켜야 할 핏덩이 둘까지 생긴 두 달 전쯤부터 삶은 지뢰밭 같아졌다. 서혜우가 느끼는 두려움을 온전히 이해했다.

"아까 드린 말씀이 다였습니다. 저는 서혜우 씨를 사랑하고, 서혜우 씨로부터 사랑받고 있습니다. 그게 시작이고 끝이고, 그뿐입니다."

나는 혜우에 관해서 이럴 수도 있고 저럴 수도 있는 선택 가능한 입장이 돼 본 적이 없다. 그냥 서혜우일 뿐이다. 설령 혜우가 양재륜에게 돌아가겠다고 나선다고 해도 마찬가지다. 혜우가 바라는 일이라면 그게 내 입장이다. 혜우는 덫에 걸린 짐승처럼 옥죄이며 말라 가고 있지만 이전으로 돌아가고 싶어 하지 않으므로 현재 내가 양재륜한테 할 수 있는 말은 그게 다다.

"서혜우 씨가 당하는 고통이 온전히 무지개 세상 때문이라고만 생각하십니까? 윤 감독 책임도 있지 않아요?"

"일순간도 저한테 책임 없다고 생각해 본 적 없습니다."

"그 책임은 어떻게 질 수 있는데요?"

"함께 하는 것이 현재 제가 할 수 있는 최선입니다."

"내가 좋아하고 기억하는 몇 안 되는 시 중에 이성복 시인의 시구가 있습니다. '네 고통은 나뭇잎 하나 푸르게 하지 못한다!' 윤 감독의 최선, 함께 느끼는 고통이 서혜우 씨의 고통을 덜어 줄 수 있습니까? 〈달의 습격〉은 윤 감독을 만나는 동안 완성됐는데, 서혜우 씨가 느끼는 고통이 여실한 것 같던데요."

"서혜우 씨가 〈달의 습격〉을 시작한 건 저를 만나기 1년 전쯤부터입니다. 저를 만나면서 서혜우 씨가 훨씬 힘들어졌다는 걸 인정합니다만, 저로 인해 서혜우 씨가 평생 느껴 온 고통의 실체에 직면했다고도 생각합니다. 그랬기에 〈달의 습격〉을 완성할 수 있었을 거라고 여기고요. 책을 출간하고도 서혜우 씨는 여전히 고통받고 있지만 머지않아 스스로 걸어 나올 것이라 믿고 있습니다. 〈달의 습격〉에서 달이 뛰어내린 연못에서 솟구쳐 나올 것이듯요."

"영화 만드는 사람이 논리적이지 못하군요."

"제 직업까지 거론하실 필요가 있는지 모르겠습니다만 거듭 언급하시니 말씀드립니다. 논리, 논리적인 사고라는 건 원인을 바탕으

로 결과에 이르는 것이지요. 영화는, 영화쟁이의 사고는 창의적이
어야 합니다. 창의란 결과를 먼저 생각하는 것이지요. 그 결과를
타당하게 만드는 근거를 도출해 내는 것이고요. 목적, 목표를 먼저
설정해 그걸 이루기 위한 배경과 과정을 만들어 내야 한다는 것이
지요."

"나는 논리적이고 윤 감독은 창의적이라는 말씀으로 나를 비난하
는군요. 어쨌든, 계속 서혜우 씨를 숨겨 둔 채로 살겠다는 겁니까?"

"다 알고 계실 텐데, 숨겨 둔 것이겠습니까? 서혜우 씨는 현재 그
자리에서 살고 있는 것뿐입니다. 이혼이 이루어져 양재륜 씨와 무
관하게 지낼 수 있을 날을 기다리고 있기는 하지요. 말 나온 김에
여쭙겠습니다. 의원님께서는 능력이 얼마든지 있으신데 서혜우 씨
를 기어이 묶어 두셔야겠습니까?"

낯을 찌푸린 양재륜이 와인을 마시려다 내려놓고 입을 연다.

"왜, 어째서 사랑을 당신만 하고 있다고 생각하는지 모르겠습니
다. 현재 서혜우와 당신이 하는 것과 같은 방식이라야 사랑인 겁니
까? 윤 감독과 다른 방식일지는 몰라도 나는 아내를, 서혜우 씨를
사랑합니다. 나한테는 처음 만났을 때부터 지금까지 서혜우 씨가
세상에서 가장 아름다운 여자이고, 아내입니다. 아내가 자신의 삶
안에서 최대한 환하게, 자유롭게 살기를 언제나 바랐고요. 누구나
자신의 삶에서 지켜야 할 선(線)이 있는 것처럼 서혜우 씨도 최소한
의 선만 지키면 되었던 겁니다."

"선은 스스로 그어야 하는 것이지요. 살아가면서 달리 그을 수도
있는 게 선이고요."

"사람살이에는 달리 그을 수 있는 선이 있고 그어진 대로 가야 하

는 선도 있지요. 소프트웨어와 하드웨어의 차이가 아니겠습니까? 내가 오늘 윤 감독을 만나자 한 것도 그 말을 하기 위해서입니다. '사랑', 하세요. 사랑이 죄가 아닌데 말리겠습니까? 맘껏 하세요. 비아냥거리는 거 아닙니다. 진심이에요. 다만 하드웨어만 지켜주세요. 당신 선을 넘어 다른 사람 선까지 넘어오지 마시라는 겁니다. 이미 넘은 선은 갈무리하시라는 거고요. 다른 사람에게 득이 되어주지는 못해도 해를 끼치면 안 되지요. 자신들의 사랑으로 주변 사람한테 해를 끼치면 나쁜 겁니다. 아주 나쁘죠."

'당신과 당신 주변이 서혜우한테 한 짓은 해를 끼친 게 아니냐!' 나는 소리치지 못한다. 양재륜이 말을 잇는다.

"나, 그 사람이 현재 어디 있는지 몰라요. 찾지 못해서 모르는 게 아니라 찾지 않기 때문에 모르는 겁니다. 워싱턴 메모리얼병원 이후 추적하지 못하게 했어요. 그 사람 전화기는 헤븐 스트리트 서가하우스에 있으나 사람은 보이지 않는다는 보고를 받은 이후, 그 사람이 그렇게까지 한 게 나 때문인 것 같아서요. 나한테는 그 사람이 어디에 있든지 같아요.

나는 그 사람이 궁지에 몰렸다고 느끼는 상황이 되는 걸 원하지 않아요. 진심으로, 그 사람이 어디서건 될수록 편안히 지내길 바라요. 그러니 전해 주세요. 지금 우리가 하는 녹취를 들려줘도 되겠죠. 현재 그 자리에서 얼마든지 사랑하면서, 선을 넘은, 무용한 소송 같은 거 벌이지 말고, 동영상이니 녹취록 같은 거 만들어 돌리지 말고. 그런 거 충분히 해 봤고 쓸데없다는 것도 알게 됐잖아요. 그러니까 지금 거기서 편안히 아이들 키우면서, 소설 쓰며 지내시라고. 그러다 혹시 돌아오고 싶으면 그게 언제든 돌아오시라고. 또 돌아오고 싶지 않으면 그대로 살아도 된다고.

그 연장선에서 부탁드립니다. 우리 쪽 어른들은 지금쯤 서혜우 씨가 낳았을 아이들이 윤 감독의 아이들인 걸 모르십니다. 내가 형님에게 청해서 어른들은 모르시게 했어요. 어른들은 서혜우 씨가 나 때문에, 내 문제 때문에 화가 나서 같이 못 살게 된 것으로 알고 계신다는 겁니다. 내가 그렇게 한 이유는 물론 나를 위한 것이지만, 서혜우 씨와 윤 감독 그리고 아이들을 위한 일이기도 합니다. 노친들 입장에서는 며느리가 외간 사내의 아이를 낳았다는 걸 용납하실 수 없을 테니까요. 하여 부탁드립니다. 지금 상태 그대로 조용히, 편안하게 살아 주십시오. 내가 오늘 윤 감독한테 할 말은 다 했습니다. 윤 감독께서도 나한테 할 말이 있다면 하세요.”

나는 죽도록 얻어맞고 널브러진 것 같다. 아이들을 위해서 조용히 살아 달라지 않는가. 지금 상태 그대로. 더 이상의 변화를 원하지 말고.

대답할 기운이 없고 기운이 있다고 해도 할 말이 없다. 할 말이 있어도 하고 싶지 않다. 묻고 싶은 건 생각난다.

“그런 말씀을 하필이면 오늘 하시고 싶으셨습니까?”

“우리 당 사람 몇이 모였던 자리에서, 이번 선거에서는 우리 당 후보께서 대통령 되긴 글렀다는 결론이 난 참이에요. 전 대표셨던, 제 장인이시기도 하지요, 서 전 대표께서 그대로 계시다가 후보로 나서셨더라면 승산이 있었을 거라는 얘기들을 나누다가 윤 감독을 만나보고 싶어진 겁니다. 나도 내년 지자체장 선거에 나서지 않을 겁니다. 내후년 총선도 거를 생각이 있고요. 장인께서 그러셨듯 나도 틀을 바꾼 겁니다.

서혜우 씨 집안이나 우리 집안이나 창의적이지는 못할지 몰라도 경직돼 있지는 않아요. 그럴 필요가 없으니까요. 여하튼 그렇게 서혜우 씨와 내가 속한 네 집안, 혹은 열여섯 집안에서 수십 년간 준비해 왔던 계획들을 바꾸게 한, 혹은 무너뜨린 윤 감독의 실체가 보고 싶었어요. 만나고 보니 윤 감독이 멋진 남자로 보여서 좋습니다. 나와 뜻이 같지 않다 해도 윤 감독이 하신 말씀들도 좋았고요. 내 아내가 사랑한 사람이 당신 같지 않고 지질하고 돼먹지 못한 남자였으면 어쩔 뻔했나 싶기까지 합니다.

여기 제 명함 두고, 먼저 갑니다. 내가 만나자 청했으니 이 자릿값은 내가 치르겠습니다. 다시 뵙게 되겠지요. 그때는 남자 대 남자로, 인간 대 인간으로, 한 여자를 공히 사랑하는 입장에서도 허심탄회하게 만날 수 있기를 바랍니다.”

한 모금 마시다 만 와인병과 술잔, 굴튀김 곁에 명함을 둔 양재륜이 자신의 전화기를 들고 나갔다. 전화기를 덮어 놓고 술을 따라 마시던 나는 명함을 집어다 본다. 국회의원 명함에는 국회의원의 표식문양이 금박되어 반짝거린다고 들었는데 양재륜이 남긴 명함은 수수하고 간명하다. 양재륜의 이니셜인 듯한 YJR과 전화번호뿐이다. 뒷면은 백지다.

“그렇군!”

소주 한 잔 마시고 고기전 한 점 먹으며 우적우적 배를 채운다. 아침 겸 점심을 대충 때웠던지라 허기가 깊었다. 핸드폰을 열어 무등과 백아의 동영상을 띄워 앞에다 놓고 양재륜이 남기고 간 포도주를 음료수 삼아 굴전을 먹는다. 안나 아줌마가 무등을 안고 마야가 백아를 안고 나란히 앉아 아이들을 어르는 3분짜리 동영상이다.

카이라가 동영상을 찍고 있는 주변에서 혜우의 기척은 나지 않는다. 어딘가에서 울고 있는지도 모른다. 제 여자의 남편이 남기고 간 술과 안주를 마시고 먹으며 울고 있는 지질한 놈처럼.

🌿 착한 소설

콜드 스프링은 허드슨강 중류에 있는 강변 마을이다. 지붕이 다홍색임에도 그린우드 하우스라 불리는 카이라와 마야의 집은 콜드 스프링의 북쪽, 베어마운틴 등산로 입구에서 살짝 비켜 있다. 마을이 숲을 향해 경사졌는데 그린우드 하우스는 마을 가장 위쪽에 자리했다. 그린우드 하우스 남서쪽으로 허드슨강이 훤히 열려 있고 남동쪽으로 상점가가 펼쳐진 형세다.

마야는 인도계로 할아버지와 할머니가 이민 와 미국에 정착했다. 고등학교 입학해 남학생한테 데이트 신청을 받기 시작할 무렵에 마야는 자신의 성정체성을 깨달았다. 대학 입학 후 커밍아웃을 했고 여러 여자친구와 사귀었다. 아일랜드계인 카이라는 필라델피아에서 대학까지 마치고 뉴욕으로 왔다.

카이라와 마야가 만난 지 12년 됐다. 만나자마자 동거를 시작했다. 뉴욕에서 3년쯤 살다가 9년 전에 콜드 스프링으로 왔다. 그린우드 하우스는 매년 6천 달러를 지불하는 임대주택이다. 집주인은 뉴욕에서 고등학교 교사로 근무하는 중년 여성이다. 유산으로 집을 물려받은 집주인은 퇴직하고 나서 그린우드 하우스로 돌아와 살 예정이다.

원래 카이라와 마야의 침실이었던 1층의 방이 안나와 아이들의 방이 됐다. 그 곁에 달린 작은방을 내가 쓴다. 2층의 두 방은 카이라와 마야의 작업실이다. 2층에 작은방이 한 칸 더 있다. 카이라와 마야는 아래층의 너른 방을 아이들과 안나에게 내주고 자신들의 침실을 2층의 작은방으로 옮겼다. 동시에 다락방을 내 작업실로 차려주었다. 다락방에 놓여 있던 온갖 물건들을 가장자리로 정리하고 창 쪽에다 앉은뱅이 탁자를 놓아 내 책상으로 쓰게 했다.

다락방 창가에 앉으면 산과 강과 하늘이 훤히 보였다. 봄의 초입에 이 집에 들어와 산색이 연둣빛으로 물들고 연초록으로 변하고 초록이 되었다가 녹색이 되는 걸 지켜보았다. 색색의 하늘과 산이 강물에 어려 흘러가곤 했다. 나는 자연처럼 변화하지 못하고 흐르지 못했다. 고인 물처럼 멈춰 있는 나는 가끔 고즈넉하고 자주 울적했다. 울적할 때마다 나도 모르게 숨이 멈춰 버렸으면 싶었다. 아무 때나 눈물이 났다. 이래저래 다락방 창가에 머무는 시간이 늘어갔다.

아이들은 거의 안나와 카이라와 마야가 돌본다. 아이들 태어나고부터 자기 수입의 태반을 생활비로 보내는 휘도 직접 육아를 하는 셈이다. 나는 휘가 생활비를 보내도록 그냥 뒀다. 아빠로서 당연하다 여겨서가 아니라 무력해서다. 내 주변에서 진행되는 일상이 나와 무관한 것처럼 설고 멀다. 휘와 통화하기 싫고, 아침이 돼도 눈을 뜨기 싫다. 아이들이 보채는 기색에도 일어날 기운이 없다.

아이들 곁으로 다가들 때도 멈칫거리기 일쑤다. 일단 다가들고 나면 이상해지는 나를 느낀다. 아이들한테 분유를 먹이면서, 기저

귀를 갈면서, 재우면서 속삭인다.

"네 이름은 윤무등이야. 무등은 전라도 광주에 있는 산이야. 네 아빠는 윤휘고, 네 엄마는 서혜우야. 기억해 둬, 윤무등. 잊으면 안 돼. 백아! 너는 윤백아야. 네 아빠의 아빠, 그러니까 네 할아버지가 백아산에서 나오셨대. 산에서 나왔다는 말이 무슨 뜻이냐면 말야. 빨치산의 아들이었다는 뜻이래. 백아산은 무등산에서 마주 보이는 산이야. 너희 아빠 집은 무등산 아래 대밭골에 있어. 느릅나무 집이야. 기억해야 해."

아기들에게 기억하라고 속삭여 강요할 때 나는 금세 죽을 것 같다. 스스로 죽든 죽임을 당하든, 아이들을 놔두고 사라지기로 정해진 성싶다. 그런 위태로움이 아이들한테 전염될 것처럼 느껴지면 나는 또 휘를 원망한다.

나를 내버려둘 것이지. 저를 나한테 내던지지 말 것이지. 멍청이 같으니. 이런 사태가 올 거라고 그처럼 말했건만. 이제 우린 죽을 건데, 어떻게 해도 죽을 건데 애들은 어쩌라고.

또 아침이다. 일어나기 싫어 이불을 뒤집어쓴다. 옆방의 기척이 들려온다. 부엌에 있던 안나가 종종걸음으로 아이들한테 다가드는 소리다.

"아이구, 우리 똥강아지들, 깼어요? 우쭈쭈, 우리 백아가 먼저 일어났네? 그렇지, 그렇지. 쭉쭉 기지개를 켜야 쑥쑥 크지. 아이구우, 우리 강아지 쭉쭉도 잘 하네? 에그? 우리 예쁜 무등이도 일어나셨네? 무등이도 쭉쭉 해 줘요? 그래그래, 옳지, 옳지 우리 강아지. 금세 무등산처럼 쑥 크겠네. 어이구우, 힘센 거 봐, 우리 무등이, 천하장사네. 어이구 예쁜 우리 강아지들. 이제 이 할머니가 우리

강아지들 기저귀 좀 볼까나. 어이구, 예쁘게 한 짐 해 노셨네, 우리 무등이. 이렇게 한 짐 해 놓고 울지도 않았어요? 어구어구, 착해라. 어디서 이렇게 귀한 님들이 오셨을까나. 어여쁜 내 님들!"

이제 보니 쌍둥이가 퇴원하여 집으로 들어온 날부터 시작된 소리다. 노래였다. 하루에도 몇 번씩, 사실은 끊임없이. 햇살 고운 봄날 아침, 가벼이 살랑대는 바람 같은 말.

카이라와 마야가 아이들을 어를 때의 어조도 안나와 비슷했다. 카이라는 영어와 아일랜드어를 섞어서, 마야는 힌두어와 영어를 섞어 읊는 것만 다를 뿐, 모두 노래하듯 감탄사를 연발하며 아이들을 얼렀다. 아기를 어르는 세상의 모든 언어는 탄성어로 이루어진 노래였다.

이 아름다운 노래를 이제야 듣다니! 머리가 차츰 맑아진다. 안나와 마야와 카이라에게 쌍둥이들은 윤휘와 서혜우의 자식이 아니라 저희들 스스로 어여쁜 님이다. 무한히 아름다운 존재이자 생명이다. 엄마라는 인간이 우울증을 운운하며 방기해서는 안 될 어여쁜 님들.

오랜 잠에서 깨어나듯 이불을 걷고 일어난다. 아이들 방으로 들어선다. 안나가 무등을 안고 카이라가 백아를 안아 젖병을 물리고 있다. 카이라가 백아에게 속삭인다.

"백아 엄마가 오늘은 일찍 일어났네? 백아, 젖 다 먹고 나서 엄마한테 굿모닝 인사할 테야? 엄마가 아침식사 하고 나면 굿모닝 할 거라고? 그래, 그러자."

다 큰 아이에게 하는 말 같다. 아닌 게 아니라 아이들이 쑥 컸다. 내게 아이들은 늘 병원에서 데려오던 날과 비슷했다. 살빛이 붉고

비루먹은 새끼고양이처럼 앙상한 모습이었다. 이제 보니 통통하고 보시시하다. 그동안 나는 저 세상에라도 다녀온 같다. 바리데기처럼. 아버지를 살린 것도 아닌데 아주 먼 곳을 오래 헤매다 돌아온 성싶다.

아침식사가 끝난 식탁에서 마야가 메모지를 펼치며 말한다.

"무등 서 윤과 백아 서 윤이 제법 안정됐어. 아이들이 잘 자라고 있으니 이제 우리 네 사람의 일상을 정리해야겠어. 아이들 리듬에 맞춰 사는 우리 일상이 중복되면서 허비하는 시간이 많아. 특히 안나가 애들 돌보는 시간이 길어. 혜우도 혼자만의 시간이 절대적으로 필요하고. 육아 시간을 배분하자는 거야. 각자 맡은 시간에는 육아에 전념하고, 그 외 시간은 각자 자신의 일상에 충실하자는 거지. 집안일이며 요리도 육아를 맡은 날의 두 사람이 하는 거고. 안나, 내 말 이해해요?"

이해하냐는 질문은 한국말이다. 영어를 잘하지는 못해도 어지간히 알아듣는 안나 아줌마가 나를 쳐다보며 묻는다.

"애기들 보는 시간을 나누자는 거지요? 애기들 볼 때 말고는 각자일을 하자는 거고?"

"맞아요. 특히 아줌마가 애들 보는 시간이 너무 길다고 덜어 주자는 거예요. 집안일도 마찬가지고요."

"나야, 애기씨 돌보는 게 일인 사람인데, 애기들 보는 게 애기씨 돌보는 일인데, 힘들 게 뭐 있소. 그것도 안 하면 내가 여기서 뭘 하고 살 것이며, 서초동에서 꼬박꼬박 넣어 주는 월급을 무슨 염치로 받는데요? 쌍둥이 아빠가 보내 주는 생활비는 어떻고? 난 빼고 세

분이나 시간을 나누라고 통역해 주시구려."

"서초동 월급 받아 저하고 아이들한테 다 쓰시는 거 알아요."

"쓰긴 뭘 쓰우? 써도 나 좋아서 쓰는 거고. 내가 아마 애기씨보다 부자일 게요. 그렇다고 내가 이 나이에 시집을 가겠어요, 자식을 낳겠어요? 나한테는 애기씨뿐이고, 이제 쌍둥이 보는 게 낙인데 당번이 뭔 말이래요? 난 싫소. 저이들 바쁘고, 바빠서 애기 보기 힘들면 애기들은 그냥 가끔만, 시간 날 때만 보라 하시구려. 내가 다 할 테니. 자기들도 우리 쌍둥이가 이뻐 숨넘어가면서 뭔 당번 타령이래요? 확, 애기들 데리고 서가 하우스로 가 버릴까 봐. 아예 서초동으로 가 버리든지. 서초동 지금 어른들 안 계시고 박 씨네, 김 씨네는 달랑 관우 한 사람 수발하며 룰루랄라 하며 지낼 건데 우린 남의 집서 더부살이를 하고 있잖소. 차라리 아무도 몰래 서초동 집으로 갑시다. 어차피 숨어 살 거면 서초동 집보다 안전한 데가 어딨겠소? 그 무등산 아랫집으로 가도 좋겠네."

"비행기는 행적이 정확히 남잖아요. 게다가 비행기를 열네댓 시간이나 타야 하고요. 애들을 어떻게 태워요?"

"내가 그걸 몰라 하는 소리요? 이런 말 나오는 게 싫다는 거잖소. 나는 우리 쌍둥이를 누가 보네마네 하는 게 싫다고요. 공짜로 방 빌려주는 것도 아니면서!"

내가 안나의 말을 순화시켜 전하자 마야가 고개를 짓고 나선다.

"그러면 안돼요, 안나. 안나와 혜우와 쌍둥이는 앞으로도 한참, 여기서 살아야 할지도 몰라요. 지난 몇 달 그랬듯 앞으로도 한국인과 접촉하지 않도록 조심해야 하고, 접촉했을 때는 말을 섞지 않아야 해요. 그렇게 우리는 될수록 눈에 띄지 않게 평화롭게 살 방법을 찾아야 하는데, 한 사람이 힘들면 균형이 깨져요. 균형이 깨지면 평화롭기가 어렵고요. 안나가 피고용인처럼 지내면 안 되는 이유예요. 나와 카이라는 휘의 친구로서 혜우와 안나를 가족으로 받아들인 거고 쌍둥이를 같이 키우고 있는 거예요. 안나도 우리와 한 가족으로서 아기들을 키워야 하고요. 이해했어요, 안나?"

내가 마야의 말을 설명해 주자 안나가 아무려나 알아서 하라고 손짓한다. 좀 전보다는 기색이 누그러졌다.

마야가 시간표를 펼친다. 시간표에 따르면 마야와 안나가 한 조, 나와 카이라가 한 조다. 월수금은 마야와 안나가 아이들을 돌보고, 화목토는 카이라와 내가 당번이다. 일요일은 같이 어울려 지내고, 당번 날의 누군가가 바깥에 일이 있어 나갈 때는 베이비시터를 구해 함께 하는 걸로 되어 있다.

"베이비시터를 어디서 구해요?"

"소방서 뒤편으로 오른쪽 첫 번째 집에 미스 맥밀런이 살잖아. 혜우, 우리 집에 도착한 그날 산통 와서 뉴욕으로 갈 때 미스 맥밀런이 응급구호사로 구급차에 동승했는데 기억나지 않아?"

응급차에서 내가 기억하는 사람은 휘뿐이다. 때 이른 내 산통이 제 탓인 양 겁에 질려 안절부절못하던 남자. 그 손의 온기와 진땀.

"미안해요. 그때 옆에 미스 맥밀런이 있는지도 몰랐어요."

"그럴 만했지. 미스 맥밀런, 그러니까 수잔이 평생 간호사로 지내다가 퇴직한 지 5년쯤 됐어. 연금 받으면서 사니까 생활이 궁색하지는 않지. 소방서 응급구호사로 자원봉사하는 것과 메인 스트리트 공예품점에서 하루 4시간 가게 봐주는 건 여가생활인 거고. 엊그제 마켓에서 만났을 때 수잔이 요즘 쌍둥이는 어떻냐고 묻더라

고. 쑥쑥 잘 큰다고 말하고 나도 수잔한테 안부를 물었어. 그랬더
니 수잔이 공예품 가게 점원 일을 못하게 됐다고 했어. 공예품 가게
가 장사가 잘 안되어 내놨대. 소방서 자원봉사는 응급이 생겼을 때
나 하는 거고, 할 일이 없다는 거야. 쌍둥이 좀 보러 가도 되느냐고
물어 왔고. 그런 얘기 나누는데 문득 그이를 보모로 들여 우리를 보
조하게 하면 어떨까 싶은 생각이 나더라고. 하루 4시간쯤? 사실 휘
가 보내오는 생활비가 많아. 베이비시터를 써도 충분해. 어제 휘와
통화하면서 얘기했더니 좋아했어. 카이라도 물론 동의했고. 혜우
는 그냥 찬성해야 해. 안나의 동의만 구하는 거야."

내가 설명하자 안나가 고개를 끄덕인다.

"어련히 알아서 생각했을라고. 그렇게 합시다. 어쨌든지 오늘 당
번은 나하고 마야구먼. 어이, 마야 씨. 설거지하시구려. 난 우리
강아지들하고 놀아야겠수."

당번 아니었으면 어쩔 뻔했냐는 듯 안나가 아이들 방으로 들어간
다. 금세 웃음기 잔뜩 서린 안나의 말이 들려온다. 한 시간 전쯤 들
을 때와 똑같은 강아지 타령이다. 아이들이 호응하는 소리가 난다.
웃음소리인 듯 옹알이인 듯. 내가 만질 때는 자거나 칭얼거리는 아
이들이 안나와 함께일 때는 좋아라 반응하는 것이다. 마야와 카이
라한테도 그렇다.

카이라가 식탁을 톡톡 두드리며 내 주의를 끈다.

"마야가 이따 미스 맥밀런한테 놀러 오라고 해서 베이비시터 문
제를 의논할 거야. 너하고 나는 도시락 싸서 숲길 좀 걷다 오자. 천
천히 가능한 만큼 걷다가 도시락 먹고 걸어 돌아오자고. 무슨 꽃들
이 피었다 졌는지, 어떤 새가 노래하는지, 바람의 맛은 어떤지 느

껴 보자는 거야. 어때?"

어떠냐고 묻는 어조에 강제성이 다분하다. 한정 없이 쪼그라드는 나를 보다 못한 카이라와 마야가 의논한 모양이다. 억지로라도 밖으로 끌어내자고. 그 틈을 베이비시터로 메우자고.

자유롭게 살기 위하여 이곳에다 집을 마련한 두 사람이 자신들을 온통 내주었다. 어쩌면 자신들이 당할 수도 있을 위험을 감수하며 나를 감싸 안고 지냈다. 내가 마다할 계제가 아니다. 반강제일지라도 따라 움직이며 생기를 찾아야 했다.

도시락 싸 메고 달팽이처럼 3시간을 걸었다. 베어마운틴 등산로 입구까지 4킬로쯤이다. 도시락을 먹고 다시 3시간을 걸어 집으로 돌아왔더니 수잔 맥밀런이 무등을 안고 어르고 있다. 소방서에 응급상황이 생길 때와 일요일을 제외한 날 오후 두 시부터 여섯 시까지 수잔이 아이들을 함께 돌봐 주기로 결정되었다고 한다. 수잔은 71세라는데 66세인 안나보다 나이가 덜 들어 보인다.

이튿날 산보는 마야와 함께 나섰다.

넷째 날인 오늘은 안나와 걷는다. 산책로의 끝 지점에 닿는다. 산보 첫날 카이라와 돌아선 장소다. 동남쪽으로 허드슨강이 길게 펼쳐져 있다. 벤치 앞에서 내가 가방을 내리자 안나가 가방 속에서 김밥을 꺼내 펼친다.

"애기씨, 초등학교 2학년 봄 소풍 때 경복궁 간 거 기억해요?"

초등학교 소풍 때마다 안나 아줌마가 따라다녔다.

"창경궁 아니었어요?"

"창경궁은 3학년 봄에 갔지. 암튼 경복궁 가서, 근정전 둘레 회랑에서 도시락 펼쳤는데 소나기가 쏟아졌잖아요."

"그랬어요?"

"기억이 안 나요? 소나기가 쏟아지니까 근정전 마당에 있던 사람들이 죄 회랑 지붕 아래로 들어섰는데 애기씨는 되레, 느닷없이 마당으로 나갔잖소. 그 품계석인지 뭔지, 비석같이 생긴 돌들이 줄지어 서 있는 마당으로 나가 소나기를 쫄딱 맞으면서 돌 사이를 폴짝폴짝 뛰어다녔잖아."

그 장면에 관한 한 난 아무 기억이 없다.

"내가 정말 그랬어요?"

"그랬죠. 마당 둘레에서 수백 명이 애기씨를 구경하고 있는데 나는 펼쳐 놓은 김밥을 두고 애기씨를 말리러 나가야 할지, 도시락을 도로 담아 놓고 나가야 할지 갈피를 못 잡고 헤맸잖소."

"그래서요?"

"사실 난 그리 노는 애기씨가 귀여워서 좀 놔둬도 되겠다 싶었지. 꼭 커다란 피아노 건반을 뛰어다니면서 봄노래를 연주하는 것 같았거든. 난 그랬는데 박 기사가 애기씨한테 갑디다. 애기씨를 안아 돌아왔고."

"좀 싱거운 해프닝이었네요."

"싱겁기는 무슨. 그날 밤에 열이 펄펄 나서 며칠이나 결석을 했는데. 자칫했으면 그때 나 잘려서 애기씨를 다시는 못 볼 뻔했소."

"그랬을 리가, 아줌마가 제 엄마 같았는데 절대 못 잘랐을 걸요."

"엄마 같은 것과 엄마는 엄연히 달라요. 나는 애기씨 평생 엄마 같았을지 몰라도 엄마는 아니죠. 그리고 요새 애기씨는, 쌍둥이 엄마인 건 맞는데 엄마 같지가 못해. 엄마는 아니나 엄마 같은 맘으로 애기씨를 키워 온 내가 어쩔 줄을 모르겠어. 경복궁 회랑에서 김밥을 두고 애기씰 데리러 나가야 하나 김밥을 도로 싸 놓고 데리러 나가야 하나 갈등할 때 같다고."

"길게, 아줌마한테 걱정 끼쳤죠. 죄송해요."

아줌마 눈자위가 대번에 붉어진다.

"내가 그동안 얼마나 맘을 졸였는지 몰라요. 대표님과 학장님 원망도 많이 했어요. 어쨌든 당신들 따님이고 손주들인데 어떻게 이렇게 내버려 두시고 외유만 하시나! 외유하실 거면 워싱턴으로나와 지내실 것이지 부탄, 네팔, 인도가 다 뭐람! 거기들 다니시면서 도를 닦으신다고 해도 그걸 뭐에 쓰려고, 그랬다니까."

"미안해요. 이제 정신 차릴게요."

"그런 것 같아서 좋아요. 좋아서 나오는 푸념이에요. 애기씨는 혼자 몸이 아니에요. 쌍둥이는 물론이고 윤 감독 생각도 해 줘야지. 그 사람, 애기씨만 만나지 않았다면 세상에 뭔 걱정이 있겠어요? 젊지, 헌칠하게 잘생겼지, 직업 좋지, 능력 좋지. 펄펄 날아다닐 사람 아니에요? 그런 사람이 애기씨 좋아하는 바람에 난리를 만난 거잖아요. 핏덩이들을 여기다 두고, 애기씨는 전화도 받지 않겠다고 하고. 그 사람이 뭔 정신으로 살겠어요?"

"이제 정말 안 그래요."

"믿어도 되지요?"

"네."

"그럼 어서 밥 먹어요. 다 먹고 천천히 씩씩하게 걸어서 집으로 돌아갑시다. 내일모레가 우리 쌍둥이 백일이잖소? 백설기 찔 준비도 해야지. 애기들 백일인데 엄마가 환해야 하고, 그러려면 잘 먹어야지."

아줌마가 김밥 한 조각을 집어 내민다. 아침 내내 아줌마가 싼 김밥에는 우엉과 당근과 오이와 고기와 단무지 등이 듬뿍 들었다. 오랜만에 먹어 보는 김밥에 내 목이 멘다.

닷새째 산보는 생략했다. 백설기는 시루에다 쪄야 한다는 안나의 고집을 이기지 못했다. 카이라와 함께 뉴욕으로 가서 한국 음식 재료 상점을 헤매 자그만 시루 두 개를 샀다. 이런저런 생활용품을 아울러 사서 돌아왔더니 휘가 와 있다.

석양 속에서 여름 포대기에 싸인 아기들을 양 팔에 안고 어르는 그의 모습이 의젓하고 든직하다. 기말고사 기간에 오겠다는 걸 오지 말라고, 영화 개봉 후에나 다녀가라고 내가 밀어냈더니 기별하지 않고 온 것이다. 나를 발견한 그가 환히 웃는다. 아이들을 안고 웃는 그가 찬란히 아름답다.

석양 속에서 그처럼 빛나던 남자가 밤 깊어 다락방에서 둘이 되자 달라졌다. 양재륜과 만났던 대화록을 들려주고 나서 끅끅, 주체 못하고 운다. 울며 읊조린다.

"그 사람 앞에서 나는 허수아비보다 힘이 없었어. 그 사람한테 당신을 사랑한다고, 당신과 함께 살고 싶다고 말하는데, 이게 내 진심일까 의심스러웠어. 그 사람이 나한테 당신하고 맘껏 사랑하며 살라고 하는데, 사랑하라는 말이 그렇게 무서운 말인 줄 처음 알았어. 또 그 사람이 우리 애들을 여전히 자기 자식인 것처럼, 자기 부모님이 그렇게 알고 있으니 나한테 나대지 말라는 식으로 말하는데도 나는, 정말 무서워 대꾸를 못했어. 거듭거듭 무서워한 내가 부끄러워 꺼지고 싶었어. 꺼질 용기도 없는 내가 또 부끄러워 이렇게 눈물이 나. 하필이면 당신 앞에서. 이런 꼴밖에 보여 주지 못해 미안해, 혜우 씨. 정말 미안해."

같이 운다. 휘가 들어야 했던 말들이 내 눈을 송곳처럼 쑤셔 눈물이 난다. 그가 가여워서, 내 자신한테 화가 나서 눈물이 난다.

이 모든 상황은 윤휘가 아니라 내가 속한 세상의 속성에서 비롯됐다. 양재륜이 말한 하드웨어의 속성. 윤휘가 그걸 알려면 죽었다가 내가 속한 세상, 무지개가 장막처럼 감싼 세상에서 태어나야만 할 것이다. 무지개를 움직이는 하드웨어! 걷히지 않는 무지개가 하드웨어였다. 윤휘는 알 수 없는 그 무지갯빛 하드웨어에 맞설 사람은 그 세상에서 태어나 살아온 나였다.

그 세상을 잘 몰라 두려움에 떠는 윤휘는 사랑한다는 말 대신 사랑을 해 주는 남자다. 나는 그를 만나면서 그의 사랑을 먹고 자랐다. 빨치산이 살았던 백아산과 5·18의 함성과 무등산의 피눈물 속에서 자라난 그 사랑. 내가 그동안 앓은 까닭은 무지개와 그 피가 뒤섞이는 과정이었던 것 같다.

"그만 울어, 휘. 나도 그만 울고 싶어. 당신 눈물이 그쳐야 나도 그칠 수 있잖아."

휘가 부끄러운 듯 손을 뻗어 내 눈물을 훔쳐 준다. 나도 그의 눈물을 닦아 준다. 그가 수줍은 얼굴로 말한다.

"이제 그만 울게. 미안해."

"나야말로, 그동안 모든 걸 당신한테만 맡겨 둔 점, 미안해. 작년 오월에 느릅나무 집에서 당신이 말했지. 당신은 허약한 사람이 아니라고. 당신이 그때 그 말을 해 줘서 얼마나 기뻤는지 몰라."

"그렇게 말해 놓고서 징징 짰잖아. 아무것도 못하고 당신 찾아와서 고자질이나 했고. 당신 앞에서 운 게 부끄럽고 미안해. 근데 고자질한 덕인가? 시원하고 뭐든 할 수 있을 것처럼 기운이 나기도 해. 고마워."

한 인간이 자신이 처한 상황을 벗어나기 위해 할 수 있는 일들이 있다 할 때 휘는 자신이 할 수 있는 모든 것을 했다. 현재 그가 뭔가 더 할 수 있는 건 뇌 없는 천치로 살거나 아예 죽어버리는 것뿐이다. 나는 이제야 그걸 알겠다.

"그때 당신이 나한테 해 준 그 말은 온전히 나를 위한 것이었어. 그 맘을 담아 나도 당신한테 말할게. 나, 원래 약하지 않아. 나는 강하게 키워지고, 평생 강하게 살 수 있게 자라나 나이 들었어. 그동안 내가 나를 제대로 느끼지 못하고, 느끼면서도 겁이 나 외면해 왔던 거야. 하지만 당신한테 받은 사랑이 내가 원래 지닌 힘을 깨닫게 했어. 윤휘 씨!"

"음?"

"사랑해. 더는 어떻게 표현할 수 없을 만치 당신을 사랑해."

여태 울다가 간신히 눈물 그쳤던 그의 얼굴이 잔뜩 구겨지며 또 운다. 구겨진 자기 얼굴을 두 손바닥으로 훑어 낸 그가 눈물 진진한 얼굴로 나를 향해 팔을 벌린다. 내가 안기자 그가 푹 감싼다. 몇 달 사이 그는 몹시 말랐다. 아니 나를 만나는 동안 줄곧 말라 왔다. 갈비뼈를 집어낼 수 있을 것처럼 마른 그의 품에서 눈물 소리가 나는 것 같다. 내 가슴에서도 나는 눈물 소리다. 두 눈물이 어우러져 강물로 흐르는 성싶다. 25년 전, 무당이었던 휘의 할머니가 예비한 게 어쩌면 이런 것 아니었을까 싶다. 마침내 두 피가 다 섞였고, 섞이면서 나는 충분히 자란 것 같다. 더는 엄살 피울 수 없을 만큼.

〈달의 습격〉을 그렇게 쓰는 게 아니었다. 〈달의 습격〉에서 달이가 호수에 드리운 달을 향해 몸을 날리는 건 죽는 게 아니었다. 자신이 '달'이라는 걸 깨쳤고 자신을 찾았다는 의미였다. 달과 합치된 달이는 다시 떠오를 것이고, 다시 떠올라 어둠 속에서 벌어지는 일들을 다 비추어 밝히리라는 의미였다.

그렇게 썼다고 여겼는데 양재류은 아름다운 동화로 읽고 휘는 비극으로 끝나는 자서전쯤으로 읽었다. 작가로서의 내 한계였다. 소설은 문학이고 문학은 문학다워야 한다는 내 허영기의 발로였다. 괜찮다. 문학은 문학답게 하면 되고 현실은 현실답게 대응하면 된다. 지금은 윤휘를 누리는 게 현실이다.

단신으로 서가 하우스에 들어선다. 창문들부터 열어젖힌다. 작년 말에 창이건 출입문이건 죄다 이중으로 보완하는 공사를 했던 탓에 문을 여는 것도 일이다. 여는 일이 즐겁다.

임신을 느낀 지난해 9월부터 아이들을 낳고 백일이 넘은 지금에야 느끼는 몸의 자유다. 아이들 곁을 잠시 떠나옴으로서 비로소 깨달은 빈 몸의 홀가분함. 몸의 자유가 의식의 자유인 걸 알겠다. 자유가 힘인 것도.

세스 번에게 전화를 건다.

"오, 애기씨!"

세스 번의 목소리에 반가움이 그득하다. 그에게 머지않아 안나와 쌍둥이를 데려오기 위해 준비하러 왔노라 말하니 기뻐한다. 안나를 정말 좋아했던 것 같은 그와 서가 하우스의 경비 시스템이며 전등

설치를 의논한다.

양쪽으로 이웃한 집과의 사이에 펜스는 있어도 담장이 없다. 앞
뒤 쪽 뜰은 펜스조차 없이 도로로 연결돼 있다. 미국 대개의 집들이
그렇듯 이 거리의 모든 집들도 그랬다. 그런 걸 지금까지 아무렇지
않게 지내 왔지만 이제 불편하고 불안하다. 경찰과 거리관리소 정
도로 안심할 수도 없다.

해질녘에 세스 번이 경비업체 매니저와 함께 왔다. 나는 집의 외
벽에 CCTV와 침입감지센서를 눈에 띄지 않게 설치하고 뜰을 빙 둘
러 전등을 심고 싶다는 뜻을 밝힌다. 안전을 위한 장치이되 그 장치
로 집이 더 튼튼하고 아름다워져야 한다고 강조한다. 오래전 중학
교 입학 즈음, 내가 할머니한테 들은 말이 그랬다.

내가 좀 컸으므로 방도 키워야 하게 되었을 때 할머니가 내 생각
을 물으며 말씀하셨다.

"짐승들도 자신의 깃털과 집을 최대한 아름답게 가꾼다. 비싸고
화려한 것이 아름다운 게 아니다. 스스로를 지키며 기운을 북돋아
주는 게 아름답고 좋은 것이야. 짐승들이 그러할 제, 사람은 더욱
그래야지. 이제 네 방을 어찌 꾸미고 싶은지 말해 봐."

내 할머니의 말씀에 의거하여 서가 하우스 안전을 위한 공사를
계약한다. 경비업체와 1년 단위의 경비계약을 맺는다. 서가 하우
스에 침입경고 신호가 울리면 3분 안에 경비업체 직원들이 도착하
기로 됐다. 공사는 6월 19일인 내일부터 시작해 5일 후까지 마무리
한다는 계약서를 쓰고 나니 여유가 생긴다. 마치 마음에 갑옷을 입
은 것 같다.

컴퓨터 전원을 살려 음악을 켜 놓은 채 집 안을 쓸고 닦는다. 끓

임없이 움직이며 온갖 생각을 한다. 창밖이 어두워졌다가 다시 밝아 올 때에야 생각이 모아진다.

양재륜 측에서 이혼을 못하는 이유는 자신들이 충분히 무마할 수 있는 동성애 스캔들 때문이 아니라는 것. 내 명의로 묻어 둔 비자금이 너무 많기 때문이라는 것. 그걸 가져가면 정치인 양재륜의 설 자리가 사라질 수 있을 뿐만 아니라 DH그룹의 불법, 탈세 등이 줄줄이 걸려 나올 수 있다는 것.

결국 '팀리 제이 서' 이름으로 묻혀 있는 자금이 문제라는 것. 내가 여태 관심 가져 본 적 없는 그 돈들로 내 무기와 방패를 마련해야 한다는 것. 최선의 방어는 선제공격이라는 것. 그렇지만 그것으로 무기를 삼으려 하면 양재륜의 금고 노릇을 해 온 내가 감옥으로 갈 수도 있다는 것. 감옥에서 꽤 오래 살 수도 있다는 것. 그럴 자신이 없으면 그저 이대로, 무지갯빛 장막에 싸인 채로 살면 된다는 것.

아침 여덟 시가 되자 집 앞에 공사업체 차량과 자재를 잔뜩 실은 트럭 두 대가 들어선다. 초인종이 울린다. 문을 열어 주고 공사를 시작하라 한다.

집 안팎에서 공사 소음이 울리기 시작한다. 나는 서재 방문을 닫고 컴퓨터를 끼고 앉아 워싱턴에 본사를 둔 로펌들을 검색한다. DH그룹과 연결된 기록이 나타난 로펌들을 일차로 제외시킨다. 한국 정부나 기업을 대리하여 로비를 벌인 적 있는 로펌들도 지웠다. 한국 기업과 개인을 상대로 소송 벌인 기록이 있는 로펌으로 압축하고 보니 최은종이라는 사람이 운영하는 법률회사가 나타난다.

'최 로펌'의 오너인 최은종은 70년대 말에 한국에서 대학을 다니며 학생운동을 하다가 강제 징집됐다. 제대하고 80년대 초반에 미국으로 건너왔다. 조지워싱턴대학을 졸업하며 변호사가 되었다. 워싱턴 최대 로펌에서 십여 년간 일하다 독립하여 최 로펌을 차렸다. 현재 최 로펌에는 여러 나라 출신의 변호사 삼십여 명이 있다.

최 로펌을 상세히 검색하고 난 후 인터넷으로 상담 신청을 한다. 오전 11시다. 삼십 분쯤 지나 답장이 온다. 내일 아침 아홉 시에 회사 로비에서 상담 예약자임을 밝혀 달라는 내용이다.

예비상담 절차 없이 안내된 곳은 최 로펌의 대표인 최은종 변호사 방이다. 60대 초반일 최은종 씨의 머리가 온통 하얗게 세었다.

"서혜우 씨?"

"저에 대해 알아보셨나요?"

"한국과 미국의 이중국적을 가진 83년생 여성이 유언장에 관한 상담을 원한다고 해서 유의하게 됐지요. 예사롭지 않으니까요. 인터넷에서 서혜우 씨를 쉽게 찾아냈습니다. 서울의 신의 로펌에서 이혼소송을 진행하고 계시더군요?"

"신헌 변호사님을 아세요?"

"사사로운 알음알이는 없습니다만 성함은 듣고 있지요. 작년 11월에 큰 사고를 당하셨다는 기사도 읽었고요. 그런데, 서울 정명 로펌의 설립자가 서혜우 씨 친가의 조부님 아니신가요? 서중호 전 여당대표의 부친이신?"

"아니에요. 정자, 명자를 쓰신 어른은 제 조부가 아니라 증조부세요. 정명 로펌은 제 증조부님이 설립하신 서정명 법률사무소로 시작된 회사예요. 그 아드님, 제 할아버지가 돌아가신 뒤로는 CEO

대표 체제로 운영되고 있고요."

"집안 로펌을 놔두시고 신의와 계약하시고, 또 저를 찾아오신 거군요."

"한국 최대라 알려져 있는 정명 로펌의 제 지분이 15%예요. 제 양친의 지분은 50%시고요. 양친께서는 제가 원하는 바를 정명에서 못하게 하실 거고, 저 또한 그쪽을 통하고 싶지 않아서 신의 로펌과 계약했어요. 같은 맥락에서 최 대표님도 찾아낸 거고요. 아무튼 미리 말씀드립니다. 최은종 대표님께서 제 일을 맡게 되시면 신헌 변호사님과 같은 사고를 당하실 수도 있습니다."

그가 웃으며 고개를 끄덕인다.

"저를 만나러 한국에 있는 교도소로 오셔야 할지도 모르고요."

끄덕끄덕한다.

"제 유해가 안치된 병원이나 장례식장에 오실 수도 있어요."

역시 고개를 주억인다.

"그래도 맡아 주실 건가요?"

"모든 법률인은 그런 위험에 원래 노출돼 있습니다. 구치소나 교도소로 면회 다니는 정도는 일상이고요. 영안실이나 장례식장도 자주 갑니다. 법률인의 노동에는 그 위험을 감수한다는 전제가 있고, 수임료에는 위험수당이 포함돼 있지요. 서혜우 씨가 이 워싱턴에 있는 수많은 변호사들 가운데서 저를 찾아내시고 여기에 이르셨는데 다른 회사를 찾아가 보시라고 하겠습니까. 맡겠습니다."

"내용을 들어 보시지 않고요?"

"내용은 서혜우 씨와 저 사이에 기본계약이 성립된 뒤에 들어야지요."

"어디에 사인해요?"

최 대표가 회사 로고가 찍힌 계약서 두 장을 내놓는다. 의뢰자와 수임자 관계를 맺으며 이후 상세계약서를 작정한다는 내용이다. 나는 두 장의 계약서 의뢰자란에 사인을 하여 한 장을 최 대표 쪽으로 밀어 보낸다. 최 대표가 계약서를 확인하고 고개를 끄덕인다.

"지금부터 이루어지는 상담은 이 방 안에 설치된 3대의 카메라에 의해 모두 동영상으로 기록될 겁니다. 동의하십니까?"

"동의합니다."

"기록된 영상은 향후에 상담 내용과 계약 내용에 의해 발생하는 모든 일에 증빙자료로 쓰일 수 있습니다. 동의하십니까?"

"동의합니다."

최 대표가 탁자 가운데 놓인 리모컨을 누른다. 방 양쪽과 천정에 설치된 카메라가 초록 불을 깜빡거리며 작동하기 시작한다.

"현재 장소와 연월일시는 카메라가 자동 기록합니다. 이제 시작해 보지요, 한국인 서혜우 씨 그리고 미국인 '팀리 제이 서' 씨."

나는 어제 오후 내내 갖은 자료를 찾아 가며 한국어와 영어로 쓴 유언장을 꺼내 놓는다.

오늘로부터 내가 죽으면 서가 하우스를 제외한 서혜우와 '팀리 제이 서' 명의의 모든 유동, 부동 자산을 한국의 자선단체와 복지시설 100곳, UNHCR, 25개의 국제 NGO에 균등분할 기증한다는 내용이다.

"와, 어마어마하군요."

최 대표가 웃으며 한 말에 나도 웃는다. 그동안 내가 찾아다닌 적 있는 한국 자선단체와 복지시설 중에서 100곳을 골랐다. UNHCR

과 25개의 국제 NGO는 내가 참가해 본 몇 곳과 그 과정에서 들어 본 곳들의 활동을 최대한 검색해 보고 일일이 기록했다. 이혼이 성립된 날로부터 10년 후에도 내가 살아 있다면 유언장에 기재한 모든 자산의 권리를 양재륜에게 양도한다고도 적었다.

별지 유언장에는 워싱턴 헤븐 스트리트 2701번지의 서가 하우스를 '팀리 제이 서'의 자녀인 '백아 서 윤'과 '무등 서 윤'에게 상속하며, 내가 서중호와 정혜식의 딸로서 가질 수 있는 모든 권리도 두 아이에게 상속한다고 기록했다. 내 사망 시 아이들의 후견인은 생부인 윤휘로 지정한다고 명시했다. 윤휘도 사망했을 경우 아이들 후견인을 시네마 연 대표 문달희와 친구 김보늬와 동생 서관우로 공동 지정한다고 덧붙였다.

꼼꼼히 읽고 난 최 대표가 유언장이 법률 요건을 갖췄는지 세심하게 검증했다. 틀린 걸 고치고 미비한 걸 갖추게 했다.

검증을 마친 유언장을 나로 하여금 소리 내어 읽게 했다.

내 유언장 낭독이 끝나자 최 대표가 컴퓨터를 열어 유언장을 등록한다. 유언장에 적힌 대로 나한테 무슨 일인가 생기면 서울의 신의 로펌과 협력하여 서혜우 관련사항은 그쪽에서 처리하고, '팀리 제이 서' 관련사항은 이쪽이 처리하도록 했다.

"이제 제 금고 속에 돈이 얼마나 들었는지 확인하러 가야죠? 최 대표께서 동행해 주실 건가요, 다른 변호사를 붙여 주실 건가요?"

"제가 수임했으니 제가 동행하지요. 앞으로도 그렇고요."

세계 각국의 은행이 들어와 있는 워싱턴에는 내가 계좌를 가진 은행들도 모두 있다. 나는 최 대표와 함께 계좌를 가진 여러 은행 중 가장 가까운 곳으로 먼저 들렀다. 고객 상담 매니저를 만나 '팀리 제이 서'의 자금 상황이 어떤지 문의하고 내용을 들었다.

'팀리 제이 서'의 계좌는 양재륜과 약혼한 한 달 뒤에 백만 달러로 만들어졌다. 여섯 개 은행에서 동일하게 시작된 것이었다. 이후 16년째 날마다, 휴일에도 빠짐없이, 일정액이 분산 입금됐다. 한국의 서혜우가 미국의 '팀리 제이 서'한테 자동이체로 입금하는 형식이었다. 저들은 나를 철통처럼 믿은 것 같다. 혹은 제어할 수 있다고 여긴 모양이다. 심지어 오늘까지도.

최 대표를 대동한 그 자리에서 현 계좌를 그대로 둔 채 다른 계좌를 만들었다. 전액을 새로 만든 신탁계좌로 이체시켰다. 신탁계좌에서 발생하는 이자로 최 로펌의 수임료가 일정하게 지불되도록 만들었다. 같은 일을 다섯 은행을 더 찾아다니며 반복했다. 총액을 최 대표가 계산해 주었다.

대학교수 4년 차이며 네 번째 영화를 만들고 있는 윤휘가 제 가족으로 여기는 나와 쌍둥이한테 다달이 입금해 오는 생활비로 치면 5천 년쯤 모아야 할 금액이었다. 부동 자산을 합치면 1만 년쯤 될까.

오전 아홉 시에 시작한 일이 오후 다섯 시에 끝났다.

최 대표와 헤어지고 나니 집으로 가고 싶지 않다. 물 먹은 솜처럼 늘어져 가까운 호텔로 찾아든다. 10층에 있는 방에 들어서자마자 전화벨이 울린다. 1만 년쯤 살아야 서혜우만큼 부자가 될 수 있는 남자다.

"귀국하고 나흘쯤 지나 전화하랬더니 정말 그러네. 나의 윤휘, 참 말 잘 들어. 착한 남자야."

〈돈 세이 워드〉는 7월 14일에 시사회를 하고 토요일인 15일에 개봉할 것이다. 콜드 스프링에서 엿새를 지내고 돌아간 휘는 시사회에서 인사 마치는 대로 콜드 스프링으로 돌아오기로 했다. 그가 와서 8월 말까지 지내는 동안 마야와 카이라는 인도 여행을 할 것이다. 그들의 40일에 걸친 숙박비와 비행기 표를 내가 선물했다. 내가 그들에게 처음 표시한 고마움이었다.

"착하다는 소리, 난생 처음 듣는데 괜찮네. 집이야?"

"아니, 호텔이야. 나인 투 파이브. 종일 시내를 싸돌아다녔어. 도저히 집까지 못 가겠기에 가까운 호텔로 들어왔고."

"종일 무슨 일 했는지 물어도 돼?"

"음, 그러니까 여러 대장간을 찾아다니면서 무기와 방패를 만들었어. 새 소설도 구상했고."

"무슨 말인지는 다 모르겠지만 무기와 방패라니, 잘 했어. 와중에 소설 구상까지 했다니 대견하고."

"윤휘 씨!"

"응?"

"당신은 돈이 얼마큼 필요해?"

"필요한 돈? 뭘 할 건지에 따라 다르지."

"가령?"

"요즘은 마야한테 월 4백씩 보내니까 현재로서는 한 달에 5백쯤? 왜? 아, 당신 돈이 좀 필요해? 얼마나?"

여자가 돈 얘길 하면 제가 줘야 한다고 여기는 참 구식 남자다. 아니 구식이건 신식이건 나는 모른다. 나는 이 남자 외의 남자와 돈 얘길 해 본 적이 없다. 남 몰래 저 만나러 다니라고 천만 원 주고, 다달이 백만 원 주다가, 이제 4백만 원씩 주는 남자. 나는 이 남자처럼 돈이 많은 남자를 만나 보지 못했다. 이처럼 재미있고 멋진 남자도 이 남자가 처음이다. 아마 다시없을 것이다.

"얼마나 줄 수 있는데?"

"필요한 만큼 만들어야지. 얼마나 필요한데?"

"지금 얼마나 가지고 있어?"

"당장? 어, 월급통장에 한 천만 원 있을까? 그렇지만 내가 아직은 직업이 확실하잖아? 작년 말에 기자회견할 때 금세 해고될 줄 알았는데, 이상하지? 나한테 그만두라고 말하는 사람이 없어. 덕분에 신용대출을 좀 받을 수 있을 거야. 더 필요하면 전셋집 담보대출도 받을 수 있을 거고, 시골집 담보대출도 받을 수 있어. 얼마나 필요한데?"

"그러니까 현재 당신은 천만 원쯤 가졌네?"

"천만 원 필요해?"

"바보!"

"응?"

"내가 지금 당신 놀리고 있잖아! 응석 부리는 거고."

"그, 그런 거야?"

"오늘 내가 안티카페 사람들이 나한테 욕하던 그짓을 했거든!"

"그게 뭔데?"

"돈지랄!"

그가 저편에서 웃음을 터트린다. 내 머리며 가슴에 뭉쳐 있던 것들을 날려 버리는 통쾌한 웃음이다. 좋다.

"그 짓으로 방패와 무기를 만들었더니 여운이 남아선지 우울했어. 내 것이라 여겨본 적 없는 건데도 죄 내버리고 나니 좀 허전했던 것도 같고. 당신이 돈 준다고, 필요한 만큼 준다고 하니까 좋아. 행복해."

"뭐든 잘 했어. 해 놓고 좋다니 나도 좋고. 힘들었겠어."

"응, 이제 좀 잘래. 몹시 피곤해."

"쉬어. 저녁부터 챙겨 먹고."

"응."

통화를 마치고는 맥주 몇 병을 주문해 야금야금 마시며 새 소설을 생각한다. 휘에게 새 소설을 구상했다고 말할 때 그저 한 소리인데 정말 소설이 시작된 것 같다. 제목도 쉽사리 정해진다. 콜드 스프링을 뒤집은 〈스프링 콜드〉 혹은 〈봄 감기〉.

주인공은 마야를 모델로 한 화가이다. 마야는 콜드 스프링 소방서 옆에 그림 가게를 열어 놓고 가게 안쪽에서 그림을 그린다. 마야가 그리는 그림은 콜드 스프링의 일상이다. 허드슨강과 베어마운틴과 뉴욕을 오가는 기차와 상점들과 마을과 여행자들과 계절 등. 마야의 그림에는 인물이 없다. 대신 금세라도 사랑하는 사람이 걸어 나올 것 같은 설렘이 있다. 내가 그림 속으로 들어가 그 사람을 만나고 싶게 하는 열정이 서렸다.

크기에 따라 50달러에서 5백 달러쯤 되는 마야의 그림은 잘해야 일주일에 한두 점 팔린다. 가게세 내고, 가게 놀러오는 이웃에게 차를 대접하고, 그림 그리며 먹고 살 만하다. 벌이는 딱 그만큼이고 그만큼으로 충분하다.

소방관 잭이 마야를 좋아한다. 마야는 뉴욕에 사랑하는 친구 카이라가 있다. 마야와 카이라는 아직 커밍아웃을 못한 상태다. 콜드 스프링에 봄이 왔고, 마야는 독한 감기에 걸렸다. 여러 날 앓는다.

잭이 찾아와 스프를 끓여 주며 사랑을 고백한다. 마야는 자신이 레즈비언임을 밝히며 그의 사랑을 받아 주지 못함을 사과한다. 두 사람은 애정하는 대신 우정하기로 한다.

잭은 몰래 마야의 전화를 들여다보고 카이라의 번호를 알아낸 뒤 전화를 건다. '당신 친구가 아파요' 라고. 카이라가 기차를 타고 마야를 찾아왔다. 두 사람은 사랑을 고백하고 콜드 스프링에서 함께 살기로 한다.

나쁜 사람이 없고, 나쁜 마음을 먹는 사람이 없고, 나쁜 일도 일어나지 않는 소설을 구상하노라니 술에 취했다. 소파에서 잠이 들었다.

아침에 집으로 와 콜드 스프링으로 전화를 건다. 내 아이들과 가족들의 안부를 묻는다. 마야가 육아실의 풍경을 영상으로 비춰준다. 안나와 카이라가 백아와 무등을 안고 젖병을 물리고 있다. 예사로운 아침 풍경이다.

밥을 지어 먹고 어젯밤 구상한 착한 소설을 시작한다. 어느 유명한 작가가 말했다.

'구상은 아무것도 아니다. 구상을 실제로 만들어야 한다. 만듦은 낱낱의 상황과 인물 하나하나를 특별하게 하는 것이다.'

나는 아직 아마추어를 벗어나지 못했으나 약간은 알겠다. 인물 하나하나를 특별하게 만드는 게 소설이라는 것을. 마야는 마야로, 카이라는 카이라로, 잭은 잭으로. 그리하여 소설은 모든 인간이 톱니바퀴의 부속품 같은 게 아니라 각기 특별한 존재임을 밝히는 작업인 것이다.

야금야금 닷새를 지내고 나니 단편소설 〈봄 감기〉가 완성됐다. 계간문예지 〈글의 강〉으로 메일과 함께 전송한다. 괜찮다면 가을호나 겨울호에 실어 달라 부탁했다. 실어 줄지 말지는 그쪽 편집인들이 결정할 것이다.

내가 할 일은 따로 있다. 그 일을 하기 위한 마음을 다잡느라 착한 소설을 썼다. 내게 들어 있었을 착함을 모조리 우려내 착한 소설을 쓰는 동안 나도 착했다. 충분히 착했다. 착함을 빼내 버린 현재 나한테 나쁨이 남았다. 이 나쁨이 나의 무지개 세상을 향해 겨누게 될 칼이자 총이자 대포다.

문 대표와 휘의 공동비서가 DH그룹에 포섭당해 스파이 노릇을 해 온 모양이었다. 비서는 시나리오를 넘기고 상관들의 활동 범위며 일상의 시간표도 시시로 전했다. 그 대가로 받은 게 3천만 원이었다. 다행히 시나리오는 휘가 초기에 썼던, 비밀서류로 분류되기 전의 것이었다. 〈돈 세이 워드〉 초기 시나리오에는 양재륜과 염도진의 정사를 모델로 한 내용이 포함되어 있지 않았다.

사실이 들통난 비서는 7개월가량 한 스파이짓의 내역을 토설했다. 시네마 연의 자료실에서 일하는 최범이 파악해 낸 바에 따르면 비서가 제 전화기에 '문윤'이라 표시하고 정보를 전달한 사람은 DH 본사의 보안과 7팀장인 30대 중반의 오은하였다.

휘한테서 오은하라는 이름을 듣노라니 그네가 여러 해 전에 성북동 본가의 수행팀에 속해 있었던 게 생각났다. 경호팀을 부르는 명칭이 '수행팀'이라 각 경호원마다 성씨 뒤에 수행을 붙여 불렀다. 오은하는 '오 수행'이라 불리던 이였다.

문 대표는 비서를 고소하지 않았다. 대표의 비서가 스파이였음이 알려지는 건 회사 이미지에 좋을 게 없기 때문이다. 해고되면서 자진 퇴사한 것으로 해 달라고 애원하더라는 비서가 다른 회사에 취직할 수 있을지, 계속 살아갈 수는 있을지, 나는 오지랖 넓게도 걱정했다. 비서만의 잘못이 아니기 때문이다. 아니 절대적으로 DH그룹의 잘못이다. 한 사람을 매수하며 삶의 명분을 망가뜨리고 결국 일생을 그르치게 만드는 그 힘. 그게 내가 속해 온 세상, 하드웨어의 힘이었다.

그 틈바구니에서 내가 한 가지 더 발견한 게 휘가 양재륜으로부터 받았다는 이니셜 명함이었다. 그 명함에 새겨진 전화번호! 양재륜은 여러 개의 명함을 사용했다. 국회의원, DH그룹 내 여러 회사의 이사, 어떤 재단의 이사, 무슨 협회장, 아무개 단체 대표 등.

양재륜의 행보에 따라 보좌진이 챙겨 뿌리는 그 명함들은 어떤 직함이 맨 앞에 있는가만 다를 뿐 내용이 비슷했다. 명함에 새겨진 번호가 모두 보좌진으로 연결된다는 점도 같았다. 나는 결혼 전이나 후나 양재륜과 직통으로 통화해 본 적조차 없다. 언제나 염도진을 거쳤다. 그런데 어떤 직함도 없이 이니셜과 전화번호만 나타난 명함이라니! 그 명함을 윤휘한테 주고 간 이유가 뭔가!

양재륜이 윤휘한테 반했다. 서혜우처럼. 명색이 부부가 한 남자한테!

그걸 깨달은 순간 설마 하면서도 유쾌해 웃음이 났다. 좋은 건 좋다고, 싫은 건 싫다고 솔직히 말하는 윤휘. 아니라고 여기는 것들에게 죽든 살든 덤비는 남자. 사랑하는 여자 앞에서 자신의 미약함에 절망하며 끅끅 우는 남자. 그런 자신이 부끄러워 얼굴 붉히는 사람. 양재륜인들 반하지 않으랴.

반했다고 여기는 건 내 비약이라 해도 양재륜이 윤휘에게 개인적으로 만나고 싶은 매력은 느꼈다고 봐야 했다. 한편으로 양재륜과 염도진의 오랜 애정이 그치면서 공생관계도 어긋나고 있던 것으로 짐작됐다. 어쩌면 진작부터 어긋나고 있었을 그 틈! 그걸 더 벌려 놓자는 생각이 들었다.

양재륜이 윤휘에게 얼마든지 사랑하라는 말을 하면서 선(線)을 운운하지 않았더라면, 성북동 어른들이 아이들을 양재륜의 자식들로 알고 있다는 말을 하지 않았더라면 내가 나빠져야겠다는 생각 따위를 못했을 것이다.

양재륜의 그 말은 자신은 변하지 않을 거고, 어떤 것도 포기하지 않을 거라는 의미였다. 선언이었다. 그 선언에 인간 서혜우는 포함되어 있지 않았다. 그가 나한테 너 하고픈 대로 하고 살라고 할 때의 나는 그냥 그의 톱니바퀴에 끼어 있는 한 톱니였다. 끼워진 그 자리에 그저 끼어 있으면 되는 것일 뿐이었다.

그러면서도 윤휘한테 매혹돼 유혹의 손길을 내밀었다. 윤휘한테 고통과 책임을 운운하며 너도 힘들면 포기하고 무지갯빛 세상으로 들어와 어울리자는 것이었다. 양재륜의 진심이 무엇이든 내게 느껴진 건 그랬다. 양재륜은 정말 고통을 모른다고, 고통을 모르는 사람이 타인의 고통을 어떻게 알겠냐고. 그러므로 양재륜도 이제 좀 알아야 할 때가 됐다고, 그 고통을 자신의 어머니와 염도진이 알려 주는 게 나을 거라고 마음먹었다.

콜드 스프링을 나온 지 9일째다.

한국에 월요일 아침이 열릴 때까지 기다린다. 정신을 차리기 위해 씻고 냉수를 마신다. 헛기침을 몇 번이나 하며 목소리를 가다듬고 난 후 성북동으로 전화를 건다. 성북동의 아침은 미처 날이 새기 전에 시작된다. 함옥만 씨의 수행비서 한 실장이 나타난다.

"서혜우예요."

"아, 이사님! 오랜만에 뵙습니다."

"네. 아버님 일어나셨나요?"

"어르신께선 사흘 전에 경제협력 의논차 요르단에 가셨습니다. 그쪽 왕실에서 초청을 해 오셔서요."

"의원님은 요새 주로 어디서 지내세요?"

"대개 구기동 댁에서 지내시는 걸로 압니다."

"어머님은, 안녕하신가요? 요즘 혈압은 좀 어떠세요?"

"늘 약 드시면서 조절하시죠. 괜찮으십니다."

"괜찮으시다니 다행이네요. 지금 제 전화 받으실 수 있을까요?"

"여쭤보겠습니다."

함옥만 씨의 아침은 보통 자사 방송국의 6시 뉴스 시청으로 시작된다. 뉴스를 시청하며 그날 하루의 일정을 스스로 점검한다. 그날 어떤 보고를 받기로 되어 있는지, 손님이 누구누구인지, 그중 식사를 함께 할 사람이 있는지, 자신의 가족들 각각이 어디에서 무슨 일을 하는 날인지 등등.

한참이나 지나 함옥만 씨가 나타난다. 일어나자마자 텔레비전을 켜는 분답게 뉴스 소리가 섞인다.

"오랜만이구나!"

"곁에 한 실장 있나요, 어머님?"

함옥만 씨는 아침 텔레비전 볼 때나 통화할 때 아랫사람을 옆에
두는 법이 없다. 사람을 부를 때는 당신 주변에 놓아 둔 리모트 컨
트롤러의 버튼 하나를 누른다. 비서실의 한 실장이나 주방의 조 실
장, 수행팀의 누군가가 제꺽 달려와 시립한다. 당신의 세상을 리모
트 컨트롤러로 운영하므로 언제나 온화하고 우아한 함옥만 씨다.

"한 실장하고 한참 통화 한 거 아니었니? 왜?"

"제가 이제부터 어머님께 험한 말을 할 거라서요. 어머님 체면 잃
으실까 봐, 한 실장 곁에 있으면 물리시라고요."

어이없다는 듯 실소한다. 모처럼 농담 좀 듣는다는 투다.

"전화기 갖다 주고 나갔다. 언제든 그렇지 않니? 세상 고운 네가
나한테 험한 말을 한다니 재밌구나. 어디 해 보렴."

"이렇게까지 하셔야겠어요?"

"뭘?"

"저 감시하시는 거요. 집 근방에 언제나 사람이 어슬렁거립니다.
거리관리인이 나타나면 사라지고, 경찰이 나타나면 없어지고. 잠
잠해졌다 싶으면 다시 나타나서 감시하고. 다운타운에 나가면 쫓아
오고 병원, 도서관, 박물관, 하다못해 식당까지. 지금도 밖에, 제
집 주위에 있습니다. 어지간히 하셔야 사람이 숨을 쉬고 살죠. 10
년 전 정빈 엄마처럼 사고로 위장해 저를 죽이시려는 거예요? 아님
자살이라도 하라는 말씀이세요? 정말 죽어 드려요?"

거짓말로 시작했는데 진짜 같다. 아니 사실이다. 늘 누군가가 지
켜보고 있을 거라는 불안에 시달렸다. 안전외벽을 입힌 온 집안의
문이란 문을 이중으로 닫고 커튼을 내리고 밤이면 집 둘레의 등을
모조리 밝혀 놓고 경비업체를 곁에 두고 지내기로 한 이유다.

"식전 댓바람부터 무슨 소리니."

"여태 말씀드렸잖아요. 저를 좀 가만 내버려 두시라고요."

"애! 무슨 오해가 있는 것 같구나. 작년 11월 이후로 너를 추적하지 말라고 했다. 네가 재륜이하고 못 살겠다는 이유를 내 모르는 바 아니어서, 널 고이, 가만 놔두라고 했어. 네가 우리 애를 둘이나 낳고도 전화 한 통 하지 않는 게 몹시도 서운했다만 그럴 만치 네가 맺힌 것이 많았겠다 싶어서, 너를 건드리지 말라고 분명히 일렀다."

"아아, 제가 애를 낳은 사실도 보고받고 계시는 거네요? 그러면서도 감시를 안 한다고 말씀하세요?"

"애, 애야. 찬찬히 말해라."

"제가 애를 낳아서 보호해 주시느라, 그들을 제 경호원들로 놔두신 거예요? 제가 쳐다보면 시궁쥐들처럼 달아나는 그들을요?"

"그럴 리 없는데! 내가 알아보마. 알아보고, 당장 철수케 하마."

"어머님이나 재륜 씨를 믿을 수가 없어서, 정말이지 아무도 믿을 수 없기에 저, 유언장 써서 공증했습니다."

"뭐?"

"자살이든 타살이든 사고사든, 제가 어떻게 죽더라도, 죽으면 제 명의로 돼 있는 모든 것을 국내외 자선단체들에 기부한다고요."

"뭐?"

"국내외의 모든 자산에 대해 서류를 만들어 이쪽 로펌에 보관시키고, 국내 로펌으로도 보냈어요. 저한테 무슨 일인가 생기면 양쪽에서 협력하여 처리하도록 했고요. 그러니 감시할 테면 하세요. 죽일 테면 죽이시고요. 어머님한테 그런 일 쉽잖아요?"

분노한 함옥만 씨가 부들부들 떠는 게 여기서 느껴질 정도다. 돈

352

때문이 아니다. 함옥만 씨 입장에서 내 유언장쯤이야 언제든지 고쳐 쓰게 할 수 있는 것이고, 그렇게 못할 상황이면 세계적인 망신을 감수하며 소송을 걸면 된다.

함옥만 씨는 지금 내가 막 나가는 것에 기함할 지경이다. 일생 당해 본 적 없는 사태에 직면해 혈압이 치솟을 것이다.

"너, 너. 이제 보니 아주 막돼먹은 아이로구나."

"아니죠, 어머님. 저 원래 아주 순하고 예의발랐죠. 서가 집안에서 제가 가정교육을 얼마나 잘 받았는데요. 어머님께서 저를 며느리 삼으신 이유도 제가 받은 가정교육이 훌륭했기 때문이잖아요. 그런 저를 이렇게 만든 분도 어머님이시고요. 말 나온 김에, 어머님께서 크게 오해하고 계시는 것 같아 말씀드립니다. 제 아이들, 어머님 핏줄 아닙니다. 재륜 씨 자식들 아니라고요. 재륜 씨는 여자하고 섹스 못하잖아요? 여자하고 자식도 못 만들죠. 물론 어머님이 제게 말씀하신 적이 있는 인공수정으로는 가능하겠지요. 혹시 재륜 씨한테 씨가 있다면 말예요. 어떻든, 저는 인공수정 따위 하기 싫어서 지나가던 사내 하나 자빠뜨려 임신했던 겁니다."

"너, 너, 너! 당장 들어오너라."

"절 죽이시게요? 재륜 씨는 어머님이 그런 사실을 아시게 되면 저와 제 아이들을 죽이실 거라고 걱정하더군요. 어찌나 자상하던지 딴 사내한테 씨 받아 낳은 아이들을 자기 자식처럼 염려하고요. 효성이 참 지극도 하지요. 그런 사실을 어머님은 모르시게 해 달라고 부탁까지 하더군요. 어머님 혈압 터지신다고요. 그래서 저도 입 다물고 지내려 했습니다. 저를 감시하시지만 않았다면 계속 그리 했을 거고요. 제가 실상을 다 말씀드렸으니 이제 저를 죽이시겠다는 거네요? 제 유언장에 써놓은 대로 세상에 널리 기부하시면서요."

"너, 너."

"네, 저 곧 들어갈 겁니다. 들어가게 되면 당연히 어머님을 찾아 뵐 거고요. 그 전에 어머님께서 절 죽이시지만 않으면요. 저도 부디 살아서 뵙기를 바랍니다, 어머님. 아, 지금쯤 한 실장을 불러들이셔야겠네요. 혈압이 높아지셨을 테니 조 박사님 호출하셔야죠. 그럼 몸조리 하셔요. 먼저 전화 끊습니다."

전화를 끊지 않고 고함이 나길 기다려 본다. 기절했는지, 기가 막혀 숨을 다스리고 있는지. 지지도가 80%를 넘는다는 새 대통령의 어제 행보를 알리는 아나운서의 목소리만 멀리 들린다.

염도진에게 전화를 건다. 그의 놀란 목소리가 튀어나왔다.

"이사님!"

"지난 어린이날, 염 수석이 양재륜 씨와 윤휘 씨의 만남을 주선하셨다면서요?"

"예? 예."

"그 자리에서 양재륜 씨가 윤휘 씨한테 이니셜과 전화번호만 새겨진 명함을 건네셨고요?"

"예?"

"그 명함에 대해서는 모르셨나 봐요?"

"아, 압니다."

"그러니까 그 명함은 양재륜 씨가 관심 생긴, 애인 삼고 싶은 남자한테 주는 거지요?"

"무슨 말씀이신지."

"양재류 씨가 염도진 씨한테만 순정한 줄로 내가 오랫동안 오해하고 있었던 걸 깨달았다는 거죠. 양재류 씨는 오래전부터, 거의 처음부터 애인인 당신을 두고 끊임없이 바람을 피웠던 거고요?"

답이 없다. 말도 안 되는 소리를 들어서 답을 못하는지, 정곡을 찔려 아무 말을 못하는지 내가 알기는 어렵다.

"얼마 전부터 의원님께서 가끔 연락을 해 오시네요. 어떤 것도 상관치 않을 테니 소송만 접고, 살고 싶은 대로 살라 하시고요. 사실 나, 혼자 애들 낳고 지내면서 아주 지친 상태인데 의원님이 자꾸 그리 말씀하시니 돌아가고 싶기도 해요. 의원님과 내 사이야 예전부터 그랬듯 사무적으로 평생 흘러가겠지만, 나로서는 그것만 인정해 버리면 편해진다는 것을 이제 깨달았고요. 이번 여름휴가에 워싱턴으로 오시겠다고 하시니 일단 만나 뵐까 해요."

"예."

"'예', 라는 소리밖에 못 하는 걸 보니 할 말이 생각나지 않는가 보네요? 내가 전화 드린 이유는 의원님 오실 때 염도진 씨는 따라붙지 말라는 말을 하기 위해서예요. 제발, 부디, 의원님 좀 내버려 두세요. 질척질척 들러붙지 좀 마시고요. 의원님께서 그러시데요, 숨도 못 쉬게 옥죈다고요. 내가 근 2년, 좀 해 봐서 아는데, 남녀든 남남이든 여여든 질척질척 들러붙는다는 느낌이 생기면 그 관계 끝인 거 같거든요. 당신들은 한 20년 됐나요? 오래되기도 했잖아요? 사실 진작부터 끝난 거였죠?"

"무, 슨 말씀이신지?"

"당신들의 유학시절 사진들, 특히 양재류과 다른 남자들이 찍힌 사진들, 당신이 찍어 놨다가 섹스 동영상 퍼지고 난 뒤로 그에 편승해서 인터넷에 슬금슬금 올리는 거잖아요? 예전 구기동에서 양재륜과 섹스할 때마다 커튼 열어 놓고 나로 하여금 보게 한 거고요? 그 섹스 동영상도 당신이 누군가 시켜 촬영한 거였죠?"

"이사님, 대체 무슨 말씀을 하시는 겁니까?"

"당신이 다 아는 사실을 말하잖아요. 그래서 의원님 몰래 나 찾아 다니고, 클린 새도 팀장 시켜서 딴짓 하는 거 아니에요? 내 주변 다 치우고 나까지 치우려고? 내가 없어진다고 해도 당신들의 식어 빠진 애정이 되살아날 줄 알아요? 의원님이, 혹은 성북동에서 염도진 당신을 의원님 곁에 붙여 두고 있는 이유는 당신도 짐작하고 있죠? 의원님의 섹스 파트너로서의 필요성 때문인 건 물론이고, 의원님한테, 또 나한테 무슨 일이 생기면 염도진 당신이 다 뒤집어써야 하기 때문이라는 거? 내가 죽으면 당신이 나를 죽인 사람으로 돼야 한다는 것도요?"

"말씀이 과하십니다, 이사님."

"흔한 레퍼토리인데 뭐가 과해요? 그러니까 끝난 애정 붙든 채 보람 없는 충성 그만 바치고 좀 빠지라는 거예요. 아니, 충성 바치는 건 알아서 하시고 끝난 애정은 좀 놔두라고요. 알겠어요, 염도진 씨? 남남끼리도 섹스 상대는 얼마든지 찾을 수 있잖아요?"

대꾸하려는 염도진을 무시하고 전화를 끊는다.

사실과 짐작과 거짓을 섞어 가며 기를 쓰고 내뱉으니 거짓말이 완성됐다. 참말도 만들어졌다. 염도진이 내가 한 말의 진위를 확인하자면 양재륜한테 물어야 할 것이다. 양재륜은 무슨 그런 소리를 하느냐며 부정할 테지만 연인관계의 속성상 그런 걸 확인하려 드는 순간 균열이 생기기 마련이다. 균열은 오해를 낳고 오해는 오해를 부풀린다. 그들 간의 신뢰가 순수하고 온전하여 내가 한 말을 멀리서 짖는 개 소리쯤으로 여긴다 해도 상관없다.

이니셜 명함 때문에 염도진에게 전화했듯 양재륜에게도 그 명함에 새겨진 번호로 전화를 건다. 한참이나 신호가 울린 다음에 양재륜이 받는데 가만하다. 두 사람이 직통으로 통화한 적이 없는 데다 작년 11월에 워싱턴에 왔을 때 전화기를 바꾼 터라 누구 번호인지 모르는 것이다.

어쩌면 그는 내 이전 번호를 왼 적이 한 번도 없었을 것이다. 또 어쩌면 윤휘라고 여길 수도 있다. 윤휘가 미국에 와서 전화하는 거라고. 그가 길게 기대하게 해 주고 싶지 않아 입을 연다.

"통화 괜찮으세요?"

"아아, 혜우 씨. 이제 막 일어났어요. 이른 아침부터 웬일이에요? 이 번호는 어떻게 알고? 아, 윤 감독이 알려 줬겠네. 그런데 무슨 일 있어요?"

윤 감독이라는 호칭이 부드럽기도 하다. 자칫하면 내가 질투도 하겠다.

"이쪽은 한밤이에요."

"아, 그렇지. 무슨 일이오?"

아직 성북동 전화를 받지는 않은 모양이다.

"염 수석 때문에 전화했어요. 그 사람이 나한테 전화 좀 하지 않게 하세요."

"그게 무슨 말이야?"

"나 염 수석 전화번호 알기 때문에 그 번호가 뜨면 받지 않은 지 오래 됐어요. 지난 2월 말 이후 안 받아요. 그랬더니 웬 이상한 번호로 전화를 걸어오잖아요. 누군지 몰라서 받으면 염 수석이 나타나는데, 그때마다 심장이 쪼그라들어요. 돌아오라, 돌아오라, 염불을 해 대더니 이젠 그쪽 상황이 좋지 않다고 의원님을 위해 돌아오지 말고 이쪽에서 부디 얌전히 살아 달라고 해요. 아이들도 조용히 키워 달라고 하고요. 내가 지금보다 어떻게 더 얌전히 살아요? 어떻게 자구책을 생각지 않겠냐고요. 당신, 윤휘한테 말씀하셨데요, 맘껏 사랑하면서 당신들이 그어 놓은 선만 지키면서 살라고. 성북동에서는 내 아이들을 당신 아이들로 알고 있다고. 그게 당신들의 선이라고. 그처럼 징그러운 말을 하면서, 그래서 그 사람이 나한테서 달아나고 싶게 만들어 놓고도 모자라요?"

"여보, 혜우 씨. 진정하고 천천히 얘기합시다. 윤 감독하고 한 말은 그런 뜻이 아니야. 당신이 조금이라도 편해지라는 의미였어. 그리고 염 수석이 뭐라고 했건 내 뜻은 아니야. 미안해, 혜우 씨. 사과 먼저 할게. 다신 그런 일 없도록 할 테니, 맘 풀어요."

"선을 넘지 말라고요? 뻔뻔해도 분수가 있지. 당신이 어떻게 그런 말을 해요? 그걸 나한테 들려주라고요? 대체 당신은 나를 뭘로 보는 거예요?"

"진정해. 진정하고 차근차근 이야기 합시다."

"무슨 이야기요? 나한테 당신은 애초부터 거짓말뿐이었어요. 당신 방식대로 날 사랑한다고요? 하드웨어 방식으로? 당신 사랑에 하드웨어는 염도진 뿐이잖아요? 그래서 염도진이 동영상이며 사진 찍어 놨다가 인터넷에 올리는 걸 알고도 놔뒀죠? 사랑해서 용서한 건가? 대통령 비리 터트려서라도 덮을 수 있으니까?"

"그게 대체 무슨 소리야? 염 수석이 동영상이며 사진 올렸다니?"

"아아, 여태 나만 그렇게 생각한 거예요? 그래서 동영상이며 녹취록 같은 거 만들어 돌리지 말라는 말을 나한테 전하라고 한 거군요? 내가 당신들 쫓아다니면서 영상 찍고 사진 찍고 그랬을 거라 생각해서요? 대단한 사랑이시네요."

"당신이 구기동 집에서 영상 찍은 거 아니었어?"

"내가 그 무렵에 그렇게 똑똑했으면 현재 이 지경이겠어요? 내가 집 안에 있을 때조차도 당신들은 그러더군요. 불 환히 켜 놓고 커튼 다 열어 놓고! 그래요, 나도 봤어요. 별관 거실 소파! 나한테 볼 테면 보라는 것 아니었어요? 혹은, 애가 맹하니 당신들이 뭔 짓을 해도 모를 거라 여겼던 거 아니에요? 그래 놓고 나한테 덮어 달라고 해요? 당신 덮어 줘 가면서 맘껏 사랑하라고? 정말이지 넌더리가 나요. 죽기 전에 단 한 번이라도 그 입에서 진짜라고 느껴지는 말을 들어봤으면 좋겠다고요."

계획에 없던 말이 쏟아져 나가고 있다. 함옥만 씨와 염도진을 거치며 마구 나간 말의 진위를 나도 알 수 없게 되었다.

"알았어, 여보. 내가 좀 알아볼게. 그리고 염 수석은 며칠 전에 매사추세츠로 갔어. 보좌관직 내놓고 간 거야. 그쪽에서 공부 더 하기로 했고 이제 정치판으로 돌아오지 않을 거야. 그러니 진정하고 차분히 얘기합시다. 내가 당장 수속해서 워싱턴으로 갈게. 당신이 어디에 있는지 모르지만 워싱턴으로 와요. 지금 워싱턴이라면 그대로 있고. 만나서 얘기합시다."

염도진이 매사추세츠에 와 있다니. 하버드대학이 있는 거기서 비행기타면 워싱턴까지는 한 시간 거리다. 거기 있으면서도 염도진은 맹한 척, 한국에서 잠이 막 깬 척하며 전화를 받았다.

"날아오시든 걸어오시든 당신 맘대로 하세요. 단, 먼저 당신 변호사 데리고 신의 로펌으로 찾아가세요."

"뭐?"

"아무것도 원하지 않을 테니 조용히 이혼만 하자고 했잖아요. 그런데 그걸 빌미로 매번 소송을 무위로 만들어요? 서류에 조용히 사인 한 번만 하면 되는 일을 이 지경으로? 그렇게 계산이 안돼요?"

"형편이 그렇잖아. 얼마간만, 아니 1년만 지금처럼 지내도록 해요. 그 사이에 내가 다 정리할게."

"그쪽 정리, 더 이상 바라지 않아요. 내 쪽에서 정리하기로 했고요. 유언장 써서 공증했어요. 내가 죽으면 내 명의의 당신 재산 전부, 세상에다 기부한다고. 우리가 이혼하고 10년 뒤에도 내가 살아 있다면 내 명의의 당신 재산은 당신한테 전부 돌아가게 해 뒀고요. 그 돈이 원래 당신 앞으로 모인 거라는 사실을 정확히 명시해 둔 거예요. 신의 로펌으로 가면 내 유언장 관련 영상 보실 수 있을 거예요. 관련자들은 아무 때나 볼 수 있게 해 뒀으니까요."

"여보, 대체 무슨 소릴 하는 거야?"

"알아듣지 못했다면 하는 수 없어요. 어쨌든, 내가 살아 있는 동안은 당신 비자금 걱정은 안 하셔도 돼요. 그러니까 이제부터 잘 들으세요, 양재륜 씨. 내일까지, 그러니까 이쪽 시간으로 6월 26일 자정까지 신의 로펌에서 우리 이혼이 성립됐다는 연락, 당신이 합의서에 사인했다는 소식이 나한테 닿게 하세요. 지금부터 24시간 안에 소식이 오지 않으면 내가 이쪽 변호사 대동해 한국으로 갈 거예요. 곧바로 검찰청으로 간다는 뜻이에요. 검찰청 앞에서 기자들

만나 내 명의로 된 당신 비자금 내역 등을 샅샅이 밝힐 거예요."

"그럼 못 써요. 당신한테 해롭다고."

"단단히 각오했으니 내 걱정은 그만 하셔도 돼요. 나는 내 명의로 된 자금들의 구성 내역이 어느 정도가 합법이고 어느 만큼이 불법인지 몰라요. 내가 알 수 없고 알 필요도 없죠. 그건 새 정부에서 임명된 검사들이 알아낼 테니까. 나는 감옥으로 들어갈 참이고요."

"그러는 거 아니야, 여보. 그러면 못 써."

"그러게 내가 이렇게 미쳐 날뛰도록 만들지 않았어야죠. 24시간 이에요."

24시간이라 선언하고 전화를 끊는데 손이 달달 떨린다. 내가 무슨 짓을 했는가. 거짓 상황을 만들어 읊기로 했고 그렇게 했는데, 거짓과 실제가 섞여 뒤죽박죽이 됐다. 기관단총을 갈겨 댔는데 애초에 방향이 어긋난 것 같다. 총알들이 전부 엉뚱한 곳으로 향한 것 같다. 엉뚱한 그곳이 어딘지 알 수도 없다.

전화벨이 울린다. 양재륜이다.

전화기를 소파로 내던지고 떨리는 걸음으로 창으로 다가들어 커튼을 젖히고 밖을 내다본다. 불빛 환한 내 뜰과 인적이라곤 없는 천국의 거리가 보일 뿐이다. 올해도 열매를 맺지 못한 은행나무들만 띄엄띄엄 서서 어둠을 뿜어낸다.

🌿 에필로그

1930년에 서울에서 태어난 은익선은 여학교 다닐 때 8·15 광복을 만났다. 방학 중이었다. 해방이 됐으니 개학하면 동무들과 나눌 말이 얼마나 많을지. 설레며 개학을 기다리는데 머리가 아팠다. 머리가 깨질 것 같아 이불을 뒤집어쓰고 방을 데굴데굴 굴렀다.

해방 됐다고 병원들도 해방이 됐는지 의사 만나기가 어려웠다. 어렵게 의사를 만났더니 머리 아픈 게 말짱했다. 열 번쯤 같은 일을 반복하고 난 모친이 익선을 데리고 무당을 찾아갔다. 무당이 익선을 보자마자 '천군님!' 외치며 절을 했다. 익선에게 천군신이 들어앉았다는 것이었다.

병원에 더 다닐 여력도 없는 데다 가 봐야 소용없다는 걸 알게 된 마당이었으나 어머니로서는 외동딸을 무당 만들 수는 없었다. 3년이나 사람 구실을 못하며 지내고 난 후에야 어머니는 익선의 운명에 수긍했다.

30년쯤 지났을 때 여학교 2학년 때 짝이었던 유수임이 익선의 신당을 찾아왔다. 큰아들과 혼담이 오가는 처녀의 궁합이 맞는지 보러 왔다가 여학교 시절의 짝을 알아본 것이었다. 그때부터 수임은 일 년이면 몇 차례씩 익선을 찾아와 제 집안일을 의논했다. 익선이 딸 때문에 시골로 내려오며 점사(占辭)를 접었다. 그러자 수임은 전화로 의논을 청해 왔다.

아들 삼아 키우다가 사위로 들인 중이가 시내에 난리가 났다며 사진기를 들고 나가더니 돌아오지 않았다. 제 서방 사라질 때 배가 불러 있던 용화가 '태산'을 낳았다. 아이 낳아 두고 미친년처럼 서방 행방을 찾아다니던 용화도 사라졌다. 익선이 수임에게 부탁했다.

'네 남편이 높은 자리에 있으니 내 딸이 어떻게 됐는지 한번 알아 봐 다오.'

수임이 '말해 보마' 했다. 한 달 뒤쯤에 연락해 왔다. 그쪽 검찰과 경찰들한테 알아보라 해서 알아봤더니 어떻게 된 일인지 모르겠다고 하더라고. 수임의 말투가 성의 없지는 않았으나 익선이 고마워 할 만큼은 아니었다. 내 자식을 찾아 데려와 주지 않는다면 그 어떤 것에도 고마워하지는 못했을 것이다.

그 한 달쯤 뒤에 전화를 걸어온 수임이 미국에서 손녀가 태어났다고 했다. 한국 시간으로 치면 음력 칠월 칠일 밤 아홉 시에 태어났다며 사주가 괜찮은지 물었다.

"시집을 세 번 갈 사주네!"

익선의 응대에 수임이 남의 집 귀한 자손한테 험한 소리한다며 화를 냈다. 그 투정 받아주고픈 심사가 아니었던 익선도 '네 손녀 사주 내가 만들었냐'고 받아쳤다. 그러자 수임이 낮은 소리로 으르 렁거렸다.

"내가 이름까지 똑똑히 기억하는데 네 손자 태산이도 3년 전 칠석 날 태어났다고 했어. 태산이도 장가를 세 번 드니?"

"참 억지스럽네. 생일 같다고 사주가 같은가? 내 말이 그리 억울하면 다른 점쟁이 찾아가서 확인하면 될 것을 무슨 그런 억지를 써? 그리고 미국서 태어난 애기, 미국식으로 키우면 되지 웬 사주 타령이야. 끊어. 서로 다시는 안 봐도 쓰겠네."

그렇게 통화를 끝냈지만 사실 애매했다. 사주만 가지고 단정할 것이 아니거니와 어떤 일도 그렇게 단정하면 안 되는 것이었다. 점사 시작한 이래 그렇게 단정해 보지도 않았다. 내 자식들이 연이어 증발해 버리지 않았더라면 남의 집 귀한 자손의 애매한 사주를 험한 쪽으로 단정하지는 않았을 것이다.

수임이 다시 연락한 건 그로부터 9년이나 지난 금년 정월이다. 익선은 까맣게 잊고 지낸 손녀의 사주가 수임에게는 내내 걸렸던 모양이었다. 손녀의 사주를 들고 수십 명의 점쟁이를 찾아다닌 것 같았다.

대개의 무당들은 손님이 원하는 답을 주기 마련이다. 수임은 9년 전 익선이 한 말에 최면이 걸려 버린 것 같았다. 무당을 찾아다닐 때마다 자신도 모르게 그쪽 방향의 점괘를 유도했음 직했다. 제 집 안과 자손들에게 한 점의 흠도 없어야 한다는 강박이 만들어 낸 최면일지도 몰랐다.

그렇더라도 아이가 열 살이 되기 전에 혼인을 두 번 시켜 버리면 사주에서 도화살(桃花煞) 두 개가 빠지면서 팔자가 정정된다는 처방을 들고 시골까지 찾아올 줄은 몰랐다. 혼인시킬 상대를 태산으로 정해서 찾아올 줄도.

"자네 손자가 딱이더구먼. 값을 톡톡히 치를 테니 자네 손자를 두 번 빌리세. 애들이야 별스런 놀이로 알지 않겠나?"

익선은 화를 내는 대신 생각을 했다. 그 반년 전에 간암 진단을 받았다. 어미 아비도 없는 놈을 두고 미구에 죽어야 할 판이었다. 그 어미 아비가 교통사고로 죽었다든가, 병이 걸려 죽었다면 또 모른다. 생때같은 어미 아비를 잡아 버린 세상 아닌가. 제 어미 아비를 잡아버린 세상에다 애를 두고 가야 하는데 남겨줄 것이라곤 낡아 빠진 시골집밖에 없었다. 옆집 내외가 돌봐 주긴 할 것이나 맨입으로 애를 맡기자니 죽기도 떳떳지 못했다.

"그러세. 자네 말대로 애들이야 별스런 놀이로 알 테지."

"언제 할까?"

"여름에, 애들 생일에 한 번 치르고 그 이레 뒤 보름날 해제하고, 그 보름 뒤 그믐날 두 번째 치르고, 이레 후에 해제시키기로 하지."

"날짜가 적당한가?"

"첫 번째 치르기 보름 전에 손녀를 데리고 와서 여기서 지내면 되겠네."

"이래저래 달포는 걸려야 하는 거네?"

"사흘거리로 해치울 수도 있겠지."

"그러면 쓰나. 이왕 하는 거 정석대로 해야지. 알겠네. 이번 여름에는 우리 애 데리고 자네한테 와서 한 철 지내는 걸로 하지."

그렇게 결정하고 반년이 지나 수임이 아이를 데리고 왔다.

'혜우'라 한다. 단비. 아이가 이름처럼 어여뻐 익선은 마음이 아프다. 지난 반년 사이에 거듭거듭 따져 본 바로 단비는 혼인을 세 번 할 사주가 아니었다. 한 남자 만나서 평탄하게 살아갈 팔자였다. 오늘 얼굴 보니 역시나 그렇다. 천생배필 만나서 순하고 귀하게 살아갈 상이다.

그런 아이의 팔자를 수임의 욕심이 바꾸고 있다. 자손만대 부귀하고 싶은 욕심에 눈이 멀어 귀하디귀한 제 손녀를 무당 손자에게 시집보내려 한다.

두 아이는 천생배필이다. 천생배필이므로 이번 여름을 함께 보내면 서로를 각인할 것이다. 헤어져도 헤어지는 게 아니므로 다시 만나게 된다. 두 아이가 다시 만나기 전에 다른 사람을 만나게 되면 팔자가 사나워지는 건 둘 다 같다. 수임은 그런 사실을 모른다. 익선은 반년 전에 알게 됐지만 수임에게 알리지 않았다.

대청에 올라앉아 땀을 식히던 수임이 느릅나무 밑에서 속삭이고 있는 두 아이를 흐뭇하게 바라보다 말한다.

"역시 애들이라 금세 어울리는구먼?"

"그러게."

길게 늘어진 석양 속에서 쪼그려 앉아 이마를 마주 댄 채 민들레꽃을 들여다보고 있는 아이들. 예쁘다. 참 예쁘다. 나중에 인연이 어떻게 풀릴지 알 수 없어도 지금 눈앞의 아이들은 잘 그린 그림처럼 아름답다.

익선은 눈을 들어 멀리 무등산을 바라본다. 봉우리마다 그림자를 드리웠다. 해가 떨어지자마자 보름달이 떠올라 두 아이의 미래를 비추기 시작할 것이다.

다시, 빛 속으로
김사량을 찾아서

비극적 근대사에
추방당한 천재 작가,
김사량의 글과 인생을
복원하다!

빛은 어디로부터 오는가?

일제강점기, 도쿄제국대학 재학 중 집필한 소설 《빛 속으로》로 일본 아쿠타가와상 후보작에 오른 천재 작가 김사량. 그의 작품에는 박경리의 역사적 울혈, 백석의 토속적 감성, 김승옥의 근대적 감각의 원형이 도처에 발견된다. 그럼에도 분단 이후 이데올로기의 시대, 한국문학사는 북한 인민군 종군작가로 변신한 그를 결코 받아들일 수 없었고, 김사량은 잊혀졌다. 무엇이 그의 극적인 변신을 이끌었나? 그가 그토록 찾고자 했던 '빛'은 무엇인가?

신국판 변형 | 358면 | 14,800원

심행일기
강화도

제 10회 이병주
국제문학상 수상에
빛나는, 뜨거운 사랑과
치열한 외교, 격변하는
시대를 벼려 낸 수작!

봉건과 근대가 맞부딪힌 역사의 섬, 강화도.
밀려드는 외세 앞에 선 경계인, 신헌.

강화도는 19세기 조선의 격전지이자 20세기 대한민국이 기억해야 할 곳이다. 양적이 밀려든 그곳에서 강화도 수호조규가 맺어졌고 그 후로 조선의 방향이 바뀌었다. 조규 체결 때 전권을 위임받고 협상대표로 나선 신헌. 소설 《강화도: 심행일기》는 '소설가 송호근'의 광대무변한 문학적 상상력과 치열한 문제의식으로 빚어낸 걸작으로, 강대국에 둘러싸인 오늘날의 한반도 자화상이기도 하다.

신국판 | 296면 | 13,800원

한국의 발자크
이병주, 그가 펼치는
운명·사랑·역사의
삼중주!

비창 悲愴

**33년 만에 새로운 옷으로 갈아입은
제4회 한국펜문학상 수상작!**

한국 근현대사의 저변에 흐르는 좌우대립으로 상처
입은 각 인물의 욕망의 내면세계를 집요하게 파헤친
다. 우연과 필연이 절묘하게 교차하는 자리에서, 생의
의미와 인간의 존엄이 무엇인지 다시금 고민하도록
이끈다. 역경에서도 영롱한 영혼을 지키며 살아가는
이들을 흡인력 강한 이야기로 그려내 이병주 문학의
불멸성을 보여주는 걸작으로 평가받는다.

신국판 | 432면 | 14,800원

의적 홍길동의
실제 모델 홍계남이
이병주의 필치로
되살아나다!

천명 天命 1·2 영웅 홍계남을 위하여

천출로 태어나 영웅이 된 풍운아 홍계남의 불꽃 같은 삶!

숱한 왜적들을 기상천외한 유격전으로 물리친 명장으
로, 불합리한 신분제도 아래 고통 받는 백성의 대변자
로 활약했지만 역사의 뒤안길에서 유성처럼 져 버린
홍계남. 파란으로 점철된 그의 삶이 대가 이병주의 웅
혼한 필치로 되살아난다. 주류 역사가 기억하지 않는
천출 장수의 처절한 싸움은 지금까지 만나온 교과서
적 영웅들이 줄 수 없는 깊은 여운을 남긴다.

**원제: 流星의 賦 | 신국판 | 각 권 13,800원 |
각 권 420~448면 내외**

현실과 허구를
넘나드는 도발적
상상력으로 세상을
뒤흔들다!

여신

흙수저 반란사건의 내막!
한국판 '돈키호테'의 반란은 과연 성공할 수 있을까?

젊은 시절 영화관 '간판장이'였던 탁종팔은 자수성가
에 성공해 부초그룹의 회장이 된다. 그는 그룹을 운영
하는 한편 부초미술관을 세워 국보급 미술품을 모은
다. 겉으로 보기에는 돈 많은 미술 애호가의 호사스러
운 취미인 듯하지만 탁 회장의 야심은 만만치 않다.
바로 '헬조선'의 구조 자체를 뒤바꾸는 것! 그의 야심
에 장다희, 민자영 등 '흙수저'출신의 걸물이 속속 모
여들고 이를 감지한 이탈리아 마피아도 움직이기 시
작하는데….

신국판 | 312면 | 13,800원

사랑하는 조국을
깨우기 위한 서재필의
뜨거운 분투

소설 서재필

한국 근현대사 최초의 르네상스적 선각자 서재필!
광야에서 외친 그의 치열한 내면세계를 밝힌다!

'몽매한' 조국 조선의 개화를 위해 온몸을 던졌던 문
무겸전 천재 서재필을 언론인 출신 소설가 고승철이
화려하게 부활시켰다. 구한말 개화의 소용돌이 속에
서 펼치는 웅대한 스케일의 스토리는 대(大)서사시를
방불케 한다. 21세기 지금 정치 리더십이 실종된 한
국, 그의 호방스런 기개와 날카로운 통찰력이 그립다!

신국판 | 456면 | 13,800원

> "지성이 추구해야 할
> 최종 목적지는
> 권력이 아니라 사람을
> 지켜내는 것이다"

적우敵友 한비자와 진시황
양선희 장편소설

최고의 책략가 한비자와 최초의 패왕霸王 진시황
적이자 벗이었던 두 영웅의 이야기

적국의 왕과 사신으로 만난 한비자와 진시황. 그러나 두 사람은 서로를 가장 깊이 이해한 '적우'(敵友)였다. 천하의 운명을 걸고 충돌하는 정치책략의 소용돌이 속을 걸어가는 두 영웅의 장대한 서사를 따라가면 다채로운 고전의 지혜가 서로 엮이며 눈앞에 펼쳐진다. 《余流 삼국지》의 작가 양선희가 현대적 감각으로 되살려낸 이들의 이야기에서 단편적 역사와 오해를 넘어선 한비자의 치열한 사상가적 면모를 읽을 수 있다.

신국판 | 380면 | 14,800원

> "백정도 사람 아잉교!
> 우리도 사람대접을
> 해 달라는 깁니더!"

천민賤民 나는 백정이다
민병삼 장편소설

형평사운동, 세상을 바꾸고 싶었던 백정들의 휴먼드라마
밑바닥 인생들이 세상을 바꾸고자 횃불을 들다!

한국 근대사상 최초의 인권운동인 형평사운동을 웅대한 스케일과 질펀한 해학으로 담아내었다. 노비세습이 폐지된 조선 말, 그러나 백정의 삶은 여전히 처참하다. 농민단체 농청은 백정들이 전염병을 퍼트린다며 누명을 씌우고, 참다못한 경남 진주의 백정들이 형평사를 조직하자 갈등이 점차 격화된다. 일제강점기의 소외된 밑바닥 인생 백정들이 각자 개성 강한 주인공으로 부활하여 세상을 바꾸기 위한 장쾌한 활극을 펼친다.

신국판 | 428면 | 14,800원